小学館文庫

千里眼　メフィストの逆襲

松岡圭祐

小学館文庫

千里眼　メフィストの逆襲

第一章　四年前

砂に消ゆ

道路のわきにカローラを寄せた。停車するとすぐに、助手席の亜希子《あきこ》はドアを開け放った。風とともに潮騒《しおさい》が車内に響いてきた。日本海上を運ばれてくる、やや肌寒い感じのする空気と潮の香り。そのなかを亜希子は飛び出していった。砂丘の緩やかな下り斜面を、はるか彼方《かなた》の波打ち際に向かって走りだした。

まだサイドブレーキを引いてもいなかった星野昌宏《ほしのまさひろ》は、娘の突然の行動にあわてた。開け放たれたままのドアの外に叫んだ。「亜希子!」

名を呼ばれた娘は立ちどまり、細身の身体《からだ》をくるりと振り向かせた。肩にかかるていどのストレートの黒髪にふちどられた無邪気な笑顔は、十三歳という実年齢よりもさらに幼くみえる。最近妙に流行しているキャミソールという服を娘が着ることに、昌宏は反対しつづけた。そんな下着みたいな服一枚で外にでるな、娘にはそういった。だが、妻の忍《しのぶ》は娘の味方だった。いまどきそんな目で女をみるなんて。忍はそのように、まるで昌宏のほうに非があるかのような言い方をした。そのときは腹を立てたものだったが、いまにして思えば、そういう偏見があったかもしれない、昌宏はそう思った。キャミソールにジーンズ姿の亜希子は、ほっそりとしているが健康体そのものにみえた。いかにも日本人といった体型の昌宏と忍のあいだに生まれたにしては、亜希子は顔も小さく、手脚も長くて西洋人のような身体つきをしている。肌のいろも白い。ちかごろの十代の子たちは皆そうだ。食生活のちがいだろうか。それとも、座布団ではなく椅子で生活するのがふつうになった影響か。ある意味ではうらやましかった。自分が若かったころはあの手この手で脚を長くみせようとしたり、背が高くならないものかと考えあぐねたりしたものだが。そんなことを、ぼんやりと思った。

「だいじょうぶだってば」亜希子は笑いながらいった。「お父さんも、はやく」

そういって、亜希子はふたたび海のほうをみた。風を満身に受けるかのように、両手を左右にひろげた。髪が風に揺らいでいた。

新潟市水道町《すいどうちょう》の日和山《ひよりやま》海水浴場に近い、この広々とした砂浜。昌宏も子供のころからよく遊びにきていた。いまはひとけもなく、ひっそりとしている。明け方のせいもあるだろうし、すっかり秋めいてきたせいもあるだろう。青い空は、まだわずかに朝の赤みがかったところを残している。消波ブロックの向こうに広がる海原には、夏場にみられるようなプレジャーボートの類いもなく、ただ静かに朝日を浴びながら波間をきらめかせつづけていた。

亜希子がまた駆けだすそぶりをみせた。昌宏はあわてていった。「足もとに気をつけて。

見知らぬひとに食べ物あげるとかいわれても、ついていっちゃだめだぞ」

娘はまた振りかえった。今度はわずかに不満そうな表情をうかべていた。「わかってますよだ。幼稚園児じゃないんだからさ」

「しかし……」

「いいから。朝の海岸って最高」亜希子はそういうと、もうこれ以上は待っていられないとばかりに、スニーカーを脱ぎだした。靴下ははいていなかった。ジーンズの裾《すそ》を折り曲げてまくると、スニーカーを両手に持ち、砂丘を駆けおりていった。

亜希子。そう声をかけたが、もう父の言葉は耳には入らないようだった。黄色い声をあげてはしゃぎながら走り去っていく。娘の背は、みるみるうちに小さくなっていった。

まったく。昌宏はため息まじりに毒づいた。幼稚園児じゃないのはわかっている。ただ最近は、ひどく物騒だ。だから気をつけてほしい、そう思っているだけなのに。

このところのニュースが告げていた。和歌山のほうで自治会の夏祭りにだされたカレーライスに毒物が入れられ、小学生や自治会長ら四人が死亡、数十人が中毒症状を起こす事件があった。カレーには猛毒のヒ素が混入されていたという。誰が、なんの目的でそのような犯行におよんだのか、いまだ特定されていないという。

ああいった理不尽な事件で子を失った親の心情、それは察するに余りある。娘の亜希子は、断じて危ない目に遭わせるわけにはいかない。それじゃ過保護につながりますよ、妻はそういったが、昌宏はそう思ってはいなかった。親の自己満足のために甘やかしているわけではない。愛情は、かならずつたわる。子供もその真意を汲《く》みとってくれるはずだ。

助手席側のドアは開けたままにしておこう、そう思った。ここからなら、砂浜のほぼ全域が見渡せる。亜希子が波打ち際ではしゃいでいるのも、みてとれる。

車道を、何台かクルマが通りすぎた。この季節、この時刻には、停車するクルマはほかに見当たらなかった。通過していくクルマすら数は少ない。

ため息をつき、ルームミラーに目をやった。目の周りにしわが増えた。四十三歳。いつの間にか、そんな歳《とし》になっていた。職場でも同僚たちの顔をみて、歳をとったと実感する。だが、それは自分にしても同じだった。鏡をみてそれがわかる。自分だけはいつまでも若いつもりでいる。たぶんこれからしばらくは、そんな人生がつづくのだろう。いつごろになったら、老いを受け入れる気になるのか。ずっと先のことだ、そう思いたい。

ひときわ大きな潮騒とともに、娘の甲高い声が風に運ばれてきた。車外に目をやると、亜希子は寄せてきた波を避けながら笑い声をあげている。波に接近しすぎてしまい、膝《ひざ》の上まで海水に浸《つ》かってしまった。

転ばないように気をつけてくれよ。昌宏は心のなかでつぶやいた。やはり娘からは目を離せない。ため息をつき、カーラジオのスイッチを入れた。特に興味があるわけでもない最近のポップスを聞き流しながら、波とたわむれる亜希子の姿をながめつづけた。

しばらくそんな時間がすぎた。音楽がフェードアウトしていき、DJの女性の声が流れた。「お送りした音楽はジュディ・アンド・マリーの『散歩道』でした。さて次の曲はSMAPの新曲『夜空ノムコウ』。この曲に乗せまして、Jポップ最新事情をお届けします。まず最初の話題は……」

どうせ松田聖子が歯科医師と再婚したとか、そのあたりの話題だろう。昨晩もテレビでやっていた。昌宏はそう思っていたが、ラジオから流れてきた話題はちがっていた。みなさんは宇多田ヒカルという名前をご存知でしょうか？　たぶんまだご存知ない方のほうが多いと思いますが、類い稀《まれ》な才能を持つ女性ボーカリストとして注目を浴びつつある彼女の日本デビューが正式決定しました……。

どうやら、この種の音楽番組では松田聖子はすでにお呼びでなくなっているらしい。たんなる芸能情報ともちがうようだ。歌謡曲を聴かなくなって久しい。こういう勘違いも、娘にいわせれば中年特有のものなのだろう。だが実際のところ、昌宏にとってはどうでもよかった。これは世の中にとって本当に重要なニュースではなかろう。ダッシュボードに入っている五木寛之の新刊『大河の一滴』を取りだしてつづきを読みたい衝動に駆られたが、やめておこう、そう思った。娘を見守りつづける、そういう親の責務を果たさねばならない。神経質すぎるかもしれないが、愛するひとり娘のためを思ってのことだ、親馬鹿といわれようと気にはしない。

亜希子は海岸を歩いていた。はしゃぎすぎてやや疲れたらしく、足首にかすかに波がかかるていどの砂浜の上を、のんびりと歩いている。しばし水平線に目を向けていたが、その顔がこちらを向いた。笑ったのが、この距離でもわかる。右手を高々とあげて振っている。

昌宏はそれに応えようとして片手をあげようとした。ブレーキから足を浮かせたとき、クルマがずるずると前方に進みだした。

「おっと」昌宏は思わず声をあげた。自分がずっとブレーキを踏んだままでいたことに気づいた。駐車措置もしていなかった。さいわい、前方には誰《だれ》もいなかった。ブレーキを踏んで停止させ、チェンジレバーをＰ《パーキング》に入れ、サイドブレーキを引いた。

ほっとしてため息をついた。さっき亜希子が急に外にでていったせいで、手もとの作業を忘れてしまっていた。二十年以上も無事故無違反の優良ドライバーだというのに、まるで初心者のようなミスだった。やはり、娘のことを気にしすぎているのか。

そう思いながら、ぼんやりと海に目を向けた。

焦点が合わない、そんな自分に気づいた。目が悪くなったのではない、焦点を合わすべき対象が見当たらなかった。

思考が鈍かった。事の重大さが理解できるまで、しばらく時間を要した。やがて、状況がはっきりすると、昌宏は突き動かされるように運転席側のドアを開け放った。意識しなくてもそうしていた。後方確認、そんなものはすっかり忘れている自分。一瞬のちにはそれに気づいた。だが、それよりももっと大きな不安が自分にのしかかりつつあった。

車外に出て、クルマを迂回《うかい》して海岸を眺めた。

誰もいない。

寄せてはかえす波。カモメの鳴き声がかすかに聞こえる。海上には、船舶ひとつみえない。そして砂浜にも、人影ひとつない。

「亜希子!」昌宏は大声で呼んだ。

返事はなかった。潮騒以外、何も耳に届かない。

いや、波の音よりも大きく響いてくるものがあった。自分の心拍だった。焦燥に駆られながら、昌宏は走りだした。勾配《こうばい》を下っていった。

亜希子が残した足跡が海岸に向かって延びている。それ以外に足跡はない。夏場に訪れた観光客の足跡は、一か月以上の期間をおいて風にすっかりかき消されてしまっている。くっきりと残った娘の足どり。事実、ここを走っていく娘の姿を自分はみていた。ついさっきまで、目を離さずにいた。夢でも幻でもないのだ。すべては事実なのだ。

息を切らしながら、必死の思いで波打ち際まで走った。スニーカーが落ちていた。それを拾いあげた。左足だった。辺りをみまわすと、数メートル離れたところにもう一足が落ちていた。波にかかって濡《ぬ》れていた。それも拾った。

「亜希子！」

信じられない。あまりにも信じがたい出来事だった。昌宏はズボンが濡れるのもかまわず、海のなかに進んでいった。膝まで海水に浸かり、白い水泡にまみれた海をみおろした。かがんで、衝動的に水中を両手でまさぐった。砂と小石の感触。それだけだった。自分がなにをしていいのか、まったくわからなくなっていた。

泳いで、おぼれたのか。いや、まさか服のままでそんなことをするとは考えにくい。波にさらわれたのか。それもありえない。そんなに大きな波がきたのなら、昌宏の耳にも音が届いたはずだ。

あわてるな。昌宏は自分にいいきかせた。娘が自分を困らせようとして、いたずらをしているだけかもしれない。亜希子は小さなころ、自宅では何度かそんないたずらをした。だが、隠れるといっても、いったいどこに隠れたというのだろう。

いたずらではない。やはり姿を消してしまった。忽然《こつぜん》と消えたのだ。

さらわれたのか。しかし海上には、船が航行していったような痕跡はない。エンジン音ひとつ聞こえなかった。誰かが潜んでいるとも思えない。

「おちつけ」昌宏は声にだした。「おちつけってんだよ」

足跡。そうだ、足跡をよくみろ。亜希子の足跡は波打ち際と平行に延びている。海に入ったわけではないのだ。それをたどっていった。亜希子は、海から離れ、クルマのほうに戻りかけたらしい。さっき昌宏に向かって手を振った、あの直後にそうしたのだろう。足跡が、ふたたび丘の上をめざすほうに向かっている。それが数メートルつづいていた。そのさきで、足跡は消えていた。

なぜだ。昌宏はその場所に駆け寄った。砂浜の上、足跡は突然そこで途絶えていた。波に消されたのか。いや、海岸から離れていったのだ、その向こう側の足跡が消えるというのはおかしい。風に吹き消されたとも思えない。

辺りをみた。どこにも足跡のつづきは見当たらない。人影どころか置いてある物体ひとつない。途方に暮れ、空を見上げた。青空が広がるばかりだった。

昌宏はその場にへたりこんだ。砂の上に目を落とした。直後、足跡が途絶えた場所の砂を両手で掘りはじめた。ばかげている、それはわかっている。だが、なにかをせずにはいられない。そして、いまできるのはこれしかないのだ。それ以外に、捜すべき場所がないのだ。

どれぐらい夢中になって砂を掘りつづけたろう。腕に疲労を感じた。指先も痛かった。砂の下は徐々に硬い土へと変わりつつあった。大小の石や貝殻が埋まっている。ただそれだけだった。

呆然《ぼうぜん》と顔をあげた。砂浜にはやはり人の姿はない。背後を軽く叩《たた》かれた、そんな気がして振りかえった。だがそれは、希望を抱きたいとする自分の錯覚だった。なにもない穏やかな海が広がるばかりだった。

なにが起きたというのだろう。いまは現実なのか。悪い夢なら醒《さ》めてくれ。本気でそう願った。

放りだしてあったスニーカーを拾った。娘の足は小さかった。それをいとおしむように手のなかに抱きながら、昌宏は海を眺めた。

昌宏は、腹の底から声をしぼりだして怒鳴った。「亜希子!」

潮騒と、カモメの鳴き声と、風が砂の上を駆けていくさらさらという音。物音は、それだけだった。

追跡

甲高いブザーが室内に鳴り響いた。

デスクに両肘《りょうひじ》をついていた仙堂芳則《せんどうよしのり》空将は、思わず身体をこわばらせた。だが、顔をあげた瞬間に、その事実を否定した。五十をすぎ、日本の空の防衛を一手に担う航空総隊の指揮をまかされている自分が、このようなことでびくつくわけがない。少なくとも、モニタ通信の相手にはそんなそぶりをみせてはならない。

正面の壁をみたが、そこには見慣れたモニタがなかった。居慣れた府中の航空総隊司令部にある自分のオフィスとはちがう、そのことに気づいた。視線の迷い。一瞬のこととはいえ、ジェット戦闘機の現役パイロットであれば致命的なミスだ。自分の判断の甘さを呪《のろ》いながら、この部屋のモニタが設置された斜め右前方へと顔を向けた。

四十インチのスクリーンは府中にあるものより大きい。画面もフラットだ。この基地の設備は本部よりずっと新しい。防衛庁の予算配分にかすかな疑問を抱きながらも、画面に映った将補の顔をみた。通信の直前に制服の襟もとネクタイ、帽子を正したらしく、真正面を向いた将補のいかめしい顔つきは身分証明書の写真のようだった。

将補が敬礼するのを待って、仙堂はいった。「報告を」

モニタのなかの将補が告げた。「海上自衛隊護衛艦隊、旗艦〈むらくも〉から航空自衛隊航空総隊本部へ緊急連絡です。連絡文は以下のとおり。N海域洋上に物体Cを確認。連絡文、以上です」

仙堂は身体に電気が走るような思いだった。予測されたこととはいえ、現実にその事態を迎えると事の重大さを痛感せずにはいられない。

だが表面上は、あくまで冷静な口調でかえした。「わかった。作戦どおり対処する、そのように返信せよ。……アラート待機中の作戦担当班を、私のオフィスに呼べ」

将補の顔にかすかに驚きのいろが浮かんだ。「パイロットたちを、ですか？」

「聞こえているなら、指示にしたがえ」仙堂は厳しくいった。

「失礼しました」将補はそういって表情を硬くし、敬礼した。通信映像は消え、モニタ画面は航空自衛隊のシンボルマークが表示される静止画像に戻った。

仙堂はため息をついた。ああはいったが、将補が意外に思うのも無理はなかった。領空侵犯措置としてのスクランブル発進に備え、二十四時間のアラート待機についているパイロットたち。彼らはみな、すぐにでもF15DJ戦闘機に飛び乗って発進できるよう装備をつけ、万全の状態でいる。指示があれば滑走路へ走る、それが責務だ。緊急事態発生を告げる連絡を受けたあと、わざわざ空将のオフィスに立ち寄るのは異例のことにちがいない。

だが、と仙堂は思った。今回はたんなる警戒態勢とは異なる。いわば特殊な任務だ。パイロットは離陸後に無線で指示されることになるだろうが、その前に自分の口から重要性をつたえておきたかった。少なくとも、この件に関してはそれだけの時間の猶予があたえられている。

椅子から立ちあがり、デスクの上の制帽を手にとった。鏡に目をやる。白髪が増えた頭髪はやや薄くなりはじめたようだ。だが帽子をかぶれば、顔つきは現役のころの精悍《せいかん》さを失っていない。しわは増えたが、心は以前よりさらに研ぎ澄まされている。みずからそう思うことにした。もっとも、このような緊急時にそんなナルシスティックな思考がよぎるのは、老いたといえども自衛隊幹部としては恥じるべきことかもしれなかった。

いや。いまは、そのような思いに徹するべきときかもしれない。厳密には自衛官は軍人ではなく公務員にすぎないが、ここは職業軍人的な心理状態に身を置くことが最善と思われた。

そう、迷いを振りきるためにも、それは最善の選択だ。そう思った。

帽子をかぶると、仙堂は背にしていた全面ガラス張りの壁に向かった。腕時計に目をやる。午前七時十八分。情報どおり、日が昇ってから現れたか。以前は夜間の暗躍がめだったが、それでは海自および海上保安庁の厳しい警戒にひっかかる恐れがあるということなのだろう。

ガラスの向こう、北陸自動車道の向こうに静かな海がひろがっていた。澄みきった青空だった。日本海は、太平洋よりずっと美しい。少なくともこれまで巡ってきた中部航空方面隊の基地からの眺めではそう思える。とりわけ、この石川県の小松《こまつ》基地からの眺望はいっそうすばらしく感じられた。海の藍《あい》いろにも深みがある。だがいまに限っては、心がなごむことがない。この透き通った水をたたえた大海原に潜む魔物を無視できない。

去年の暮れに発生したペルーの日本大使公邸人質事件は、今年の春になって解決した。人質ひとりと突入した特殊部隊のふたりが犠牲になったが、七十一人が救出された。作戦としては成功をおさめたといっていいだろう。フジモリ政権は当分のあいだ、安泰がつづくにちがいない。わが国はどうか。先月、新たに小渕政権が発足するや、総理への自衛隊総帥権の説明さえ充分に行われていない時点で、北朝鮮すなわち朝鮮民主主義人民共和国から飛来したテポドン・ミサイルが本州を越えて太平洋上に落下した。自衛隊は実質的に、なんの対処もできなかったに等しい。国民の不安も頂点に達しているいま、新たな脅威が迫りつつある。この作戦はなんとしても成功させねばならない。空自が、いや日本の防衛を担う全員が自身の威信を懸けて臨まねばならないのだ。

ノックが聞こえた。入れ、仙堂がそういうと、ドアが開いた。

制服姿の一等空佐が入室して敬礼した。その後ろに、フライトジャケットを着て装備品を身につけたふたりのパイロットがつづいていた。ひとりは角刈りで背が低く、もうひとりは口ひげを生やしているのが目についた。ふたりとも肌のいろが浅黒く、ヘルメット焼けという特有の日焼けの跡があった。ふたりはかしこまって立つと、硬い表情で敬礼した。仙堂が敬礼を返すのを待って、一等空佐がいった。「真田《さなだ》一尉、田村《たむら》一尉です」階級章によると、背の低いほうが一尉らしい。それを確認すると、仙堂はドアのほうに目をやった。

だが、後続の者は誰もいなかった。入室してきたのは三人だけだ。

「あとの一班は?」仙堂はきいた。「中部航空方面隊きっての有能なパイロット二班を任務につかせるよう、指示しておいたはずだが」

一佐の顔にかすかな動揺が浮かんだ。「すぐに来るよう、待機室にはつたえたはずですが……」

仙堂は真田・田村組を見やった。ふたりは冷ややかな表情を浮かべ、前方を見つめるばかりだった。

苛立《いらだ》ちをおぼえながら、仙堂はデスク上の通信用ボタンを押した。

ふたたび、モニタに映像がでた。あわただしさを増す司令部で、将補が向き直った。

「将補」仙堂は意識的に険しい口調でいった。「パイロットが一班しか来ていない。どういうことだ」

モニタのなかの将補が目を丸くした。だが将補が弁解するより前に、一佐があわてたようにいった。「申し訳ありません。命令はきちんと受けておりましたが、私の落ち度でして」

仙堂は一佐をにらんだ。「この事態に幹部らしからぬミスだ」

申し訳ありません、一佐はくりかえした。

「あの」真田という名のパイロットがおずおずと口をひらいた。「岬《みさき》・岸元《きしもと》組でしたら、われわれがでてくるときには、まだ待機室にいましたが」

なんという怠慢だろう。仙堂はこみあげてくる怒りを感じた。一般航空学生にも有事の際の機敏な行動は最優先事項として義務づけられている。それが、幹部候補生クラスのパイロットでありながら遵守できない輩《やから》がいるとは。

仙堂はモニタのなかの将補にいった。「待機室に映像通信の設備は？」

「あります」将補が答えた。

まわりくどい呼び出しでなく、いきなり空将である自分がモニタで呼びかけて活を入れてやる。仙堂は喉《のど》もとのネクタイを緩め、デスクの上に両手をついてモニタを見つめた。

画面が切り替わった。ところが、仙堂は思わず黙りこくった。怒鳴るのも忘れていた。

三沢《みさわ》基地よりはいくらか手狭なF15パイロットの待機室に、フライトジャケットを着たふたりの姿があった。このふたりも凸凹コンビのようだった。大柄のほうはソファに仰向けに寝そべり、両手を胸の上に組んでいる。顔の上には漫画雑誌が開いたまま載せてある。

『ビッグコミックスピリッツ』だった。口もとだけがのぞいている。だらしなく弛緩《しかん》している。眠っているらしい。

もうひとり、小柄で妙にほっそりとした身体つきのほうは、壁にもたれかかってタバコをふかしていた。パイロットにしては髪を長くしている。うつむいているため、目もとは隠れている。モニタが点灯したときにブザーが鳴ったはずだが、顔をあげる気配さえみせない。

仙堂の怒りは頂点に達した。モニタに向かって怒鳴った。「そこのふたり！　いますぐ飛んでくるか、除隊して小学校からやりなおすか、速やかに選択しろ！」

ソファの上の大柄の男はびくっとして跳ね起きた。まだ寝ぼけたままの、馬面で無精ひげを生やした顔をこちらに向けた。その目が丸く見開かれた。雑誌を放りだし、テーブルの上からヘルメットバッグをとって立ちあがった。おい、いくぞ。相棒にそう声をかけるや、ドアに向かって突進した。

ところが、相棒のほうの動作は依然として緩慢としたものだった。口もとに寄せたタバコを、もうひと息たっぷりと胸の奥に吸いこんだ。静かに煙を吐くと、タバコを床に落とした。靴の踵《かかと》でそれをもみ消し、ゆっくりと背を壁から浮かせる。

急げ。仙堂はそう声をかけた。が、パイロットはまるでなにも聞こえていないかのように、のんびりとした足どりでドアに向かっていった。

仙堂は苛立ちに歯ぎしりしたい衝動に駆られた。消せ、モニタにそう告げた。

一佐のほうをみた。当然ながら、一佐は当惑しきった表情をうかべていた。

仙堂はいった。「一等空佐にありながら、命令の趣旨を理解できないとはなにごとだ。私はF15DJイーグル主力戦闘機部隊で最も優秀なパイロット二班を待機につかせろと指示したんだぞ。これはきみの管理責任能力を問われる由々しき問題だ」

降格処分を通達される気配を感じ取ったのだろう、一佐はあわてたように弁明した。「あの、まったくもって空将のおっしゃるとおりでございますが……、ただ、私が将補からお聞きしたのは、幹部候補生学校および部隊内で最優秀のキャリアを誇り、より数多くのスクランブル発進を経験したパイロット二班を用意するということでして……」

「そういったろうが。それがなんだ。この真田・田村組はいいとして、待機室での素行からしてあきらかに劣るふたりを任務に就かせるなど、言語道断だ」

ドアが開いた。ノックもなしにいきなり開いた。大柄の男が、息をきらしながら部屋に飛びこんできた。室内の冷たい空気を察し、緊張した面持ちで真田・田村組の隣りに立った。まるで遅刻した学童のように、視線がきょろきょろと躍っていた。

その男がなにも口にしないため、仙堂は憤りながらうながした。「名と階級は?」

男ははっと気がついて敬礼した。「岸元二尉、出頭しました」

仙堂はドアに目をやった。あとのひとりはまだ現れない。

デスクについた両手の指先に、痛みを感じるほど力が加わっていた。仙堂はそのことに気づいた。これがデスクでなく卓袱台《ちゃぶだい》ならひっくり返しているところだ。防衛大学校で学術訓練を受けていたころならまだしも、パイロットになって以降ここまで乱れた命令系統に直面したことはない。

ソビエト連邦の崩壊もあって、かつて年間八百回を超していたスクランブル発進も、このところは三百回ていどまで減少している。平成に入ってからパイロットに着任した連中は、そのせいもあって緊張感が不足しているのかもしれない。あまりにも嘆かわしい事態だった。この件が終わったら人事採用を根本的に見直す必要があるだろう。いや、こんな面子《メンツ》で、無事にこの事態を乗り切れるかどうかさえ疑わしかった。

半開きになったドアから、ようやくもうひとりが現れた。仙堂はふいに、驚きを覚えた。

モニタではわからなかったが、その最後のパイロットは想像以上に小柄だった。F15DJイーグルのパイロットは身長一六五センチ以上でなければならないはずだが、この青年はぎりぎりその基準を満たしているにすぎないようにみえた。身体も痩《や》せ細っていて、あの上昇中の強烈なGに耐えられるような筋力がそなわっているとは、とうてい思えない。この身体に適合するサイズのフライトジャケットは特注したものにちがいないだろう。まるで子供のようだった。

呆然として眺めていると、そのパイロットは岸元の隣りに立った。さっきモニタでみた態度よりはいくらかましにみえる。背すじをまっすぐ伸ばし、仙堂をみつめた。頬《ほお》がこけた、精悍そうな顔つきをしているが、やはり未成年っぽくみえる。高校球児か男性アイドル歌手のようでもあった。

パイロットがきびきびといった。「岬二尉、出頭しました」

仙堂はさらに大きな驚きを感じた。そのパイロットの声は甲高かった。子供ではなかった。女の声だった。

反射的に一佐に目を向けた。一佐は仙堂の疑念を感じとったらしく、たずねられるより先に答えた。

「岬美由紀《みゆき》二等空尉。百里基地第七航空団、第三〇五飛行隊所属。昨年度のスクランブル発進回数は、全パイロット中最多の百二十六回。防衛大学校、首席卒業」

仙堂はさっきまで沸騰していた頭のなかが、急速に冷えていくのを感じていた。よくみると、たしかに岬二尉は女性らしい顔だちをしているように思える。瞳《ひとみ》は大きく、口もとや顎は小さい。だが、こういう女っぽい顔は昨今の若い男にはありがちなものだった。岬二尉は化粧もしているようすはない。肌のいろは浅黒く、髪もパイロットの割りには長くても、女性としては短い。フライトジャケットを着ているせいで身体のラインもわからないが、痩せているからといってまさか女性だとは、推測できるはずもなかった。

平成五年度から女性も、男性と同様の条件で自衛隊内のパイロットとして雇用されるようになり、救難部隊や輸送部隊に複数の女性パイロットが採用されている。だが、F15DJイーグルに女性が配属されたという話は知らなかった。さほど話題にならなかったのか。だとすれば、なぜだ。

「空将」一佐がおずおずといった。「そろそろ……」

「ああ、そうだな」仙堂はわれにかえった。義務を果たさねば。そう思いながら、四人のパイロットにいった。「わざわざ部隊を離れて、遠路はるばるこの小松基地まで来てもらったのはほかでもない。いまこの瞬間に発生している非常時に対処してもらうためだ。これは通常のアラート待機とも、領空侵犯措置とも違う。国際法上、きわめて特殊かつ重要な問題に関する任務だ。そのことを肝に銘じてほしい」

パイロットたちの顔つきが変わった。いや、正確には岬二尉を除く三人の表情が、緊張感漂うものになった。

岬美由紀はあいかわらず、床に視線を落として興味なさそうに仙堂の言葉を聞き流している。ふだんからこういう態度が癖になっているのだろうか。仙堂のなかにふたたび、苛立ちの火が燃えあがりはじめた。

真田一尉がたずねてきた。「空将。そうすると、先月のテポドンに関係することですか」

「ある部分ではそうだ。だが、あのミサイル発射は北朝鮮側の威嚇のひとつにすぎない。

あれに前後して、日本海上には北朝鮮のものと思われる潜水艇、あるいは漁船を装った高速小型艇が出没をくりかえすようになっている。ひところは鳴りを潜めていたが、またわが国の領海をおびやかすようになってきているわけだ」

どうしても岬美由紀が気になって視線がそちらのほうにいく。岬二尉はやはりうつむいたままだった。いかにも手持ち無沙汰《ぶさた》といった感じで、片足を浮かせてつま先で床の上をこすっている。

女性隊員として秀でていることにちがいはないのだろうが、ひょっとして上官が甘やかしすぎているのではなかろうか。仙堂はそんな疑念を抱いた。そうでなければ、ここまで無礼な態度を貫徹できないだろう。

仙堂は岬二尉を無視することに決めた。あとの三人にいった。「とにかく、そうした潜水艇が日本の領海内に侵入、および領海ぎりぎりの位置に北朝鮮側の高速ミサイル艇が確認されたと、海自から報告が入った。海上保安庁の巡視船が警備に入っているが、空からもこれを援護することが急務となっている。北朝鮮側の戦闘機が領空を侵犯して、潜水艇の逃亡を助ける可能性も充分に考えられる。ゆえに、きみたちには空の防衛にあたってもらいたい」

三人がかすかにうなずいた。いずれの顔にも、いくらか緊張が解けたような気配がみてとれる。

仙堂はその理由を察していった。「相手が中国やロシアじゃないからといって油断するな。北朝鮮はたしかに、八百機以上もの空軍力を有してはいてもそのほとんどがミグ29より前の旧型機だ。F15と空対空でぶつかった場合の力の差は歴然としている。だが、北朝鮮の場合はそれをミサイルがおぎなっている。高速ミサイル艇がでばってきているのもそのためだし、北朝鮮が保有している二十隻以上の潜水艦がどこに潜んでいるともかぎらない。射程一千キロ以上の改良型スカッドミサイル、ノドンやテポドンの性能も馬鹿にはできない。先月の発射はそのための意思表示だろう。くれぐれも気を緩めぬようにな」

そのとき、小さなため息がきこえた。岬二尉だった。

仙堂は怒りをおぼえた。「岬二尉。なにか不満でもあるのか」

岬美由紀は、あきらかに友好的とはいえない仏頂面で、視線をそらしたままいった。

「いえ、べつに。強いていうのなら、不満ではなく疑問です」

「なんだ。いってみろ」

瞬間的に、岬美由紀の目が仙堂をとらえた。獲物を狙う鷹《たか》のような鋭い視線だった。身体が凍りつくほどではなかったが、殺気走ったその気配に、仙堂は息を呑《の》んだ。

岬二尉はいった。「空将はなぜ、わざわざパイロットを呼びだしたのですか。檄《げき》を飛ばすなら映像通信で充分ですし、いまうかがったような任務内容なら離陸してから無線でも受けられます。バッジシステムのセンサーが北朝鮮のミグをとらえたのなら、一刻も早くスクランブル発進に踏み切らねばなりません。なぜこんなところで、ぐずぐずしているんですか」

真田一尉がいった。「岬。いまの空将のお言葉を聞き漏らしたのか。これは単なる領空侵犯措置でなく、作戦行動だ。ミグの機影がまだ捕らえられたわけではないが、領海内に侵入しようとする敵船の援護を阻止するためだ」

「なら」岬二尉はいっそう不満そうにいった。「なぜ現在だけ、そんな行動をとらねばならないんです。北朝鮮の不審船の侵入は多発しているんでしょう。海自がさきほど不審船を確認した、そしてわれわれは、これからのんびり出撃する。そのタイムラグはなんに基づいて計算されているんですか」

「岬！」真田は怒鳴った。「場合をわきまえろ。空将に向かってなんという口のきき方を……」

「いや」仙堂は手をあげて真田を制した。「いい」

真田一尉は口をつぐんだが、まだ怒りがおさまらないようすで岬二尉を見やった。

仙堂は発するべき言葉を失っていた。

二等空尉がかえしてきた疑問、そこに仙堂は戸惑いをおぼえた。まさか、そのことを問われるとは思わなかった。予想していなかった。

だが、それはある意味では当然のことだった。疑念を抱かない、そのほうがおかしかった。とはいえ、パイロットにかぎらず自衛官は誰しも、下された命令の理由すべてを知る必要などないし、その自由も与えられていない。むしろ、理由がはっきりしている命令のほうがはるかに少ない。

にもかかわらず、二尉の質問に当惑する自分自身がいた。仙堂はそのことに、内心驚きを禁じえなかった。

自分は動揺している。なぜ動揺するのか。命令の絶対服従。空将である自分とて、航空総隊長として航空幕僚監部の決定に従っているにすぎない。そして任務自体は、しごく正当かつ真っ当なものだ。祖国防衛のためにスクランブル発進する、そのことに議論の余地はない。

だが、仙堂のなかに暗雲のようなもやがたちこめはじめた。なぜか、ひどくおちつかない気分になった。

仙堂は岬二尉をみつめた。岬二尉もみかえしていた。その瞳は澄んでいながら、どこか尖《とが》った攻撃的な輝きを放っていた。

「岬二尉」仙堂はいった。「ここに残れ。あとの三名は出撃準備。一佐、司令部に戻れ。以上だ」

真田と田村の組が、冷ややかな視線を岬二尉に送ってから立ちさりかけた。

岸元二尉は、相棒の岬二尉の肩をぽんと叩き、部屋をでていった。特に女性だということを気にかけているようすはなさそうだった。

最後に一佐が退室し、ドアが閉まると、仙堂は岬美由紀をみた。

「きみはさっき、待機室で呼び出しにすぐに応じなかったな。それはなぜだ」

「滑走路に駆けつけるのではなく、空将のオフィスに呼ばれるのでしたら、急ぐ必要はないと思ったんです」

「用件もわからないのに、なぜそういいきれる」

「空将」岬二尉は不服そうな表情のままいった。「ここにわれわれを呼んだのは、北朝鮮側のミグが発進してくるのにまだ三十分以上の間がある、そのことを知っていたからでしょう」

仙堂は口をひらきかけたが、またしても言葉を発することができなかった。

やはりこの二等空尉は、たんなるパイロット以上の洞察を行っているにちがいない。そう思いながらも、仙堂はきいた。「どういう意味だ」

「先月のテポドン発射は本州を越える飛距離だったゆえに騒がれましたが、北朝鮮のミサイル発射実験、というより威嚇はこれが初めてではありません。数年前にも能登半島沖に着弾しています。それに不審船の領海侵犯も今回にかぎらず、頻繁に起きています。しかし、北朝鮮側がミグを発進させ援護させたことは、そう数多くはありませんでした」

岬美由紀はそこで言葉を切った。

「……つづけろ」仙堂はいった。

「防衛庁の機密事項なので資料は見当たりませんでしたが、昭和五十二年から五十三年にかけてのみ、航空自衛隊のスクランブル発進に奇妙な記録があります。中国や旧ソ連に対する領空侵犯措置とはちがい、当時この小松基地から緊急発進した自衛隊の戦闘機は西北西に向かって針路をとっています。通常なら、もっと北寄りのコースをとるはずです。それも付近をパトロールをしたようすもなく、一直線に飛んでいった。記録では、早期警戒機のレーダーが国籍不明機を探知したことによって緊急発進の命が下ったことになっています。でも、これらのケースはちがいます。あきらかに侵攻してきた敵機があった。それも北朝鮮からです。領空侵犯措置ではなく、迎撃態勢に近いものだったはずです」

「なぜそれが、昭和五十二年と五十三年にかぎってのことだとわかる？」

「記録をみただけです。ほかに、そのような飛行コースの記録はありませんでした」

「年間八百回もあった当時の記録すべてに目を通したのか？」

「主力戦闘機部隊に配属された幹部候補生としての義務と思ったまでです」

仙堂は内心、圧倒されていた。このことを問いただされたのは初めてだった。それぐらい、すべては闇《やみ》に埋《うず》もれたと感じていた。しかしいま、この二等空尉によって光の下にひきずりだされようとしている。同時に、仙堂の脳裏にも、当時のなまなましい記憶がよみがえりつつあった。

「それで」仙堂はきいた。「それらのケースといまと、なんの関係がある?」

　岬二尉は口をつぐんだ。仙堂をじっと見つめ、静かにいった。「海上保安庁は日本の領海内で不審船を発見しても、必要以上に追いまわすことはできません。みずからが他国の領海に入ってしまったら元も子もないからです。しかしこのとき、たとえ北朝鮮の領海に入っても不審船を追跡せねばならない事態が発生していた。だから海上保安庁の船が領海侵犯した報復に、北朝鮮側がミグを離陸させた。自衛隊機の離陸は、さらにそれに対するものです」

「きみの憶測にすぎん」

「そうですね」岬二尉は身じろぎひとつしなかった。「しかし、事実だと思っています」

　しばし、無言の時間が流れた。

　この二尉の態度から察するに、おそらくそれ以上のことにも見当をつけているのだろう。そう思いながらも、仙堂はあえてたずねた。「海上保安庁の船が領海侵犯せねばならなかった事態とはなんだ」

「拉致《らち》です」岬二尉は即答した。「昭和五十二年から五十三年にかけ、日本海側の各県において合計七件十人の人々が突然、煙のように消えてしまった。今年五月の衆院決算委員会の政府答弁でわが国が公式に認めた、北朝鮮の拉致事件です」

　仙堂はデスクの上に視線を落とした。ゆっくりと椅子を回し、窓の外をみやった。

あの日も、こんな穏やかな朝を迎えた。出撃した時刻はちがっていたが、基地に帰還したとき、海はなにごともなかったように静まりかえっていた。

「北朝鮮側は」仙堂はいった。「事件への関与を否定しているが」

「はい。わが国政府の公式な見解もつい最近になって発表されたばかりですし、自衛隊に公式記録が残っていないのもうなずけます。しかし間違いないと思います」

「憶測は現場での判断を鈍くする。命令には疑わず絶対服従する。幹部候補生学校でそう教わらなかったか」

「空将」岬美由紀はわずかに語気を強めた。「けさ海上自衛隊から入った連絡は、たんなる不審船発見の報《しら》せではないでしょう。不審船が領海深く侵入したうえで、そこから発進したと思われる上陸用の小型潜水艇が、陸に近い浅瀬にまで潜入してきた。それを確認したのでしょう。さらには、その潜水艇がふたたび不審船にとって返し、不審船が潜水艇を収容するや、北朝鮮の領海へと逃走を始めたことを確認したんです。工作員を上陸させるためなら、潜水艇は引き返したりしません。ごく短い時間だけ上陸し、すぐ帰っていった。二十年前とおなじです。誰かが拉致されたんです」

仙堂は岬二尉をみた。「だとしたら、どうだというんだ。任務の遂行に妨げでもあるのか」

岬美由紀は、冷ややかな表情をうかべていった。「わが国政府はこのときを待っていたんですね。テポドン発射と不審船の増加によって、近いうちにふたたび拉致が起きる可能性を感じていた。北朝鮮の船が日本国民を拉致しているという、明確な物証を握るためにも、まず拉致が起きてから船を捕まえるつもりだった。そうすれば国際世論を味方につけ、北朝鮮国内にいるはずの十名の返還も要求できるようになるからです」

　仙堂は、岬美由紀の凍りつくような視線から目を逸《そ》らせないでいた。

　この女性パイロットが、待機室から急ぐようすをみせなかったのはそのせいか。仙堂は気づいた。岬美由紀二等空尉は、この作戦の裏に存在する意味をすべて知り尽くしていたのだ。だから時間が充分にあるとわかっていた。いまも、まだ時間的余裕があることを承知で議論に持ちこんでいるにちがいない。

　岬二尉はいった。「けさの自衛隊は、潜水艇の接近を知りながら故意に静観し、わが国の国民を拉致させた。潜水艇が引き揚げていくのも黙ってみていた。有力な外交カードを手に入れるために、罪もない国民を見殺しにしたも同然です」

「口を慎め！」仙堂は思わず怒鳴った。「すべてはきみの憶測だ。政府および自衛隊の上層部にどんな意向があろうと、われわれはそれに従わねばならん。どういういきさつがあるにせよ、国民が拉致され不審船に連れ去られようとしているというのなら、それを阻止すべく、全力を挙げることに集中すべきだろう。われわれは評論家ではないのだ、政治的な駆け引きの是非を論じる立場ではない」

瞬間的に、岬美由紀は声を荒らげた。「私はこの件に関しては、過去に何度も意見書を提出しています。空将はご覧になっていないのですか？　だとするのなら、その中間でどこかに葬られてしまったのでしょう。昭和五十年代のときもそうであったように、不審船を追跡しても拿捕《だほ》することはできません。人質の命が危険にさらされるからです。政府閣僚はそのことをわかっていないのです。われわれ実戦に関わる者からみれば、日本人を拉致された時点で戦局は相手にとって非常に有利なものになることは明白です。まるで囮《おとり》のように、誰かが拉致されるまで待っていたという今回の戦略は、根本的に誤っているとしかいいようがありません！」

仙堂もかっとなっていいかえした。「上の決定には従えといってるだろう！　北朝鮮の船が誰かを拉致しないかぎり、その船はたんに領海を侵犯しただけでしかない。それでは海上保安庁が即刻退去を呼びかけるだけだ。わが国政府はそれ以上の事態への対処を望んでいるんだ」

「だからといって、事態の発生を未然に防ぐ義務を放棄する言い訳にはならないはずです！　人質をとった船を攻撃することはできない、そして空のほうでも、ミグ機に対してこちらから攻撃することはできない。自衛隊はいかなるときにも先制攻撃に踏みきれないからです。事実上、われわれはなにもできずに手をこまねくしかない。不審船が停船の呼びかけに応じ、自衛隊員の乗船を許し、人質が発見され、救出されるというおめでたい筋書きを思い描くわが国政府の決定には、賛同しかねます」

仙堂はぴしゃりといった。「意見は記憶しておく。以上だ」

オフィスのなかに沈黙がおりてきた。

手をこまねくしかない。その言葉が、仙堂の胸に突き刺さった。そう、たしかにそうだった。昭和五十二年、まだ仙堂が一等空尉だったころの話だ。

この小松基地からスクランブル発進した。ところが通常の領空侵犯措置とはちがい、日本領空めざしてまっすぐ飛んでくる北朝鮮のミグ二機に迎撃態勢をとることになった。それでも現行の自衛隊法では、こちらから攻撃することはできない。たとえミグが領空侵犯しても、並走しながら翼を振って、戻れと合図するしかない。それでもだめなら、スロットルをあげて相手よりも前に出て、曳光弾《えいこうだん》をセットしたバルカン砲を威嚇発射する。このとき、相手の機首より前にでていなければ、先制攻撃とみなされる。国際法ではそのような基準がある。

だが、あのとき北朝鮮側のミグはいきなり旋回し、仙堂の機の背後にまわった。セミアクティヴ・ホーミングのロックオンを探知するブザーが鳴った。向こうは最初から交戦する構えをとったのだ。それでも自衛隊機は逃げ回るしかない。相手が本当に発砲しないかぎりは、なにもできない。

直後に、ロックオンははずれた。ミグ機は退散していった。一瞬は理由がわからなかった。だが、すぐにレーダーが別の機影をとらえた。在日米軍のF15が駆けつけたからだった。アメリカ空軍にも同様の国際法が義務づけられているとはいえ、彼らは自衛隊よりは行動の自由度が高い。アメリカは空中戦に持ちこんでくる可能性がある、ミグはそう察して逃げたのだろう。自衛隊もなめられたものだ。

「空将」岬二尉が声をかけてきた。

仙堂は岬美由紀に視線を戻した。

なぜか、岬二尉の表情は、さっきにくらべると穏やかなものになっていた。澄んだ瞳がじっと仙堂をみつめていた。

岬美由紀はいった。「空将も経験されていたんですね」

「なに？」仙堂は言葉の意味がわからずたずねかえした。「なんのことだ」

「昭和五十年代の、きょうと同じ状況をです。パイロットとしてスクランブル発進されたんでしょう」岬二尉は、また硬い表情になった。「心中お察しします。では」

岬美由紀は敬礼すると、踵《きびす》をかえしてさっさと立ち去っていった。

ドアに向かって歩き去っていく岬二尉を、仙堂は黙って見送った。

なぜ自分は、この女性パイロットを任務から外そうとしないのか。代わりのパイロットなら待機しているはずだ。いや、それよりも、岬美由紀の心情のほうが不可思議だった。あれだけ不服を申し出ておいて、あっさりと任務に戻ろうとしている。

そしていま、岬二尉はなぜか仙堂があの当時のパイロットだったことに気づき、語気を弱めた。謎《なぞ》だった。同情心をのぞかせたようにも、話しても無駄だと悟ったようにも、どちらにも思える。

胸にぽっかりと空いた空虚さを残しながら、仙堂は岬二尉のでていったドアが静かに閉じていくのを見守った。

滑走路

美由紀は廊下にでると、ドアのわきに相棒が立っているのに気づいた。

「岸元二尉」美由紀はいった。「なにしてる？　とっくにスタンバイしてると思ったのに」

岸元は肩をすくめ、無精ひげをはやした顎をなでまわした。「パイロットのおまえが来ないのに、ナビゲーターの俺《おれ》だけが戦闘機に乗ってどうするんだ」

「整備なり掃除なり、やることあるだろうに」美由紀は吐き捨てるようにいいながら、廊下を歩きだした。

そうはいったものの、相棒が待っていてくれたことにはかすかな喜びがあった。むろん、ごく小さなものでしかなかったが。

廊下はあわただしさを増していた。職員が右往左往をくりかえすなかを、縫うようにして歩いた。それでも、美由紀にはわかっていた。まだ発進の命令が下るまでには間がある。不審船に海上保安庁の船が追いつくまで、一時間はかかると予想される。そうなってから北朝鮮がミグを発進させる。自衛隊機の発進はその後でないと、事態を予測していたことが世論にあきらかになってしまう。したがって、まだ少なくとも二十分以上の猶予がある。

「岬」並んで歩きながら、岸元がいった。「正直、ひやひやしたぜ」

「なにが？」

「なにがって、おまえ」岸元はあきれたように笑った。「空将に向かって、あんな口のきき方を」

美由紀は複雑な気分になった。歩を緩めないまま、岸元を横目でみた。「聞いてたのか」

「あんなに大声張り上げてちゃ、耳に入らないわけがないだろ。永田町まで聞こえてたかもしれないぜ」

「どうせなら」美由紀はぶっきらぼうにいった。「平壌《ピョンヤン》まで届いてほしいもんだ」

〝滑走路〟と矢印が書かれた案内板に従い、角を折れた。美由紀は胸ポケットからラッキーストライクのソフトケースをだして、一本くわえた。ライターで火をつけて歩いた。たぶんほかの基地同様、ここも廊下は禁煙なのだろうが、周りの職員は誰も目くじらを立てるようすはなかった。

「なあ」岸元が妙にのんきな声でいった。「なんでわかったんだ？　空将が昭和五十年代当時の拉致事件で、いまの俺たち同様にスクランブル発進したってことが」

「さあ」美由紀は煙を吐き出した。「目の動きってやつでね」

「なんだって?」

「大脳生理学の理論でね。以前に経験したことを思いうかべると、視線が左上に向かうんだってさ。反対にみたこともないものを想像しているときは、視線は右上に向く。右脳か左脳のどちらかにアプローチするために、無意識のうちにそうした違いが生じるんだってさ。本に書いてあった」

「へえ」岸元は鼻で笑った。「ほかには？　手相の見方とかも書いてあったか」

美由紀はにこりともしなかった。「占いの本とかじゃなくて、まともな学術書。友里佐《ゆうりさ》知子《ちこ》医学博士の『面接療法の実際』って本」

「面接療法？」

「そう。カウンセリングとか」

岸元は口をつぐんだが、しばらく歩くうち、噴きだした。愉快そうに笑った。

美由紀はきいた。「なにがおかしい」

「いや、だってな。おまえがカウンセリングなんて。似合わなさすぎだろうが」

美由紀はむっとして黙りこくった。歩を早め、タバコをせわしなくふかした。

岸元のいうことはもっともだった。気性の荒いことで知られる自分に、そのような職種が務まるとは、誰も思わないだろう。

だが、美由紀はわかっていた。向いていないのは、むしろ現在の仕事だ。航空自衛隊では戦闘機部隊への配属は栄誉なこととされているが、美由紀はそれよりも救難部隊で活動することを望んでいた。被災地での救助活動のほうが性に合っている、自分ではそう思っていた。それも実際の救出そのものよりも、被害に遭った人々の心をおちつかせ、ケアにつとめることに関心があった。そのような希望を提出したとき、自衛官にありながら楽な道を選ぼうとしている、上官にはそのように叱咤《しった》された。美由紀は十二分な能力がありながら、それを出し惜しんでいると。しかし、美由紀にはそんな考えはなかった。動体視力や反射神経、運動神経が優良との判断を受けたのなら、それを人助けにこそ用いたい、そう思っていた。なにより、ひとの内面と向き合うことに深い関心があった。

二か月ほど前、両親を失った。交通事故だった。ふいに消えた肉親。そのせいで、自分の心に葛藤《かっとう》が生じた。心理学や精神医学関係の書物を読むようになったのは、その影響かもしれなかった。

防衛大卒業の報せを手紙に書いて実家に送ったが、なんの音沙汰もなかった。そのまま歳月がすぎ、再会することもないまま、永遠の別れになった。

思いがそのあたりに及んで、美由紀は嫌悪感を抱いた。ひょっとしたら、これはたんなる心の弱さの表れかもしれない。親を失ったことで生じる、動揺と虚無感。自分はただそれにさいなまれているだけかもしれない。

「まってくれよ」岸元が懸命に追いかけてきた。「そんなにさっさといかないでくれ。この基地の廊下、天井の表示板が妙に低いところまで垂れ下がってやがる。頭打ちそうで早く歩けねえんだよ」

「チビで悪かったな」美由紀は足早に歩いたまま、振りかえりもせずにいった。

「そんなこといってねえだろ」岸元のため息がきこえた。「わかったよ。岬美由紀ちゃん。おめえはカウンセラー向きさ。俺もインポの相談したくなった」

鉄製の扉に行き着いた。美由紀は立ち止まり、岸元を振りかえった。「北朝鮮の領空で行方不明になりたいか?」

「いや」

「じゃ黙ってろ。気分害したまま飛ぶと操縦桿《そうじゅうかん》がブレる」

岸元はおどけたようにいった。「了解、おおせのとおりに」

いつものやりとりだった。任務を前にして頭に血が昇りがちなこの時間、相棒と交わすブラックジョークはなによりの清涼剤になる。

扉を開け放った。強い風が吹きこんできた。

青空の下、小松基地の広大な滑走路がひろがっていた。エプロンに並ぶC130H輸送機のずんぐりした機体、うち一機がプロペラを回転させ離陸準備に入っていた。低いエンジン音が周囲に鳴り響いている。定期的な物資の輸送だろう。

一見、平時に近い雰囲気を漂わせた滑走路だが、それはこの基地が小松空港のターミナルや市営公園からまる見えの状態に置かれているからにほかならない。美由紀の目からみれば、基地はかなり高いレベルの警戒態勢にある。滑走路上にみえる人員の数も多く、地対空ペトリオット・ミサイルの発射装置を積んだ車両が日本海側にずらりと並んでいる。千歳《ちとせ》から高射隊の一部がここに空輸されてきたのだろう。万一、ミグ機が本土に異常接近した場合に備えてのことにちがいない。

短くなったタバコを投げ捨て、美由紀は歩いていった。この季節にしては、日差しが強い。滑走路上の気温もかなり高くなっている。サバイバルキットが納まったベストの重さが、さらに増したように感じられた。

無数のF15DJとF4E改が整然と並ぶエプロンの近くで、二機のF15DJが待機状態に入っていた。アラート待機中にスクランブル発進の命が下ったときには格納庫内で搭乗するのだが、今回はすでに滑走路にひきだされている。手回しのいいことだった。やはり自衛隊の上層部は筋書きを甘く考えている、そう思えてならなかった。

F15DJの機体に向かいながら、美由紀は憂鬱《ゆううつ》な気分を抱いていた。

これがMU2救難捜索機であればまだいい。マッハを超えて飛ぶ空対空の戦闘機に乗って離陸したところで、すでに不審船に捕らわれているであろう人質の救出に、どれくらい貢献できるというのだろう。北朝鮮から飛んでくるミグもたんなる威嚇にすぎない。その連中をいくらか足止めできたとして、海上の追跡活動をどれだけ支援できるといえるのだろう。結局、すべては海の上にかかっている。美由紀たちは外野での火花の散らせあいに参加するだけでしかない。少なくとも一名以上の日本人の命が危険にさらされているいま、それはあまりに悠長なことに思えてならなかった。

Ｆ15ＤＪイーグルに近づいた。長さ十九・五メートル、幅十三メートル、高さ五・六メートルの鉄の塊。にもかかわらず、離陸前には妙に小さくみえる。いつもそう思う。飛び出していく空間があまりに広すぎるのかもしれない。見渡すかぎりの空と海。そこではカモメもＦ15ＤＪも、大きさの面ではさしてちがいはないのかもしれない。

整備車両が右主翼の付け根の下にもぐりこみ、二十ミリ機関砲弾装塡装置の最終点検を行っていた。美由紀はそちらに向かっていった。身をかがめて翼の下に入り、車両の上に仰向けに寝転がって作業していた整備員に声をかけた。

「どう？　順調？」

馴染《なじ》みの整備員だった。「ああ、岬二尉。じきに終わるよ。どうもこっちに飛んできてから、弾倉からの給弾が不安定でね」

「太平洋側の基地で動いてても、日本海側で動かなきゃ意味がない」

整備員は笑った。「まあな。ま、今朝までの調整でほとんどだいじょうぶだ。いまは大事をとってるだけだよ」

美由紀はバルカン砲を見上げた。機体内に搭載されている円筒形の弾倉から、リンクによってつながれた二十ミリ弾が均一に送りこまれねばならない。ここぞというときに、発射不良があってはならない。それだけに、慎重を期しているのだろう。むろん、そうしてもらわねばならない。パイロットの美由紀にとってはなおさらだった。

「岬」岸元の声がした。

翼の下からでて立ちあがった。美由紀が歩み寄っていくと、岸元がクリップボードをさしだした。

「みなよ。豪華オプション装備つきだぜ」

美由紀はリストにざっと目を通した。搭載兵器の一覧だった。ＡＩＭ７Ｍ空対空ミサイル四基はいつもどおりだが、ほかにもずらりと爆弾の名が並んでいる。

またかがみこんで機体の下をみた。ラックにＭｋ82爆弾六発と、航空自衛隊の有する最大の爆弾であるＪＭ１１７、それに全長四メートルほどの魚雷のように細長いミサイルがみてとれた。そのミサイルを目にした瞬間、美由紀のなかにある感情が芽生えた。

ＡＳＭ１空対艦ミサイル。アクティヴ・レーダー誘導式の国産初の空対艦ミサイル。Ｆ１戦闘機用に開発されたはずだが、Ｆ15ＤＪに搭載されたのは初めてみた。これが備わっているなら……。

「岬」真田一尉の声がきこえた。「それは高速ミサイル艇に対処するためのものだ。それも、相手側の領海侵犯や先制攻撃があったうえで、司令部の指示を仰いではじめて使用が許されるものだ」

美由紀は立ちあがった。すぐ近くに真田と田村がきていた。

「わかってます」美由紀はつとめて無表情にいった。「われわれはミグに立ち向かうだけ。不審船を追いまわすのは別チームの役目。そうですね」

真田は刈り上げたこめかみを指先でかきながら、視線を落としていった。「岬二尉。百里のほうでの活躍はきいてる。勤務記録もみたが、たいした腕前だ。ただ、今回は決められたコースを一巡してパトロールをすませればいいというものではない。勝手な判断は作戦全体を失敗に追いこむ危険性がある。そのことを、よく肝に銘じておくことだ」

「了解」美由紀は機械的にかえした。

真田一尉はまだいい足りないという表情を浮かべたが、ため息をついて立ち去りぎわにいった。「よし。われわれが先頭。きみらは僚機として飛ぶ。わかったな」

美由紀は、立ち去る真田の背をじっとみつめた。思わず抗議したい衝動に駆られる。だが、言葉を呑みこんだ。理不尽な作戦そのものに反発してはいても、割り当てられた任務は的確にこなさねばならない。

そのとき、田村二尉が美由紀に近づいてきた。岸元より背が高い。二メートル近くあるだろう。米兵のようにガムを噛《か》みながら、にやついて美由紀を見下ろした。

「お荷物にならねえようにな」田村はいった。

岸元がうんざりしたように、田村に向かって手を振った。「大きなお世話だ。さっさと消えな」

「黙れ」田村は岸元にそういうと、美由紀に向き直った。「だが、へまをしてクビになっても心配すんな。再就職口なら世話してやんぜ？　新宿のおなべクラブあたりがぴったりだと思うけどな」

怒りがこみあげるよりもさきに、身体が反応した。美由紀は左の軸足を深く沈め、右足でローキックを繰りだした。田村の軸足の足首を、土踏まずと踵ではさむようにひっかけて蹴った。寸腿《すんたい》という技だった。田村は武術訓練をさぼっていたのか、美由紀の攻撃に対して無防備そのものだった。一瞬のうちに正座姿勢で膝をついてしまった。美由紀はその胸ぐらをつかみ、田村の顔を引き寄せてにらんだ。田村の顔には驚きと怯《おび》えのいろが浮かんでいた。

「結構」美由紀は低くいった。「再就職先ぐらい自分で探すから」

「岬！」真田が小競り合いに気づいて駆け戻ってきた。「よせ」

美由紀は田村を突き飛ばすように放した。田村はふらついたが、さすがに尻餅《しりもち》をつくほどではなかった。

真田は怒りの表情を浮かべていた。「なんてざまだ！　おまえらは選《え》りすぐりの部隊から選ばれた隊員なんだぞ。もっと自覚を持て！」

田村がまだ油断ならない視線を放っていたため、美由紀は身構えようとした。しかし、岸元が制止した。美由紀と田村は、それぞれのチームメイトによって引き離されていった。

F15DJの機体の陰までくると、岸元がいった。「岬、おちつけって！　あんなの相手にすんな」

岸元の腕を勢いよく振りほどき、息を荒くしながら、美由紀はようやく出撃のための心の準備が整ったことを知った。これも、戦闘機部隊のパイロットにとっては年中行事に近いことだった。昂《たかぶ》った精神状態のせいで喧嘩《けんか》や小競り合いが起きる。チームメイトがそれを引きとどめて行事は終わる。そのころには、消極的な気分もきれいさっぱりとなくなっている。あるのはただ、任務を間違いなくこなしてやるという執念だけだ。

むろんいまの自分は、そこまで単純にはなれない。こうしているあいだにも、一分一秒と祖国から遠ざかっている人間のことが頭から離れない。平凡な人生に、突如振りかかった予想だにしない災難。彼は、あるいは彼女は、いかに不安な状態にあることだろう。恐怖に身を震わせていることだろう。

だが、もはや上層部に対する疑念に頭を悩ませている場合ではない。いうなればそれもいつものことだ。

美由紀はバッグのファスナを開け、ヘルメットをとりだしながら思った。考えてみれば、自分は部隊一好戦的な性格として知られている。それが戦闘機部隊では評価にもつながっている、上官からそうきいた。そんな自分がカウンセラーを志す可能性。ありえない。美由紀は思わず苦笑した。そのような考えが頭をかすめただけでも滑稽《こっけい》だ。おなべクラブか。自分で思うのと他人が考えるのとでは、想像以上の開きがある。

「じゃ、いくか」美由紀はいった。

岸元は口もとをゆがめながら、手にしたヘルメットを持ち上げた。ビールの大ジョッキで乾杯するように、美由紀は岸元とヘルメットを打ちつけた。

F15DJに横付けされた梯子《ラダー》をよじ登った。そのとき、背後から男の声がした。「岬！　気をつけてな！」

振りかえると、整備員のひとりがこちらを見上げていた。その向こうにも、続々と整備員たちが集まってきつつある。オイルで黒く汚れた服を着た男たちが、まるで級友の旅立ちを祝うかのような笑顔で集結してくる。

なぜか美由紀の発進時には、多くの整備員が集まってくる。以前は、女性パイロットという物珍しさからそうなるのだろう、いずれは飽きるだろうと思っていたが、どうやらちがうようだった。集まってくる整備員の数は日を追うごとに増えていく。いつもはなにも感じないのに、きょうはなぜか少しばかり嬉《うれ》しかった。

「岬二尉！」別の整備員がいった。「無事に帰ってきてくれよ！　万一墜落でもしたら、あんたの腕じゃそれはありえないってんで、俺らの整備不良のせいにされちまう。そうなったら、里に帰ってトヨタの整備工場にでも勤めるしかねえからな！」

美由紀は笑った。周囲の音にかき消されないよう、怒鳴りかえした。「わかった。燃料が余ってたら、平壊のベンツを全部破壊して、トヨタのカタログを撒《ま》いてきてやるよ！」

男たちの笑い声を背に、美由紀は梯子《はしご》を昇りつづけた。

コクピットにおさまる寸前、美由紀は頰にかすかな風を感じた。滑走路の向こうを見やった。日本海上を運ばれてくる風。その洋上のどこからか、声が聞こえてくるような気がする。助けを求める声が。

美由紀は頭を振って、その考えを追い払った。カウンセリングを受けるべきなのは、自分のほうかもしれないな。そう思った。

採用試験

カウンセラーとして真っ先に心がけねばならないのは、身だしなみだという。相談者《クライアント》の信頼を得られなければ、カウンセリングは失敗したも同然だ。先輩は、くどいほどそういっていた。

嵯峨敏也《さがとしや》は、千歳烏山《ちとせからすやま》駅の改札をでたところにある鏡の前に立ちどまり、もういちどネクタイをチェックした。卸したてのスーツにはしわひとつないが、ネクタイの結び目はどことなく不自然だった。大学院ではこんなに堅苦しい服装をしたことがなかった。肌のいろが白いせいか、黒のジャケットやシャツを何着かそろえておけば、そこそこの見てくれにはなる、そんな自意識があった。ところがこうしていざスーツ姿になってみると、自分はなんら個性のない一介の若いサラリーマンと同様にみえてくる。特に顔が子供っぽかった。痩せこけた頬に、細める癖のある目、どういう意味かはわからないがやや女性的と知人に評されることの多い鼻すじと口もとは、幼かったころからフケ顔で通っていたはずだった。大学院でも同期の友人たちより三、四歳は上にみられる。にもかかわらず、いまこうしてみると自分は若造そのものでしかなかった。少し長めにしてパーマをかけた髪形も、功を奏してはいなかった。

あるいは、ふだんからややフケ顔とみられがちなことで、いまは少しでも歳をとっているようにみられるのではという、願望のようなものを抱いていたかもしれなかった。二十四にもなって、まだ社会人として自立しているわけではないという肩身の狭さ、それは大学院生なら誰もが抱く悩みだった。嵯峨の同期には医師を志す者が多いが、彼らはまだ就職後の生活保証があるからいい。カウンセラーをめざす嵯峨は、もうすぐ臨床心理士の肩書を得ることができるとはいえ、果たしてその後まともに飯が食えるかどうかもわからなかった。どこかの病院の精神科に、医師ではなくカウンセラーとして勤めるクチがあったとしても、自分がきちんと期待されたとおりに仕事をこなせるかどうか不安だった。

いまの時代、仕事にあぶれているカウンセラーは少なくない。今後多くの需要が期待される仕事として臨床心理士資格が認定され、大勢の人間がその資格を取得したが、無責任なことにそれを生かして専業のカウンセラーとなる明確な道すじが設定されているわけではなかった。結局、精神科医がより仕事の幅を広げるために取得した場合を除いて、臨床心理士資格は宝の持ちぐされに等しかった。そんなご時世だ、業績をあげられなければ、すぐに解雇されて別のカウンセラーに交代させられてしまうだろう。長年学んだ割りには、将来になんの展望もひらけていない、過酷な職種だった。

それでも、と嵯峨は思った。病院ではなく東京カウンセリングセンター勤務のカウンセラーになることができれば、そうした不安は払拭《ふっしょく》される。

東京カウンセリングセンターは、カウンセラーを志す者にとって唯一最大の憧れの就職口だった。都内のみならず、国内でも最高峰のカウンセリング機関。常時百人以上の臨床心理士が在籍し、精神病や神経症に関する相談のみならず、個人レベルのカウンセリングから企業相手の経営コンサルティングまで幅広く対応している。相談者の訪問件数は年間十二万件以上を数えるほか、全国各地の医療施設や教育機関に派遣されるカウンセラーの相談を受ける人々も合わせると、じつに年間四百万人以上が東京カウンセリングセンターの面接療法を受けている計算になる。

ふつうの病院の精神科とはちがって、東京カウンセリングセンターが多くの信頼を得ているのは、病院にありがちな権威主義と薬漬け療法のない、純粋に心の問題を解決しようとする基本姿勢が確立されているからだと聞く。それゆえ同センターのカウンセラーは、心理学の広範囲にわたる知識が要求されるうえに、相談者の人格や適性を見抜き、正しい処置がとれる力量を持っていなければならない。

魅力的な職場であるがゆえに、就職のチャンスはさほど多くあたえられてはいない。そして、きょうこれからの数時間がその数少ないテストのひとつだった。東京カウンセリングセンターでは、見習いとして仮登録された職員に出張カウンセリングをさせる習《なら》わしがある。職員にふさわしいかどうかの判断はなによりも実地で、というわけだ。派遣先は、東京カウンセリングセンターに出張カウンセリングを希望してきた、さほど重要度の高くないと思われる相談のなかから無作為にあてがわれる。見習いとはいえ、赴いた場所では自分は東京カウンセリングセンターの代表としてやってきたことになる。責任重大だ。ベテランの職員が同伴するわけでもなく、二時間ていどのカウンセリングをこなし、後日相談者からの評価を聞いて職員として本採用するかどうかが裁定される。いわばぶっつけ本番の採用試験だった。

だが嵯峨は、かえってそのテスト内容に好感を抱いていた。これまでも臨床に助手として参加するたびに、自分の実力を発揮できるのは論文やシンポジウムではなく、実際に面接療法に臨むときだと感じていた。もっとも、それはあくまで助手としての立場で感じられたことだった。自分ひとりでどこまでできるのか、それはまだわからない。ベテランのようなカウンセリングを行おうなどとは思わず、自分にとって最善を尽くそう。自分にとって最高の仕事をする、そう思えばいい。

少し曲がっていたネクタイを慎重に直したあと、懐からメモをとりだした。上京以来、初めて訪れる駅だ。周辺の土地にも詳しくない。交番で住所を告げて、道をきくべきかもしれない。

メモに書かれているのは世田谷の住所。名義は加藤太郎《かとうたろう》宅となっていた。その下に電話番号がある。

　初めて名前を目にしたときにも思ったが、加藤太郎とはずいぶんありふれているようで、実際にはあまりいなさそうな人名だった。年齢はどれぐらいのひとなのだろう。どんな相談内容を抱えているのだろうか。

　嵯峨は鏡の前を離れた。朝の通勤ラッシュもそろそろ終わりを告げる。自動券売機の前の混雑も減少しつつあった。その向こうに緑の公衆電話が並んでいる。昨今は携帯電話が普及したせいで、利用者もほとんどいない。

　訪ねる前に連絡を入れてみるか。嵯峨はそう思い、公衆電話に近づいた。受話器をとり、テレホンカードを差し入れてダイヤルした。短い時間ではあるが、これから自分が受け持つ相談者。緊張を禁じえなかった。

　数回の呼び出し音のあと、電話にでる音がした。女性の声が告げた。「もしもし」

「おはようございます。東京カウンセリングセンターより依託を受けまして伺わせていただきます、嵯峨と申します。加藤太郎さんは、ご在宅でしょうか」

「はあ」妙に甲高く、それでいて感情のこもっていない女の声がいった。「加藤は、ですね、いません」

　奇妙な感覚にとらわれ、嵯峨はメモをみた。電話番号は間違っていないはずだ。

　すみません、と嵯峨はいった。「加藤さんのお宅ではなかったでしょうか?」

「いえ、ええ」女の声はたどたどしく返事した。「加藤さんの、お宅です」

嵯峨は心のなかで言葉づかいを分析していた。言語障害ではない、おそらくは外国人だ。アジア人の響きが感じられるが、イントネーションは変わっていても五十音の発声は明確であり、特に母音の使い分けに苦労しているようすはない。発音が日本語にきわめて近いアジア系女性。韓国あるいは北朝鮮の人間。年齢は三十代から四十代といったところだろう。文法に慣れていないことから、日本での生活はさほど長くないと思われる。

ゆっくりと話すことを心がけながら、嵯峨はいった。「きょう加藤太郎さんとお会いする約束なのですが、いつごろ戻られますでしょう」

「はい、あの」女性の声はしばらく沈黙した。そして、わずかに震えながら早口ぎみにいった。「次郎は、いますけど。それから、三郎」

嵯峨は言葉に詰まった。

この女性はいったいなにをいっているのだろう。本当に、そういう名の次男、三男でもいるのだろうか。しかし、嵯峨の勘は女性の声のほかの部分に関して警鐘を鳴らしていた。自分は言語学者ではない。だが心理学についてはいちおうの見識を持っている。声の震えと早口になることが同時に起きるのは、精神の緊張状態が急激に高まったことを意味している。要因として考えられるのは極度の恐怖、もしくは不安。だとすれば、いったいなにが起きているのだろう。

嵯峨はいった。「では次郎さんか、三郎さんに代わっていただけますか」

また間があった。女性の声は早口で告げた。「次郎さんか、三郎さんは、いません」

「さきほどは、おられるとおっしゃったと思いますが」

「太郎は、いますけど。それから、四郎」

嵯峨のなかに、鈍い警戒心が生じた。

この女性には、記憶の混乱やそれに類する症状はない。自分が、意味不明にとられがちなセンテンスを反復しているという、ある種の気恥ずかしさ、世間体の悪さのようなものも感じられる。それでもなにかを訴えたがっている。ただ、嵯峨がその意味を理解できたかどうか、疑問に感じているような気配もある。

「とにかく」嵯峨はいった。「僕も仕事として命じられていますので、どうしてもお伺いしないと。加藤太郎さんのご依頼をいただいて、出張カウンセリングを行うために、千歳烏山駅まで出向いてきておりますので」

女性がこちらの言葉を理解できたかどうか、嵯峨は心配になった。

だが、女性はあっさりとかえしてきた。「おまちしております」

「ということは、加藤太郎さんは間もなくお戻りになられるか、ご在宅ということですか？」

「次郎は、いますけど。それから、三郎」

堂々めぐりだ。この電話では、なにもわからない。嵯峨はそう思い、明るい口調をつとめながらいった。「わかりました。ではのちほど、お伺いしますので。失礼します」

　相手の返事はきかなかった。嵯峨は受話器を置いた。

　思わずため息が漏れた。出張カウンセリングの相談者《クライアント》にはさまざまなタイプがいると聞いている。見習いまたは初心者のうちは、そうしたなかの特異なケースに対応しきれず、焦ったりあわてたりして失敗することも少なくないという。

　ただ、東京カウンセリングセンターの人事採用部から送られてきた募集要項には、テストでそれほど難易度の高い相談者の面接は行われないと書いてあったはずだ。いったい、いまの女性は何者だったのか。その言葉の意味は。

　韓国か北朝鮮の人間。ほぼ確証が持てると感じられるのは、それだけだった。嵯峨は両肩に重くのしかかる不安を感じながら、駅の出口に向かって歩きだした。

離陸

コクピットからみる小松基地の滑走路は、百里のものとよく似ていた。幅四十五メートル、長さ二・七キロというサイズもまったくおなじだった。こことおなじ海辺に位置する基地でも、那覇《なは》の場合はもっと海が視界に入る。ところがこの小松は内陸部にある基地とあまり変わらない印象を受ける。それゆえに、離陸後どちらに転進するべきかを忘れそうになる。

背後から岸元の声がした。「やれやれ。運転手さん、渋滞してるわけじゃないんだから。さっさとやってくださいよ」

美由紀は苦笑した。たしかに、前方には車両や人員の姿はない。いつでも離陸できる態勢になっている。それでも、まだお声はかからない。

ため息をついた。キャノピーを通じて照りつける日差しは、夏のように暑かった。滑走路上にも蜃気楼《しんきろう》が揺らいでみえる。かなりの高温だろう。この季節、日本海側としてはめずらしいかもしれない。

あるいはそれも、北朝鮮側の計算のうちか。すっかり秋めいて、ひとけのなくなった海岸。しかし時折おとずれる夏場のような気温、そういう日には小人数で海岸にやってくる若者やカップルがみられるだろう。拉致するには恰好《かっこう》の標的だった。

また怒りがこみあげてきた。あの蜃気楼とおなじく、頭から湯気が立ち昇りそうだった。額に汗が流れ落ちた。ため息とともに緊張を吐きだした。

その吐息がマイクを通じて聞こえたらしい。真田一尉の声が無線で聞こえてきた。「どうかしたか、岬二尉。あまり硬くなるな」

「まあ」田村二尉の声がつづいた。「お嬢には荷が重すぎる仕事かもしれませんからね。ほうっておきましょう」

美由紀は横目でもう一機のF15DJをみた。キャノピーのなか、複座式の前部に真田、後部に田村が乗りこんでいる。ヘルメットをかぶりフードを下ろしているが、酸素マスクはまだ装着していない。そのせいで、田村の口もとがゆがんでいるのもはっきりわかる。

「岬」真田の声がいった。「もういちど計器類をチェックしておけ」

「了解」美由紀はいった。平常心を保とうと努力しながら、操縦パネルの前面に目をやる。機械的にぶつぶつとつぶやいた。「ギアハンドルダウン。マスターアームスイッチオフ。スロットルオフ位置。いずれもよし」

ピッと無線が切れる音がした。岸元が、外に声が漏れないようにしたのだ。岸元は声を張り上げた。「向こうのふたり、気楽なもんだぜ。いまごろ誰かが拉致されてるとか、気が重くなるような事情をいっさい知らないんだからな。俺もおまえの話を聞かなきゃよかったぜ」

「勝手に立ち聞きしたんだろ」美由紀はぶっきらぼうにいった。

「おい」岸元は意外そうな声をあげた。「まさか、俺にも知らせないまま飛ぼうとしてたんじゃないだろうな」

「もちろん、そのつもりだったよ。パートナーへの思いやりかな」

「冗談じゃねえ。俺たちゃ仲間だろうが。知ってることはなんでも話せよ」

「いま、聞かなきゃよかったとかいってなかったか」

「それは、あの真田・田村組への皮肉だよ。俺はおまえを信頼してるぜ」

　美由紀はなにもいわなかった。岸元が本当に気にかけているのは拉致された誰かのことではない。さっきの話を立ち聞きしただけでは、まだ半信半疑のはずだ。それよりも、パイロットである美由紀が、悩みや迷いを抱いているせいでミスをしでかすのを恐れているのだ。たとえ戦闘機部隊だろうと、生還したいと思うのはみな同じだった。

　心配いらない。美由紀はひとこと、つぶやくようにいった。

　岸元が言葉を返してくるより前に、短いアラームが鳴った。司令部からの無線だった。またスピーカーがオンになった。オペレーターの声が聞こえる。「第二〇三飛行隊特別編成隊機。発進《テイク・オフ》せよ。くりかえす、発進せよ」

美由紀は酸素マスクをかけた。右の人差し指を立てて滑走路上の整備員に合図する。エンジンマスタースイッチをオン、JFSスイッチオン。スロットルの右エンジン接続スイッチをつかみ、ぐいと引く。エンジン音がしだいに高く響いてくる。計器をみた。エンジンの回転が三十パーセントに達すると、右スロットルを十八パーセント、アイドル位置に固定する。しばらくして必要な発電電圧に達するとエアインテイクがさがる。今度は左で同じようにやる。左エンジン接続スイッチを引き、三十パーセントに達したらアイドル位置へと固定。

航法コントロールをINSにセットしたとき、視界の端に黒い影をとらえた。真田・田村組のF15DJが、美由紀の機よりも前に進みでていく。

岸元が吐き捨てるようにいった。「隊長機きどりだぜ」

美由紀は黙っていた。先に行きたいやつは行かせればいい。

いつものようにエプロンから出る場合はステアリングスイッチをノーマルモードからマニューバモードに切り替えて、駐車場から出るクルマのようにカーブしながら列を抜け出さねばならない。が、いまは親切なことに滑走路に機首を向けてスタンバイしている。このまま前進すればいい。

真田たちの機の斜め後方を、二十ノットていどの速度でじりじりと前に進んだ。先行させてやる代償に、ぴったり後ろにくっついてプレッシャーを与えてやる。美由紀はそう心に決めていた。

トリム位置、フラップ離陸ポジションよし。ピトー管ヒーター、レーダー、エンジンアンチアイスをオン。BIT灯オフ。キャノピーロック確認。離陸準備、最終確認完了。

真田・田村組のF15DJのエンジンが点火するのをみてとった。その機体が滑りだすのをみた瞬間、美由紀もエンジンに点火した。

急激な加速。プラット・アンド・ホイットニー社製F100の強力なエンジンがもたらす、驚異的な推進力。エンジンが点火するたび、身体がシートにめりこんでいく。滑走路が流れていく。フルアフターバーナーに達した。百二十ノット。クイックにローテーションし、ギアとフラップをすばやく戻した。

身体が浮き上がっていく。滑走路から空へと視界が転ずる。先行する真田・田村組の機に寄せたまま、急角度で上昇していく。

昇降計をちらとみて、上昇ピッチを六十度に保つ。一秒ごとに二百メートルを上昇していくすさまじい上昇力に身をゆだねる。ほとんどロケットの垂直打ち上げのようだった。さすがに真田一尉の操縦には迷いがない。強烈なGをものともせず安定した上昇をつづけている。だが、美由紀も引き離されなかった。離陸時のまま、斜め後方につけていた。

雲に入った。キャノピーの前面に青白い稲妻が走ってみえた。直後に青い空がひろがる。真夏よりは、太陽の光はまぶしくはなかった。

真田・田村組が上昇から水平飛行に移る構えをみせた。美由紀もそれにつづいた。操縦桿を前に押す。圧倒的なマイナスGの力が身体をしめつける。真田は通常より強烈なGをものともしないようすだった。負けるわけにはいかない。意識が遠のきそうになる全身の痛みをこらえて同じコースをたどった。荒くなった自分の呼吸音が耳に響く。めまいを感じる。

水平飛行に入った。アフターバーナーを切り、ハーフロールをうってマイナスGをプラスGに変換する。ここまでずっと、斜め前の視界に一定の距離をおいて真田一尉の機体が存在しつづけていた。引き離されなかった。

「岬」真田の声がした。「腕前のほどはよくわかった。だが、もう少し離れろ。ニアミスすると困る」

岸元の笑い声がきこえた。同時に、美由紀も苦笑した。

真田がわざと荒っぽい操縦をして、美由紀を試そうとするのは予測がついていた。自分はその試練に打ち勝ったのだ。

「真田一尉」美由紀はいった。「わたしがニアミスするような腕に思えます?」

しばしの沈黙のあと、真田が不満そうにいった。「いいから、もう少し距離をおけ」

美由紀は思わず顔をほころばせた。真田・田村組からわずかに離れるとともに、真横に並んで飛んだ。相手より前に出るわけでもなく、後ろに下がるわけでもなく。

青い空、眼下にひろがる雲海。そのなかに、ぽっかりと浮かぶように飛ぶ二機のF15D

た。

J。気の重くなるような命のやりとりが任務になる戦闘機部隊で、唯一心が和む瞬間だった。

だしぬけに、無線から田村の声がきこえた。「ふざけるな、道化」

一瞬、どういう意味かわからなかった。後方を振り返って、田村の言葉が岸元に向けられているのを知った。岸元は並んで飛んでいる真田・田村組に対して、いや正確にはこちらをみていた田村に対してさかんに中指を立てていたのだ。

「よせよ」美由紀はいった。「これ以上いがみあうな」

ふん、と岸元が鼻を鳴らした。「すっとしたぜ」

美由紀のなかにわずかに複雑な感情があった。だが、強力な推進力に身を委ねて、それを払拭した。美由紀はかすかに笑いながらつぶやいた。まあ、ね。

仙堂は滑らかに左右に開いた鉄製の自動ドアをくぐって、小松基地の司令部に足を踏み入れた。府中の航空総隊司令部ほどではないが、この基地の中枢機構は全国の自衛隊駐屯地のなかでも最も発達しているようにみえた。壁ぎわには航空警戒管制団からの情報を地図上にリアルタイムで反映させるメインスクリーンのほか、バッジシステムに対応したあらゆるディスプレイが整然と並んでいる。オペレーターの数も三沢基地より多いようだ。今回の作戦のためにかき集められた人員も含んでいるだろうが、職員たちの動きは手慣れていて、混乱は微塵《みじん》も感じられない。

だが仙堂は、その手慣れた感じにかえって釈然としない思いにとらわれた。憲法が自衛隊を軍隊として認めていないとはいえ、最新鋭の兵器で武装した集団が、作戦前にこれほど静粛にことを進めているのは異様である気がしてならなかった。なぜそんな思いが頭をかすめるのか。自衛隊の特殊性は何十年ものあいだにすっかり身体に染みついているはずなのに。

昭和五十年代の同様の作戦の際、F4のコクピットで耳にした司令部のオペレーターの声を思いだした。国籍不明機、領空に侵入。本土に達する恐れあり。迎撃せよ。指示はそれだけだった。あまりにも淡々と、まるで台本でも読み上げるような口調が記憶に残っている。

緊張感が欠落しているとはいえない。が、緊張の種類が本来とは異なっているのでは、そう思えてならなかった。われわれは皆、整然と〝儀式〟をこなすことにばかり注意を注いでいるのではないか。この作戦がどんな意味を持つのか。それを考えて行動すべきではないのか。

仙堂はひとり首を振った。ありえない。自衛隊では幹部候補生ですら、いや幹部候補生だからこそ、そのような思考はマイナスだと教育されてきた。むろん作戦行動をいかに成功に導くかという状況判断は不可欠だ。しかし、作戦の本質的な意味合いについて迷いや葛藤を持つことは、自衛隊ではタブーとされてきた。アメリカのような好戦的な国家の軍隊でも、命令への絶対服従や実行に躊躇《ちゆうちよ》しないことは原則となっているが、それと日本の事情とは趣を異にする。

軍人と同様の責務を求められながら、軍人であることを公に否定され、公務員であることを自覚せねばならない立場。そんな自衛隊員のアイデンティティの矛盾が、やがては有事の際にとりかえしのつかない失策につながるのではないか。そんな危惧《きぐ》が、きょうは妙に自分の心にとり憑《つ》いて離れない。

あの岬美由紀という二等空尉は、仙堂の持っていた疑念や猜疑心《さいぎしん》を浮き彫りにした。それは否定できなかった。かつての作戦行動のとき、仙堂も岬二尉と同様の葛藤を抱いた。作戦そのものに合点がいかない、そんな状況で命を張らねばならない。仙堂は、自分が防衛庁の上層部よりも岬美由紀に近い心情を抱えていることを、認めざるをえなかった。この作戦には現実味がない。政府閣僚の自己満足のためのシナリオにすぎない。ある意味で、閣僚たちは犠牲になる国民のことをなにも考えていないのではないか、そんなふうにも感じられる。日本政府として努力した、というゼスチャー。それさえあれば最低限の義務は果たせたことになる、そういう甘えた観測も鼻につく。

「空将」将補がコーヒーを盆にのせてさしだしてきた。「どうぞ」

さも入れたての、白い湯気をたてるコーヒーを眺めて、仙堂はため息をついた。カップも皿も瀬戸物だった。オペレーターたちが使用している、プラスチック製のマグカップに使い捨ての紙コップをはめこんだものとは異なる。こんなときにも上官にだす茶に差別や区別をつける。それが礼儀だと思っている。日本人の弱み。千利休なら、粋であるというかもしれないが、仙堂には忌避すべきことに思えてならなかった。まるで作戦そのものを、ごっこ遊びのように軽んじているような気がした。

「いらん」仙堂はそういって、スクリーンの表示に目を向けた。

将補は軽く頭をさげて、ひきさがった。

スクリーンには北朝鮮から発進した二機のミグの機影のほか、海上自衛隊から電送されてきた不審船および、北朝鮮のものとみられる高速ミサイル艇の位置が表示されている。その赤い点滅のわきに映しだされる緯度と経度の数値も、しだいに北朝鮮寄りに変わっていく。あの点滅のなかに、捕らわれた日本人がいる。それはまず、間違いない。

かつて仙堂が作戦に従事したときも、当時の幹部たちはこの赤い点滅をみつめていたにちがいない。仙堂とちがい、そのときの空将は直々にパイロットに面会することなどなかった。たしかこの基地にさえ来ていなかったように覚えている。自分はそんな無責任な幹部とはちがう、そういう思考が、直接パイロットたちに会って話をしたいという欲求につながったのかもしれない。おそらくそうだと仙堂は思った。しかし、仙堂が予想していた以上に、岬美由紀二等空尉は厳しいものの見方をしていた。昭和五十二年当時、パイロットだった自分自身も空将と面会する機会があったとしたら、岬二尉のように異議を申し立てることができただろうか。それともかえって、航空総隊のトップが直接話しかけてくれたことを栄誉と感じ、有頂天になり、のせられて作戦への迷いをふりきってしまう、そんな結果になっただろうか。

きょうパイロットに会う決心をしたのは、自分がそのような効果をねらっていたからだ。仙堂はあらためてそう思った。そして、そんな幹部特有のエゴイズムをさもパイロットに迷いを捨てさせるための行為と結論づけ、ひとり納得する。そのため以外のなにものでもなかった。

赤い点滅をみつめた。じきに、不審船は日本の領海から外にでる。

作戦は、あの当時と同じ欠陥をかかえながら進行している。いまの自分に、なにかできることはないのか。不可能と知りながら、仙堂は心のなかで自問自答していた。

叫び

嵯峨は、やわらかな午前の日差しを浴びながら世田谷の住宅街を歩いていた。この一帯には独特の趣がある。上京以来、中央線沿いの駅を三度移り住んだ嵯峨にとっては、この街の静けさは驚き以外のなにものでもなかった。静かすぎる。東京とはどこにいっても電車の音と、激しく行き交うクルマのエンジン音が織り交ざって聞こえてくるものだとばかり思っていた。それはすなわち、嵯峨がみてきた東京がほんの一角にすぎず、学業に勤《いそ》しんできたぶんだけ社会勉強が疎かになっていたことを意味していた。

住所に記された場所はすぐにみつかった。そして嵯峨は、呆然と立ちすくんだ。近辺には広い敷地を持つ豪邸も多いが、この加藤太郎邸はそのなかでも比類なき荘厳さに満ちた洋館だった。鉄格子状の柵《さく》のなか、生い茂る樹木の向こうに年代ものの三階建てジャコビアン様式の豪邸がひっそりと建っている。敷地の面積は四百坪はあるだろう。建物は明治建築風の煉瓦造《れんがづくり》で、かなり古びてはいるが、それでも実際に明治時代からずっと建っていたわけではなさそうだった。外観は旧状をとどめているが、窓は比較的新しいサッシだった。この辺りは太平洋戦争当時、焼夷弾《しょういだん》による空襲で焼け野原になったときく。

嵯峨のよく知る中央線沿いの住宅地にくらべて道路の幅が広く、整備が行き届いているのもそのせいだろう。建物も戦後つくられたか、再建されたものにちがいない。

三階の半円状に張り出したバルコニーには、衛星放送用のパラボラアンテナがあった。しかし、どうも妙な印象がある。この建物にそぐわない、そのせいだけではないような気がする。嵯峨はしばしそれを眺めていたが、理由ははっきりとしなかった。

そのとき、だしぬけに背後で男の声がした。「なにか」

嵯峨はびくっとして振りかえった。

真後ろに立っていたのは、でっぷりと太った初老の男だった。白髪頭に山高帽をかぶり、スーツは古臭い型だが、きれいにアイロンがかけられていた。男の目はとろんと垂れてい て、頬の肉は垂れ下がり、一見してブルドッグを思わせる。その顔つきのせいか、ひどく無愛想にみえる。

「あの」嵯峨は笑顔をつとめた。「東京カウンセリングセンターから依託を受けまして……」

「ああ」男は嵯峨の言葉をさえぎった。「あなたが嵯峨先生ですか。お若いひとなので、わからなかった」

「加藤太郎さんは……」

「私です」男はにこりともしなかった。

加藤太郎と名乗る男は、それきりなにもいわずにじっと嵯峨をみつめていた。

嵯峨は当惑していった。「本日は、カウンセリングをご希望で……？」

「ええ、まあね」加藤はなおも探るような目で嵯峨をみつめていたが、やがて嵯峨のわきを通りすぎて門へと向かった。「お入りください」

あまりにも若いカウンセラーが派遣されてきたせいで、失望したのだろうか。嵯峨はそんな不安にとらわれた。それに、わからないことが多すぎる。東京カウンセリングセンターのテストでは、比較的楽に接することができる相談者《クライアント》があてがわれることになっていたはずだ。こんなに年上の相談者では、まだ社会人として満足な仕事もしていない嵯峨には荷が重すぎることになる。

加藤太郎は門の錠をはずして開けると、さきに庭のなかへと進んでいった。嵯峨もあとにつづいたが、加藤は開いたままの門を振りかえろうともせず、さっさと前方に歩いていく。老いた感じのする外見にはそぐわぬ、しっかりした足どりだった。見た目ほど老けてはいないのかもしれない。

嵯峨は木立のなかを歩きながら、加藤の背に声をかけた。「ずいぶん古いお屋敷ですね」

しかし、加藤はなにもいわずに歩を進めている。

嵯峨の困惑はいっそう深まった。ひょっとして、出張カウンセリングとはいつもこうなのだろうか。これでもまだ見習い向けなのだろうか。だとするのなら、プロのカウンセラーとして勤めあげるためには、これからよほどの経験を積まねばならないだろう。

「失礼ですが」嵯峨はきいた。「ご家族は？」

玄関の扉の前まで達していた加藤は、足をとめた。ゆっくりと振りかえった。垂れた目が、わずかに見開かれた。小さめの黒い瞳が嵯峨をまっすぐにとらえた。

加藤はつぶやくようにいった。「ここは、私ひとりです」

嵯峨は黙っていた。加藤太郎がふたたび背を向け、扉の鍵を開けるのをじっと見守った。

心理学の教えでは、ひとが嘘《うそ》をつくときには肌の露出している部分を隠そうとする動作が、無意識的に現れることが多いのだという。この男性の場合、素肌をさらしているのは顔と手だけなのだから、たとえば顔に手をやったり、あるいは手を後ろにまわしたりポケットにつっこむそぶりをみせれば、そうした可能性もなくはないと判断できる。

だがいまのところ、加藤はそのような兆候はみせていない。むろん嘘をつく人間にはさまざまなタイプがいる。嘘をつくことになんら罪悪感を覚えていなければ、肌を隠すという無意識的な反応も起きない可能性もあるだろう。また、加藤にとって嘘がばれることを恐れる相手でなければ、いくらでも平然とした態度をとりつづけることもありうる。きっとそうにちがいない、嵯峨は思った。五十代や六十代の目つきの鋭いカウンセラーが派遣されていれば、この加藤という男はもっと率直な反応を表していたかもしれない。その意味では、自分は役不足であることは否めない。

だが、ひとつだけたしかなことがある。加藤太郎は嘘をついている。少なくとも、真実を語ってはいない。この男がひとり暮らしだというのなら、あの電話にでた女の声はなんだったというのか。それに、次郎や三郎、四郎とはなんのことなのか。

加藤太郎は玄関の扉を開けた。なかは薄暗かった。洋館だが、下駄箱がみえる。靴を脱いであがるらしい。

そのとき、ふいに男の声が、奥から響いてきた。呻《うめ》き声とも、叫び声ともつかない声だった。

嵯峨はひるんだ。立ちすくんで、屋敷の奥の暗闇に目を凝らした。だが、なにもみえない。声もそれきり途絶えた。

しかし加藤太郎は、まるでなにも聞こえなかったように、平然とした顔で嵯峨を振りかえった。「さ、どうぞなかへ」

「いまの声は?」嵯峨はきいた。

「声?」加藤は眉《まゆ》をひそめた。どこかおかしいところでもあるのか、そういいたそうな表情をしていた。

「この家には、おひとりで住んでおられるとおっしゃったはずですが。ほかにどなたか、いらっしゃるんですか」

ああ、と加藤は眉間《みけん》を指先でかいた。「ひとりで暮らしているというのは、家族がいないという意味ですよ。知り合いが、いま来てますのでね」

苦痛をともなっているとしか思えない声を発する知人。いったいどんなもてなしをしているというのだろう。

「先生」加藤は嵯峨をみつめた。「カウンセリングをしてくださるんじゃなかったんですか」

「いえ、ええ。そうです。ちゃんと行いますよ」

「じゃ、なかに入ってくださいませんか。この歳になると、日差しの強さは我慢ならなくてね」

日差しが強い。こんな穏やかな秋の日だというのに。

とらえどころのない相手。素性のわからない、ひどくありふれた名前の人物。その背が扉のなかへと向かっていくのを、嵯峨はみつめていた。秋の穏やかさを通り越して、嵯峨は凍てつくような寒さを感じはじめていた。

質疑

美由紀はコクピットのＨＵＤ《ヘッドアップディスプレイ》上に表示されたデータに目を走らせた。機首に装備されたＸバンドのマルチパルス・ドップラー方式のＡＰＧ63レーダーは、ルックダウンと長距離探索に能力を発揮する。

司令部はミグの飛行をすでに確認している。じきにこのレーダーに捕捉《ほそく》されるはずだ。スイッチを入れながら、美由紀はいった。「戦術電子戦スコープ、オン」

「了解」背後で岸元がいった。「なあ岬、さっき基地を離陸する前に物騒なことといってたな。平壌のベンツをすべて破壊してやるとか」

「あくまで冗談だよ。整備員たちのノリにあわせただけだ」

「北朝鮮にベンツなんかあるのか？」

美由紀はふっと笑った。「知らないのか？　党や政府の高級幹部にだけ支給されてる。超高級品扱いだよ」

「高級品ねえ」岸元はふんと鼻を鳴らした。「ヤー公御用達《ごようたし》のクルマを好む高級幹部どもか。国の内情がわかろうってもんだ」

「最近のメルセデスはそうばっかりでもない。Ｅクラスなんか、かわいい見てくれになってる」

「あの丸いヘッドライトが四つ並んでるやつだな。ベンツも穏やかになったもんだぜ。女誘うにはよさそうだけどな」

「いまどきの女が、クルマで釣られると思う？」

甲高い発信音とともに、無線に真田一尉の声が飛びこんできた。「岬。無駄話はそれぐらいにしとけ。司令部からの情報どおりなら、そろそろ反応があるはずだ」

美由紀は口をつぐんだ。司令部の情報。わざわざ離陸して警戒しているはずの戦闘機が、司令部のキャッチした情報どおりに動いて、すでに存在の判明している敵機に向かう。そして、いまみつけたばかりのように装う。ばかげていた。これでは本末転倒だ。

そのとき、ブザーが鳴った。スコープに赤い表示がでた。ふたつの三角形がこちらに向かっている。ＩＦＦ敵味方識別装置が瞬時に作動する。ＵＮＫＮＯＷＮという表示。国籍不明機、すなわち敵機だった。

美由紀はつぶやいた。「まっすぐ正面に現れてる。しらじらしすぎるんじゃないのか」

「あ？」真田一尉の声がした。「なにかいったか」

「いいえ。なにも」美由紀はいった。おしゃべりもそろそろ打ちきるときがきた。互いに音速に近い速度で接近しつつあるのだ、遭遇までさほど間があるわけではない。

仙堂は思わずつぶやいた。しらじらしい、か。まさにそのとおりだ。

司令部はわずかにあわただしさを増したとはいえ、実戦の喧騒にはほど遠かった。あまりにも役割分担がはっきりしすぎている。航空自衛隊は、北朝鮮から飛んでくると思われるミグに対する迎撃、いや、正確には迎撃のかたちをとるだけでいい。ミグがまっすぐ向かってきても、自衛隊機にできるのは警告だけでしかない。

ひどくおちつかない気分になってきた。仙堂は、さっきコーヒーを断ったことを悔やんだ。酒とまではいかないが、コーヒーぐらいなら口にしておくべきだったかもしれない。胃の痛さ。そんなものを感じるようでは空将失格にちがいない。しかしいま、自分は明確にその苦痛を感じている。それは、この作戦に対する自分の強い既視感《デジャビュ》のせいだった。スクリーンに表示された局面はいちど体験している。それも、あのミグ機に向かって飛んでいくF15、自分はまさに操縦桿を握っていた。時間が経つにつれて、今回もあのときとまったく同じシナリオを歩んでいるような気がしてならなかった。

あの当時にくらべて、われわれが学びえたこととはなんだろう。仙堂は考えた。バッジシステムは強化され、すべてのレーダーサイトはデジタルネットで結ばれている。電子飛行測定隊に導入された最新鋭機も、従来よりもずっと多くの電波の質や波形、ビームパターンを分析できるようになっている。だが、根本的なところではなにも変わっていないのではないか。土足で踏み入ってくる北朝鮮側の来客に対して、われわれはあまりにも受け身だった。その受動的姿勢を崩さぬことを唯一最大の約束事として立案された作戦、そこには現実的な説得力は皆無だった。作戦とは本来、能動的でなければならないはずだからだ。

「司令部」真田一尉の声がスピーカーから響きわたった。「国籍不明機の機影をキャッチ。指示を請う」

F15のレーダーがミグを捕捉した。当然だった。このスクリーンをみればわかる。飛んでくるミグに方位をあわせて発進したのだ、搭載されたレーダーの最大レンジ内に入りしだい、機影は表示される。

仙堂の気持ちをよそに、一佐がマイクに告げた。「了解。そのままの方位で飛行せよ」

真田のたずねる声がした。「アフターバーナーを使用すべきか？」

「いや」司令部内のオペレーターが応えた。「ミグ、いや、国籍不明機の領空侵犯まで待て。あと二十秒足らずだ」

なんという茶番劇だろう。仙堂は顔に手をやった。段取りが決まっているうえのことならば、記録に残る無線通信はもっと慎重に行わねばならない。あと二十秒でミグの領空侵犯が起きるから、そうしたら加速せよ。どこの世界に、そんな占い師のような指示を送るオペレーションがあるというのだろう。

だが、真田は疑心を抱いたようすもなく告げた。「了解。指示あるまで待機する」

仙堂はひそかに岬二尉の無線通信を待ち望んでいた。だが、彼女の言葉はなかった。岸元とのおしゃべりも途絶えている。黙々と飛行しながら、いまはなにを考えているのだろう。作戦に対する反感の気持ちを抱くのはよいが、いまは任務に集中してほしい。仙堂はそう思った。戦闘機同士の一触即発のかけひきでは、ほんの一瞬の迷いや躊躇が致命的な失敗につながる可能性がある。それは、いかに経験を積んだパイロットであろうと遭遇しうる落とし穴だった。

沈黙はさらに数秒つづいた。二機のミグが、緑色の線で示された領空に近づきつつある。そして二機は、あっさりとそれを越えた。不審船はまだ日本の領海内にあるが、これで北朝鮮側は不審船逃走のための支援態勢をつくりあげたことになる。

やはりあのときと同じだ。スクリーンをみつめながら、仙堂は思った。


「ところで」加藤太郎という名の男は、大きな革張りのソファにでっぷりと太った身体をうずめながらいった。「あなたは職業柄、嘘をみやぶる技術をお持ちだとか」

二十畳ほどもある、ヨーロッパ風の飾りつけがなされた応接室で、嵯峨は身を硬くして座っていた。カウンセリングのために訪れたはずが、どう切りだしていいかわからない。迷うこと数分、加藤のほうから沈黙を破ってきた。それが、そういう問いだった。

「はあ」嵯峨はとぼけぎみにいった。「嘘を、ですか。たしかに、そういういい方もできるかもしれませんね。カウンセラーは相談者《クライアント》と面接し、対話することによって心理を把握していくのですから、たとえば虚言があった場合、心理学的な知識でそれを察知することはありうると思います。ただ、僕たちの仕事はそれを目的にしているわけではありません」

「教科書的な回答だな」加藤は微笑した。初めてみせた笑顔だった。「私はてっきり、あんたが私に対してそういう技術を使っているかと思ったよ」

「どういうことですか」

「さっき、庭のところで私が嘘をついているかどうか、探ろうとしただろう」

嵯峨のなかを奇妙な感触が駆け抜けた。いったい、この男の目的はなんなのか。ただ面接療法を受けるためだけに、東京カウンセリングセンターにカウンセラーの派遣を依頼したわけではあるまい。

加藤太郎の目はじっと嵯峨を見据えている。いままでなんら輝いていなかったその小さめの黒い眼球に、いまはかすかな好奇心の灯火《ともしび》がやどったように感じられた。

嵯峨は警戒心と敵愾心《てきがいしん》を抱いた。この男はカウンセラーの技能について、少なくともあるていどの知識を有している。東京カウンセリングセンターの講義ではたしかに、相談者が嘘をついた場合の見分け方と対処法を教えていた。一般に、カウンセラーに対する誤解や偏見、嫌悪を広めないためにも、そうした技術についてはできるかぎり公にしないというのが、この業界の原則でもあった。しかしこの加藤という男は、それを知っている。

ひょっとして、これは東京カウンセリングセンターの採用試験の一部なのか。目の前にいるこの男は、一般の相談者を装った試験官ではないのか。自分がこうした状況にどれだけ対応できるかを、別室で誰かが監視している、そんな可能性はないだろうか。

まずありえない。嵯峨はそう思わざるをえなかった。諜報員や暴力団員の採用試験ではないのだ、東京カウンセリングセンターという、健全さで知られる精神医学研究機関がそんな物騒な方法を試すはずもない。しかも、この状況はテストにしてはあまりにも常軌を逸している。非日常的というより、まさに戯画《カリカチユア》といった様相を呈している。

それならば、この男の狙いはなんなのだ。なぜ嵯峨の職業面での技能に関心をしめすというのか。

「ときに」加藤太郎は咳《せき》ばらいした。「あんたは、どちらにお住まいかね」

答えることを拒否する理由はない。嵯峨はいった。「高円寺です」

「ほう。JR中央線ですな」加藤はしばし黙って天井をみつめた。なにか考えごとをしているそぶりがつづいたのち、ふたたび視線が嵯峨に向いた。「中央線の呪い、というのはどう思うかね。昨今の流行《はや》りだが」

「飛び込み自殺者が、都内のほかの沿線にくらべて極端に多いという、そのことですか。むろん呪いなんかじゃないと思います。東京・高尾間に延びる中央線はただでさえ駅の数も多く、距離も長い。それだけで、沿線別に自殺者の統計をとった場合、中央線が上位になる理由の説明はつくでしょう」

「たしかに。しかし、極端に多いっていう事実はどう説明するね？　たとえば、中央線の下りの出発点である東京駅のすぐ近くには平将門《たいらのまさかど》の首が埋められているとされる将門塚がある。飯田橋には靖国神社、市ケ谷には自衛隊の駐屯地、信濃町には東宮御所、代々木には神宮外苑、新宿には花園神社とくる。ここまでに中央線は、都心の皇居をぐるりと迂回しながら、天皇ゆかりの地を結んでいき、最後は高尾駅という、大正・昭和天皇の眠る多摩御陵へと至る。日本人の信仰になにやら密接な関係があるのではないかね？　さらには、〝風水〟の観点でみれば、日本に五本ある龍脈のうち一本が、富士五湖から大月、高尾、吉祥寺、新宿を経て都心に至る道を形成している。いうまでもなく、これは中央線とぴたりと一致していて……」

「加藤さん」嵯峨は意識的に醒《さ》めた口調でいった。「オカルティズムは当方の専門外です。そうした歴史的背景や偶然の一致が人々の心理に影響をあたえることはあっても、それが自殺の原因になるとは考えられません。自殺者の心理というのは個々に複雑多様なものであり、決して一概に社会現象として述べられるものでもありません。もしオカルティズムにある種の現実感をおぼえるようなことがあれば、そのときにはむしろ現実の自分の生活に目を向けるべきです。なぜなら、オカルティズムに傾倒するというのは、身近なところに解決が容易でない問題を抱えていて、そこから目を背けるために生じる欲求だからです。人間やこの世界や生命、宇宙といったものに対し、非科学的であろうがなんだろうが考えあぐねることによって、自分が抱えている身近な問題はそれにくらべてたいしたことではないので無視すればいい、そういう納得感を得られるからです。これは逃避以外のなにものでもありません。もしあなたがいまそういう境地におられるのなら、これから僕との対話によって、少しずつ現実に目を向けていきましょう。いまは無意味に思えても、やがてはそれがあなたにとって最善のことだったと思う日が来るはずです」

加藤太郎は黙って嵯峨の言葉を聞いていた。が、だしぬけににんまりと笑った。

「みごとだ」加藤はいった。「すばらしい。オカルトにきっぱりと背を向けて現実的な精神療法にしか関心をしめさない。きみは本当の意味での科学者だ。信頼に足る存在だ。さらには、相談者に対する気遣いもみせている。オカルト好きの人間についての心理分析も正確だ。優秀なカウンセラーだ。私もきみは信用できるという気になった」

嵯峨は狐《きつね》につつまれたような気分になった。ただあっけにとられて加藤をみつめた。

この男の意図はあいかわらず不明だが、どうやら本気でオカルティズムに傾倒しているわけではなく、嵯峨を試しただけのことらしかった。たしかに、大学および大学院の心理学科では、何度となくオカルトに対する視点や興味について問いただされた。心理学を志す者はどこか浮世離れした〝精神世界〟への関心を抱きやすく、道を踏み誤らないともかぎらない。そうなったら、カウンセラーではなく宗教者となってしまう。真に科学的であるべきという理由で、そのような質疑を何度も受けた。加藤太郎は、嵯峨のそういう面をテストしたのだ。

「では」加藤太郎は腰を浮かせた。「さっそくだが、お願いしたいことがある。なに、すぐすむよ」

嵯峨は妙に思ってたずねた。「お願いとは？　僕はあなたのカウンセリングをするために来たんですが」

「それはつまり、私の悩みを解決するため協力してくれるという意味だろう。心理学者として、できる範囲のことで。ちがうかね」

「ええ、たしかにそうですが……」

「なら、異存はなかろう」加藤太郎は、廊下につづく扉を手で指ししめした。「こちらへどうぞ。嵯峨先生」

緊急事態

美由紀のヘルメットに、司令部からのメッセージが届いた。「領空侵犯の敵機に向けて速やかに警告せよ。くりかえす、領空侵犯の敵機に向けて……」

ふいに爆音が轟《とどろ》いた。真田・田村組のF15が瞬時にアフターバーナーを点火し加速した。一万キログラムを超える推力のエンジンを全開にし、翼を傾かせた巨大な機体がうっすらとした雲を断ち切りながらみるみるうちに遠ざかっていく。

背後で岸元がため息まじりにいった。「やれやれ。連中、張りきりすぎだぜ。早くからアフターバーナー使いすぎちまって、海の藻屑《もくず》にならなきゃいいけどな」

美由紀はぶっきらぼうにいった。「こっちもいくぞ」

間髪《かんはつ》を入れずにアフターバーナーを点火した。ふたたび強烈なGが身体をしめつける。ヘルメットに鳴り響く轟音《ごうおん》のなかで、岸元が呻き声をあげたのが耳に入った。

美由紀も歯をくいしばっていた。岸元のいったことはあながち皮肉なだけの言葉ではない。アフターバーナー全開ではわずか十五分ていどで燃料を使い果たしてしまう。だから使用は最小限にとどめねばならない。

それでも、躊躇《ちゅうちょ》してはいられない。作戦が腑《ふ》に落ちなくても、すべてはすでに始まっている。空の防衛。いまの自分に求められていることは、ただそれだけでしかない。

だがそのとき、美由紀の耳が異質なノイズをとらえた。わずかに甲高い響きをただよわせたサーッという砂嵐のような音。司令部や、僚機が使用しているものとは別の周波数の無線をとらえ、自動調整して受信したものにちがいない。味方の通信だ。そうでなければ、このF15の受信機では自動的にとらえられない。

感度の悪いラジオのような音が数秒つづき、男性の声が聞こえてきた。「……急連絡。くりかえす、海上保安庁巡視船〈みしま〉より緊急連絡……」

美由紀ははっとした。アフターバーナーを切ってロールをうちながら通常飛行に戻った。ふいに強烈なGから解放された岸元が、驚いた声でいった。「急ブレーキは追突のもとだぜ？　なにかあったのか？」

「静かに」美由紀はぴしゃりといった。

海上保安庁の巡視船からの連絡はつづいていた。「こちら〈みしま〉……」

司令部はにわかに騒々しくなっていた。予想しえない事態の発生に、オペレーターたちは浮き足立っていた。持ち場を離れて、司令部の中央に立ってモニタを見上げた職員たちが、いっせいにそれぞれの席に向かって突進した。飛びつくようにインカムをとりあげ、装着した。

仙堂は苛立《いらだ》った。これでは無線が聞こえない。反射的に怒鳴った。「将補。静かにさせろ」

「静粛に！」将補は司令部内に響きわたる声で叫んだ。「全員静まれ！」

沈黙が包んだ。ノイズのなか、海上保安庁の船からの通信はつづいていた。

「こちら〈みしま〉。攻撃を受けている。本艦の左舷《さげん》前方に国籍不明の潜水艦あり……」

仙堂は思わず声をあげた。「潜水艦だと⁉」

ふりかえった一佐と目が合った。一佐はあわてたように通信班のブースに駆けていき、オペレーターに命じた。「〈みしま〉の正確な位置をGPSで割り出せ」

オペレーターが即答した。「北緯四十度五十二分、東経百三十四度。日本海ウラジオストク南方海域」

将補がいった。「〈みしま〉周辺の状況をメインスクリーンに拡大表示」

壁の大型スクリーンの表示が切り替わった。海上自衛隊のレーダーによって捉えられた〈みしま〉の船体が赤く表示されている。そこから五十メートルていどの距離に、ふいに出現したと思われる潜水艦の所在を示す点滅があった。

仙堂はきいた。「海自からの情報は？」

オペレーターが答えた。「第三護衛隊群第四十四護衛隊の護衛艦〈やまゆき〉から入電。

潜水艦はフォックストロット型第二級大型潜水艦。約四分半前、不審船追跡中の海上保安庁〈みしま〉の行く手を阻むように浮上、出現」

仙堂は胸騒ぎをおぼえた。フォックストロットとはNATOによる命名だが、もとは六〇年代後半に就航した旧ソ連の潜水艦だ。兵装は五百三十三ミリ空気圧式魚雷発射管を艦首に六門、艦尾に四門装備。搭載魚雷数は二十二発はあったはずだ。北朝鮮に売却されたものとみて間違いない。おそらくは、ミサイルなど新しい兵装も施されているにちがいない。

「それで」仙堂はいった。「海上自衛隊はなにをしている。対抗手段は」

一佐がモニタから顔をあげ、困惑した表情でいった。「それが、周辺に海自の護衛艦は一隻も……」

悪寒が駆け抜けた。仙堂は命じた。「日本海上の海自の配置図をだせ」

メインスクリーンが切り替わった。無数の護衛艦が広域に点在している。が、なかでも佐渡島《さどがしま》に近い海域にほとんどの護衛艦隊が集中していた。逆にいえば、そのせいで海上保安庁の〈みしま〉が北朝鮮の潜水艦と接触している海域は手薄になっていた。

仙堂はきいた。「なぜあそこに集まっている?」

オペレーターが答えた。「北朝鮮のものとみられる高速ミサイル艇が、あの近海に位置しているせいです。海自警務隊本部の判断により、周辺海域の護衛艦、潜水艦が集結しています」

あの高速ミサイル艇は餌《えさ》だった。北朝鮮側からすれば、ピラニアの群れをそちらに集めるための囮《おとり》にすぎなかったのだ。仙堂は動揺した。北朝鮮の戦略は、以前よりずっと賢いものとなっている。日本側は、古式ゆかしい儀式にのっとった作戦しか展開していない。

「空将」将補が緊迫した声でいった。「〈みしま〉に最も近い護衛艦〈たちかぜ〉でも、現場海域への到着までには三十分かかります」

仙堂は息を呑《の》んだ。もはや状況は予断を許さないものとなった。拉致《らち》された人間の安否だけではない、海上保安庁の巡視船も見殺しにされる可能性がでてきた。海上自衛隊の船舶では間に合わない。駆けつけることができるのは航空機しかない。

「戦闘機部隊の待機は？」仙堂はきいた。

オペレーターが応じた。「坂下・泉組のF15が五分で離陸可能です」

「五分だと」仙堂はまくしたてた。「海上保安庁の船はいま危険にさらされてるんだぞ。急がせろ！」

了解。震える声でオペレーターが応じた。

航空自衛隊の戦闘機は対空兵器が主体であり、対艦攻撃能力には欠ける。それでも捨て置くことはできない。基地から新しい戦闘機をスクランブル発進させることが最良の策に思えた。すでに発進した二機のF15はミグとの接触に備えて手いっぱいだ。呼び戻すことはできない……。

　ふと、仙堂は違和感に捉われた。スクリーンに表示された地図上には、一機のF15しか存在していない。アフターバーナーでミグめざして推進しているのは真田・田村組の機影だけだ。

　仙堂はたずねた。「岬・岸元組はどこだ」

　あれです、と将補が指さした。なんと岬二尉のF15はアフターバーナーを切り、通常速度での飛行をつづけている。そのせいで、機影はまだ日本の領空深くにあった。

　いったいなにをしているんだ、岬二尉は。仙堂は心のなかでつぶやいた。

「おい岬」岸元が警戒心のこもった低い声でたずねてきた。「まさか、つまらねえ考えを……」

「岸元」美由紀はいった。「いまの周波数を探索して位置をＨＵＤ《ヘッドアップディスプレイ》に表示しろ」

一瞬、言葉を呑みこんだ岸元が言葉をかえした。「そんな情報、どうするつもりだ」

「いいから、表示しろよ」

数秒の間があった。アフターバーナーで飛行しているわけではないが、それだけの間でも、かなりの距離を飛んだことになる。もはや前方のミグに関心を失いかけている美由紀にとっては、ひどくじれったい間だった。

背後でボタンを操作する気配があった。ＨＵＤ上に緯度と経度が表示された。海上保安庁巡視船〈みしま〉の位置。東南東の海上にあった。あきらかに日本の領海内だった。

「岬二尉」司令部からの声がした。「推力がおちている。速やかに国籍不明の領空侵犯機に向けて飛べ」

無線が切り替わる音がきこえ、真田一尉の声が響いてきた。「岬。なにをしている。じきに敵機と遭遇《エンカウント》する。ただちに援護につけ」

美由紀は黙っていた。操縦桿《そうじゅうかん》をまっすぐにし、ただ水平飛行をしていた。

思考が追いつかない。人間が飛ばすには、この戦闘機は速すぎる。なぜかぼんやりとそう思った。こうしている間にも、本土は遠ざかる。海上保安庁の船との距離はひらくばかりだ。

鋭いノイズとともにまた周波数が変動した。「こちら海上保安庁〈みしま〉。攻撃を受けている。敵潜水艦は魚雷およびミサイルを威嚇《いかく》発射。くりかえす、攻撃を受けている」

魚雷およびミサイルを威嚇発射。日本の領海で。日本人を拉致した不審船を追った、海上保安庁の船が攻撃されている。

これ以上、なにを迷うことがあるだろう。そう思ったとき、美由紀の目はすでに兵装パネルのスイッチの位置を確認していた。ＡＳＭ１空対艦ミサイル。この兵器で潜水艦にも対処できる。

操縦桿を倒した。急速に右旋回、一瞬まばゆい太陽の光に包まれ、つづいて雲のなかに飛びこんだ。

小松基地司令部にどよめきがひろがった。オペレーターたちが口をあんぐりと開けてスクリーンを見上げている。報告することさえ忘れているのか、誰もなにもいわない。

仙堂は苛立ち、レーダー監視班のブースに小走りに向かった。

空将が接近してくることにいまさら気づいたようすのオペレーターが、あわてたようにいった。「岬・岸元組、コースをはずれ転進しました」

そんなことはみればわかる。仙堂は歯ぎしりしながら、通信班のほうへと向かっていった。マイクを手にしたまま呆然《ぼうぜん》としているオペレーターに、仙堂はいった。「貸せ」

オペレーターは目を丸くしてマイクを差しだした。それを受け取ると、仙堂は怒鳴った。

「なにしてるんだ、岬二尉! だれが針路を変えろといった!」

薄暗い部屋に足を踏み入れたとき、嵯峨は身を凍りつかせて立ちすくんだ。

先に入室した加藤太郎が、無表情のまま振りかえった。「そんなに驚くこともない。彼は知人だ」

がらんとした円形の部屋の中央に、一脚の椅子がぽつりと置かれていた。その椅子に、小柄で痩《や》せた男が座っている。スーツを着ていて、上着だけ脱がされたようだ。ワイシャツは喉《のど》もとのボタンをはずされ、ネクタイは緩められている。室内は暑くはないが、ひどく汗をかいていた。痩せこけた、三十代半ばぐらいの男。髪は短く刈り上げている。敵愾《てきがい》心《しん》に満ちた目をこちらに向けている。だが、なにもいわなかった。口の端から血がしたたり落ちている。口のなかを切っているのかもしれない。よくみると、頬にもうっすらと痣《あざ》があった。みるからに痛々しかった。

すぐにはわからなかったが、男は後ろ手に縛られているようだった。疲労感を漂わせているが、意識はある。加藤太郎には目もくれず、ひたすら嵯峨を見つめている。

嵯峨は男の身体をみた。鍛えているのか、引き締まった身体つきであることが服の上からもわかる。ほかに怪我《けが》を負っているようすはない。早急に治療を要するような状況ではない。それでも、これは異常事態だった。この男は捕らわれている。なんの目的かはわからないが、加藤太郎に監禁され、暴行を受けている。そうとしか思えない。

平然とした表情をうかべている加藤に、嵯峨はきいた。「いったい……」

「彼か」加藤はいった。「気の毒にね。半狂乱になって暴れるんで、やむなくこういう処置をとった。それが彼の、安全のためだとも思ったからだ。もっとも、半狂乱という言葉はふさわしくないな。あんたなら、きちんとした症例もわかるだろう」

嵯峨は椅子に座った人物をみた。怒りに満ちた表情。口を固く結んでいる。むろんリラックスした状態でないことだけはたしかだが、この男がどんな精神状態なのかは、一見しただけではわからない。

「ご気分は？」嵯峨はきいた。

しかし、男は口をつぐんだまま嵯峨をにらむばかりだった。嵯峨が投げかけた言葉について、わずかな表情筋の動きさえもしめさない。

加藤太郎が、無慈悲にいった。「彼との話は、私がする」

嵯峨は加藤に反感をおぼえた。「カウンセラーは対話によって相手の心を理解するんです。話してみないことには……」

「あんたは、私のカウンセリングに来てるんだろう、嵯峨先生？　彼と話す必要はない」

椅子の男は、爛々《らんらん》と光る目でひたすら嵯峨をにらみつづけている。近づいたら嚙《か》まれそうな、獣《けだもの》のような殺気さえ漂わせている。

しかし、なによりも頰の痣と口から流れる血が気になってしかたがない。なにが起きたというのか。嵯峨は加藤に向き直った。

「加藤さん。あなたのカウンセリングをするだけだというのなら、なぜ僕をここに？」

「悩みの理由を知ってほしくてね。カウンセラーは相談者《クライアント》の悩みを解決するのが仕事だろう？　彼こそが、私の悩みだ」

「このひとが、あなたになにをしたというんですか」

「それはあんたには関係ない」加藤太郎は白髪頭に手をやった。「ただ、みてのとおり彼は貝のように固く口を閉ざしていてね。あることについて問いただしているが、答えてはくれんのだ」

「それで」嵯峨は一瞬ためらったが、思いきってたずねた。「暴力で口を割らせようとしたんですか」

「私が知りたいのは真実の答えだ。拷問《ごうもん》や尋問で聞き出そうとしたのでは、いいかげんな答えが返ってくる可能性がある。それでふと、カウンセラーというものの存在に気づいてね。どうだろう、私の質問について、彼に心あたりがあるかどうか、表情から読みとってはもらえないかね？」

「お断りです。僕らの仕事は読心術じゃありません。このように暴力的な香りの漂う状況では、あなたに一方的に荷担することも難しいですし」

「あんたの協力が、さらなる暴力を生むのを防ぐことになるかもしれんよ」

扉のほうに足音がした。廊下に大柄の人影があった。スーツを着ているが、首まわりの太いいかつい男だった。頭は禿《は》げあがり、目もとは黒々としたサングラスに覆われている。

嵯峨は恐怖心を抱いた。震える自分の声をきいた。「脅しですか」

「そうとりたければ、とってもらってもかまわん。だが、あんたにとっちゃお安いご用なんだろう？　協力してくれることが理想的だと思うんだが」

嵯峨は、自分の怯《おび》えが急速に鎮まりつつあるのを感じた。理由は判然としなかった。ふいに襲った災難。この場が恐ろしくないわけがない。それでも、恐怖心は薄らぎつつあった。ひとり怯えてはいられない、そんな心境に近いようにも思えた。拒絶した場合、嵯峨の身も危険にさらされる可能性はある。が、この椅子に縛りつけられた男にこのうえ暴力が及んだらどうする。気がかりなのは、むしろそちらのほうだ。

「ひとつ」嵯峨は加藤にいった。「約束してくれますか。結果がどうあれ、事後のこのひとと僕の身の安全を保証してください。それなら、できるかぎりのことはします。ただ、心理学的な判断は、絶対的なものでないということだけは覚えておいてください」

加藤太郎は目を細くしてじっと嵯峨をみていたが、やがてうなずいた。「わかった」

なぜこんなことになってしまったのだろう。嵯峨はいいしれない不安と苛立ちのなかにいた。ただ指定された場所に赴いて、初歩的なカウンセリングを行えばいい、そのはずだった。いまはむしろ、心をおちつかせてほしいのは嵯峨のほうだった。

「では」と加藤。「これから彼に質問を投げかける。あることを、経験したかどうかを問う。彼はなにも答えてくれないだろうが、たしかカウンセリングの技術では、目の動きで身に覚えがあるかどうかがわかるんだったな」

「ええ」嵯峨は気乗りしないままいった。「いちおうは。でも、そんなことを前もって言ったのでは、このひとが警戒して目の動きに気を配ってしまいます。そうなると、正確な反応は表れません」

「その心配はない」加藤太郎はそういうと、椅子の男のほうをみた。はっきりした発音で、早口にいった。「ポブル・オギミョン・チョボルル・パンヌンスガ・イッタ。アプロ・オットケ・ハルリエージョンインデヨ？」

決断

「岬！」真田一尉の声が無線を通じて、美由紀のヘルメットに響いてくる。「勝手な行動をとるな！　作戦どおりに任務を遂行しろ！」

なにが作戦だ。なにもわかってはいない。美由紀は唇を嚙み、アフターバーナーを全開にした。強烈な推進力で身体がシートに張りつく。身体の隅々まで浸透するGを感じながら美由紀は思った。やはり、こちら側の読みは甘かった。たかだかひとりやふたりの拉致のために、北朝鮮がさほどの戦力を投入してくるはずはないだろう、戦略アナリストはそう分析したにちがいない。しかし、それは間違っていた。北朝鮮は、日本側がなめてかかることを承知していた。海の儀式に不審船、空の儀式にミグ。すべて予定調和のなかで、肝心要の瞬間には決めの一手を指してきた。潜水艦はあらかじめスタンバイしていたにちがいない。不審船はでたらめに逃走しているようにみせて、追っ手をその潜水艦へと誘ったのだ。高速ミサイル艇は、海上自衛隊をひきつけるための囮だ。

岸元が轟音のなかで叫んだ。「岬！　ほっとけよ！　海自にまかせとけ！」

「それでは間に合わない」美由紀はいった。「このままでは潜水艦の援護で不審船は領海外に逃げきる。拉致された人間が連れ去られる」

「ミグはどうすんだ？　真田・田村組は一機で二機のミグに面と向かうことになるぞ」

「いや。相手は対局の焦点を海上に絞っている。潜水艦が立ちふさがっている、そのマス目こそが王手なんだ。それ以外に、不必要なところで国際法に触れる問題は起こさない。ミグはたんなるにぎやかしだ。一機でもF15が向かえばさっさとひきかえすさ」

視界は厚い雲に遮られつづけていた。キャノピーに走る稲妻が激しさを増す。高度を下げた。じきに雲から抜け出すはずだ。

「まったく！」岸元が笑いのまじった声で怒鳴った。「まさかおまえの命令無視につきあわされるとはな！　俺もあの整備士とトヨタの板金工場勤めになるかもな！」

「整備士はともかく、おまえにそんな器用な仕事がつとまるのか」

「クルマのへこみキズなら自分で直したことあるぜ。パテを盛って濡《ぬ》れたサンドペーパーで磨いて……」

「オートバックスのバイトぐらいならできそうだな」美由紀はそういいながら、気流によって生じる激しい縦揺れのなかで操縦を維持しようと懸命になっていた。額に汗が流れるのを感じる。操縦桿を握る手も、手袋のなかはじっとりと汗がにじんでいる。

視界がひらけた。高度をさげて雲から抜けだしたのだ。厚い雨雲だった。天候はよくない。海上は灰色に黒ずんでいた。

荒れくるう海の波が目視《もくし》でとらえられるほどにまで高度をさげ、美由紀はレーダーが示す方位に向かってF15を飛ばした。潮流の上を吹き抜ける向かい風が機体を揺さぶる。コントロールに注意せねばならない。セスナやヘリコプターなら体勢を立て直すすべはあるだろうが、ジェット戦闘機の場合は一瞬の油断が命とりになる。

岸元がつぶやいた。「そろそろみえてくるころだぞ」

美由紀は水平線の彼方《かなた》をみた。霧がかかっている。見通しはあまりよくない。それでも、白いもやのなかになんらかの変異はみとめられた。立ち昇る白煙。雲ではない。針の穴のように小さくみえるが、そんな海上の動きが一瞬、視界のなかにとらえられた。ただちに針路を微調整し、白煙にまっすぐ機首を向けた。

眼下に流れていく大海原、そのなかに存在する一点にみるみるうちに接近した。たちこめる煙。いくつか水柱があがった。小型ミサイルの着弾か、水面ぎりぎりに発射した魚雷を自爆させたにちがいない。船体に命中して爆発したのなら、水柱だけでなく炎もみえるはずだ。威嚇に相違ない。そして、威嚇があるということは、まだ海上保安庁の船は無事ということだ。たったいま、この瞬間にはというだけにすぎないが。

白煙の上空をかすめ飛ぶコースをとった。美由紀は目をしっかりと見ひらき、一瞬が勝負のあらゆる情報を見落とすまいとした。

もやのなか、二発つづけてあがった水柱の近くに巡視船の姿があった。爆発との距離はわずか十メートルたらずだった。三千二百トンていどの中クラスの巡視船のようだ。甲板には、砲撃による水柱と高波のなかで必死にしがみついている乗員の姿がみとめられる。ベル212型のヘリが搭載されているが、このような状況では離陸準備すらできないのだろう。ローターが回転しているようすもない。

一瞬のうちにそれだけの状況を見きった。そして、巡視船の向こうに黒々と浮かぶ物体が目に入った。

旧ソ連製ディーゼル推進潜水艦らしかった。おそらく朝鮮戦争の前後に旧ソ連から買いつけたものだろう。多数のミサイルと魚雷を搭載できるよう改造されているらしい。

美由紀のなかに怒りが燃えあがった。領海を侵犯して、ここまで堂々と海上保安庁の行く手を遮るとは。操縦桿を倒して旋回しようとした。そのとき、視界の端にもう一隻の船をとらえた。

漁船のような形状をしているが、速度はずっと速い。それは、鋭角にほそ長く尾を引いている航跡をみてもわかる。マストのようにみせかけているのは通信用のアンテナらしい。

「岬」岸元が背後でいった。「あれが不審船か」

おそらくそうだろう。あの速度で航行できるということは、逃走用に馬力のあるエンジンを搭載しているにちがいない。拉致された人間がいるのなら、あのなかだろう。航路は巧みに計算されていた。浮上した潜水艦が完全にバリケードの役割を果たし、海上保安庁の追跡を阻む。不審船はその陰に隠れ一目散に逃げていく。

ＡＳＭ１空対艦ミサイルを抱えてはいても、日本人が乗っている以上あの不審船を攻撃することはできない。となると、手立てはひとつだけだ。潜水艦を攻撃して、海上保安庁に不審船を追わせる。それしかない。

潜水艦は領海を侵犯している。それに威嚇とはいえ射撃を行っている。ならば防衛のためにも武器の使用はやむなし、そういう判断が当然に思える。

「司令部」美由紀は旋回しながら早口にいった。「不審船らしき船舶を発見。さらに領海侵犯の国籍不明潜水艦、海上保安庁巡視船に砲撃中。救援のため空対艦ミサイルの使用を……」

「いかん！」仙堂の声がかえってきた。「砲撃とはいえ威嚇だろう。船体が損傷していない以上、戦闘を拡大するような行為に踏み切ってはいかん」

これでもまだ耐えろというのか。美由紀は苛立ちとともにいった。「威嚇ではあっても着弾が近すぎます。潜水艦は海上保安庁の船の安全を考慮しているとは思えません」

「それはきみの憶測だ」

憶測だと。だれがみてもわかる。北朝鮮側はたしかに威嚇目的で砲撃してはいるが、巡視船が少しでも不審船追跡の構えをみせようものなら沈めるつもりでいる。

あの巡視船には少なくとも四十人以上の乗員がいる。これだけ荒っぽい攻撃を受けている味方の船をまのあたりにして、捨《す》て置《お》けるはずがない。

「岬！」だしぬけに岸元が叫んだ。「十時方向！」

ほぼ同時にブザーが鳴った。セミアクティヴ・ホーミングのミサイルにロックオンされた、その警告音だった。とっさに身体が反応していた。操縦桿を引いて急上昇、直後に水平飛行に移ってハーフロールを打ち、旋回した。

かわしたミサイルが空の彼方に遠ざかるのを、美由紀は視界にとらえた。間一髪だった。潜水艦から発射された対空ミサイルだ。それも狙い定め、ロックオンしたうえで発射した。あきらかに撃ち落とすつもりでいた。

猛然とこみあげる怒りとともに、美由紀は潜水艦に針路をとった。これ以上、領海内で好き勝手をさせてたまるか。沸騰した全身の血のなかでそう思った。

加藤太郎はくりかえした。「ポブル・オギミョン・チョボルル・パンヌンスガ・イッタ。アプロ・オットケ・ハルリェージョンインデヨ？」

椅子の上で後ろ手に縛られた男は、かすかな戸惑いをみせた。が、視線はそらさず、じっと加藤をにらみかえしている。

嵯峨は自分の心拍が速まるのを感じていた。前もって目の動きについて会話しても、この男の心理を読み取るのに支障はない、そう加藤が判断した理由が、これでわかった。この椅子の男は日本人ではない。加藤が投げかけている言葉の発音から察するに、韓国あるいは北朝鮮の人間だ。おそらく、日本語はまったくわからないのだろう。

同時に、嵯峨は加藤太郎という男も日本人ではないだろうと思った。詳しいことはわからないが、加藤の口にした朝鮮語はとても流暢《りゅうちょう》にきこえる。

電話で話した女の声が、嵯峨の脳裏をよぎった。彼女も韓国か北朝鮮の人間と思われた。この屋敷に、あの女はいるのだろうか。いるとするなら、なぜ姿をみせない。加藤太郎は、なぜそのことに言及しない。

加藤太郎は、嵯峨をみていった。「どうだね」

椅子の男の目は動いていなかった。瞬《まばた》きさえしていないようにみえる。

嵯峨は首を振った。「まだわかりませんね。くりかえし問いかけてみるべきでしょう」

加藤はため息をついたが、椅子の男に向けて同じ言葉を投げかけた。「ポブル・オギミヨン・チョボルル・パンヌンスガ・イッタ。アプロ・オットケ・ハルリェージョンインデヨ?」

質問は何度も反復された。椅子の男は視線を動かさない。身に迫る危険を察していながら、驚くべき度胸だった。しかし、忍耐ははたしていつまでつづくのだろう。

嵯峨は椅子の男の顔をみつめつづけた。一瞬の動きさえも見逃すことはできない。食い入るように、凝視しつづけた。

いまや小松基地司令部は嵐のような喧騒《けんそう》につつまれていた。航空自衛隊の各基地に支援を呼びかけるとともに、幕僚監部の指示も仰がねばならなかった。日本海上で交戦が本格化しようとしている。それも、予測したシナリオにない事態だった。

将補が通信班のブースに駆けより、マイクを奪いとった。咳《せ》きこみながらさけんだ。「岬二尉、よせ！　ただちに回避行動をとれ。潜水艦相手にASM1空対艦ミサイルを使用すべきではない！」

そのとき、意外なほど冷ややかな岬美由紀の返答があった。「いま使わないで、いつ使うんですか」

将補は言葉を呑みこんだ。当惑のいろをうかべている。ほかのオペレーターも同様だった。

仙堂はスクリーンをみつめながら、自分が出撃した当時と同じじれったさを感じていた。すべてあのときと同じだ。仙堂も、ミグがあきらかに闘いを挑んできたにもかかわらず、応戦を禁じられた。理由はわかっている。本格的な戦闘は、日朝間の関係に重大な緊張をもたらす。あのときの仙堂がミグを一機でも撃ち落としていれば、戦争に拡大する可能性があった。当時は、それだけ両国は一触即発の関係にあった。いまも多少は緊張緩和が進んだとはいえ、潜水艦を撃沈したとあっては、日本と北朝鮮の危うい外交関係は一挙に崩れ去ることになるだろう。

しかし、と仙堂は思った。それならば、われわれはいったいなんのために存在するというのだ。自衛隊に先制攻撃が許されないのはわかる。が、防御のための応戦さえできないというのでは、存在意義がないではないか。自衛隊は文字どおり、憲法上あいまいにされてきた解釈の泥沼にはまってしまっている。そして北朝鮮側は、それを承知で弱点を突いてきている。先月のテポドン・ミサイル発射も、こうした事態について日本の対処能力のなさを推し量るには絶好の機会だったにちがいない。

岬二尉はどうすべきなのか。あのときの仙堂と同じく手をこまねくしかないのか。われわれは彼女に、どのような指示を送るべきなのだろう。

そのとき、スピーカーから真田一尉の声がした。「司令部。ミグと遭遇が予測された空域に着いた。レーダーに反応がない。……現在のミグ機の位置は？」

ほとんどのオペレーターが岬二尉の機と潜水艦の動きに気をとられ、真田の問いかけを無視していた。仙堂は腹を立てていった。「通信班！」

通信班ブースのオペレーターが、はっとしてマイクに答えた。「了解。現在、ミグの位置は……」

オペレーターはそこで押し黙った。妙な気配を感じ、仙堂はスクリーンに目を走らせた。

ミグがいない。仙堂は自分の目を疑った。さっきまでまっすぐこちらに針路をとっていたはずの二機のミグが、姿を消してしまっている。地図の表示はきわめて広範囲におよんでいるが、どこにもミグの機影はない。

一佐があわてたようにいった。「ただちに探索しろ」

司令部がまた騒がしくなった。オペレーターたちはあらゆるレーダー波を用いてミグの位置を捕捉しようと躍起になっていた。

北朝鮮は常に先手を打っている。こちらは後手にまわるだけだ。そう認めざるをえなかった。仙堂は唇を噛んだ。スクリーンに目をやり、またしてもひやりとした。ミグの探査に誰もがかかりきりになり、岬二尉に制止を呼びかけることを忘れている。岬・岸元組の機影は、潜水艦に向かってまっしぐらに突き進んでいる。

日朝開戦の火蓋《ひぶた》を切るつもりか、岬二尉。仙堂は食い入るようにスクリーンの光点を見つめた。

ブラックアウト

加藤太郎の問いかけに、椅子の男は無言を貫きとおしていた。むしろ、同じことのくりかえしに余裕さえ感じているような印象を受ける。

嵯峨は瞬きする間も惜しんで椅子の男を注視していたが、まだ目の動きに反応は表れなかった。あるいは、この椅子の男もカウンセラーの技能についてあるていどの知識を持ち、警戒しているのかもしれなかった。

加藤は苛立《いらだ》ったようすで、椅子の男に近づいた。見下ろすほどの距離に立つと、だしぬけに右手を伸ばし、椅子の男の首をつかんだ。

嵯峨の身体《からだ》を緊張が駆け抜けた。椅子の男の顔にも、あきらかに動揺のいろが表れた。

加藤はきいた。「ポプル・オギミョン・チョボルル・パンヌンスガ・イッタ。アプロ・オットケ・ハルリェージョンインデヨ?」

その瞬間、嵯峨の視界には椅子の男がのぞかせた水面下の心理が、はっきりととらえられた。

視線の動き。それにともなう表情筋の変化。間違いない。椅子の男は、加藤太郎の質問に対して明確な反応をしめした。いま、答えがわかった。椅子の男は怯えと困惑の入り混じった目で、嵯峨のほうをみた。嵯峨に思考を読み取られたかもしれない、あたかもそんな警戒心を抱いているかのようにも思える。その男の視線を追って、加藤太郎が振り向いた。椅子の男の胸ぐらを、乱暴に突き飛ばすように放すと、嵯峨のほうにつかつかと歩み寄ってきた。

「わかりましたかな?」加藤は険しい顔をしていた。「では、答えをきかせてもらおう」

嵯峨は戸惑った。椅子の男の反応ははっきりしている。それでも、それを加藤に聞かせてよいものだろうか。答えをつたえたあと、嵯峨も椅子の男も無事でいられるという保証は、なにもない。

「嵯峨先生」加藤は詰め寄ってきた。「どうなんです」

美由紀は無線から聞こえる司令部の声を無視していた。集中力のほとんどはいま直面している問題に費やしていた。前方の海上にふたたび潜水艦がみえてきた。兵装パネルのマスターアームスイッチをオンにした。ＡＳＭ１ミサイルの発射スイッチをちらと目で確認する。

潜水艦はいまだ海上保安庁の船を威嚇攻撃することに夢中で、こちらに関心を払っていないようにさえ思えた。高度をさげ、水面ぎりぎりを潜水艦に突進しながら照準を表示した。エンジン音に激流のような轟音が加わり、機体が激しく揺れた。両わきの斜め後方は滝つぼのように白く染まり、視界がふさがれている。アフターバーナーが海水を竜巻のごとく噴き上げているのだ。それでも前方の視界には影響はない。黒々とした鯨の死体のような潜水艦に重なって緑色の照準がHUD上を躍る。F15DJの兵器類の選択はセレクタではなくそれぞれ独立した発射スイッチによって成り立っているが、照準は同一のものでいい。発射された兵器がなんであれ、ロックオンした標的の放つ電磁波を探知して確実に命中する。相手が戦闘機なら急回避もありうるが、この距離で潜水艦をはずすはずがない。

数秒で潜水艦上空を通過する、その瀬戸際に照準が潜水艦に重なり赤く染まった。ロックオンした。迷うことなどありえない。美由紀は発射スイッチに指をかけた。

ところがその瞬間、岸元の声が飛んだ。「一時の方向に敵機!」

びくっとして操縦桿をひいた。ASM1ミサイルは発射できなかった。潜水艦の上空を抜けて高度をあげた。急旋回しながら美由紀はバルカン砲の発射音を耳にした。一機ではない、二機だ。鳥肌が立つのをおぼえながらレーダーに目をやった。国籍不明機二機がぴたり背後につけている。むろん、北朝鮮のミグにちがいない。

回避行動をとりながら美由紀は苛立ちとともにいった。「岸元!　接近に気づかなかったのか」

「すまん」岸元がかえした。それ以上の弁明はなかった。敵機に張りつかれている以上、言い訳を並べている場合ではない。

岸元のミスではない、美由紀はそう思った。強いていうなら、のこのこと遠征していきながらミグがどこへ飛び去ったかを把握していなかった、真田・田村組の失態だ。そして司令部の怠慢《たいまん》でもある。無線の声を聞くかぎり、司令部は海上保安庁からの連絡に気をとられ、ミグの機影に注視していなかったらしい。その隙《すき》に二機のミグは極端に高度をさげ、レーダーの監視をくぐり抜けてこの場に駆けつけた。

司令部には複数のオペレーターがいる。彼らの目を逃れるとは、よほどうまいタイミングで事態を二か所で同時発生させたことになる。戦術だとすれば、あまりにもすばらしすぎる。美由紀が司令部の意向を無視して潜水艦に向かった、それを察した敵側は即、妙手で応えた。偶然か。いや、それはありえない。

連中は予測していたのか。自衛隊機がこのような行動にでることを。美由紀が独断で踏みきった行動さえも見透かしていたというのか。

疑念にさいなまれながら美由紀はピッチ角を急角度に保って上昇した。ミグが追いつける速度ではない。しかし、すぐにも次の手を打ってくるはずだ。

岸元の言葉が美由紀の予測を裏付けた。「岬！　ミグがミサイル発射！」

「回避する」美由紀は瞬時に上昇から水平飛行、ハーフロールへと移し、さらに急降下した。ミグの搭載兵器はロックオン後の電磁波放出のサイクルに間があるために追跡能力に限界がある。この回避行動でかわせるはずだ。

ところが次の瞬間、美由紀は身体を凍りつかせた。目視でもはっきりとわかる距離を二発のミサイルがかすめ飛んでいった。うち一発はキャノピーに風圧による振動を感じるほどだった。ミサイルは海面に落下し爆発した。

かわすにはかわした。だがミサイルの精度は予想よりはるかに高かった。回避行動がわずかでも甘かったら命中していたところだ。

岸元も同感らしい、震える声でいった。「岬、いまのは……」

「ああ」美由紀は岸元の言葉をさえぎった。「搭載兵器を独自開発したな。旧ソ連製よりずっと上だ」

戦闘機や潜水艦は旧ソ連や中国の払い下げだが、そのぶんミサイル研究に熱心だった北朝鮮ならばありうることだった。美由紀は戦局の不利をさとった。潜水艦は海上保安庁の巡視船を威嚇射撃しながらも、こちらに対空ミサイルを発射できる態勢にある。そして二機のミグ。美由紀にとって味方機は周辺に一機もない。

旋回して機首を北に向け、潜水艦からできるかぎり遠方に遠ざかろうとしたとき、ふたたび海上の不審船が目に入った。こちらの騒ぎをいいことに、かなりの距離まで逃走している。美由紀はＨＵＤの表示に目を走らせた。不審船は、日本の領海を脱する寸前にまで達していた。付近に、ほかに船舶はない。このままではあと数分で逃げきられてしまう。

あのなかには拉致された人間が。罪もない、何も知らされていない日本海側の住民が。

ジェット戦闘機ではどうすることもできない。海上保安庁に追わせるしかない。そう思うと、腹はきまった。

「岸元」美由紀はいった。「覚悟をきめなよ」

一秒ほど間があった。意外なほどおだやかな岸元の声がかえってきた。「おまえと組めてよかったぜ、美由紀」

ふいに苗字でなく下の名で呼ばれたことに、美由紀は面食らった。そんなふうに自分を呼んだのは親以外にはいない。美由紀からは背後にいる岸元の顔はみえないが、岸元が口をゆがめ、あのどことなくニヒルな笑いをうかべているだろうことは想像がついた。

美由紀は笑った。そしてなにもいわず、急旋回した。真正面に二機のミグをとらえた。


嵯峨は椅子の男に目をやった。椅子の男は嵯峨をみていた。

男の顔には、もう敵愾心はなかった。嫌悪も感じられない。ただ、救いを求める目、すがるような目を嵯峨に向けていた。

やはり、椅子の男は嵯峨の役割を理解しているらしかった。自分の心を読みとられたことにも気づいているのだろう。不安と恐怖の入り混じった表情。それは、怯える一般市民以外のなにものでもなかった。

この男に悪意があるとは思えない。嵯峨はそう感じた。悪意はむしろ、加藤太郎から如実に感じ取れる。ここで真実を告げることが、必ずしも正しいとは思えない。嵯峨は直感的にそういう考えを持った。それ以外には考えられなくなってきた。

嵯峨が黙っていたため、加藤は詰め寄ってきた。顔をくっつけんばかりにしてにらみつけた。「嵯峨先生。彼は身に覚えがあったのか、ないのか。どっちなんだ」

これだけ接近すると、ただ無表情なだけに思えた加藤の顔にも異様な凄《すご》みがあった。だが、嵯峨もひるむわけにはいかなかった。宗教者でなくても、カウンセラーという職を志したからには、あらゆる人々の幸せに生きる権利を無視できるはずがない。自分は、あの椅子の男を守らねばならない。たとえ素性の知れない、縁もゆかりもない人間であっても。

「わかりません」嵯峨はきっぱりといった。「まだなんの反応も読みとれません。それに、このようなかたちの観察では、たとえ目の動きに反応がでたとしても、彼の真意まではわかりません」

「目の動きで心が読み取れる。さっきあんたはそのことに同意したろ」

「たしかに。でも、彼の心のなかを的確に読み取るのなら、もっと質問の背景を知らないと。彼がどんな人間で、どういう生き方をして、どういう性格なのか。僕がそれを知る必要があります。そして、あなたが問い掛けておられる質問の意味。それもわからなければ、あなたの言葉に対して彼がどんな反応をしめすのかという、一定の法則みたいなものが推し量れないと思います」

いいおえた直後、嵯峨は寒気を覚えた。

加藤の目は怒りに満ちていた。炎のように燃えあがっていながら、氷のように冷ややかな視線だった。加藤はいった。「ごまかしはそれぐらいでいい。私には、あんたの目の動きがわからんとでも？　嵯峨先生。あんたの真意は、よくわかった」

嵯峨は呆然と加藤をみかえしていたが、その瞬間、後頭部に激痛が走るのを感じた。轟音にも似た衝撃が身体を貫いた。耳がきこえなくなり、つづいて、目の前がブラックアウトした。

管理人

「ばかな」仙堂は思わず声をあげた。「正面から特攻するつもりか」

将補が通信班のマイクをつかんでさけんだ。「岬二尉！　無謀な攻撃はやめろ。回避行動をとり現場空域を離れろ」

しかし、スクリーン上に表示された岬・岸元組の機影はミグに向かって針路をとっている。二対一、しかも敵側には対空兵器を搭載した潜水艦も控えている。戦略的にあきらかに不利だ。

将補はオペレーターにたずねた。「真田・田村組の到着まであとどれくらいかかる？」

オペレーターが返した。「三分弱です」

「岬二尉」将補はマイクにいった。「聞こえたか。真田・田村組が来るまで待て」

だが、美由紀の返答はあっさりしたものだった。「むりですね」

「空将」一佐が困惑しながら振りかえった。「このままでは、岬二尉の機は撃墜されることに……」

「黙ってろ」仙堂はぴしゃりといった。

司令部の職員たちが静まりかえった。当惑の気配がひろがるのを感じながらも、仙堂はスクリーンをにらんでいた。

岬美由紀は決して無謀な賭けにでたわけではない。ほんの一、二秒前、仙堂はそのことに気づいた。岬の機は旋回しながら、なにか複雑な行動にでる予兆をみせている。少なくとも、そう思えた。

仙堂はいった。「岬・岸元組の周辺を拡大」

スクリーン表示倍率が切り替わった。機影が、F15の翼のかたちさえもはっきりと把握できる大きさになった。

岬の機は急上昇と水平飛行、ハーフロールを連続しながらミグとの間合いを縮めていく。敵のロックオンおよびバルカン砲を避ける、絶妙な操縦法だった。これだけ細かな動きをつづけるためには、絶大なGに耐えねばならない。仙堂は、執務室でみたあの岬美由紀の小さな身体を思いだした。あの身体のどこにそんなスタミナが内包されていたというのだろう。そして、恐るべき反射神経と動体視力。一対二だというのに、ミグのパイロットを予測不能な動きで翻弄《ほんろう》し、攻撃に転じる隙を与えない。それに、適度にミグ機につかず離れずの距離関係を保っているため、潜水艦も対空砲火を浴びせられずにいる。

「やるな」仙堂は、思いがけずつぶやいた。

「しかし」将補が抗議するような口調でいった。「あの動きにも限界があるはずです」

そのとおりだ。仙堂は思った。こういうアクロバティックな急回避の連続技は、永遠につづけられるものではない。いかに強靭《きょうじん》な肉体にめぐまれているパイロットでも、Gにはいずれ音を上げる。さらには、集中力と精神力の著しい消耗により隙が生じる。岬の機は、敵中の懐深く飛びこみすぎている。ほんの〇・一秒でも隙を許せば、二機のミグと潜水艦のいずれかからロックオンを受けるだろう。

旋回が甘くなった。そろそろ限界か。仙堂は一瞬、寒気をおぼえた。ところが、岬美由紀のF15はさらに予測不能な動きにでた。

機体の高度がさがった。機影の隅に表示されている高度の数値が、ぐんぐん低くなっていく。エンジンを切り自由落下にまかせているようだ。

「なんだ」一佐が緊迫していった。「エンジンの故障か?」

いいや、ちがう。仙堂は思った。自由落下のなかで、岬二尉はわずかに機首を上に向けて風圧を受け、機体を可能なかぎり水平に保っている。かなりの落下速度のために、やはり敵側のロックオンを受けずにいる。

海面に迫った、そのことを赤く染まった数値が告げる。そのとき、F15はふたたび噴射を開始した。

恐るべき高度の低さだった。スクリーンの高度計は墜落同然の数値を示したまま、しかし岬の機影は動きつづけている。海面ぎりぎりを飛んでいるにちがいない。味方機ゆえに発信機から生じる電波で位置が映しだされているが、敵機だったならばレーダーから消えているところだ。

岬・岸元組の機影はそのままの高度で潜水艦に向かって直進していく。いままでのような、凝った動きはいっさいみせない。そのため、ミグが接近していく。二機のミグは機首を下げ、岬の機を狙いすます。

「だめだ」一佐が叫びに近い声をあげた。「やられる」

オペレーターがいった。「国籍不明機、ミサイル二発を発射」

司令部内は絶望の空気に満ちた。全員が固唾《かたず》を呑んでスクリーンを見守った。が、その危惧《きぐ》は一秒とつづかなかった。数秒経っても、岬の機影は平然と飛行しつづけた。

将補が驚いて声をあげた。「なぜだ。攻撃を受けているはずなのに」

仙堂は鳥肌が立つ思いだった。岬美由紀は旧式ミグの電子系における欠点までも考慮している。古いミグのミサイル用セミアクティヴ・ホーミングは空対空に徹した機構のため、四十度以上の急角度で降下しながら海面上の標的物を狙い撃つ場合、海面の乱反射のせいでロックオンができなくなる。ミグが岬を狙い撃つためには岬の機と同じ高度まで下がらねばならないが、それはまずもって不可能というものだった。岬美由紀は常識を超えた低さを維持し、海面をかすめ飛んでいる。どんなベテランのパイロットでも、あの後ろにつくことはできない。

むろん、正面からの潜水艦の砲撃にはほぼ無防備だった。が、潜水艦はミグがF15をしとめてくれると思っていたのか、砲撃をふたたび海上保安庁の巡視船に向けている。F15の接近には気づいていないか、あるいは気づいていたとしても、もはや対処は間に合わないだろう。そう思えた。

岬二尉に制止を呼びかけるのなら、いまが最後のチャンスだ。その思いが仙堂の頭をかすめた。

しかし、声はだせなかった。この作戦の矛盾、根源的な欠陥。それを知りうる者はすべてを変えうる。仙堂はいまやそう感じた。岬美由紀、二等空尉。ひとりのパイロットの命令無視に、阻止の言葉を投げかけられない自分。仙堂は、そんな自分の存在を感じていた。責任を問われることになるだろう。上官としての裁量に欠けているのか。それとも、いまとなっては岬二尉が潜水艦を撃沈することを望んでいるのか。確かなことはわからない。わかりたくもない。

ただ、制止を命じることはできなかった。次の瞬間には、岬二尉が発射するASM1対艦ミサイルが潜水艦に命中する。その事実があきらかになっても、制止することはできなかった。

美由紀は激しく振動する操縦桿をまっすぐに支えることに全力を費やしていた。いまやこのF15DJは許容範囲を超えた低さで海面をかすめ飛んでいる。キャノピーからの眺めは、まるで常識はずれの速度で疾走するモーターボートのようだった。少しでも機を傾けたら翼が海面に接触する。このスピードで飛んでいれば、それはコンクリートの滑走路に叩《たた》きつけられたのとさほど変わりはない。翼を破損した機体はたちまち左右の推力バランスを失ってコントロール不能となり、一瞬ののちには海原に激突して一巻の終わりだ。この高度ではキャノピーを射出して脱出したところで、パラシュートが開くことはない。失敗は即、死を意味する。

すり抜けた二機のミグは遠く後方へと飛び去っている。戦闘機はすぐには戻ってはこれない。あの二機が旋回し追ってくる前に勝負はきまる。前方にはまた潜水艦が迫ってきた。今度こそ為損《しそん》じることはできない。

潜水艦の側面から激しく砲火が放たれているのがみえる。海上保安庁の船ではなくこちらへの対空砲火だろう。着弾は近いのか遠いのか、よくわからない。キャノピーは前面のわずかな隙間を残して、左右も背後もびっしりとアフターバーナーに噴き上げられた水柱に覆いつくされ真っ白に染まっている。時折、強烈な横からの突風と高波が生じる。爆発の衝撃によるものかもしれない。波が高くなったぶんだけわずかに操縦桿をひいて上昇し、おさまればすぐにまた機体を低くする。海面から数メートルも浮き上がってしまえば確実に敵の標的になってしまう。命がけの突撃だった。

だが、そんな緊張もあと数秒だ。近づくにつれて、突風と高波の頻度があがったように思える。着弾が近くなった。ロックオンされる前に決着をつけてやる、美由紀はそう心にきめた。照準が躍る。その十字の表示の中央に潜水艦をとらえるべく機体を微調整する。指先はASM1空対艦ミサイルの発射スイッチにのびていた。捕捉した直後にミサイルを発射、上空に離脱せねばならない。発射スイッチをオンにするのはロックオン前であってはならない。ミサイルは命中せずに逸《そ》れてしまう。しかし、捕捉後一秒も待っていたのでは潜水艦上空を通過してしまう。まさに瞬く間の賭けだった。

ほんの数秒が、果てしなく長い時間に思える。そんな境地だった。激しくうごめいているはずの照準が、妙にゆっくりと移動しているようにみえる。その表示が潜水艦にぴたりと重なった。

ロックオンした。まだ上空通過まで間がある。一秒以上は確実にある。賭けに勝った。美由紀はそう感じた。潜水艦を沈め海上保安庁の船を救出し、不審船を追わせる。未来への道は、その方角にひらいた。そう確信した。

この一瞬が、日朝の危うい軍事バランスを突き崩すかもしれない。自衛隊機による北朝鮮潜水艦撃沈という事態に国際世論がどれだけの反応をしめすのか予想もつかない。だがこの判断は間違ってはいない。その思いが瞬間に美由紀のなかを駆けぬけた。

あわてて潜水の準備に入ろうとする潜水艦内部の喧騒が思いうかぶ。美由紀は潜水艦側面のタイルの溶接のあとさえはっきりみえるほどに接近した一瞬、逆転の発射スイッチに触れた指先に力をこめようとした。

その瞬間だった。

いままでとはまったく異なる感覚が美由紀の頭のなかを突き抜けた。ヘルメットのなかに鳴り響いたビープ音、そして受信のノイズ。空自とも海自ともちがう。だが、初めて耳にするものではない。

それがなんであるかを分析する前に、美由紀の耳に男の声が飛びこんできた。「手だし《イッツ・》無用だ《フォー・アス》」

瞬発的に美由紀は操縦桿を引いていた。高度を上げて潜水艦から離れた。一方、発射スイッチにかけたほうの指は動いていなかった。

一、二秒が過ぎた。美由紀は自分の判断を呪《のろ》った。発射すべきだった。いまやなにが来たかははっきりしている。何者かの英語がなにを意味しているのかも明白だった。それでも発射すべきだった。潜水艦を沈めるべきだった。

「岬」岸元がため息まじりにいった。「二時の方角。管理人だ」

管理人。航空自衛隊の戦闘機部隊ではしばしば米軍を揶揄《やゆ》してそう呼ぶ。賃貸で間借りしている住人のもとに現れる、どうあっても逆らえない立場の人間、彼が白といえば白。

そんな空気を醸しているからだった。

　美由紀の機体に並走するかたちで、四機のF14が編隊を組んでいた。一見して、在日アメリカ空軍所属の戦闘機だとわかる。おそらく横須賀基地に停留中の第七艦隊空母インディペンデンスから緊急発進してきたのだろう。

　美由紀に釘をさしたのと同じパイロットの声が、英語で告げた。「北朝鮮ミグ機。日本領空を侵犯してるぞ。国に戻れ」

　正体が明確であっても国籍不明機《アンノウン》で済ませる自衛隊とはちがって、アメリカ空軍ははっきりと名指しした。美由紀は釈然としない思いでHUDのレーダーに焦点を合わせた。あれだけしつこかったミグ二機が反転し、すごすごと逃げ帰っていく。

　二対四では勝負にならないという判断もあったろう。が、美由紀はそれがあらかじめ決められた行動である気がしてならなかった。これだけ派手な戦闘が巻き起こったのだ。在日米軍が駆けつけるのは時間の問題だった。北朝鮮側はそれを見越して、自衛隊機に対しては強気に翻弄し、米軍の出現とともに逃げ去っていった。すべての任務がそれまでに片付く、そういう読みがあったにちがいなかった。

　旋回し、海面を見下ろした。穏やかな海原は、その美由紀の危惧が正当なものであることを物語っていた。果てしなく広がる海に、ぽっかりと浮かんでいるのは海上保安庁の巡視船一隻。ふいに訪れた沈黙に途方に暮れ、呆然とたたずんでいるといった様相を呈している。潜水艦は、すでに姿を消していた。潜航したのだ。そして、肝心なもう一隻の姿もみえなかった。不審船。拉致された一般市民を乗せた船。もはや航跡さえも残っていなかった。

激しい怒りが美由紀のなかに燃えあがった。水平飛行に移り、振動もおさまりつつあったコクピットのなかで、美由紀は自分の手が震えているのを感じた。

昭和五十年代と同じ結末。愚かしい失策を二度演じた国。自分はなにも変えられなかった。美由紀はそうさとった。すべてが徒労に終わることを薄々感じながら、職務に殉じて出撃した。流れを変えようとしたが、なにもかも無駄だった。

政府はいうだろう。事態を予測し先手を打つよう防衛庁に指示してあったが、自衛隊がしくじったのだと。そしてそんな弁明も、永田町の一角にある建物のなかで必要とされるだけだろう。政府はなにも発表しない。自衛隊機をスタンバイさせてまで拉致された市民の奪回を図り、しかもそれが失敗に終わった以上、公にはなにもコメントできない。日本海側で誰かが消えた。それはたしかだ。だが政府はそのことを、北朝鮮の拉致と結びつけようとはしないだろう。

悲しみがこみあげた。美由紀は目が潤んでくるのを感じた。なにもできなかった。ただ、一般市民が連れ去られるのを黙ってみていた。自分がしたことはそれだけだ。

「くそ」美由紀は思わずはき捨てた。「なんてことを」

美由紀の声を聞きつけた米軍パイロットの言葉が、無線を通じて聞こえてきた。「なんだ？　子供が乗ってるのか？」

美由紀は怒りのなかでつぶやいた。「やる気？」

米軍パイロットの声がおどけていった。「本気かい、ぼうや」

すると、隊長機らしいパイロットがおちついた声で割って入った。「よせ、ホーク。失礼だぞ」

隊長機は、美由紀の声から女性パイロットだとすぐに察したようだった。さして驚いたようすもなく、そっけなくいった。「自衛隊機、協力に感謝する」

協力という言葉が、美由紀の神経を逆撫《さかな》でした。連中にとってはここが祖国を遠く離れた場所であっても、自分たちが主役なのだ。美由紀たちはなんだというのだろう。脇役、いやむしろ道化と呼ぶほうがふさわしい。そう思えた。

複雑な感情を抱きながら美由紀が口をつぐんでいると、米軍の隊長機が呼びかけてきた。「どうかしたか、自衛隊機。トラブルがあれば力になるが」

こちらの感謝の言葉を耳にしてから引き揚げたいのだろう。美由紀はそう思ったが、簡単には返答できなかった。

なぜ自分はＡＳＭ１空対艦ミサイルの発射スイッチをオンにしなかったのか。米軍の介入がどんな意味を持つのか瞬時に判断できていたはずだ。表面上のトラブルは回避される、しかし市民は連れ去られる。すべてがわかっていて、なぜ発射できなかったのか。

岸元の声がした。「岬、返事しなくていいのか」

かまわない。事態そのものが茶番なのだ、道化のように頭をさげるのはご免だ。

そう思っていると、真田一尉の声が飛びこんできた。英語だった。「米軍機。部下に代わって礼をいう」

美由紀は、左舷後方から真田・田村組のF15が近づいてくるのをみてとった。やっと駆けつけたか。すべてが終わったいまになって、幕引きのあいさつだけに現れた。日本人の上役の典型だった。

米軍のF14は翼を振ってあいさつすると、四機編隊の隊列を崩すことなく旋回し、雲の向こうに消えていった。

「岬二尉」真田の声がした。「きみはどうやら空自パイロットとしての根本的な資格の是非を問われそうだな」

是か非かといえば、むろん非だ。美由紀は行き場のない怒りを抱きながらそう思った。人命ひとつ守れない、守らせてももらえない仕事。そんな職についた覚えはない。

田村の声がつづいた。「寒気がしたぜ」

真田が静かにいった。「帰還するぞ」

了解。美由紀はそうつぶやくと、ふいにアフターバーナーに点火した。

強烈な推進力とともにF15は音速を超えて海上を飛んだ。振動のなかで岸元が驚いた声で呼びかけた。「おい、岬。無茶すんな」

岬二尉。なにしてる。規定の帰還コースを守れ。司令部の声、真田の声が混ざって聞こえる。むりもない、アフターバーナーの使用は非常時のみと決まっている。だが美由紀は耳を貸さなかった。基地に帰るまで、燃料が許すかぎりマッハの速度で疾走したかった。なにも考えたくはなかった。なにも聞きたくはなかった。無線の声などどうでもいい。不審船のなかの人間の叫び。そこに自分の思いがおよぶのが、怖かった。

別れ

うっすらと目が開いた。嵯峨は、意識がぼんやりと戻ってくるのを感じた。耳にしたのは、子供の声。はしゃいだ声だった。そして、陽の光。正午をすぎて、太陽の位置も傾きかけているようだ。地面。土の上に伸びる影。ブランコの影のようだった。ブランコは揺れている。子供の歓声をのせながら……。

はっとして、嵯峨は跳ね起きようとした。だが、身体の自由がきかなかった。まるで全身が粘土でできているような鈍さがあった。自分がどういう状態にあるのかも判然としない。しだいに、状況が呑みこめてきた。自分は、地面に横たわっている。いや、正確には土の上に脚を投げだし、上半身は、なにかにもたれかかっている。だから前方がみえる。子供たちが公園で遊んでいる。滑り台にいる何人かの子供が、こちらに怪訝《けげん》な表情を向けている。無理もない。大のおとなが公園でだらしなく寝そべっていたら、誰でもあんな顔をするだろう。

記憶が混乱していた。自分はなにをしていたのか。そうだ、出張カウンセリングにでかけた。だいじな日だった。東京カウンセリングセンターに採用がきまるかどうかの瀬戸際だった。だから張りきってでかけた。千歳烏山駅の改札をでたところで身だしなみを整えた。それから……。

それから、自分はどうしたのだろう。なぜ、こんなところにいるのだろう。

霞《かすみ》がかかったように思えていた視界が、しだいにはっきりしてきた。小さな公園だった。住宅街のなかに位置する公園らしい。向こうに車道もみえるが、クルマの通りは少ない。

もういちど、身体を起こそうとした。後頭部にずきっとした痛みが走った。思わず手を頭の後ろに伸ばした。触れると、さらに痛みが走る。こぶができているようだった。手を顔の前に持ってきた。指先に赤いものがついていた。

殴打された。どこかで、後ろから殴られた。そう、部屋にはもうひとり誰かがいた。そいつが殴ったのだ。だが、そいつとは誰だろう。部屋とは、どこだろう。

なぜ自分は、こんなところにいるのか。仕事はどうなったのか。

耳障りな音が響いている。一瞬、耳鳴りかと思った。が、ちがっていた。現実の音だった。嵯峨は頭を傾けて音のするほうをみた。

公園の一角、水道でタオルを洗っている女性がいる。若い女性のようだ。二十代半ば、嵯峨と同じ歳《とし》ぐらいだろうか。ほっそりとした身体で、黒く長いストレートヘアに、レモンイエローのジャケット、白のスラックスを身につけている。子供の母親のひとりだろうか。それにしても、ずいぶん若い。

女はタオルを手にしてこちらに歩いてきた。嵯峨のすぐ近くまで来ると、かがんで顔をのぞきこんできた。

嵯峨は息を呑んだ。女はやや面長だが、猫のように細くたなびいた涼しい目をしている。まつげが長く、高い鼻と薄い唇は妙に大人びた色気があった。

女はじっと嵯峨をみつめると、タオルを嵯峨の後頭部にあてがった。一瞬、鋭い痛みがかけぬけた。嵯峨は思わず呻《うめ》き声をあげた。

「だいじょうぶか」女はいった。「じっとしてろ。血が止まるまで、自分の手で押さえておいたほうがいい」

男のような言葉づかい。発音にも若干、おかしなところがある。だがその瞳《ひとみ》は、嵯峨を気遣うやさしさに満ちていた。

「ああ、そうだね」嵯峨はいわれたとおりにした。「ここ、どこ?」

女は微笑した。身体を起こし、ジャングルジムのほうを指差した。そこに看板がたっていた。世田谷東公園。

世田谷、そうだ。世田谷で仕事が入っていたはずだ。こんなところで寝ている場合ではない。時刻は何時だったか。たしか、朝から出かけねばならないスケジュールだったはずだ……。

「いま、何時ですか」嵯峨はきいた。

女は腕時計をみた。カルティエの腕時計だった。女はいった。「午後三時すぎ」

三時……。嵯峨はため息をついた。言葉が漏れた。「終わったな」

「なにが終わった？」女がきいてきた。

「仕事が、さ」まだどこか朦朧《もうろう》とする意識のなかで、嵯峨は思いつくままつぶやいた。「職場に採用がきまるかどうかの、重要な日だったのに。こんなところで、油を売ってしまった」

ところが女は微笑し、立ちあがりながらいった。「心配はいらない。おまえは立派に仕事をすませた。嵯峨先生」

この女性は知り合いだったろうか。なぜ自分の名前を知っている。嵯峨は考えようとしたが、頭をはたらかせようとすると痛みがひどくなった。

「アンニョンヒ・ケシプシオ。嵯峨先生」

女はそういって、歩き去っていった。

どこの国の言葉だろう。北朝鮮か、韓国のことばだろうか。

嵯峨は立派に仕事をすませた、女はそういっていた。東京カウンセリングセンターの見習い仕事を、無事にこなせたのだろうか。どのようにこなしたのだろう。思いだせない。

嵯峨はひとり途方に暮れながら、子供たちの声を聞きながしていた。穏やかな日差しのなかを歩き去っていく、ひとりの女の背をじっとみつめていた。

仙堂は、小松基地のパイロット待機室へつづく廊下を歩いていた。本来ならば、ここを空将が通ることなどありえないだろう。それでも、どうしても会っておきたい。その一心で、司令部からここまで来た。

通行する人間の姿はまばらだった。それも、整備の者ばかりだった。パイロットの姿はみえない。まだ滑走路から戻ってきていないのだろうか。

そのとき、ふいに目の前の角から小柄なパイロットが姿を現した。まだ装備品をつけたまま、ヘルメットをぶらさげて歩いてきた。髪は汗でぐっしょりと濡れている。岬美由紀だった。

岬二尉は空将に気づいて足をとめたが、わずかに疲労感を漂わせた表情を変えることなく、敬礼をした。そのまま、奥の待機室へと歩き去ろうとした。

「岬」仙堂は声をかけた。

その声に、岬二尉は立ちどまった。振りかえった顔には、やはりなんのいろも浮かんでいなかった。

「操縦はみごとだった」仙堂はそういった。責めるよりもまず誉《ほ》め言葉が口をついてでたことが、自分でも意外だった。

岬は無表情のまま、小さな声でぼそりと告げた。「どうも」

「しかし」仙堂は歩み寄っていった。

「命令無視は感心しない」

「処分は受けます」岬二尉はそっけなくいった。

「それですむ問題じゃないだろう」仙堂は、作戦前にこの女性パイロットに感じたのと同じ苛立ちを覚え始めた。「あのまま潜水艦を沈めていたら、どうなったと思う」

岬美由紀の目に、かすかに感情のいろがうかんだ。「空将は、これでよかったとお思いですか。いいときにアメリカ軍が駆けつけてくれた、と」

仙堂は言葉に詰まった。

あいかわらず、岬二尉は単刀直入に仙堂の心に踏みこんでくる。岬美由紀は、今回の事態が仙堂の経験と酷似していることを、すでに意識していた。仙堂はどう思っているか、逆に問いただしたくなったのだろう。

だが、私情をさしはさむ問題ではない。仙堂は厳しくいった。「私が個人的にどう思っているか、そんなことは重要ではない。きみは無謀な行為にでた。危険にさらされたのは海上保安庁の船だけでない。きみは、わが国のすべての国民を開戦の危機に直面させたのだぞ。その責任の重大さを理解できているのか。いったい幹部候補生学校でなにを教わってきた」

小言を口にすればするほど、気が滅入る。罪悪感すらおぼえる。いま、自分の発している言葉が、本心からかけ離れていることはあきらかだ。仙堂はそう思った。日本の領海内に侵入し、傍若無人な振るまいをしたのは北朝鮮側だった。あの状況では、潜水艦を撃沈しないかぎり、不審船を追跡する手段を失うことは目に見えていた。そして、自衛隊は戦うためにあるのであり、きょうがまさにそのときだった。それも明白なことだった。

それでも、岬二尉の行為を認めるわけにはいかなかった。それが自衛隊幹部の務めだった。政府が、憲法が、自衛隊というものの定義を曖昧《あいまい》にしてきたばかりに、隊員は全員が幽霊化せざるをえない宿命を背負っている。自分たちの仕事はなんなのか。状況に応じて、まるで政治家のように発言を変えねばならない。それはまぎれもなく理不尽なことではあるが、それすらも責務のうちなのだ。日本で自衛官になるとは、そういうことなのだ。

それだけの信条があっても、仙堂の自分への罪悪感はぬぐい去れなかった。女性でありながら、これだけ優秀な能力を持つパイロット。かつての仙堂と同じ苦境に直面し、仙堂よりもずっと的確な判断力と操縦のセンスを発揮した人間。なにより、作戦に煮え切らないものを覚えながらも命を賭けることに躊躇しなかった勇気は、誉めたたえられこそすれ、決して否定されるべきものではないはずだ。

しかし、岬二尉の態度はさばさばしたものだった。岬美由紀は、仙堂がいままで会ったどの婦人自衛官とも異なっていた。感情的なところをいっさいみせず、静かな口調でいった。「自分が自衛官として不適格であることを痛感しました。辞職します」

あまりにもあっさりと告げられた言葉ゆえに、仙堂は返答のタイミングをうかがうことさえできなかった。岬二尉はすでに背を向け、立ち去りかけていた。

「岬、まて」仙堂は声をかけた。

岬は歩を緩めた。

仙堂は、岬二尉を呼びとめた自分の声がうわずっていたことに内心、後悔の念をいだきながら、できるかぎり毅然《きぜん》たる態度でいった。「いやしくも幹部候補生が、辞めるなどと軽々しく口にすべきではないだろう。ここまできた苦労を無にするつもりか」

「いいえ」岬美由紀は背を向けたままいった。「無にしたくないのは、いままでではなく、これからです」

「それなら……」

ふいに岬二尉は振りかえった。仙堂は息を呑んだ。

岬美由紀の目は潤んでいた。いまにしてようやく、女であることを示す表情の変化があった。岬二尉は静かな口調でいった。「空将のお耳には聞こえてきませんか。助けを呼ぶ声が。きのうまで、いえ、けさまで幸せに暮らしていたひとの叫びが」

仙堂は口をつぐみ、岬美由紀をじっとみつめた。

助けを呼ぶ声。それはたしかに存在した。日本海側のどこかで誰かが拉致され、あの司令部のスクリーン上に不審船の所在を示す赤い光点が明滅をくりかえしていたあいだ、ずっとその声は存在したはずだ。その声を無視したのは、ほかならぬわれわれだった。上の命令に従っただけ、そういういい逃れはいつも可能だ。それでも、われわれは一般市民の悲鳴に、耳をふさいでいた当事者にちがいなかった。

事件は少し前に、すでに国民に向けて報道されている。だが、事実とは大きく食い違っている。新潟県の領海で不審船が探知された。不審船は海上保安庁の巡視船による停船命令や威嚇射撃を無視。政府は自衛隊法に基づく初の「海上警備行動」の発令を承認、自衛艦が警告射撃したが、不審船は停止せず、その後北朝鮮の港に入ったことを防衛庁が確認した。ニュースではそうなっている。どこにも航空自衛隊やミグ機、潜水艦についての説明はなく、あたかも北朝鮮工作船の侵入を阻止したという、勝ち軍《いくさ》の話に化けてしまっている。

これで対外的にもしめしがついた、政府閣僚は作戦失敗の報《しら》せに煮え切らないながらもそう思っていることだろう。そして、政府がそう納得して報道した以上、事態はすべて終わったと宣言されたも同然だった。今夜あたりには、拉致された国民の家族から警察に捜索願がだされるだろう。警察はそれを失踪事件として扱い、よほどのことがないかぎり、北朝鮮の不審船と結びつけようという動きには至らないだろう。

すべてが闇《やみ》に葬られる。昭和五十二年と五十三年に起きたことと同じだった。

失意。残されたものは、それだけでしかなかった。事実を知れば知るほど、言葉を交わすことなど無意味にしか思えなくなる。議論など、空気のように軽いものにしか感じられなくなる。

　岬二尉はしばし仙堂をみつめかえしていたが、やがてふたたび敬礼すると、踵《きびす》をかえし、疲れた足どりで歩き去っていった。

　仙堂にも、もはや岬二尉に投げかける言葉はなかった。小柄な背中がいっそう小さくなって遠ざかっていくのを、ただ黙って見送っていた。

第二章　二〇〇一年、八月

祈り

星野昌宏はセダンの後部座席の窓から、古い市電が走る大通りをみた。交通量は多いが、どことなくのんびりとしている印象を受ける。長距離トラックの数が少ないせいだ、とすぐ気づいた。大通りを流しているのはほとんどがタクシーだ。観光旅行客を乗せているのだろう。長崎市内のホテルは大半が丘の上にある。坂道を上って帰るのはしんどい。この辺りに住むのなら、クルマは必需品かもしれない。

真夏の日差しは明るかった。海に近いせいで空気が乾燥することもないのか、街のなかでも澄みきった風景の美しさがある。道沿いには、年代もののビルや商店もみえる。景観に気をつかっているのか、ゴミや自転車の放置もない。

「星野さん」隣りに座っていた初老の男性が、ホテルをでて以来初めて声をかけてきた。

「長崎は初めてですか」

星野は男の顔をみた。ごくありふれた、どこか眠そうな顔をしたしわだらけの五十代後半の顔。数日前に紹介されたばかりのころは、まともに顔を直視することさえなかった。

八代武雄《やしろたけお》、外務省政務官。その肩書を聞いただけで萎縮《いしゅく》してしまっていた。だが、いまにして思えば、この八代という人物がどれくらいの地位にあるのか、わかってはいなかったような気がする。まして、八代政務官が星野の娘の捜索についてどれくらい尽力してくれるのか、娘が帰ってくる可能性が高まったのかどうか、まるで見当もつかなかった。

結局自分は、政府の偉い役人という印象に恐縮すると同時に、その権威にすがろうとしていたのではないか。そう思えてきた。権限のある役人に力を振るってもらうべく頭をさげてお願いし、どうかお助けくださいと祈りにも似た心情を抱いていたのではないか。そしてそれは、ある意味では徒労でしかなかった。こうしてみれば、隣りに座っているのはたんにスーツを着た白髪頭の男にすぎない。それなりの役職や権限は有しているのだろうが、しょせん給料をもらって働いている身分でしかない。のらりくらりと返事をして、それでいちおう仕事をした気になるという、これまで会ってきた無数の役人たちと変わりはないのかもしれない。期待するだけ損というものかもしれなかった。

星野が黙っていたため、八代はくりかえした。「長崎には、初めておいでですか」

「ええ」星野は内心うんざりしながらうなずいた。「九州に来たこと自体、初めてです。仕事で、ほとんど新潟を離れられませんから」

そうですか、と八代はいった。「娘さんを連れて、旅行されたことは？」

「ありますよ。でも最も遠いところで京都どまりです」

「ふうん。もっと遠出をされていたら、娘さんも喜ばれたかもしれませんな」

星野は八代をみた。八代の横顔は平然としていた。

遠出。ずいぶん神経を逆撫《さかな》ですることをいってくれる。やはりこの役人は、こちらの内面にまで配慮するだけの繊細さを有しているとは思えない。抗議したところで、そんな期待を抱くことはこちらの甘えだと逆にさとされるにきまっている。いままでも、何度もいわれた。被害者意識にとらわれず、希望を持てと。だが、いったい何に希望を持てというのだ。いつも希望を持てない状況に追いこんでくるのは、ほかならぬ役人たちではないのか。

しかし星野は、そうした不満を口にしなかった。あれから四年、忍耐もずいぶん培われた。ささいなことでは怒らなくなった。あるいは、諦《あきら》めの境地に近づきつつあるという兆候かもしれなかった。

クルマは滑らかに左折した。星野は前方をみた。セダンの前部座席にはふたりの若い男が乗っている。いずれも外務省の職員らしい。けさあいさつを受けたのだが、名前も役職も頭に入らなかった。この四年間で、出会った役人の数が多すぎた。名刺だけで机のひきだしがいっぱいになるほどだった。

緩やかな勾配《こうばい》を上っていった。参道のように、商店がつらなる坂道だった。セダンはその途中でわきに寄って停《と》まった。

「さ」八代は伸びをしながらいった。「着きましたよ」

かつてのような積極さは今はないものの、こうして娘のために行動するときにはやはり気が急《せ》く。すぐにドアを開けてクルマの外にでたい衝動に駆られる。ところが、八代の態度は緩慢としたものだった。さも肩が凝ったというように首をひねりながら、前部座席の職員たちが降りてドアを開けにくるのを待っている。

星野はかすかな苛立《いらだ》ちをおぼえた。こんな夏の盛り、仕事を放りだして長崎に駆けつけたのは、なにより娘の捜索について進展があるかもしれないと聞いたからだった。役人のもったいをつけた親切を甘受するためではない。

それでも、星野はドアが開くまで待った。わざわざ逆らって不穏な空気を漂わせたくはなかった。

クルマの外に降り立った。風はなく、ひたすら強い日差しが木々の緑を照らしだしていた。蟬《せみ》の声も聞こえる。新潟よりもずっと多いようだった。

停車したすぐ近くのクレープ屋から、音楽が流れてくる。よく耳にする女性ボーカリストの歌声だった。星野は足をとめた。

宇多田ヒカルの『Can You Keep A Secret？』だった。四十七にもなって、この若い歌手の旋律はなぜかいつも心に染みてくる。理由はわかっていた。娘の亜希子《あきこ》が姿を消した、あの新潟の砂浜。カーラジオから、この歌手の歌声が聞こえていた。まだデビューしたてだとか、ＤＪはそんなことをいっていたように思う。

「星野さん」八代が、怪訝《けげん》な顔で呼びかけてきた。「どうかしましたか」

「いえ。いきましょう」星野はそういって、歩きだした。

過去ばかり振りかえっても仕方がない。問題はこれからだ。未来に一縷《いちる》の望みをかける、そうしてこの四年間を生きてきた。これが人生のターニング・ポイントになるかもしれない、いつもそう思いながら。そしていまもそうだった。星野は自分の足を決して重く感じてはいなかった。可能性が低かろうと希望を持つ。子供のように無邪気に期待感を抱く。それは愚かしいことではないはずだ。たったひとりの娘の命がかかったことなのだから。


長崎市松山町の平和公園は、緩やかな丘の上にあった。星野は八代の後につづいて階段を昇っていった。〝平和の泉〟と記された噴水があり、その向こうに、大勢の人々が集う広い土地がひろがっていた。異様な光景があった。何千もの人々が〝平和祈念像〟の前で仰向けに寝そべっていた。誰ひとり、なにもしゃべらず、目を閉じて静かに横たわっている。その光景は半世紀以上前、ここで起きたことを克明に連想させる。

八月九日、長崎に原爆が投下された日。毎年行われるこの平和集会を、星野はいままで何度となく報道を通して目にしてきた。実際にこの場に足を運んでみると、まずその集会の規模に驚く。公園の隅々までびっしりと人で埋まっている。炎天下だが、〝平和の泉〟がもたらす潤いのせいか、辺りは涼しげな空気に包まれていた。

平和祈念像はテレビでみたとおりの姿をしていた。右手は空を指差し、左手は水平に伸ばしている。ただ大きさは、星野が予想していたよりも小さかった。ずいぶん遠くにみえているが、ここからでも像が軽く両目を閉じているのがわかる。そのことも、星野にとって新しく知ったことだった。報道の映像では目もとまではよくわからなかった。というより、いままで気にもとめていなかった。この場に来て初めて、その静かなたたずまいに深い意味を感じることができる、そんな気がした。

けたたましいサイレンが耳をつんざいた。戦時中の空襲警報もこのように頭のなかに響きわたり、不安と恐怖をもたらしたのだろう。そう思いながら、身うごきしない屍《しかばね》のような人々を、星野は黙って見守った。

「十一時二分だな」八代がつぶやくようにいった。「原爆投下の時間だ」

八代はさすがに横たわりはしなかったが、目を閉じて頭を垂れ、黙禱《もくとう》した。

星野はそれにならいながら、このふてぶてしく感じていた役人にも、モラルのかけらぐらいはありそうだと感じた。この横たわった人々のなかを立ちどまらず歩きつづけでもしたら、さすがに嫌悪するところだった。

黙禱はしばしの時間、つづいた。被爆者への慰霊のときであることは承知していたが、星野はどうしても別の願いを祈らざるをえなかった。亜希子の消息。いますぐにでも知りたい。いや、無事で自分たちのもとに帰ってきてほしい。心は、その祈りから離れなかった。

サイレンがやんだ。星野は目を開けた。ざわめきが、広場に戻りつつあった。

高齢者の多い集会ゆえに、人々が身体《からだ》を起こすのはゆっくりとしたものだった。しかし、立ちあがる人が増えるにつれて、この公園にいかに大勢の人々が詰め掛けているかがはっきりしてきた。人垣が視界をふさぐ。件《くだん》の人物の居場所をみいだすのは容易ではない。

そのとき、外務省の職員のひとりが八代のもとに駆け戻ってきて、報告した。「みつけました。向こうのモニュメントの近くです」

わかった。八代はそういって、星野を目でうながした。

八代は先に立って歩きだした。人々のあいだにできたわずかな隙間《すきま》を、遠慮がちに身をこごめながら前へと進んでいく。

やがて、西洋風の母子像が建っているあたりで八代は立ちどまり、辺りをみまわした。像は、母が子を両手で高々と抱きあげているものだった。近くに無数の千羽鶴で飾られた像もあった。

その付近で、妙に人だかりがしているところがあった。みると、足腰の弱そうな老婦を、寝ている体勢から助け起こそうとしているひとりの若い女の姿があった。

女はほっそりとした、均整のとれたプロポーションをシックで上品な印象のする比翼のジャケットとスカートに包み、髪をナチュラルショートヘアに整えていた。顔は、うつむきかげんにしているせいで星野からはみえなかった。

「両足に力をこめてください」女は快活に、しかし大袈裟《おおげさ》でない口調でいった。「後ろに手をついてもいいですから」

老婦がしわがれた声でいった。「こりゃ、立てんて。よいしょ」

「そんなことないですよ。察するに、ご家族が親切にしすぎてて、手を借りるのが癖になっているだけです。さ、そのまま前に身体を傾けて。頭を低くして、腰を持ち上げてください」

老婦はひょっこりと起き上がった。それまでの緩慢な動作からは、打って変わって若者のような動きにみえた。周りがどよめいた。

さすがに立ちあがったあとはよろめいたが、女が一緒に立って手をさしのべた。老婦は前かがみになりながら、しわだらけの顔をほころばせていった。

「ありがとう、ありがとう」老婦の声は聞きづらいものだったが、よほど女の手助けが嬉《うれ》しかったのか、咳《せ》きこみながらいった。「あのね、ちえちゃんがね、帰ってきた。帰ってきて、ごはん食べようかって」

「そうですか、よかったですね」女は答えた。愛想はいいが、決して介護をなりわいにしている人間のような、芝居がかった調子はみせない。歳《とし》は離れていてもおたがいに何もちがってはいないのだ、そういう自然な雰囲気があった。「無事で、ほんとによかったですね」

「ちえちゃんに、お見舞い、持っていく。すぐ持っていく」

そのとき、老婦の身内らしい五十歳ぐらいの男性が、背後から笑いかけていった。「おばあちゃん、もういいんですよ。いまからはもう持っていけないから」

「持っていく」老婦の顔は笑っているのか泣いているのか、星野の目には判然としなかった。ただくりかえした。「持っていく。ちえちゃんに、お見舞い、持っていく」

若い女は答えた。「そうですね。あのなかを生き延びたんだから、お見舞いしてあげるべきですね。でも、ちえちゃんはほかにも大勢のひとからお見舞いを受けて、ちょっと疲れちゃってるかも。たいへんな目に遭ったんだから、いまは休ませてあげたほうがよくありませんか?」

しばし沈黙があった。やがて、老婦がにこりと笑った。今度は、はっきり笑顔だとわかった。「休ませる。ゆっくり。たいへんだったから」

「そうですよね。たいせつなお友達なんだから、だいじにしてあげてくださいね。また暇ができたら、ちえちゃんとお話ししてあげてくださいね」

老婦はしきりにうなずいた。幸せそうな笑みを満面にうかべている。やがて、五十代の男性にうながされ、老婦は立ち去りかけた。その身内の男性ともども、何度も若い女を振りかえって頭をさげた。

若い女は手を振り、老婦の姿がみえなくなるまでその場で見送っていた。

周りの高齢者たちが、慕うようにその女のもとに集まってきた。女はそのひとりひとりと、笑顔で話を交わしていた。

星野は、いつの間にかその女の言動に惹《ひ》きつけられている自分に気づいた。ふしぎな女だった。あの老婦の身内ではない、それにたんなるボランティア関係者でもなさそうだった。彼女のいるところの周囲には、ごく自然に平穏で温かい空気が生まれている。誰もがうらやましいと思うような信頼しあえる雰囲気に包まれている。

そんななかを、外務省職員のひとりがつかつかと進んでいった。女に近づくと、声をかけた。ちょっとよろしいでしょうか。そういうのが聞こえた。外務省の役人は女に小声で耳うちした。女はうなずき、周囲にいった。すみません、ちょっと失礼します。

女は振りかえった。大きな瞳《ひとみ》がこちらを向いた。端正な目鼻だちをしている。色白で、一見人形のようにもみえる。女学生のような可愛らしさと、大人の女性の色香が適度にまざりあった、理想的な顔つきをしていた。

娘の亜希子も、いまは十七歳になっている。綺麗《きれい》になっただろうか。そんなことを考えているうちに、女が近づいてきた。

なぜこの女性を連れてくるのだろう。星野が訝《いぶか》しがっていると、八代が頭をさげていった。「外務省政務官の八代と申します。岬美由紀さんですか」

女はうなずいた。さっきとはうって変わって、役人には険しい表情を向けていた。

星野は驚き、呆然《ぼうぜん》と女の顔をみていた。この女性が岬美由紀とは。きのう外務省の人間に同行していた防衛庁関係者の話では、男まさりな性格と言動で、荒っぽく、見た目も男のようだと聞いていた。その後、カウンセラーに転職したのちはいくらか女っぽくなった、防衛庁の役人はそんなふうにいっていた。いくらか女っぽく、というのはなんとも控えめな表現だった。こんなに清楚《せいそ》でやさしい感じのする、しかも美人の女性になど、いまだかつてお目にかかったことがない。そう断言できるほどの女だった。

八代は懐からだしたハンカチで額の汗をぬぐいながらいった。「いやあ、お探しするのがたいへんでした。こちらにおいでだと聞いて、飛んできたんですがね。まああなたのような〝千里眼〟ならわれわれのように苦労することもないんでしょうが」

星野はたずねた。「千里眼?」

「おや」八代は星野に意外そうな顔を向けた。「ご存知ない? 岬先生はいまじゃ千里眼という渾名《あだな》で有名になっておいでだ。どんなことでも見抜いてしまう。誰の心のなかでも見透かしてしまう。そう評判でね」

岬美由紀は表情を硬くした。控えめだが、断固とした口調でいった。「それはマスコミが勝手に吹聴しているニックネームでしょう。わたしは売名には興味ありませんし、占い師めいた能力を持っているわけでもありません。そういった系統のご相談なら、ほかにいかれたほうがいいと思いますよ」

　星野は圧倒された。外務省の政務官を目の前にして、いささかも怖《お》じ気《け》づくようすもなく、偏見に対してはきっぱりと拒絶を示す。そればかりではない、さっきの老婦に向けていたのとは正反対の、豹《ひょう》のように油断のない目つき。その目が、この若い女性がたんなる博愛主義者ではないことを端的に表していた。

　そういえば、テレビのワイドショーの類いで〝千里眼〟と呼ばれているカウンセラーの評判が取り沙汰《ざた》されていたのを、みたような気がする。心理学に関する広範囲の知識を有していると同時に、類い稀な行動力と実行力を持ち、司法や行政の依頼を受けて政治的な事件の解決に協力したことも多いときく。だが、まさかこんなに若い女性だとは思ってはいなかった。

　八代は苦笑ぎみにため息をついた。「役人を嫌っておいでだという噂《うわさ》も、どうやら本当のようですな」

「ええ」岬美由紀はあっさりと認めた。その目が、星野のほうをみた。

　星野は一瞬たじろいだが、驚いたことに、岬美由紀の表情はたちまち穏やかなものになった。外務省の政務官には張り巡らせていた警戒心を、星野の前ではすぐに解いた、そんなふうに思えた。

　八代がいった。「こちらは民間のかただ。今は新潟で商社に勤めていらっしゃる、星野昌宏さんという」

星野は懐に手を入れ、名刺ケースをだした。直後にここが商談の場ではなく、名刺は場違いかもしれないという懸念にとらわれた。

しかし、岬美由紀は微笑してそれを受け取った。名刺に目を落としてから、スーツのポケットから彼女の名刺をとりだし、星野に差しだした。はじめまして、静かにそういった。

岬美由紀。勤め先は東京カウンセリングセンター、肩書は催眠療法II科長となっていた。東京カウンセリングセンターといえば名の知れた精神医学研究機関だ。その一セクションの科長を務めるとは、並大抵のことではないにちがいない。いったいこの女性の年齢はいくつなのだろう。かなり若いようにも、おちついているようにもみえるのだが。

そのとき、岬美由紀はにこりとしていった。「二十八です」

星野は驚き、呆然として立ちすくんだ。思わず、震える声できいた。「なぜ、歳のことを考えていると……」

「それほど、特異なことではありません。初対面のひとの年齢が気になることはよくあります。その場合、たいていは身内もしくは身近なひとの顔を無意識のうちに思い浮かべながら、相手の顔をみて、年齢を対比させて推測しようとするのです。このとき、比較対象となる人物の顔を思い描くために視神経が右脳にアプローチしようとするので、眼球があなた自身からみて右上に向かいます。と同時にわたしの顔も観察しようとするため、一、二秒ごとに視線は右上とまっすぐこちらを微妙にいったりきたりします。あなたの目の動きにそのような特徴がみとめられたので、わたしの年齢を推し量っているとわかったんです」

岬美由紀の説明は流暢《りゅうちょう》で、ことさらに技能を自慢するようなところもなく、嫌味のない口調に終始していた。星野が年齢を探っていたことに対して、腹を立てているようすもみられない。

星野は恐縮しながらつぶやいた。「なるほど、たしかに……」

岬美由紀が、静かにあとをひきとった。「千里眼、と思われましたか。でもこんなことは、あるていど経験を積んだカウンセラーなら誰でも身につけている技術です。わたしの場合は、たまたま前の職業が動体視力と瞬時の観察力、判断力を要するものであり、そういう能力を高めるトレーニングを受けていました。それがいまの仕事に転職しても役に立ち、結果的に、目の動きや表情筋の変化を読みとることに秀でている、と評価されるようになりました。本当は、そこまでの観察眼などカウンセリングには必要ないのですが」

その言葉には、むしろこんな技能など身につけていないほうがよいのだという響きがこめられているように、星野には思えた。この岬美由紀という女性が、なによりも自分を特別扱いされることを嫌っているのはあきらかだった。しかし、そんな驕《おご》りとは無縁の態度は、星野にとって好感が持てるものだった。

マイクのスイッチが入る音がした。平和祈念像のほうでは長崎市長が壇上に登り、演説の準備をしている。周囲の人々も、そちらに向き直っている。

星野は、岬美由紀にきいた。「さっきのおばあさんは、以前からのお知り合いですか」

「いいえ。さっき初めてお会いしました。お身体はいたって壮健なのに、起きあがることをおっくうに感じておられたようすなので、アドバイスしてさしあげたんです」

八代が肩をすくめた。「ちえちゃんとかいう人について話しておられたから、てっきり知り合いかと思ったが」

岬美由紀の顔はまた硬くなった。八代をみつめていった。「当時、この松山町にはおよそ三百世帯、千八百六十人ほどの一般市民が生活していましたが、原爆投下により、ひとりを除いて全員が即死しました。偶然に防空壕に避難していた九歳の少女を除いてです。ちえちゃんというのは、その少女です。あのおばあさんは、遠縁の親戚《しんせき》か友達か、とにかくその少女の知り合いだったんでしょう」

八代は気まずそうな顔をした。そうですか、不勉強で申し訳ない。口ごもりながらそういった。

星野は岬美由紀の聡明さとやさしさに圧倒された。あの老婦は年齢のせいもあって、多少、呆《ほう》けてしまっていたにちがいない。高齢者になると脳の古皮質《こひしつ》の記憶が表出し、子供のころに帰ったように錯覚してしまうという。あの老婦は、原爆のなかを生き延びた少女の噂《うわさ》を聞き、すぐに見舞いにいきたいと思った子供のころに回帰していた。岬美由紀は瞬時にそれを理解し、的確に対話した。終始、老婦と対等な態度を崩さなかった。介護にありがちな、高齢者をぞんざいに扱うような不快さも見うけられなかった。

こんな女性を目にするのは初めてだった。あるいは、この女性なら。星野のなかを、そんな思いが駆けめぐった。この岬美由紀という女性ならば、いままで誰も越えられなかったハードルを飛び越えてくれるかもしれない。娘の亜希子の救出を、現実のものとしてくれるかもしれない。

周囲に拍手が沸き起こり、長崎市長の演説が始まった。

「さて」八代がいった。「ここで立ち話もなんですな」

岬美由紀はうなずいた。「いきましょう」

先に立って歩いていく岬美由紀の横顔に、星野は亜希子の表情をだぶらせていた。あのときの亜希子も、こうして髪をそよ風になびかせていた。瞳は遠くをみつめていた。

今度こそ、希望が持てるかもしれない。いや、きっと希望は持てる。星野は自身の心にそういいきかせながら、岬美由紀の後につづいていった。

依頼

岬美由紀は白い教会の正面に立ち、大門扉《もんぴ》の上に据えられたブロンズ製の聖母像をみあげた。

大浦天主堂。平和公園からクルマで二十分ほど飛ばしたところにある、日本に現存するなかでは最古の天主堂。正式名称は日本二十六聖殉教者天主堂という。豊臣秀吉のキリシタン禁教令によって長崎の西坂の丘で処刑された、日本人二十人、外国人六人の殉教者たちに捧げられ、そう命名された。外壁は煉瓦《れんが》構造のゴチック建築様式。フランス人の設計図面をもとに日本人の棟梁《とうりょう》の施工で建立されたため、日仏の建築技術が融合したみごとな建築物となっている。

現在では国宝に指定されているこの天主堂も、原爆投下の際には直撃はまぬがれたとはいえ、屋根やステンドグラスなどが粉々に破壊されたという。爆心地だった平和公園の辺りとの距離を考えれば、原爆の被害がいかに広範囲におよぶものだったかは、容易に想像がつく。

原爆による超高温の熱線、多量の放射線と強烈な爆風が、一瞬にして七万四千人もの人々の命を奪った。その後原爆後遺症で亡くなった人々も含めると、原爆投下による死者はじつに十二万人を数える。

カウンセラーになって以来、毎年この時期には広島と長崎を訪れる。多くの人々と出会った。そのたびに、学ぶべき新しい課題がみつかる。それらは、ともすれば閉鎖的なものになりがちな面接療法というものに、本質的な人生観を植えつけてくれる。誰にとっても人生は一度きり。その人生を狂わせてはいけない。正しい方向へ導いていかねばならない。

美由紀はそう思っていた。

「岬先生」背後で八代政務官がいった。「北朝鮮の拉致《らち》疑惑問題について、関心がおありですかな」

美由紀は静止した。時間がとまったように感じた。聖母像から目をそらし、振りかえった。

八代と、その後ろに数歩さがってたたずんでいる星野を、美由紀はかわるがわるみた。

「というと？」美由紀はきいた。

「じつは」八代は歩み寄ってきた。「日本海側から昭和五十二年と五十三年に七件十人の人々が、北朝鮮の工作員に拉致された。そういうわが国政府の公式見解のほかに、被害にあった方々がおられることがわかりましてな」

いまわかったわけではあるまい。政府関係者なら、とっくに知っていたはずだ。

八代は美由紀をみつめていった。「こちらにおられる星野さんの娘さんは、亜希子さんといいましてな。失踪した当時、十三歳でした」

「当時?」美由紀はたずねた。

「四年前です」八代はため息まじりにいった。「四年前の九月二十四日、新潟市の日和山海水浴場に近い海岸で、忽然《こつぜん》と姿を消した。そうですね、星野さん?」

星野は硬い表情のまま、小さく首を縦に振った。ぼそりとつぶやいた。そうです。

四年前。九月二十四日。

美由紀は言葉を失っていた。ただ呆然と立ちつくしながら、星野の姿をみた。失踪《しっそう》した少女の父親は、うつむいたまま黙りこくっていた。

右のてのひらのなかに汗がにじむ。操縦桿《そうじゅうかん》を握りしめていた、あの感覚がいまも手のなかに残っているような気がする。空対艦ミサイルを発射できなかったあの瞬間。米軍のF15が介入してきた、あの失望と絶望の一瞬。なにもない海。不審船が逃げのびた海。その光景が目の前をちらついた。

あの日、拉致された人間がいたであろうことは確実だったにもかかわらず、政府からはなんの公式見解も出なかった。警察の扱う失踪事件は一日で長大なリストになるほど存在し、日本海側のどこかというだけでは、特定のしようがなかった。

「なぜ」美由紀は静かにたずねた。「それが北朝鮮による拉致だと?」

星野はためらいがちにいった。「娘の失踪以来、地元の警察は捜索に手を尽くすと約束してくれました。けれども、なんの音沙汰《おとさた》もなかった。そんな折、これは以前多発した、北朝鮮工作員による拉致かもしれないといいだした人がいて……外務省に事実調査を頼んでくれるよう、市議会から嘆願書を提出してもらおうと計画したのが二年前です。地元ではたくさんの署名が集まりました。昭和五十年代の事件で、私とおなじように娘さんが行方《ゆくえ》知れずになったご夫婦も、協力してくださいました。それで、最近になって外務省のほうから電話があったんです。四年前のその日、北朝鮮の潜水艇が新潟近海に出没した形跡があると。位置的にも、娘がいなくなった海岸にほど近い場所にいたことが確認されており、しかも何者かを連れ去った形跡があると……」

あのとき拉致されたのは十三歳の少女だった。そしてこの男性が、その父親だった。美由紀が自衛隊を辞めて以降の、四年の歳月。そのなかを、この父親は孤独と不安に耐えて生きていた。

事実があきらかになるにつれて、美由紀はいいしれない苦痛を感じた。あのときの不審船。海上を逃走していくその船体を、美由紀はまのあたりにした。最新鋭の兵器を搭載し、音速を超える戦闘機に乗りながら、なにもできなかった。あの船のなかに、恐怖に打ちひしがれた誰かがいることを知りながら。

カウンセラーとしての勉強を積むうちに、美由紀はあのとき不審船を逃がしたことは悔やんでも、そのために潜水艦を撃沈すべきだったという事実については、そうした選択をとらなかったことを肯定的に受け入れるようになっていた。あの潜水艦のなかには、軍人といえど大勢の乗組員がいたはずだ。どんな理由であれ、ひとの命を奪うことなど許されるはずがない。今年も長崎にきて、その思いを新たにしていた。

しかし、その信念がまたしても揺らぐ。あのとき潜水艦を沈めていれば、海上保安庁の船は不審船に追いついたかもしれない。この星野という人物の娘が、助かる道もあったかもしれない……。

美由紀はつぶやきのように漏れる自分の声を聞いた。「その日、北朝鮮の不審船が連れ去ったのは、間違いなくあなたの娘だ、そう信じておられるんですか」

星野は、神妙な顔でうなずいた。「むろん、私も信じたくはありませんでした。新潟では、九年間も女性が民家に監禁されていたという異常な事件もありましたから、私としては、亜希子もそんな目に遭ってるのではないかという疑いのほうが強かったのです。しかし、拉致されたという根拠はそればかりではありませんでした」

八代があとをひきついだ。「以前に拉致された方々と同じく、亜希子さんも北朝鮮にいるという、証言がありましてな」

「証言?」美由紀はいった。「昭和五十年代の拉致に関する、北朝鮮の元工作員の証言なら知ってますけど」

当時、北朝鮮は日本に潜入する工作員の教育係を必要としていたため、新潟市の海岸で散歩していたカップルや帰宅途中の女子中学生などを次々と無差別に拉致し、朝鮮語を覚えて職務に殉ずることを強要した。そのことが、韓国に亡命した北朝鮮の元工作員の証言であきらかになった。元工作員は金正日《キムジョンイル》政治軍事大学の式典で、拉致された日本人とみられる人々が出席しているのを目撃したという。

「でも」美由紀は八代をみた。「その元工作員の証言によれば、日本人をみかけたという式典はいまから十二、三年も前のはずです。つい最近になって、また別の人物から新たな証言があったとか？」

八代はうなずいた。「まさしくそのとおりでしてな。しかも元工作員や亡命者ではない、より重要な人物からの証言です。誰あろう、金正日総書記の長男と思しき人物が口にしたことですよ」

なるほど、と美由紀は感じた。例の、金正男《キムジョンナム》とみられる人物か。

三か月ほど前、三十歳前後の男がドミニカ共和国の偽造旅券で成田空港から入国しようとして、入管当局に身柄を拘束された。当の本人は黙秘していたが、写真照合で金正日の長男にして後継者と目される、金正男である可能性が高いとされた。その人物は刑事手続きによる起訴処分をまぬがれ、中国への国外退去処分だけであっさりと放免されたかたちになっていた。そこにはおそらく、裏取引があったであろうことは誰の目にもあきらかだった。その男は新たに四年前に拉致された日本人の存在をほのめかしたにちがいなかった。

美由紀はため息をついた。「新聞で読んだ話では、金正男らしき人物は若い女性と子供を連れていて、日本に来た目的も東京ディズニーランドにいきたかったからだとか」

「ええ」八代は苦笑ぎみにいった。「でもそれは本当のことらしいですよ。本気で日本に入国するつもりなら、合法であれ非合法であれ、父親の力でもっとましな方法を使えるはずですからね。道楽息子が国をこっそりと抜けだして遊びにいこうとした。そのため、どこかで手に入れた偽造旅券をつかった。そんなところでしょう」

「それで」美由紀はきいた。「その証言では、はっきりと星野亜希子さんの名前が?」

「いいえ」星野昌宏が首を振った。「ただ、法務省の東京入国管理局の人に聞いた話なんですが、金正男とみられる人物がいうには四年前の九月に新潟で姿を消した少女が北朝鮮にいて、現在十七歳だというんです。なんでも、北朝鮮の港に初めて連れてこられたときに、通りがかったクルマの窓から見たらしく……肩にかかるぐらいの長さの髪に、キャミソールとジーンズ姿の少女だったといいます。それらはすべて、海岸で姿を消したときの亜希子の風体と一致します。証言では、港での亜希子の目は泣き腫《は》らしたように真っ赤になっていて、両手の指先はすりむいて血まみれになっていたといいます」

星野の声は震えていた。言葉の最後は消え入りそうになっていた。

八代が口をひらいた。「金正男とみられる男の話では、拉致されてきた日本人は皆そういう状況になるそうです。だから、通りがかったときに一見して日本人だとわかった、そういうんです」

美由紀は胸に刺すような痛みを感じていた。証言がそこまで一致をみている以上、これは事実に相違ないのだろう。あの不審船のなかにいたのは星野亜希子という少女。北朝鮮の港に着くまで、泣きつづけ、監禁された船室を出ようと扉や壁をかきむしった。そうにちがいなかった。

「亜希子さんの」美由紀の言葉は喉《のど》にからんでいた。「その後については?」

八代が肩をすくめた。「これも金正男とみられる人物の証言ですが、ほかの日本人たちと同じように、朝鮮語を覚えたら日本に帰してやるといわれ、懸命に勉強したということです。が、朝鮮語がしゃべれるようになっても帰国できないので体調を崩し、入院をすることもあったとか。いまでも、教育係になるべく学習を受けているんでしょう」

星野は手で顔を覆った。泣き声はなかったが、身を震わせていた。

あのとき、潜水艦を沈めていれば。そんな思いが美由紀のなかを駆けめぐる。瞬時に、それを打ち消そうとするもうひとつの衝動が起きる。たとえ潜水艦を撃破していても、海上保安庁の船が不審船に追いつけた保証はない。そして追いつけたとしても、拉致された市民の安全を考えれば不審船に手だしはできなかったろう。ゆえに、無益で不毛な殺生にしかならなかっただろう、そんなふうにも思う。

しかし、あのとき美由紀は現場の海域にいた。下した判断はいくつもあった。その判断の積み重ねが、ひとつの結果を生んだ。引き裂かれた父と娘の関係、ふたりにとっての耐えがたい苦痛。それらは、美由紀の行動いかんによっては変えられたかもしれないのだ。

美由紀は困惑していた。自衛官時代の自分には区切りをつけたと信じていた。決して本意とはいえない人生を歩んできたかもしれないが、すべては過去だと思っていた。だが、美由紀にとって終わったことであっても、ほかの誰かにとってはそうでない場合もある。いまがそのときだった。目をそむけたくても、無視できるものではない。

それでも、いまの自分にはどうすることもできない。美由紀はそう感じた。自分はもう自衛官ではないのだ。たとえ自衛官だったにしても、あのころと同じく、細分化された役割のひとつをただ黙々とこなすだけでしかない。自分という人間は、無力だった。

「星野さん」美由紀はまだ戸惑いを残しながら、穏やかにいった。「ご心痛、お察し申しあげます。いまのわたしは一介のカウンセラーにすぎませんが、お役に立てることがあれば、微力ながらお力添えしたいと思っております。わたしのカウンセリングを受けていただくのであれば、喜んですぐにでもお時間を……」

「カウンセリング？」星野は、意外そうに目を見張った。「とんでもない。カウンセリングなんて、ただ動揺を鎮めるとか、そんなものにすぎないでしょう。私は冷静です、カウンセリングなんて必要ありません」

「しかし……」

星野は手をあげて美由紀を制した。「カウンセリングだなんて。大事なのは、行動することです。岬先生。あなたは、人並みはずれた能力を持っておられるじゃないですか。どうかその能力を出し惜しみしないでいただきたい。亜希子の救出のために、ご協力ください」

美由紀は星野の真意がわからず当惑した。いったいどうしろというのだろう。「申し訳ありません。くりかえしになりますが、わたしの現在の職務は民間のカウンセラーにすぎないんです。ですから政治的な諸問題を解決することは、わたしにはできかねます。それでもカウンセリングというのは、あなたが思っておられるほど無意味なものではなく、心の安定のためにも必要不可欠なことで……」

「ちがう」星野はいった。怒りにみちた目はかすかに潤んでいた。「ちがうんです。そんなことをお願いしにきたんじゃない。私の頭がおかしくなるとか、そんなことは心配していない。気にかけているのは娘のことだけです。あの事件以来、妻は鬱々《うつうつ》とした日々を過ごしている。私にはほとんど口もきいてくれない。なぜだかわかりますか。亜希子が姿を消したとき、私は海岸に一緒にいた。誰もいない海岸で、私と亜希子はふたりきりだったんです。ほんの少し目を離した隙に、亜希子は連れ去られた。すべて私の責任です。警察からも、親族からも、さんざんそのことで苦言をもらいました。亜希子はまだ十三歳だった。親の監督不行き届きといえばたしかにそのとおりです。私はその責任の重みに耐えていく。そんなことは当然だと思っているし、亜希子のことを思えば、いささかも苦ではありません。あなたのカウンセリングを受けて、私ひとりだけ楽になろうなんて思ってません。どうか力になってください。もし報酬が必要でしたら、一生かかってでもお支払いするつもりです」

美由紀は星野の決意に胸を打たれると同時に、妙な気配をも感じ取った。八代をみた。八代は、かすかにびくついたようすを漂わせ、目をそらした。

この外務省の政務官は星野昌宏に、カウンセラーとしての美由紀を紹介したのではない。元自衛官としての美由紀に会わせるために連れてきたのだ。八代は、美由紀に事件解決のためのなんらかの行動を依頼しようとしている。いまの美由紀がカウンセラーとしての職務以外の依頼はかたくなに拒んでいることは、東京カウンセリングセンターに問い合わせた時点でわかっているはずだ。それでも八代は、美由紀がそうした依頼を受けるにちがいないと踏み、遠路はるばるここまできた。それは、美由紀がこの件に関し負い目を感じていることを、八代が知っていたからだろう。おそらく八代は、星野亜希子が拉致された当日、美由紀がF15でスクランブル発進したという事実をすでに耳にしているにちがいない。航空自衛隊のパイロットでありながら、みすみす逃がしてしまった不審船の行方。そのことに後悔の念を抱いているからこそ、美由紀は拒まない。そう確信しているのだ。

「なるほど」美由紀はいった。「もちろん、カウンセリングでなくとも亜希子さんの無事救出につながることには、できうるかぎりのことは協力させていただきます。しかし、わたしにも信念があります。たとえ救出のためであろうとも、武力行使には反対です。わたしに自衛隊への復帰もしくは、それに類する行動を望んでおられるとしたら、それはお受けできません」

八代は恐縮したようすをみせていたが、すぐに顔を輝かせていった。「ええ、それはもう。防衛庁の関係者からも話をうかがっています。あなたの信念は絶対的なものでしょう。われわれがあなたに発揮していただきたいと望むのは、戦闘機の操縦能力などではありません。そのう、言葉は間違っているかもしれませんが、〝千里眼〟の能力についてですよ」

観光客らしき老夫婦が石段を昇ってきたので、八代は口をつぐんだ。老夫婦が通りすぎると、八代は離れて立っていた外務省の職員に手で合図した。職員は、懐から小さな封筒をとりだし、八代に手わたした。

八代はいった。「問題はすでに国外退去させられた金正男とみられる男ではなく、連れのほうでしてな。子供はどうやら息子らしいんだが、女性のほうは妻というわけではなさそうなんです。じつは星野亜希子さんのことをほのめかしたのも、正確には男のほうではなくその女だったんです。金正男らしき男はその女にうながされるかたちで証言した。その女は外交手腕に長《た》けているらしく、こちら側の取り調べにも進んで応じ、たちどころに有利な立場をつくりだし、まんまと金正男とその息子とみられるふたりを国外退去ていどの処分にとどめた。たいした女ですよ。なにしろ、日本政府のほうでも金正男らしき人物を拘束して徹底的に取り調べるべきだという強硬論もなかったわけではないし、この件について北朝鮮政府もナーバスになるのは目にみえてましたからね。その女はすべてを丸くおさめた。こんなことは、たんなる秘書や愛人には不可能ってもんです」

丸くおさめた。金正男と思われる人間の出入国に関してはたしかにそうだろう。しかし、そのために引き合いにだされた星野亜希子の名が、別のところで新たな緊張と不安をつくりだした。この亜希子の父親にしてみればまさに寝耳に水の、気持ちの昂《たかぶ》りを抑えられない情報にちがいない。

だが、その女が発した言葉の真偽についてはわからない。日時までもが一致していることを考慮すれば、たしかに星野亜希子が北朝鮮に連れ去られた可能性は高い。だが、いまも無事でいるという保証はない。それでもその女は、日本側が関心をしめすことを見越したうえで、取引を有利にするために星野亜希子のことを口にしたのかもしれない。いうなれば、自分たちには人質がいる、無事逃がしてくれれば人質解放も考えてやってもいい、そんなふうに主張したことになる。やっていることは結局、武装ゲリラやテロリストと変わらない。

美由紀はきいた。「それで、その女とは何者ですか」

「それが、ほとんど見当がつかない」八代は封筒から一枚の写真をとりだした。「ほら。この女です」

入国管理局の取調室で、壁の前に立たせて撮ったと思われる写真だった。年齢は三十歳前後、すなわち金正男とみられる人物と同年代だ。痩《や》せていて、やや面長の顔つきはりりしく、欧米人女性のように目鼻だちがはっきりしていた。美人であることは疑いの余地はないが、目がやや吊《つ》りあがっているせいで鋭い印象をあたえている。化粧品の種類まではわからないが、メイクの趣味はいい。左目が右目に比べてやや小さいところを、左目にビューラーやマスカラをわずかに多用することでうまくバランスをとっている。これをアイラインやアイシャドウで調整すると、目を閉じたときにアンバランスで美しくない。国外旅行のために慣れない高級な化粧品を付け焼刃で塗りたくったとしたら、こうはいかないだろう。ふだんからメイクに慣れている女だ。貧しい北朝鮮の内情を考えれば、それはごく一部の上流階級にしか許されない特権のはずだ。髪もミディアムのストレートヘアにしているが、前髪を目ぎりぎりの長さで切りそろえているのも、目もとを強調するための計算と思われた。このカットなら、まっすぐ正面に見据えた相手に対して強い印象を与えることができる。ベージュのスーツとも合っている。知性を誇るためには非の打ちどころのない外見だった。

八代は腕組みしていった。「李秀卿《リスギョン》と名乗っているが、本名かどうかは不明です。北朝鮮の党や政府関係者のリストにもそんな名前はないし、写真照合を行っても、彼女に該当するデータはない。しかし、只者《ただもの》でないことはあきらかです。この女は星野亜希子さんをはじめ、日本人拉致疑惑に関する多くのことを知っている可能性がある」

「それで」美由紀は写真をながめながらいった。「わたしにどうしろと？」

八代が口をひらいたが、星野がその先を制していった。「あなたの〝千里眼〟と呼ばれるほどの観察眼と心理学的知識をもって、ぜひこの李秀卿という女から、娘の亜希子に関する情報を探りだしてほしい。私の願いはそれだけです。どんなささいなことでもいいんです、お願いします」

「まってください」美由紀は八代の顔をみた。「この李秀卿という女性は、金正男とその息子らしき人物とともに、すでに国外退去処分になってるのでは？」

「いえ」八代は険しい顔で首を振った。「われわれもそこまで甘くはありませんからな。日朝関係に亀裂を生じさせないためにも、金正男とその子供と思われるふたりについては出国を認めましたが、女については例外です。というより、この李秀卿という女のほうからそういいだしたんです。自分は残るからふたりは出国させてほしいとね。ま、北朝鮮は事実上一党独裁の国ですし、金正日政権には命を捧げる国民ばかりですからな。そうした行動は、めずらしくもないでしょう」

美由紀はつぶやいた。「では、この女はまだ国内に」

「そうです。入国管理局のほうで身柄を拘束されています」

沈黙が降りてきた。美由紀は、手にした李秀卿の写真に目を落としていた。

この女に会って、氷のような仮面の下を探る。心の奥に秘めた秘密を見透かす。占い師を頼りにするような趣旨の依頼内容にはたしかに反感をおぼえるが、これがひとりの少女を救うため、ひいては北朝鮮に拉致されたとされる人々を救うための重大な事柄であることは否定できない。なによりこれは、美由紀のなかに自衛官時代の悪しき想い出として深くきざみこまれている傷跡を癒《いや》す機会でもある。

ただ、国家公務員をすでに辞職しているにもかかわらず、身勝手な国政にふたたび手を貸すことになる、そのこと自体には気が進まなかった。

美由紀は八代にきいた。「この依頼は、外務省のトップの意向ですか」

八代はうなずいた。「田中真紀子外相が小泉総理に直々に相談して判断を仰ぎ、総理が即決されたものです」

即決か。たしかに現在の政権なら拉致疑惑の解明にも積極的姿勢をしめすだろう。四年前、拉致を知りながら後手にまわっていた政府の事勿《ことなか》れ主義は前政権で終わりを告げた、そう思いたい。

そのとき、ふいに星野が美由紀に両手を差し伸べた。美由紀の手を握り、真剣な顔で語気を強めた。「どうか、どうかお願いします。元自衛官としての知識も持ち合わせている、あなたこそが最良の人選だときいてここまでやってきました。いまでは民間人になられたとはいえ、さっきの平和集会の参加者とあれだけ心を通わすことのできるお方なんです、私や妻、そして娘の心痛も察してくださるでしょう。もうこれ以上は待てません。私の父は去年亡くなり、母も病床についております。母に、孫が他国に連れ去られたままになったという失意を抱えたまま死んでほしくありません。身勝手とは思いますが、どうかお助けください。なにとぞ、お力添えをお願いします」

星野の潤んだ目にみるみるうちに涙が膨《ふく》らみ、それが表面張力の限界を超えて頰《ほお》をこぼれおちた。この年齢になった男性が人前で憚ることなく涙を流す。それは、いかにことが重大であるかを物語っていた。

美由紀は顔をあげて聖母像をみあげた。そよ風に揺らぐ木々の影が、聖母像に落ちていた。明暗の落差のなかで、聖母像は輝いてみえた。

「わかりました」美由紀はささやいた。「その李秀卿という女性に会ってみます」

再会

美由紀は長崎に降り注ぐ午後の日差しのなか、国道を佐世保方面に向かってクルマを走らせていた。メルセデス・ベンツE55AMG《アーマーゲー》のステアリングは滑らかで、足まわりもよく、速度の調節もスムーズだった。いつも渋滞ぎみの首都高速と都心の道では感じられなかった加速感を充分に味わえる。とりわけ高速走行時の安定性と静粛性が素晴らしい。丸目四灯、W210のノーマル車はかつてのミディアムクラスに比べて造りが雑なうえに、走る楽しみが少ないように感じられたが、このAMGによる最終型フルコンプリートカーはかなりのスポーティなトルクと乗り心地を堪能《たんのう》できる。おそらくW210のなかでは最上級のチューニングだろう。ホイールがインチアップしているせいかやや走りに硬さがあるようにも思えるが、こうして東名高速から中国自動車道を経《へ》て九州までクルマで出張し、その日のうちにいくつもの仕事を片付けられるのは、乗っていて疲れないメルセデスならではにちがいなかった。そういえば、このクルマに興味を覚えたのは四年前、航空自衛隊を辞職する寸前のころだ。

八代政務官からつたえきいた情報がすべて本当なら、星野亜希子という少女はそのころ拉致され、以後ずっと北朝鮮にいることになる。あれから四年か。美由紀はぼんやりと思った。この四年間、何度も人生の岐路に立たされた。めまぐるしかったせいで、かえって長く感じられた。

かつて北朝鮮に関する美由紀の知識といえば、スカッドミサイルやミグの装備など軍備についてのことばかりだったが、いまでは別の側面に関心がある。二十世紀中に、世界のあちこちの国で一党独裁政治は終焉《しゅうえん》を告げ、民主化への波が主流となった。旧ソ連や中国さえも例外ではなかった。そんななかで、北朝鮮だけは唯一、金日成と金正日親子による一党独裁、というよりむしろ個人独裁体制を貫き、しかもすべての国民がそれを支持しているという、時代に逆行するような状況がつづいている。

社会心理学的にみれば、集団において個人の意思を完全消滅させたり、独裁者への絶対服従をごく自然なものと思いこませることで、全員をロボットのごとく操るという集団〝マインドコントロール〟はまずもって不可能とされている。人間は誰でも本能的に自由を求める。集団の統率は、そうした個人の意思の尊重があったうえでなければなしえない。世界各地にカルトと呼ばれる新興宗教団体が発生しようと、結局は各団体ともに体制維持に四苦八苦するのが関の山なのだ。ところが、北朝鮮は国家規模で全国民に忠誠を誓わせているようにみえるし、事実、政治家や軍人、芸術家、スポーツ選手に至るまで、公に姿を現し発言する権利を持った北朝鮮の人々は皆、金正日に対する尊敬と崇拝の念をしめし、それが朝鮮民族にとっての幸せにつながるという趣旨のことを口にしている。どんなに貧困に喘《あえ》ぎ、地方の農村で餓死者が続出しようと、その支配体制は揺るぎようがないとされている。そのようなことがありうるのだろうか。

北朝鮮では個人の土地や財産の所有は認められていない。すべての財産を国に寄付し、領土から出ることは許されず、海外からの情報はいっさい国民の耳に入らないようシャットアウトされているという。金日成・金正日親子へのカリスマ崇拝こそが、唯一の精神基盤であり、それを無条件に受け入れさせている。国民全員が〝チュチェ思想〟という教義を学ぶように義務づけられているが、それは無条件に国家主席への信頼と忠誠を強制する教義内容だった。そうした北朝鮮の概要をみるかぎり、カルト教団が肥大化したものに思えなくもない。

カウンセラーになって以降、美由紀は多くのカルト教団の信者と接し、脱会や社会復帰を助けてきた。北朝鮮の国民は果たして彼らと同種なのだろうか。カルト教団の信者が受けているような精神的迫害はないのだろうか。あるとすれば、なぜ組織の内部崩壊を招かないのか。個人の独立心や自立心は、いかなるときにも曲げられはしないはずなのに。

美由紀はひとりため息をついた。ここで考えてみても結論はでない。現代の国際社会で唯一にして最大の〝マインドコントロール〟国家。そのすべてを相手にまわすことなど不可能だ。美由紀にとって、やらねばならないことははっきりしている。東京に戻り、李秀卿なる女に会うこと。詮索《せんさく》はそれからでいい。

ただし、と美由紀は思った。九州をでる前に、ぜひとも立ち寄りたいところがある。

美由紀はアクセルを踏みこんだ。国産車とはちがい、一定のペースで加速していくエンジン。その滑るような走りに身を委ねながら、美由紀は分岐点でステアリングを切った。長崎ハウステンボスまで四キロ。標識にはそうあった。


メルセデスを地下駐車場に停め、入場券を手にしてゲートをくぐると、そこには別世界が広がっていた。はるか彼方《かなた》までつづく色とりどりのチューリップ畑、のどかに回転をつづける風車。煉瓦造の大小さまざまな建物。じつによくできている。現実のオランダの街並みよりもヨーロッパ色が強調され、石畳の道路も広くつくられているが、ほとんどの日本人観光客の目には外国の一角にいるような錯覚をあたえてくれるだろう。

美由紀はハウステンボスの広大な敷地内をタクシーがわりに流している馬車に乗り、ホテルヨーロッパに向かった。オランダの風景を模したこの一帯はあくまでテーマパークであり、実際にいくつかアトラクションもあるのだが、ここならではの特色も少なくない。なかでも、ホテルが敷地のなかにあり、宿泊客は夜間も場内から閉め出されることはなく、自由にオランダの街並みのなかを散策できるという試みが素晴らしかった。これによって、宿泊客は滞在中ずっと現実に引き戻されることなく、外国にいるような気分に浸ることができる。むろんテーマパーク内のスタッフは全員日本人なので、言葉に苦労することもない。ある意味では海外旅行よりずっと気楽な休日を過ごすことができる場所でもあった。

ハウステンボスは観光地ではあるが、東京カウンセリングセンターでは相談者《クライアント》のケースによってはここのホテルに滞在し、静養することを勧めている。適度に現実の世界から切り離された状況で、鬱積《うっせき》したストレスを軽減することができるからだ。心を病む人々にもさまざまな性格の持ち主がいる。特に高齢者ではない場合、閑静な温泉地に赴くことがかならずしも最適のリハビリになるとはかぎらない。もう少し人と接し、にぎやかな風景に触れる機会があるほうが心が休まることもある。いまここに滞在している美由紀の同僚は、まさにそんな感じの男だった。ふだんからおとなしく、口数が少ないがゆえに、かえって完全な静寂に包まれることを嫌う。そういう側面を持っていた。

ホテルヨーロッパは、港に近いホテル街の一角にあった。そのたたずまいは、さも外国の一風景といった様相を呈している。美由紀は馬車を降り、エントランスをくぐってロビーに入った。ラウンジのわきにあるエレベーターに乗り、最上階に昇った。

装飾品にいろどられた廊下をしばらく歩き、つたえきいてあった番号の部屋の前に着いた。呼び鈴を鳴らしてしばらく待ったが、応答はなかった。ふと、扉が半開きになっているのに気づいた。ずいぶん無用心だ、そう思いながら、そろそろと扉を開けた。

「嵯峨くん?」美由紀は声をかけた。

室内には誰もいなかった。円形テーブルの食卓にキャビネット、ソファが整然とおさまっている。滞在期間はすでに三か月近くに及んでいるはずだが、散らかってはいなかった。おそらく、掃除のスタッフが毎日訪れているのだろう。

キャビネットの上にはルームキーがあった。美由紀は手にしていた封筒を食卓の上に置き、部屋のなかにある螺旋《らせん》階段をみあげた。外出していないということは、たぶん上にいるのだろう。美由紀は階段を昇っていった。

このホテルの最上階の部屋は、ロフト風に寝室が二階につくられている。ベッドとドレッサーだけが置かれた簡素な部屋で、奥の壁は屋根に沿って斜めになっていて、小さな窓があいている。北欧と北米の家屋のちがいはあるが、美由紀が少女時代から好んで読んでいた『赤毛のアン』のカスバート家の寝室を彷彿《ほうふつ》とさせる。窓の外には運河にかかる跳ね橋がみえていた。時計台から、鐘の音も響いてくる。

照明は消えていた。窓から差しこむ陽の光に、部屋のなかはおぼろげに照らしだされていた。ベッドの上でふくらんだシーツがもぞもぞと動いた。

美由紀はためらいがちにいった。「嵯峨くん?」

ひと呼吸おいて、がばっとシーツが取り払われた。髪をくしゃくしゃにした嵯峨敏也の顔がのぞいた。

「ああ、美由紀さん」嵯峨は寝ぼけた顔のままいった。「どうして、ここに?」

「長崎の平和集会に出張してきてたの。昼すぎなのに、まだ寝てたの？」

いいながら、美由紀は内心苦笑いした。男性の寝室を訪ねて、こんなにやわらかい言葉を発するようになった自分の変わりようを、いまさらながら皮肉に感じた。四年前は基地に当直している岸元を、足で蹴《け》って起こしていたものだが。

「うん」嵯峨は身体を起こさず、けだるそうに返事した。「やることがないから、夜更かしが癖になっちゃって。きのうも夜遅くまで、それをやってた」

嵯峨が指差したほうをみると、ドレッサーの上に奇妙な物体が載せてあった。プラスチック製で、大きさと形状はクルマのタイヤに近く、側面には、左右と中央に三つの穴があいている。穴の大きさは手が入るていどだった。物体の上部にはスイッチがついている。電池で作動するものらしかった。

美由紀はきいた。「これ、なに？」

「売店で買ったパズルだよ。オランダ人の数学者が考えたんだって」

嵯峨がそれ以上なにもいわないので、美由紀は穴に手を入れてみた。穴のなかには、レバーのようなものがあるのが、触覚でわかった。いったん手をだして、残りのふたつの穴も試してみたが、やはり同じ形のレバーがあった。どうやら上下に動かすことができるらしい。さっきのレバーは上向きだったが、このレバーは下向きになっている。

美由紀はそのレバーを上向きにした。なんの反応もない。手を穴からだすと、とたんに物体が震えて音をたてた。美由紀はびくっとして手をひっこめた。

嵯峨が笑った。「だいじょうぶだよ、危険はない。その円形の物体のなかには、十字形をしたファンがあって、その四つの端にレバーがついてる。みてのとおり、いったん穴に入れた手をだすと、内部のファンが回って、ランダムにとまる。そのせいで、外からはいま操作したレバーがどこに位置を変えたかわからなくなる。で、五回以内にすべてのレバーを上または下向きにそろえれば、〝おめでとう《コングラチュレーション》〟って音声と音楽が流れる。ただそれだけさ」

内部ファンのレバーは前後左右に四つついているが、手を差し入れられる穴は中央と左右の三つだけ、か。美由紀は少し考えて、嵯峨にきいた。「同時に、ふたつの穴に手を入れてもいいの?」

「ああ、いいよ」

「じゃ、まず左と右の穴に手をいれて」美由紀はそういいながら、左右の指先でレバーをふたつとも上にした。ファンが回転し、それがおさまってから、中央と右の穴に手をつっこんだ。「それから、このふたつのうち下向きのレバーがあれば上にする」

操作したが、物体は祝いの言葉を発しなかった。ふたたびファンが回る音がする。

美由紀はいった。「いまの状態でレバーは三つが上向き、ひとつだけ下に向いているはずってことになる」

嵯峨は笑いながらいった。「そのとおり」

「じゃ」美由紀はまた左と右の穴に手を入れた。右のレバーが下向きになっていた。「こうやって、と」

右のレバーを上向きにしたとき、陽気なオランダ民謡のような音楽が流れ、女性の声が聞こえてきた。コングラチュレーション。

「簡単じゃない」美由紀は苦笑した。

嵯峨はベッドの上で上半身を起こし、肩をすくめた。「いま三回目に両手を入れたときにも、両方のレバーが上向きだったら、どうする？」

「どちらでもいいから片方のレバーを下にする。これで隣り合ったレバーが下を向いたことになるから、次は中央と右の穴に手を入れて、どちらも向きが同じなら、ふたつのレバーを逆向きにすればすべてのレバーの向きがそろう。もしこのときも上と下にわかれていたら、どちらも逆向きにすれば下向きのレバーが向かい合うかたちになるので、次は左右の穴に手を入れて両方のレバーを逆にする。これですべてそろうわね。最長でも、五回で確実にすべてのレバーがそろうことになるわ」

「正解だよ。僕はもっと時間がかかった。さすが美由紀さんだね」

「とんでもない。でも民芸品じゃなくこんなものを買ってくるあたり、いかにも嵯峨くんね。知力をもてあましてしょうがないって感じ？」

嵯峨はうなずいた。「静養はもう充分だよ。そろそろ東京に帰って仕事したい」

やや長くした前髪をかきあげ、深刻そうにうつむく嵯峨をみて、美由紀は気の毒に思った。四か月前、自己啓発セミナー〝デーヴァ瞑想《めいそう》チーム〟がらみの事件で、嵯峨は極度の精神的圧迫のなかにみずから身を投じることで、美由紀を救ってくれた。そのせいで悪化した神経症を緩和するために、上司の助言もあって長崎で長期休暇をとっていた。

あの事件によって嵯峨が受けた苦痛は計り知れなかった。復帰できるまでには半年を要するだろう、そう診断した精神科医もいた。事実、神経症からの回復は時間をかけて緩やかに行われねばならない。急いてはことを為損《しそん》じる。あるていど元気になったからといって、緊張と不安に絶えずさいなまれる社会に復帰するのはまだ早い。まして、職場ではカウンセラーとして他人の苦悩を聞かねばならない立場にあるのだ、仕事に戻るには完璧なまでの平常心を取り戻さねばならなかった。

「嵯峨くん」美由紀は穏やかに声をかけた。「気持ちはわかるけど、焦ってはだめよ。自分でもわかるでしょう？　神経症からの回復には根気が必要だわ」

ところが、だしぬけに嵯峨は苦笑した。「そんなことといって、きみはなにか心配ごとを抱えてるんだろ？　だからここに来た。そうじゃない？」

美由紀は嵯峨をみた。「なぜそう思うの？」

嵯峨はシーツを取り払って、むっくりと起きあがった。胸もとをはだけたワイシャツとスラックス姿だった。この恰好《かっこう》のまま晩眠っていたらしい。嵯峨はドレッサーの下にかがみこんだ。小さな扉を開けると冷蔵庫になっていた。美由紀を振りかえってたずねた。なにか飲む?

「いえ、結構」美由紀は答えた。

嵯峨は気にするようすもなく缶コーヒーをだしてプルトップを開けた。「〝千里眼〟て呼ばれてる割りにはきみ自身、思ったことが表情にでやすいんだよね。考えごとが頭から離れない、そんな顔をしてるよ。でもたぶん、きみがそこまで深刻そうにすることだから、僕なんかじゃ手に負えない規模のことだろう。きみと僕じゃ、おなじ二十八年間の人生のなかで経験してきたことがちがいすぎるから」

美由紀は胸をちくりと針でさされたような気分になった。出会ったころはそうでもなかったが、このところ嵯峨は美由紀に対してやや卑屈なところをみせているような気がする。大学院をでて心理学方面ひとすじに歩んできた嵯峨は、二十八歳の若さで東京カウンセリングセンターの催眠療法I科の科長となった。が、カウンセラーに転職した美由紀も、II科の科長となり、職場ではまったく同一のランクに位置づけられている。I科は未成年者の相談者《クライアント》を担当するII科よりも深い人生経験と洞察力が必要なわけだし、そこの科長を務める嵯峨は実質的に美由紀にくらべてカウンセラーとしての能力を高く評価されているといえる。

それでもこのところ、嵯峨の常識の範疇《はんちゅう》におさまらないだろう異常事件が頻発したこともあり、嵯峨は自信を失いかけているようにみえる。事件そのものが暴力的かつ緊急的対処を必要とすべきものばかりだったために、好むと好まざるとにかかわらず美由紀の自衛官時代の知識が役立つ局面も多かった。それゆえ、嵯峨は無力感にさいなまれたのかもしれない。だが、それは嵯峨の思いすごしだと美由紀は感じていた。おなじ無力感を、美由紀はカウンセラーとしての職務で頻繁に体験している。

パイロットとしての動体視力の育成が、カウンセラーとしての観察眼の知識と結びついて、たまたま〝千里眼〟と称され特別扱いを受けるようになった自分。だが美由紀はそんな突飛な名声など欲していなかった。一人前のカウンセラーになりたい。闘争心に満ちていたかつての自分を忘れてしまいたい。それだけだった。その意味で、嵯峨は美由紀が学びえていないカウンセラーとしての資質を持ち合わせている。

美由紀は嵯峨にいった。「わたしがいま抱えているのは、そんなだいそれた問題じゃないわ。ひとりの女に会って心を読め。そんなことを依頼された、ただそれだけ」

「ああ」嵯峨は缶コーヒーをあおった。「わかるよ。筋ちがいの依頼だもんな。僕らの仕事には、そうした一般的な誤解は永久についてまわるものかもしれないね」

嵯峨は背を向けて、螺旋階段を降りていった。それ以上、美由紀が依頼された仕事内容についてきこうとはしなかった。

美由紀は嵯峨のかすかな冷たさを感じずにはいられなかった。嵯峨は、もう美由紀がらみの厄介ごとに巻きこまれるのはご免だ、そういう態度をとっているようにもみえる。事実、美由紀が取り組まざるをえなかった異常事件を解決するたびに、世論の美由紀に対する評判はカウンセラー本来の職務とはかけ離れたものになっていき、最近ではふつうに相談者に接することさえ難しくなっていた。一般の相談者を装って、美由紀に法的闘争の解決を依頼してくる者もあれば、潜入取材の雑誌記者だったりもした。〝千里眼〟は本当に記者の正体を見破れるのか、そんな趣旨の特集が組まれていたというから呆《あき》れる。

嵯峨は、美由紀がカウンセラーを志して以来、たびたびその名を耳にした尊敬すべき先輩だった。知り合ってからは物静かに研究することを好む性格の持ち主だとわかった。自分は彼を、いらぬ喧騒《けんそう》に巻きこんでしまったのではないだろうか。美由紀はそんな自責の念に駆られた。きっかけはたしかに抗《あらが》えない事態だったが、その後もずっと嵯峨と同じ職場にいるせいで、彼に迷惑をかけているのではないだろうか。

いや、自分は間違ったことをしてきたわけではない。それでも、嵯峨には傷ついてほしくはなかった。複雑な思いが胸のなかで渦巻いた。美由紀は悩んでいた。だが、なにをどう悩んでいるのか、自分でもさだかではなかった。自分はどうあるべきなのだろう。嵯峨に、どうあってほしいと思っているのだろう。それらは判然としなかった。なぜここまで判断を明確にすることができないのか。無意識のうちに、すべてを明るみにだすことを拒むなにかが、自分のなかにあるのか。だとすれば、それはいったい何なのだろう。

美由紀はドレッサーの上のパズルに目をやった。嵯峨は美由紀よりも解くのに時間がかかったといっていたが、おそらくそんなことはあるまい。パズルは新品同様で、撫《な》でまわした手垢《てあか》の跡もなければ内蔵電池が消耗したようすもない。美由紀と同じく迅速に解いたのだろう。嵯峨は、それだけの頭の回転の速さを持った男なのだ。

嵯峨が職場復帰できるよう、上司に頼んでみるべきではなかろうか。そう思ったとたん、それが同情心によって生じた考えではないかと疑う心が喚起される。いや、そんなことはない。美由紀は思った。四か月前の悪夢のような事件のあと、世間も東京カウンセリングセンターもふたたび平穏さをとりもどしている。相談者との静かな対話。そこに戻ることで、嵯峨は自信とともに心の安定をえることができるかもしれない。

そのとき、ふいに甲高い音が響いた。金属音のようだった。

美由紀ははっとして、螺旋階段に向かった。階段を駆け下りると、リビングルームに立ちつくす嵯峨の姿が目に入った。

「どうかしたの？」美由紀は声をかけた。

テーブルの上に、うつろな音をたててゆっくりと転がる缶があった。嵯峨がとり落としたらしい。それはテーブルの縁《へり》に達し、床に落ちた。絨毯《じゅうたん》の上に、コーヒーのしみがひろがった。

呆然とたたずむ嵯峨に美由紀は近づいた。

嵯峨は、一枚の写真を手にしていた。美由紀が持ってきた、李秀卿という女の写真。さっき美由紀がテーブルの上に置いた封筒の中身だった。

自室に置いてあった封筒だけに、なにげなく手にとったにちがいない。しかし、嵯峨の反応は尋常ではない。顔面は血の気がひいて蒼白《そうはく》になり、身を震わせている。いまにも足もとから崩れ落ちそうだった。そのさまは四か月前の事件の直後、いやそれ以上に強烈な不安と怯《おび》えにとらわれているようにみえた。

嵯峨はふらついた。美由紀はとっさに近づいて嵯峨を支えた。嵯峨は、テーブルの上に突っ伏すようにして、なおも写真を見つめつづけた。

「これは」嵯峨はつぶやいた。「この女は……」

質問したわけではなさそうだった。嵯峨はひとりごちていた。予期せぬ衝撃にみまわれた、そんな表現がぴったりだった。身体の震えはどんどん増していった。息づかいも荒くなった。

「嵯峨くん、だいじょうぶ?」

ほどなく、震えはおさまった。嵯峨はゆっくりと顔をあげ、ささやくようにいった。

「アンニョンヒ・ケシプシオ」

美由紀はびくっとした。嵯峨の口から発せられたのは朝鮮語だった。

嵯峨は額にうっすらと汗をうかべながら、美由紀をみた。「アンニョンヒ・ケシプシオってどういう意味だ？」

「さようならとか、どうかご無事でっていう意味だけど……でもなぜ……」

嵯峨はしきりになにかを考えこんでいたが、やがて混乱が頂点に達したように、写真をテーブルに投げつけた。苦痛の面持ちのまま踵《きびす》をかえし、扉へと向かっていった。

「嵯峨くん、まって！」美由紀はいった。

だが、嵯峨はふりかえりもせず、足早に扉の外に消えていった。

美由紀は写真を手にとった。自分の指先も震えていた。いったいなにが起きたのだ。

自分の知るかぎり、嵯峨は韓国に留学したことも、朝鮮語を学んだこともないはずだ。

その彼が、朝鮮語の別れの言葉を口にした。それも、この李秀卿という女の写真をみただけで、彼女の素性も国籍もわからないままで。

嵯峨は李秀卿となんらかの関係を持ったことがあるのか。政府や外務省ですら身元を知ることのできない、この謎《なぞ》の女と。

こうしてはいられない。美由紀は駆けだし、扉を開け放った。嵯峨の後を追った。

記憶

嵯峨はハウステンボスの港を眺めて、ベンチに腰を下ろしていた。波もなく穏やかな水面には、青い空に浮かぶ綿のような雲が映りこんでいる。ヨーロッパの港町らしさを強調した桟橋には観光用の帆船が停泊しているほか、いくつかのプレジャーボートも係留されている。

この港では毎晩のように花火をみている。盛大さではディズニーランドに及ばないが、花火がひらく高度が低いせいか、ずっと身近に感じられる。打ちあがった直後には火薬の匂《にお》いが鼻をつく。

そんな日常とも別れを告げるときが近づいたのだ、そうさとった。自分はいつまでも、この箱庭のなかで甘えているわけにはいかない。なにかが自分を外の世界へと駆りたてる、そういうときがいつかはくると思っていた。そしていまがおそらく、そのときにちがいない。

しかし、この胸騒ぎはなんだろう。まるで悪酔いから醒《さ》めたときのように、頭のなかで疼《うず》くものがある。どれくらい前のことだったか。三年、いや四年だ。東京カウンセリングセンターに就職できるかどうか、その瀬戸際だった。あのころの気分は、きのうのことのように覚えている。が、一連の事態については記憶にあるようで、ないようにも思えてくる。

いや。嵯峨は首を振った。いまこうして部分的にも思いだすものがあるということは、それはずっと記憶のなかに存在していたことを意味している。自分はそれを忘れていた。そして、みずからも忘れることを望んでいた。だから想起しなかった。それでも、いまならわかる。その記憶はずっと自分の奥底に潜みつづけ、いいしれない不安を人生にもたらしつづけている。世の中は理不尽で、意味のわからない唐突な暴力に遭遇する機会に満ち溢《あふ》れている。あの事態以来、自分の潜在下でそういう警鐘が鳴りつづけていた。そのせいでいつも心が休まらなかった。そんなふうにも思う。

「嵯峨くん」背後で美由紀の声がした。

振りかえると、美由紀が立っていた。気づかう視線がこちらを向いている。

「美由紀さん」嵯峨はつぶやいた。海の彼方に目を戻し、思いつくままにいった。「記憶をなくしていたのは、頭を殴られたせいばかりじゃなさそうだ。いわゆる現実否認に近い、心因性の記憶喪失だったかもしれない。思いだしたくなかったのかもしれない」

美由紀はゆっくりと嵯峨の隣りに来て座った。「なにがあったの?」

記憶を整理しようとすると、頭痛にも似た混乱が頭のなかに渦巻く。額に手をやった。

指先に汗がにじんでいるのを感じる。事態を想起する前に恐怖の感情がよみがえってきて、それ以上の思索を拒む。

「そういえば」嵯峨は空を仰いだ。そうすることで、いくらか気分がよくなった。「いまの職場で働くようになって以来、たびたび妙な夢をみたよ。僕はごつごつした大小の岩が転がる、荒涼とした大地にたたずんでいる。すぐ後ろの岩の下に、なにか妙なものが潜んでいる。カニかクモの脚か、とにかく小さな動物の一部がのぞいては、僕が振りかえるとひっこむ。気持ち悪くなって、正体を確かめようと岩をどけようとする。でも、岩は押しても引いてもびくともしない。岩の下を覗《のぞ》こうとすると、息苦しくなる。地面に近づくと硫黄臭《いおうしゅう》が漂っていて、ひどくむせるんだ。結局、動物の正体はわからない。それでも歩き去ろうとすると、また動物の脚が岩の下からはみだしているのが視界の隅に入ってくる。そんなことのくりかえしのうちに、目が醒める。起きたあとは、ずいぶん疲労したように思えた。肩が重かったよ」

しばし沈黙が流れた。海上を駆ける風が港の上に涼しげな空気を運んでくる。美由紀の髪が、風になびいていた。

美由紀はいった。「ふつうの精神科医やカウンセラーなら、その夢の話を聞いて幼少のころのトラウマを疑ってみるところだろうけど……」

「そうは思えない」嵯峨はため息をついた。「夢にでてきたのは岩場だよ」

「ええ」美由紀はうなずいた。「子供のころの出来事が心因性の記憶喪失をつくりだしているとしたら、夢のなかの景観は草地だとか池だとか、とにかくその気になれば小動物の正体をたしかめられる状況になっているはずよね。硬くて重い岩に囲まれていたということは、それだけ動かしがたい現実のなかにいる、つまり成熟したおとなの記憶のなかに生じたトラウマとみることができるでしょうね」

「動物はカニかクモかわからないけど、とにかくおぞましいものだったことは確かだ。そういう理解しがたい恐怖が、岩のように凝り固まった僕の人格形成の下に潜みつづけている。その正体を見極めたかったが、はっきりしなかった」さっきよりは、いくらかおちつきが戻ってきた。嵯峨はいった。

「ただ、いまならあるていどはわかる」

「嵯峨くん。あの写真の女性は、いったい……」

「さあ」そういいながら、嵯峨の脳裏にフラッシュバックする風景があった。公園。どこかの住宅街のなかにある狭い公園。ブランコ、滑り台、ジャングルジム。水の音。ハンカチを手に、歩み寄ってくる女の顔。

ふいにめまいを感じた。嵯峨は目を手で覆い、うずくまった。混乱が鎮まるのを待とうとした。

「嵯峨くん、むりをしないで」美由紀が肩に手をかけた。「辛《つら》ければ、いますぐ思いだす必要はないわ。じっくり時間をかけていけば……」

「いいんだ」嵯峨は顔をあげた。「美由紀さんは、その写真の女のことを知ってるのか？」

「いいえ。なにも知らないわ。わかっていることといえば、彼女が李秀卿という名前で、嵯峨くんと会ったことがあり、別れぎわには、彼女のほうが嵯峨くんのもとを立ち去った。それぐらいよ」

　日差しの降り注ぐ公園のなかを歩き去っていった女の後ろ姿が、目の前によみがえった。

　嵯峨はきいた。「なぜ、そんなことがわかるの」

「朝鮮語の『さようなら』は、残る人が去る人にいう〝アンニョンヒ・カシプシオ〟と、去る人が残る人にいう〝アンニョンヒ・ケシプシオ〟というふたつのいい方があるの。だからわかったのよ」美由紀は嵯峨の顔をのぞきこんだ。「でも、何年も前に耳にした外国語を、よくそこまではっきりと覚えてたわね」

　嵯峨はうなずいた。「その女、李秀卿だっけ？　彼女のいい残した言葉はね。でも、肝心なのは、もうひとつの言葉のほうだ」

「もうひとつって？」

　さっきから記憶を呼び出すことを拒絶している自分がいる。女のほうは想起しても、あの洋館で起きたことは思いだしたくない、本能がそう告げている。それでも、記憶に目を向けねばならない。嵯峨は、あのみるからに醜悪な加藤太郎という男の顔を思い起こした。加藤太郎に連れられて入った暗い部屋。そこには捕らわれの身の三十代半ばぐらいの男がいた。彼に向かって、加藤太郎はなにかをいった。やはり朝鮮語だったように思う。しかし、思いだせない。

あの加藤太郎という男は日本語も朝鮮語も理解できた。なおかつ、嵯峨の表情を読み

「私にはあんたの目の動きがわからんとでも?」そういった。嘘を見破る観察眼があるなら、なぜ尋問に嵯峨を立ち会わせ、力を借りようとしたのか。まるでわからない。

嵯峨は美由紀にきいた。「加藤太郎って男は知ってる?」

だしぬけに、美由紀が息を呑む気配がした。美由紀は顔をこわばらせた。「誰ですって?」

「加藤太郎だよ」嵯峨は美由紀のようすに驚きながらくりかえした。「初老の男性で、太っていて、ブルドッグみたいに頰の肉が垂れてて……」

美由紀はその名に、少なからず衝撃を受けているらしかった。「あなたは、そのひとに会ったの? 加藤太郎と名乗る人物に?」

「ああ。会ったよ」

美由紀の顔に当惑のいろが浮かんだ。やがて立ちあがると、重い口調でいった。「もう行かなきゃ。嵯峨くん、ゆっくり静養してね。きょうのことは、心配しなくてもだいじょ

うぶよ」

「まって」嵯峨は立ちあがった。「僕も一緒に行くよ」

美由紀は振りかえった。困惑がさらに深まったようにみえた。「どうして？」

「どうしてって、気になるじゃないか。それに、僕のなかに潜んでいた得体のしれない恐怖の正体をたしかめるチャンスでもある」

「でも」美由紀はいった。「これはあなたを苦しめることになるかも……」

嵯峨は首を振った。「かまわないさ。もう休養は充分にとった。それに、休むだけじゃ回復しきれない症状もある。きみは僕の論文を読んだだろ？　トラウマに対してはできるかぎり対症療法にとどまらず、原因療法に踏みこんでいくこと。それが僕の持論さ」

嵯峨は美由紀をみつめた。美由紀も、嵯峨をみつめかえしていた。

美由紀が純粋に嵯峨を気遣ってくれているのはわかっていたが、嵯峨は美由紀に対して負い目を感じていた。美由紀はいつでもひとりで率先して行動にでる。元自衛隊幹部候補生の彼女は、嵯峨が精神医学界で知り合ったどんなタイプの人種とも異なっていた。ぐずぐずしているならおいていく、美由紀にはどこか、そんな態度が見え隠れするときがあるように思う。それが自分以外の誰をも傷つけたくないという、彼女のやさしさの表れでもあるのだが、嵯峨はそのせいでフラストレーションを感じてもいた。自分は美由紀に一方的に世話になっているわけにはいかない。

嵯峨はいった。「きみが同行を許さなくても、ひとりでも行くよ。きみは誰か重要人物の密命を帯びているかもしれないが、僕としては自分自身の問題なんだ。それに、そう心配しないでほしいな。自分に関することは、自分で責任を持つよ。身を守ることも、僕自身できちんとやっていくつもりさ」

助けはいらない。嵯峨は美由紀にそうつたえたかった。美由紀はたしかに何度も嵯峨を救ってくれた。しかし、いつまでもそう甘えているわけにはいかない。同僚としてのプライドもある。

美由紀はなぜか、寂しげな表情をうかべた。しばらく嵯峨をみつめてから、静かにいった。「わかったわ。一緒に東京に戻りましょう」

嵯峨がうなずくと、美由紀はゆっくりと立ち去った。

なぜあんなに寂しそうな顔をしたのだろう。嵯峨は考えた。美由紀の顔は、子離れできないことが悩みの母親の相談者《クライアント》がうかべる表情にうりふたつだった。子供の世話を焼いていないと気がすまない母親。そんな相談者に、嵯峨は何度となく接してきた。ひょっとして、美由紀は自分のことをそんなふうに思っているのだろうか。なにもできない子供、だから世話を焼くことに幸せを感じる。美由紀は嵯峨をそうみているのだろうか。

いや。彼女にそんな屈折した感情があるとは思えない。美由紀に対してそんなふうに感じるのは、自分の劣等感ゆえだ。嵯峨はそう思った。そう、同僚であるからには、美由紀は職場の仲間であると同時にライバルでもあるのだ。彼女とのあいだに競争の概念が生じている、そのことは否定できない。

嵯峨は美由紀につづいて歩きだした。ふと立ちどまり、ハウステンボスの中心に建つ時計台を見上げた。

美しく、温かい場所だった。でもここは現実の世界ではない。自分が人間である以上、現実に身を投じなければならない。

鐘の音が鳴った。自分を送り出す鐘の音。やはりどこか寂しげだった。見慣れた時計台の文字盤が、美由紀と同じく、寂しがりやの母親のまなざしのように思えた。

傷

ハウステンボスのゲートを抜け、地下駐車場への階段を降りた。クーラーが効いていないのか、ひどく蒸し暑い。空気も汚れている。そんななかで、薄暗い空間に無数に黒光りする停車中のクルマが、ぼんやりと浮かびあがる。

美由紀は足をとめた。

「どうしたの」嵯峨がきいた。

広大な地下駐車場の一角、美由紀のメルセデスはすぐ目についた。そのボンネットに向かってうずくまるように背を丸めている、ひとりの男の姿がある。グレーの背広を着た、白髪まじりの小太りの男。一見して、会った覚えのない人物だとわかる。

美由紀は妙な気配を感じた。クルマ好きが外車を注視することはあるにせよ、ブリリアントシルバーのベンツEクラスなど数多く出回っている。けっしてめずらしい部類ではない。しかも白髪の男性は、遠慮なく車体に手を伸ばし、バンパーやフロントグリルをなでまわしているようだった。

暑さのせいもあるが、美由紀は苛立《いらだ》ちを禁じえなかった。四年前の出来事を思い起こさせる外務省政務官からの依頼、同僚の嵯峨とのぎくしゃくした関係、そのうえ愛車にまでいたずらをされたのではかなわない。

「待ってて」美由紀は嵯峨にそういって、クルマのほうに歩きだした。

白髪の男は接近する美由紀の気配をまるで感じていないらしく、背を向けてクルマの前にかがんだまましきりになんらかの作業をつづけている。たんに車体に触れているだけではないらしい。金属をこするような耳触りな音が響いてくる。美由紀は心拍が速まるのを感じた。歩もそれにつれて、ペースを速めていた。

男の背にたどり着いた。美由紀は愕然《がくぜん》とした。

メタルホワイトに見まがうほどの美しい光沢を放つブリリアントシルバーのボンネットは、見るも無残な状態と化していた。男が刃物の先でひっかき描いたと思われる落書きの傷が、ボディ一面にひろがっている。車体の金属部分だけでなく、ヘッドライトやフロントガラス、センターピラーにまでひっかき傷がひろがっていた。

美由紀は頭に血が昇るのを感じた。思わず声がでた。「ちょっと!」

白髪の男が手をとめ、振り向きながら立ちあがろうとしたとき、美由紀のなかに緊張が走った。

皺《しわ》だらけの男の顔は、ひどくやつれ、青ざめていた。見開かれた目は焦点が合わず、黒々とした艶《つや》のない瞳《ひとみ》が美由紀のほうに向けられていた。半開きになった口はわずかにゆがみ、涎《よだれ》をしたたらせている。無表情、だがどこか怯えのいろを漂わせた、ひきつった顔。それは、動物が殺気を感じた際の本能的反応にも似ていた。

右手に握られた銀いろの刃が飛んでくる寸前に、美由紀も気配を察し身構えていた。男の左手が美由紀のスーツの襟もとをつかみ、右手のナイフが抉《えぐ》るように下方から突き上げられる。トラッピングだった。あきらかな殺意がある。頭の隅で反射的にそう思った。

美由紀は太極拳《たいきよくけん》の白鶴亮翅《はつかくりようし》の切手法《せつしゆほう》に入った。ナイフを持った男の手を左手で遮り、同時に右手を手刀にして、相手のトラップの勢いを利用しながら陰掌で上に切りだし、相手の胸もとを打った。はっきりと手ごたえを感じた。男は伸びあがるように、仰向けにクルマのボンネットの上にのしかかった。金属板がへこむような、べこんという音がした。

それが美由紀の神経を逆撫《さかな》でした。メルセデスの上に横たわった男の胸ぐらをつかみあげた。「プラチナワックス、かけたばかりなの。どいてくれるかしら」

男の身体をわきに放りだすと同時に、足もとに落ちたナイフを蹴り、車体の下に滑りこませた。

美由紀は油断なく男のようすを見守った。喧嘩《けんか》慣れしているとはいいがたいが、この男はあきらかに美由紀に対して殺意を持った攻撃をおこなった。たんなるいたずらでは済まされない。

ところが白髪の男は、美由紀がにらみつけると怯えきった猫のように身体をちぢこませ、尻餅《しりもち》をついたまま後ずさった。表情はこわばっているが、まだどことなく弛緩《しかん》した感じがある。口の端から流れ落ちる液体も途絶える気配がない。

「美由紀さん！」嵯峨が駆け寄ってきた。「だいじょうぶなの？」

攻撃を撃退したいまになって、だいじょうぶかどうか問われても困る。美由紀は内心そうつぶやきながらクルマに目をやった。被害は甚大だった。数字やアルファベットの落書きは深く彫りこまれている。あろうことか、ベンツのエンブレムまでが力ずくで捻《ね》じ曲げられていた。

ダッシュボードの上にはＬＥＤランプの赤い点滅がみえる。盗難防止装置の作動をしめすランプだった。暗闇《くらやみ》に停車した際には自動的にオンになる。ふつう、この赤ランプの明滅だけでも充分な心理的威嚇効果があるとされているため、いたずらされることなどまずありえないと考えていた。が、そうではなかった。ＬＥＤランプは番犬の役割を果たさなかった。傷まみれになったクルマのなかで、ただ虚《むな》しく点灯と消灯を繰り返すだけだった。

その状況をみるうち、また怒りがこみあげてきた。美由紀は白髪の男をにらんだ。怒鳴りつけたい衝動をかろうじてこらえて、男のようすを観察した。

「このひと」美由紀は白髪の男から目を離さず、嵯峨にきいた。「麻薬でもやってるのかな」

嵯峨は美由紀よりは冷静のようだった。男の前にかがみこむと、人差し指を立て、左右に振った。眼球がどう反応するかをみているらしい。

「麻薬中毒じゃないね」嵯峨はいった。「疼痛性《とうつうせい》ショックや過換気症候群もみられない」

「でも口もとにしまりがないみたいだけど。歯科用キシロカイン・カートリッジかなにかの、局麻薬では？」

そうだな、と嵯峨はつぶやいた。「いや、やっぱりクスリじゃないよ。たとえばエピネフリン添加リドカインを三百ミリグラム以上とったら、血中濃度が一定以上に上がって全身痙攣《けいれん》につながる。でも、いま、この男性にはその症状はあらわれていない。ほかの全身異常との判別が難しいこともあるとはいえ、これが局麻薬による異常反応だとは考えにくい」

美由紀のなかに激しい葛藤が生じつつあった。愛車を傷つけられたうえに、いきなり刃物で切りかかられたことに対する理不尽な怒りはもちろんある。だが一方で、麻薬中毒でもないこの男性がなぜ自分を敵視し攻撃したのか、その精神状態を理解し汲《く》み取らねばならない、そういう使命感も沸き起こる。いまや自分はカウンセラーなのだ、力こそが正義、そう信じていた時代の自分とは決別していなければならない。

美由紀は前かがみになり、白髪の男に手をさしのべた。「立って。怖がらないで。手を伸ばして」

白髪の男は怯えのいろを浮かべたまま、だだっ子のように首を横に振った。

ため息をつき、美由紀は身体を起こした。嵯峨をみた。嵯峨も、当惑の表情を浮かべて肩をすくめている。辺りには、まばらに往来する客の姿があったが、誰もが若い男女の前で尻餅をついている初老の男の姿に、妙な顔をして通りすぎていく。

この男をどうするべきだろう。警察か、それともハウステンボスの迷子センターにでも連れていくべきだろうか。美由紀がそう思ったとき、べつの男の声がした。「ああ、ここにいたのか」

美由紀は振り返った。白衣をまとった痩せた中年の男が、小走りにやってくるところだった。黒ぶち眼鏡をかけた、研究一筋の生真面目《きまじめ》な科学者といった感じの男は、こちらをみて困惑したようすで立ちどまった。

「岬美由紀先生ですか」男はそういった。

面識のない顔だ、そう思いながら、美由紀はうなずいた。

男はほっとしたようすで満面の笑みを浮かべた。「よかった。こちらにおいでと聞いて、探していたんです。この野村清吾《のむらせいご》さんの件で……」

男は、アスファルトに座りこんだ白髪の男性を指さしていった。野村と呼ばれた男に対する、この白衣の男の態度は、まるで飼い犬を連れ歩く主人のようだった。野村という男の異常な行動にも驚いたようすもなく、もともとそういう人間なのだ、そんなふうにさえ思わせる奇妙な自然さを漂わせていた。

美由紀はきいた。「あなたは？」

「申し遅れました」男はいった。「田辺博一《たなべひろかず》といいます。長崎医大で精神科医をやっています。赴任してきたのは最近で、以前は千葉県佐倉市のニュータウンにいたんですが……」

そんな男の自己紹介などどうでもよかった。美由紀は、会うことを希望してもいない見知らぬ人物との不意の対面を望んではいなかった。さっきの外務省政務官といい、この精神科医といい、アポイントをとらずにいきなり目の前に現れる人間には絶えず悩まされていた。〝千里眼〟などというニックネームがマスコミに吹聴されてから、その数は増える一方だった。

嵯峨が田辺にきいた。「なぜ美由紀さんが、ここに来てると？」

田辺は悪びれたようすもなくいった。「職場でそう噂《うわさ》されてたもので。平和公園の集会に参加されたあと、おそらくハウステンボスに滞在しておられる同僚の、嵯峨さんという方のもとに立ち寄られるだろうと。ええと、あなたが……」

「ええ、嵯峨敏也です」嵯峨は表情を曇らせて美由紀をみた。「極秘に療養していた場所が知れ渡っているなんて、あまりいい気はしないね」

そのとおりだと美由紀は思った。東京カウンセリングセンターから同業者に情報が漏れたにしても、この時間にたまたま立ち寄ることを予測できうる人間がいただろうか。わたし自身、集会のあとふいに思いついただけだというのに。

だが田辺の表情はさばさばしたものだった。ラッキーでしたよ、そうつぶやく顔にも疑わしき気配は感じられなかった。

本当に偶然だろうか。美由紀は訝《いぶか》しく思いながら、田辺にいった。「あまり時間もないんですが、なにかお話が？」

「はい、ぜひお願いしたいことが」田辺は急に鬱陶《うっとう》しそうな表情を浮かべて、まだ地面に這《は》いつくばっている野村に顎《あご》をしゃくった。「この野村さんのことなんですがね。いろいろ大変で。どう思われますか、彼を？」

サウナのように蒸し暑い駐車場で、いきなり誰かの精神鑑定を求められるとは思わなかった。美由紀は思わずため息をついた。「さあ。麻薬中毒者ではないと思いますが……」

「そうです。強い精神的ストレスを受けたがゆえに、妄想型精神分裂病になったと推察されますが……。おっと、精神分裂病という名称は廃止されて、統合失調症と呼ぶようになるんですってね。まあとにかく、そのあたりの線ではないかと」

嵯峨が困惑したようすのままうなずいた。「精神分裂病患者の人格が〝分裂〟しているっていうのはあくまで誤解ですからね。現実との距離感がとれず、閉じこもりがちになったり、幻覚や妄想が出ることがありますが、けっして人格が分裂しているわけではありません。しかし、それより……」

美由紀があとをひきついだ。「田辺さん。あなたの患者さんを、このようなところに連れてきてひとりで行動させたり、地面に座らせたままにしておくのはどうかと思いますけど。まして重度の患者さんともなれば、なおさらです」

「重度なんて、とんでもない。たしかに妄想や幻覚にさいなまれたりすることもありますが、精神安定剤も服用してるし、ふだんはおとなしいものですよ。とりたてて行動に問題のない患者を、軟禁状態にしておくのはよくないという私どもの方針も、ご理解いただけると思いますが」

「ええ、それはわかりますけどね」美由紀は田辺の見当違いの言葉に内心あきれながら、メルセデスのボンネットに目を移した。「本当におとなしい患者さんなら、ですけど」

田辺の視線はしばし美由紀の顔にとどまっていたが、やがて美由紀のながめている方向へと動いていった。数秒の絶句のあと、田辺は声を張りあげた。「これはひどい!」

野村清吾という白髪頭の男は、その田辺の声に驚き、恐怖心をつのらせたようすだった。まるで父親に叱《しか》られるのを察した子供のように、卑屈そうな顔で身をちぢこませた。

田辺は動揺したようすで頭をかきむしり、苦い顔を野村に向けて吐き捨てるようにいった。「なんてことを。あなたがしたんですか。こんなことをしていいって、誰がいいましたか？　しかもこれ、ベンツですよね。ああ、なんてことを」

「田辺さん」美由紀は、田辺の動揺した声が野村の精神状態を圧迫するのではと、気が気ではなかった。「クルマのことはいいですから……」

しかし、田辺は相当なショックを受けているようすだった。表情から察するに、けっして過剰に驚いてみせているわけではなさそうだった。真に衝撃を感じている。おそらく自分の責任で外出を許した患者が、こともあろうに岬美由紀のクルマにいたずらをした、その事実に慌てているにちがいなかった。

「まさかこんなことが」田辺は口ごもりながら、懸命に弁解した。「ふだんはおとなしかったんですよ。誓ってもいいです。記録もあります。まさかこんな……それもベンツですし……」

「いいですか」美由紀はできるだけ穏やかにいった。「もういちどいいますが、クルマのことは心配いりません。任意保険にも入ってますし、板金塗装のお金を請求することもありません。それより、この野村さんという患者さんから目を離してもいいという、あなたのお見立てには首をひねらざるをえません」

「そうですよ」嵯峨が田辺にいった。「クルマはともかく、このひとは美由紀さんも傷つけようとしたわけですから」

田辺は目を見張った。「そんなことが！　野村さんが、こともあろうに岬先生を襲おうとしたと？」

美由紀は田辺のあからさまにへりくだった態度に反感を覚えながらいった。「わたしでなくとも、誰が被害にあったとしても同罪です。いきなりナイフで切りかかる、そんな患者さんを重度でないなどと、なぜ言いきれるんですか」

田辺はひどくまごつき、美由紀と野村の顔をかわるがわるみた。野村は、あいかわらず怯えた目で美由紀を見上げていた。

美由紀は異様な気分になった。理解しがたい現実に、戸惑いを覚えた。

田辺は優秀とは言いがたいかもしれないが、あるていどの経験を積んできた精神科医であることはほぼまちがいない。その田辺の態度から察するに、野村は事実おとなしい患者だったのだろう。それが急に、血相を変えて美由紀に襲いかかった。それほど急激な精神状態の変化が起こりうるものなのだろうか。

「野村さん」美由紀は穏やかな口調で語りかけた。「どうしたの。なにをそんなに怯えているんですか」

美由紀が近づこうとすると、野村は後ずさる。その繰り返しだった。表情にははっきりと恐怖のいろが刻みこまれている。その視線は美由紀に向けられている。

が、美由紀は野村の視線に妙な感触を覚えた。視線は美由紀の顔には向けられていない。視線は絶えず躍り、クルマのほうにちらちらと向けられている。

美由紀はメルセデスをながめた。いまごろ、傷をつけたことに対する罪悪感にさいなまれているのだろうか。

野村の目をまっすぐ見据えて語りかけないことには、対話にもなりはしない。美由紀はそう思い、野村の視界にまわりこんだ。

嵯峨と、田辺が息を呑《の》む気配があった。美由紀も驚きとともに立ちすくんだ。

野村の表情がけろりとしたものに変わった。まるで別人だった。すました顔は、白髪頭の年齢の男性にふさわしいものになっていた。身体をゆっくりと起こし、立ちあがると、手についた砂ぼこりをはたいて落とした。やや戸惑ったような顔を田辺に向け、それからうな垂れると、手持ち無沙汰《ぶさた》そうにつま先でアスファルトをついた。

「野村さん」美由紀は狐《きつね》につままれたような気分で歩み寄った。「いったい……」

野村の視線が、また宙をさまよった。そして、メルセデスに釘付けになった。同時に、弾《はじ》かれたように後ずさり、また腰が抜けたようすでへたりこんだ。寒さを感じているように身体をぶるぶる震わせ、怯えきった表情をうかべている。

嵯峨がいった。「クルマに恐怖心を抱いてるみたいだ。見えなくなると安心するけど、また視界のなかに入ると、やっぱり怯える」

美由紀はメルセデスを振り返った。たしかに、野村という男はこのクルマが美由紀の陰に隠れたと同時に落ちつきを取り戻した。一見そう思える。しかし、クルマそのものに対して恐怖心を抱いているわけではなさそうだった。メルセデス・ベンツの車体は美由紀の身体ひとつで完全に隠れるものではない。野村は、このクルマのどこか一部分に発作的に恐怖心を抱く兆候がある、そうにちがいない。

嵯峨が田辺にきいた。「野村さんは、身内をクルマの事故で亡くされたり、あるいはご自身が事故に遭われたりしたのでは？」

「いや」田辺は首をかしげた。「そんな過去はないはずですよ。まあ、いろいろあったひとですが、クルマの事故っていうのはきいてないですな」

田辺の患者に対する冷ややかな態度が妙にひっかかる。そう感じながら、美由紀はクルマに近づいた。

野村がクルマのどこか一か所に怯えている。視線の向きから察するにボンネットのあたりだった。その周辺に注目すると、無数の落書き傷が嫌でも目に入る。ひょっとして、野村は自身が彫りこんだ落書きに恐怖しているのではないか。それなら、いったいどの落書きだろうか。

アルファベットに数列、山のような絵や、波線、点や丸……。それらを眺めるうち、美由紀はふしぎな気配を感じとった。芸術性があるわけでもなく、でたらめな羅列にすぎないはずのそれらの落書きが、なにかしらの意味を持っているように感じられる。気のせいかもしれないが、しかし……。

ボンネットの落書きを眺めつづけ、頭のなかでぼんやりと浮かびあがりつつある思考をとらえようとした。

ふいに、思いつくものがあった。そうだ、それにちがいない。しかし、なぜそれをここに書きこんだのだろう。そして、なにに怯えているというのだろう。

「田辺さん」美由紀はたずねた。「わたしに対するご用というのは、この野村さんに関することですか」

そうです、と田辺がうなずいた。「じつは特殊なケースでして、精神鑑定をしようにも、どのように判断したらいいかわからず、糸口さえもつかめない。また、この野村さんってひとは、ちょっとわけありの患者でもありまして、地元の警察のほうからも説明を求められてましてね。それで、岬美由紀先生のご意見を賜りたいと存じまして……」

美由紀はもういちどクルマを見やった。この暗がりでも目立つ傷だ、陽のあたる場所では周囲のドライバーの笑いものになることは避けられないだろう。傷は深く、腕のいい板金塗装業者でなければきれいに修復できないかもしれない。そして修復は、塗料の乾燥のための時間も含めて数日を要するはずだった。

「嵯峨くん」美由紀はいった。「すぐ東京に戻りたいのはやまやまだけど……」

「ああ」嵯峨は硬い顔でうなずいた。「わかってる。僕としても、この野村さんという方をほうってはおけないと思う。警察沙汰になっているのなら、なおさらだ」

そうはいっても、嵯峨の態度に苛立ちがこめられているのはあきらかだった。無理もない、と美由紀は思った。美由紀自身、あの李秀卿という女が星野亜希子の消息についてなにを知っているのか、一刻も早く聞きだしたくて仕方がない、そんな焦燥に駆られていた。

それでも、ひととして、カウンセラーとして見過ごせない。法のうえでの危機、経済の危機などと同じく、精神衛生の危機もある。この世に、たしかに存在する。ならば、それを取り除くプロフェッショナルも存在しつづけねばならないのだ。

美由紀は野村の前に立ち、穏やかにいった。「さあ、手を出してください。ゆっくり、お立ちになってください」

メルセデスのボンネットを隠すように立つと、野村はまた平然とした顔に戻り、なにごともなかったように美由紀の手を握り、すなおに立ちあがった。

この男性になにがあったのだろう。それがいちばんの関心事だ。だが同時に、自分のなかで、なにかが警鐘を鳴らしている。美由紀はそんな気がしていた。

美由紀が嵯峨のもとに立ち寄ることが、長崎医大で噂にのぼっていた。そして、訪問した時間にちょうどこの田辺という精神科医は現れ、患者の野村は美由紀のクルマにいたずらをした。クルマの修復に時間がかかるため、しばらくは長崎に滞在せねばならない。いわば、足止めを食ったかたちになった。そうなった以上、この不幸な精神状態に陥っている白髪の男性のために、できるかぎりの援助をせねばならない。それがカウンセラーとしての務めであり、必然だからだ。

必然、それが心にひっかかる。偶然にはじまる必然。それも次々に連鎖している。気づいたときには、美由紀はこの野村という男の診断をおこなわねばならない状況に置かれていた。田辺も野村も、なんら策略をめぐらしたようにはみえない。美由紀をだまそうとするような気配も感じられない。それでも、彼らも含め、自分たちは、神あるいは何者かのシナリオに沿って動かされているチェスの駒《こま》のように思える。そんな気がしてならない。

この感覚は以前にも味わった。それも、果てしない地獄のような苦しみのなかで。彼らがまた、暗躍しているというのだろうか。だとするのなら、今度はなにを企《たくら》んでいるのだろう。

美由紀は嵯峨をみた。嵯峨はなにも感じてないかのように、野村という男をぼんやりと見つめている。

思いすごしであればいいのだが。初老の男性のとろんとした目つきを眺めながら、美由紀はそう思った。

微風

長崎から東京に戻り、数日がすぎた。新車のつややかな光沢を取り戻したメルセデスが、公園沿いの道路に駐車してある。

美由紀はクルマから離れて、芝生の上にたたずんでいた。台場の青海埠頭《ふとう》公園は、知るひとぞ知る都心の穴場だった。静寂、磯の香り、頬をなでていく風、かすかな波の音、枝葉をすりあわせざわめきあう樹木、波打つ緑の絨毯《じゅうたん》。ここにはすべてがある。都心では忘れかけていたやすらぎのすべてが。

平日の昼さがり、辺りには誰もいなかった。釣りの禁止されている埠頭にも人影はない。遠くにみえる船着場に大きな外国のタンカーが係留され、荷下ろしの作業がおこなわれている。クレーンのモーター音が風にはこばれ、かすかに耳に届いてくる。もの音といえば、ときおり飛行機のエンジン音がきこえる。海上を、ジャンボ旅客機が低空飛行していく。羽田に離着陸する国内便だった。機体の側面に描かれたポケットモンスターの絵柄がはっきりとみえる高さを、優雅に移動していく。まるで海のなかを漂う哺乳《ほにゅう》動物のようだった。

飛行機が陽の光を遮り、辺りに影がおちた。美由紀の周辺が暗くなり、すぐにまた明るくなった。一瞬でも夏の日差しが遮られると、それだけ気温がさがったように思える。

美由紀は白のロングワンピースを着て、麦わら帽子をかぶっていた。非番のとき、ひとりで外出する際に好んで身につける服装だった。いまのところ、知人の誰にもこの姿をみせたことはない。冷やかされるのはまっぴらだった。

木陰の白いベンチに腰を降ろした。ここから東京湾が一望できる。海の向こう、都心と横浜の超高層ビル街が、蜃気楼《しんきろう》のように揺らいでみえる。

美由紀は手にしていたバイオリンのケースを膝の上で開くと、二十歳のころから愛用していた楽器をとりだした。シューベルトのロザムンデ間奏曲第三番、お得意の曲を静かに弾きはじめた。こうしていると、ドライブとはまた異なるリラクゼーションを手にいれることができる。

長崎を発《た》った日のことを思いだした。板金塗装工場のスタッフは部分塗装で傷を埋め、あとはボカシ剤でごまかす方法を提案したが、美由紀は全塗装にこだわった。ここまでクルマにこだわる女性のかたはめずらしいですよ、スタッフは目を丸くしてそういった。男性のかたなら、まあ誰でもおっしゃることですけどね。

事実、工場のスタッフは最初のうち、メルセデスは美由紀のものではなく同行している嵯峨の所有車だと思いこんでいたふしがあった。車検証の名義をみても納得がいかないようすだった。それも当然のことかもしれない。ノーマル仕様とは別のDVDナビゲーションに、ETC車載機、挙げ句の果てはユピテルのレーダー探知機まで取りつけてあるE55とくれば、男性の趣味と目されてしかるべきだろう。

電池の入ったおもちゃ好きは男性特有のもの、そういう説もある。女は男のような運転好きではないばかりか、空間認知能力に劣っているので男にくらべて運転そのものがへたという学説も喧伝《けんでん》されている。これについては、美由紀はまるで納得がいかなかった。クルマにしろF15にしろ、男のほうが適しているとされるのはシートなどのサイズが男向けだからだ。事実、美由紀はメルセデスE55の電動シートをいかに調整しようとも、座布団を二枚敷かなければ最適の座高にはならない。ステアリングも女の腕には大きすぎる。こうした規格さえ変わってくれれば、男女の差などないと言っていい。あるのは個人差だけだ。それが美由紀の持論だった。

それにしても、と美由紀は思った。ひとの外見から内面を判断するのはいかに困難なことか。〝千里眼〟などという、ばかげた異名を手にしたいまでもそう思う。美由紀自身、他人と自分の見る目のギャップを感じている。

美由紀は、人生において自分がさほど変わったという印象は持っていなかった。たしかに速いクルマやバイクに対する憧《あこが》れ、身体を動かし鍛えることの喜びなど、男性的な趣味も持ち合わせていたが、事実、自分の人生を見つめなおしても女以外の何ものでもないと感じていた。クルマと同様にアクセサリーには関心があったし、収入の増えたいまになってカルティエのラブブレスやテニスブレスを買うことに執着する自分は、少女時代の自分と比較して異なっているとは思えない。ルーシー・モード・モンゴメリーの「アン」シリーズを読みふけり、グリーン・ゲイブルズのような家に住みたいと思った少女時代、ジャニーズのアイドルを追いかけていた十代のころ。そのころもいまも、自分は変わっていない。

だが、幹部候補生学校に在籍した前後に知り合った人々だけは、この四年間で美由紀がとんでもなく変化したと感じているらしかった。科学的根拠のまったくない話だが、男性ホルモン過多で性同一性障害であったところを、女性ホルモンの大量注射でようやくまともになったとか、友里佐知子にレズビアンの洗礼を受けたせいで女に目醒めたとか、〝催眠〟で洗脳され性転換したとか、つまらない憶測が仲間うちにはびこり、やがてはインターネットに流れ、ついにはマスコミの記事にもちらほら現れるようになった。美由紀はそのたびに腹を立てたものだった。

自分は変わってなどいない。たしかに航空自衛隊のパイロットだったころには反抗心が旺盛でタバコをふかしたりもしていたが、それは幹部候補生学校におけるライフスタイルが自分に影響を与えていたからだった。日々の訓練を怠《おこた》らずにいれば肌も浅黒く焼けるし、化粧をする暇もないし、髪も邪魔なので短く切ってしまう。それで男とおなじフライトジャケットを着ていれば、女らしくみえないのは当然だろう。言葉づかいだけはカウンセラーに転職したあと、意識的に女性らしい言いまわしを努めるようにしたが、これとて無理に直さねばならないというほどではなかった。方言と同じで、その場を離れれば自然に言葉づかいは変わる。航空自衛隊では、毅然《きぜん》としていながらどこかぶっきらぼうな、男のような言葉づかいが意思を伝え合うにも簡便だった。いまはその必要がない以上、ふつうの言いまわしに戻るのはごく自然なことだった。

それでもいま、このように静かにバイオリンを弾く趣味は、できるだけ人目につかないような場所を選んでおこなっている。やはり自分にはどこか、あまり女性らしく見られたくはないという欲求が潜んでいる気がしてならない。メイクやファッションには抵抗がないのに、幼いころからの趣味というとなぜか他人に知られることに抵抗を感じる。

現代の臨床心理学では、性格というのはかつてのように一元的なものではなく、出会う人や状況に応じて多面的に変わるものだという解釈がなされている。したがって、この人はこういう性格だと断定するやり方はすでに古く、いまでは巷《ちまた》にあふれるいいかげんな心理テストという名の占いに残るのみだろう。誰かの性格を感じとっても、それはその人が自分と会っているときに表層化するパーソナリティの一面でしかない。ほかの人間と接しているときに、同一の性格であるとはかぎらない。

自分についてさえ、これだけの複雑さを感じるのだから、他人についてはなおさらだった。そこに精神病理の解明という宿題を背負うと、問題はさらに深刻になる。

あの野村清吾という白髪の男性について、美由紀がその場でまず考えたのは学術研究に没頭しすぎて社会生活とのバランスを失い、心身症になったのではという可能性だった。たとえば大学で講師をしていて、教授会に認められるため是が非でも画期的な研究を完成させたいと願う、そのような状況なら充分にありうる。

美由紀がそのように思ったのは、あのボンネットの落書きのせいでもあった。一見なんの変哲もない落書きが、じつは理工学的に深い意味を持つデータだと気づいたからだった。

美由紀は防衛大の講義で教わった三次元光回路素子やフォトニック結晶、超高密度三次元光メモリの構造についてのいくつかの知識をもとに、それらの落書きの意味を推測することができた。山のような絵に見えたのは、じつは導波路断面の屈折率分布をあらわす折れ線グラフであり、何本も描かれていた波線は、直線および曲線の光導波路を示している。いくつかの点や丸は、コア径の異なる導波路からの出射光パターンを描いたものだった。数列はよくみると化学式であり、ピーク強度１０５Ｗ／㎠以上、周波数10ｋＨｚ以上のパルスレーザー光をガラス試料に連続的に集光照射し、ガラス材料の内部に光導波路を形成する過程をあらわしている。

すなわちあの落書きは、レーザー誘起光導波路に関する研究データであり、より具体的にはフェムト秒レーザーによるガラス内部への三次元光導波路書き込みについてのものだった。つまり、フェムト秒パルスレーザー光をガラス内部に集光照射すると、高ピークパワーによる多光子吸収などにより集光部分の屈折率が永久的に増加する。また、連続走査によって任意の位置に任意の形状の低損失光導波路を得られることをしめしている。これによって、屈折率変化スポットを配列することで、超高密度の三次元光メモリを構成することが可能となる。

田辺という精神科医によると、野村清吾は株式会社野村光学研究所の代表取締役だったという。だった、という過去形がひっかかり、そのことについて美由紀がたずねてみると、田辺はぼそりといった。いやあ、会社そのものが潰《つぶ》れたんですよ。社長があんなったのもむべなるかな、と思っております。

野村光学研究所は、西日本に拠点を置くレーザー、X線などの技術開発の老舗《しにせ》で、海外にも広くその名が知れわたっている。会社そのものの規模は中小企業クラスだが、研究の成果によっては一流企業が数千億円規模の出資でその技術を買い取ることもあったとされる。

一代でベンチャービジネスを成功させた野村清吾社長の転落は、なんとも奇妙な事件によって突如始まり、あっという間に倒産という結末にまで行きついた。田辺がいうには、野村清吾はすべての金を、たった一枚の骨董品《こっとうひん》の鏡を買うことに費やし、一か月後、その鏡をみずから叩き割ったというのだ。

美由紀はバイオリンを弾く手をとめた。風が強さを増した。樹木のざわめきも大きくなる。芝生の上を走っていく波が大きくうねってみえる。

そのようすをぼんやりとながめるうちに、美由紀の目の前に野村清吾と出会ったカウンセリングルームの情景がちらついてきた。

精神衛生という観点からみれば陰鬱すぎるくらいの薄暗い部屋で、美由紀は野村と向かい合った。野村は、駐車場で会ったときにくらべれば落ちつきを取り戻していた。もっともそれは、これまでよりも強力な精神安定剤を投与されたせいかもしれなかった。とろんとした眠たげな目つき、それでいてまばたきひとつせず、血走った眼球。血の気の引いたその顔は、美由紀がかつて対面した相談者《クライアント》の誰よりも殺気立った印象に満ちていた。

野村さん、と美由紀は声をかけた。「長年社長業をおやりになっていた日々のことを、いま振り返られて、どう思われますか」

「さあ」野村の目は虚空をさまよいつづけていたが、ふと憑《つ》かれたように早口でまくしたてた。「白内障手術へのレーザーの応用、ありゃ大変だった。前嚢《ぜんのう》切開が従来に代わってCCCってのが推奨されるようになった。で、手技として用手法、高周波法、レーザー法が研究されてきたんだが、以後は核破砕は前嚢切除された水晶体嚢内で行う乳化吸引法が主流となってね。せっかくうちがレーザー応用というかたちで実現した技術を、医学団体が買い取らないというんだ。冗談じゃない、開発費にいくらかかったと思ってるんだ。医者っていうのは客観的に物事をみることができない。いつだったか、かかりつけの医者もコレステロールが過多だといって……」

際限のない話題の移り変わり。精神状態が混乱している証拠だった。美由紀は治療に結びつく話題に軌道修正をはかった。「いろいろご苦労がおありですね。でも、細かい事業のひとつひとつの記憶はおいておくとして、ここではもっと相対的なあなたの悩みを……」

「細かい事業だと！」だしぬけに、野村は怒りだした。「だから、だめなんだ。あんたみたいな、しろうと、の、小娘は、だめなんだ」

精神安定剤のせいだろう、呂律《ろれつ》がまわらなくなっている。美由紀はあえて穏やかにきいた。「なにが、だめだというんですか」

「なにもしらん。あんたみたいな、若い娘は、なにもしらん。研究者の、苦労など、わからん。聞いても、わからん。わからんのに、わかった顔をするな」

「いえ」美由紀はあっさりといった。「いまのお話でしたら、あるていどわかっているつもりでいますけど」

野村は瞬時に蛸《たこ》のように顔を真っ赤にして怒鳴った。「わかってる、だと？　冗談じゃない。なにが、わかってるというんだ。なら、CCってのはなんだ。どういう意味だ。わからんだろう。わからんのに、へらへら顔でうなずいて、おまえら医者というのは……」

美由紀はいった。「Circular curvilinear capsulorhexis」

野村はふいに口をつぐんだ。

「それがCCCの意味です」美由紀はため息まじりにつぶやいた。「お気持ちはわかりますけど、白内障手術はレーザーのみにこだわらずさまざまな技術が研究されたおかげで、飛躍的に進歩してるじゃないですか。あなたの会社の研究も、その重要なステップの一歩になったんですよ。現在では、超音波発信時間の短縮による角膜内皮細胞への侵襲を軽減するため、リニアモードによる超音波発信がオペレーターによって制御できるようになっている。より安全に核の乳化吸引が行われるようになったわけです。患者さんのためにも、喜ばしいことだと思いませんか」

野村は驚いたようすで、あんぐりと口をあけて美由紀の顔をみつめていたが、やがて口ごもりながらいった。「そうか。そうだな。それはいえる。いや、あなたも医者だったな、それくらい、知ってて当然か」

「いえ」美由紀は首を振った。「わたしは医師ではなくカウンセラーです」

そうか、と野村はうなだれながらいった。「よく、勉強してる。物知りだな」

「ほんのちょっと聞きかじったていどの知識です」美由紀は笑いかけた。「野村さん。せっかくだから、この機に自分を見つめなおしてみませんか。社員のかた相手には、いまのように技術に関することや、異業種との競争についてのことばかりを口にしておられたんでしょう。でもいまだけは、もっとすなおに心のなかに溜《た》まったものを吐きだしてみませんか」

「吐きだす、って、どう吐きだすんだ」

「それを、これから考えていきたいんです」

野村はしばし神妙な顔をしていたが、やがて急に椅子にふんぞりかえり、小馬鹿にしたような態度をしめした。「ははん。なるほど」

「どうかされましたか」

「あんた、警察のやつらと同じだな。なぜ拳銃《けんじゅう》を持ってたか、そのことを聞きたいんだろ。いや、じょうずだよ。あやうく取り調べってことを忘れそうになった」

「取り調べじゃありません。ここがどこだと思いますか。カウンセリングルームですよ」

「あんたにはわからん」野村はまた頑《かたく》なな態度になった。「あんたみたいな、若い娘には、わからん」

内心ため息をつきたい気分だったが、美由紀はうんざりした顔をみせないように細心の注意を払ってたずねた。「こんどは、なにがわからないとおっしゃるんですか」

「危険だ。私の、ような、仕事は、危険だ。いつ命を狙われても、おかしくない」

野村の顔には、心底恐怖しているという怯えの表情が浮かびあがっていた。

この白髪の男性が拳銃を所持していたため、銃刀法違反で書類送検され警察の取り調べを受けているという事実は、すでに田辺からきかされていた。というより、野村が錯乱して自分の貴重なコレクションであるはずの骨董品の鏡を、拳銃の発砲によって破壊したことが、すべての始まりだったという。銃声を聞きつけて踏みこんだ警察が、銃を手に茫然《ぼうぜん》自失《じしつ》の状態でたたずんでいた野村の身柄を拘束した。弁護士が拳銃不法所持の容疑者である野村の精神鑑定を依頼したため、精神科医の田辺が呼ばれた。そして、なんとも理解しがたい野村の精神状態を分析できず、手を焼いていたところ、長崎を訪れていた美由紀の力を借りようとした。

美由紀はうなずいた。「幾多の重要な研究成果を業界に発表しつづけた企業の社長さんでおありなのですから、生命の危険をお感じになられるというのは、至極真っ当なことだと思います」

「いや」野村は首を振った。「あんたには、わからん。銃を持っていたほうが、悪い、そういうんだろう」

「もちろん、法律上違反していることなので賛同はできません。しかし、野村さん。あなたもそうだと思いますが、現在は暴力団などとつながりがなくとも、国内で簡単に拳銃が買えてしまうご時世です。拳銃を意味する隠語をインターネットの検索にかければ、通販しているサイトがいくつもでてきます。銀行に代金を振り込んで、あとは宅配便で受け取るだけ。ロシアや中国製の、軍の横流しの拳銃なら十万円から手に入る。あなたの命をねらう輩《やから》が、そうやって拳銃を所有しているかもしれない。なら、あなたも自衛手段として、拳銃を持たねばならないと感じる。そのお考え自体は理解できます。拳銃が違法というのなら、警察はネットのような入手ルートをこそ取り締まるべきでしょうね」

野村は黙ってきいていたが、美由紀の言葉にかすかに同意のいろをしめした。「そう。まあ、そういうこともいえるな。いや、そうかもしれん」

「しかし」少しずつ核心に近づいている。そう思いながら美由紀はきいた。「そこまでご自分の身に危険を感じられる根拠はなんですか」

「根拠？　そんなものはない。だが、あきらかに、狙ってくる。うちの隣りに住んでた、老夫婦が目を光らせているにちがいない。何者かの、手先だろう。ひとのよさそうな顔をして、家の前のゴミ捨て場にゴミをだすふりをして、こっちのようすをうかがっている」

野村の表情は真剣だった。が、美由紀は本気にはできなかった。「夏目漱石も、おなじようなことを口走っていたことをご存知ですか」

「しっている。だがあれは、ノイローゼかなにかだろう。私の場合は、ちがう。ちがうぞ。断じてちがう。隣りの老夫婦は、クリーニング屋など装ってるが、じつは恐ろしい、殺し屋だ。そう、殺し屋に雇われて、私を見張っている、手先だ」

美由紀はボールペンを手にとり、カルテに目をおとした。「殺し屋か、殺し屋に雇われている手先か、どっちだとお思いですか」

しばしの沈黙のあと、野村がいった。「殺し屋の手先だ。情報収集屋だ。いや、あいつら自身が殺し屋だ。両方でもある」

さすがに思わずため息が漏れた。美由紀はいった。「いまどき殺し屋なんて……」

「いいや。いまどき、だからこそ、恐ろしい。知らないのか。いまどきの、殺し屋。ただの、ライフルとか、そんな武器じゃない。レーザーサイトといって、一発必中だ」

「ええ、まあ、知ってますけど。照準用の赤いレーザービームを照射して、それを標的に当てて引き金を引く。そういうタイプの銃ですね」

「そうだ。あれなら、ぜったいはずさない。遠くからでも、暗闇《くらやみ》でも、狙われる。あんたも、映画でみたことあるだろ」

映画どころか、防衛大では何度も射撃訓練に用いた。実際には、レーザーの照準自体に正確を期すため、しょっちゅう細かなメンテナンスが必要になるし、銃撃の反動もあるのだから、しろうとが想像するほど楽に命中させることなどできようはずもないのだが。

美由紀はきいた。「そんなターミネーターみたいな銃を手にした殺し屋に、直接命をねらわれたことが？」

「ある」野村はきっぱりといった。

「どこで？」

「どこでも、だ。やつは、神出鬼没だ。どこにでも、現れる。私の会社にも、家のなかにも、現れた。だから、撃ち合いになった」

美由紀はボールペンを置き、カルテから顔をあげた。「田辺さんによれば、あなたのご自宅には高価なホームセキュリティがいくつも取りつけられていて、警察のその後の調べでも、何者かが侵入した形跡はまったくなかったと」

「やつは、プロだ。殺し屋だ。うまく、逃げおおせたのだ」

「あなたが銃を発砲されたとき、警察は迅速に踏みこんだそうですよ。でも、あなたがひとりたたずんでいるだけだった。記録ではそうなっているらしいですが」

「やつは、プロだ。殺し屋だ」野村はくりかえした。

被害妄想と、それにともなう幻覚。そうみるのが筋だろう。しかし、なぜそこまでの精神状態に追い詰められたのか。野村清吾を、自滅の道に走らせたきっかけは何なのか。

「骨董品にご興味が？」

「ある。唐時代の藍彩龍首水注《あいさいりゆうしゆみずさし》なんかは特に気に入ってる。江戸時代中期の蒔絵扇面桐《まきえせんめんきり》紋手筥《もんてばこ》、これも高かった。絵画では、モネだ。四点ほどで、百五十億円した。バブル期なら、数倍だろう」

「価格に興味をお持ちのようですが、目的は資産運用のためですか。芸術鑑賞より、お金儲《もう》けのためですか」

「両方だ」

「フランス王朝ルイ十四世愛用の鏡というのを購入されたのは、どちらの目的ですか」

「両方だ。鏡というのは、当時は一流の、貴族とか、王家とか、そういうところにしかなかった、貴重品だ。ヴェルサイユ宮殿にあった、あれは、当時としては、世界に存在するなかで最大の鏡だった。繊細な彫刻を施された、金の額縁におさまってた。きれいだった。すばらしかった」

「しかし、何千億円もするなんて、いくらなんでも高くありませんか?」

「四千六百億円だ、正確にはな。フランス政府が国外持ち出しを、禁止していて、むりにでも、譲ってくれと、言ったら、高くなった」

「それで、私産のすべてをつぎこんでお買いになられた……。そこまで鏡に惚《ほ》れこまれたのは、なぜですか」

「きまってるだろう」野村は鼻息を荒くした。「鏡には、騎士の魂が宿る」

「なんですって?」

「騎士の魂だ。雄々しい、フランス王朝の華麗なる騎士。その魂が、あらゆる外敵から主人を守ってくれる」

妙な話だと美由紀は思った。中世のフランスで鏡が高価な美術品だったことはたしかだが、鏡と騎士を結びつける伝説や寓話《ぐうわ》はきいたことがない。鏡が、一家の守り神になるという話は十九世紀以降、北アイルランドの一地方に受け継がれているときくが、十四世紀のフランス王朝とはむろん、なんのつながりもないはずだ。

美由紀はきいた。「どこで、そんな情報を？」

「常識だ」野村はいった。「知識人の、常識だ」

「でも、わたしの知るかぎり、そんな伝説はどこの国の文献にも……」

「常識だ！」

らちがあかない。野村の主張を曲げようとしたところで意味はない。美由紀はそう思い、受け流すことにした。「わかりました。わたしにとって常識でなくても、あなたにとってはそうだということもあるでしょう。でも、ひとつわからないことがあります。そこまで大事にされていたお守りを、なぜ壊してしまったのですか」

野村はふいに口をつぐんだ。目をぎょろりとさせて美由紀をにらんだ。「壊した？」

「ええ。あなたがそうされたじゃないですか。財産のすべてをつぎこんだ芸術品の鏡を、たった一か月で粉々にした……」

「粉々！」野村は立ちあがった。「粉々！　やめてくれ！」

いきなり野村は美由紀めがけてとびかかってきた。美由紀の身体に抱きつき、懇願するように頬ずりした。「粉々！　あれは自分の財産のすべてだ！　私の築きあげたものすべてだ！」

「野村さん、ちょっと、おちついて……」

「やめてくれ！　やめてくれ！」

ドアが開いた。騒動を聞きつけた田辺が、看護婦とともに血相を変えて飛びこんできた。ふたりがかりで野村を美由紀から引き離すと、なおも暴れる野村を部屋からひきずりだしていった。

野村は笑っているのか、泣いているのかさだかではないひきつった声で怒鳴りつづけていた。なぜだ。なぜこんなことになったんだ。返してくれ。私のすべてを返せ。

そのヒステリックな叫びが、しだいに遠のいていった。美由紀は、カウンセリングルームに呆然とたたずんでいる自分に気づいた。

ふうっとため息をつき、椅子に沈んだ。額には汗をかいていた。

精神状態が不安定、もしくは異常がみとめられるまでになった相手との対話には、慣れてきているつもりだった。それでも美由紀は、混乱せざるをえなかった。あの必死の形相。あまりにも脈絡のない思考と会話。治療の糸口さえつかめない、分析不能な意識状態。

野村清吾に対しては、美由紀につづいて嵯峨がカウンセリングをしようと申し出たのだが、極度の興奮状態がおさまる兆候をみせないため、断念せざるをえなかった。野村の妄想はあまりにも極端なもので、どこに現実との境界があるのかを見出すことも困難だった。

田辺にきいたところ、野村の自宅の隣りにはクリーニング屋もなければ老夫婦も住んでおらず、野村が中世ヨーロッパの歴史や文献に詳しかったようすもないという。すなわち野村は、発作的に次々とありもしない妄想が頭に浮かび、それに基づいた極端な行動を疑いもせず実行に移したことになる。殺し屋に命を狙われ、そこから逃れるために騎士の魂が宿る鏡を、すべての財産と引き換えに手にいれた。そしてみずからその鏡を壊し、なにもかも失った。それが現実のすべてだった。

状況から判断を下すのなら、田辺の見立てどおり妄想型精神分裂病という症例が最も適しているように思える。神経伝達物質のドーパミンが脳内で過剰に分泌されていることはたしかであり、精神病の治療薬であるていど症状を抑え、社会復帰することもいずれは可能だろう。

しかし、どうもしっくりこない。レーザーやX線の研究一筋に生きてきた人物のストレス障害なら、妄想や幻覚はそれらの自分の知識に付随するところから発生するはずだ。事実、野村の妄想では〝殺し屋〟がレーザーサイトの銃を手にしていたなど、彼の職業上、視覚的に連想しやすい幻覚が浮かんだとおぼしき面もある。が、クリーニング屋、老夫婦、フランス王朝、鏡、騎士といったキーワードには、なんの一貫性もみえてこない。幼少のころのトラウマまで遡《さかのぼ》って分析できれば新たな発見もあるかもしれないが、あいにくその時間はなかった。

美由紀は田辺に、妄想型精神分裂病という精神分析結果をいちおう支持する意向と、その根拠を説明した。田辺はあるていど納得したようすだったが、ほとんどの面では不満そうだった。無理もない。合点がいかないところに関して美由紀の援助を求めようとしたのだが、その美由紀も明確な答えをだせなかったからだ。お役に立てず申し訳ありません、美由紀はそういって長崎をあとにした。

　陽の光を受けて万華鏡のように輝く海原を、工業船がゆっくりと横切っていく。美由紀はそのようすを、ぼんやりとながめた。胸にぽっかりとあいた空虚さが残る。長崎での出来事が美由紀にもたらしたものは、ただそれだけだった。

　千里眼。ひとの表情の変化から素早く思考を察知する、そんなことに秀でただけで、世間は大袈裟《おおげさ》に美由紀を千里眼呼ばわりする。だが美由紀は、自分の限界を知っていた。ひとの心は奥深く、見通せない深い森がひろがっている。そこに踏みこむためには、まだまだ自分は成長が足りない。勉強も経験も足りなさすぎる。

　どれくらい時間が過ぎただろう。携帯電話が鳴った。呼び出し音は一、二秒ですぐに鳴りやんだ。

　メールだろう。そう思って携帯電話を手にとり、液晶板をみた。

「御時間です　ご足労様ですが霞が関までお越し下さい　八代」液晶板にはそうあった。

　北朝鮮、金正男らしき男に同行していた李秀卿と名乗る謎の女。その女との面会の時間が迫っている。自信を喪失してばかりもいられない。

　携帯電話をたたんで、バイオリンを片手に立ちあがった。準備万端とばかりに、一点の曇りもなく輝くメルセデスの車体が、なぜかいまはうらめしく感じられた。

敵対

美由紀は嵯峨とともに、霞が関の法務省所管のビルの廊下を歩いていた。着替えたスーツは歩きにくく、ウエストもしっくりこなかったが、こうした場所を訪問するには仕方がなかった。

六階の入国管理局特別施設には大勢の職員の往来があった。先に立って歩く八代外務省政務官とすれちがう職員は、みな頭をさげていく。八代はすでにこの建物で顔がきく存在になっているらしかった。

角を折れたとき、美由紀は思わずたじろいだ。嵯峨も同様らしく、歩が自然に緩まった。行く手は窓ひとつない無機質な壁に囲まれた通路で、二メートルおきに制服警官が休めの姿勢で立っていた。警官は十人以上はいるだろう。その先は、ひとつの扉に行き当たっていた。

八代が立ちどまり、手前の警官に告げた。「岬先生をお連れした」

警官がかしこまって答えた。「おまちしておりました。どうぞ」

「じゃ」八代は美由紀を振りかえった。「われわれはここで。岬先生、あちらへお進みください」

美由紀は妙な気配を感じた。八代と外務省の職員をみていった。「一緒に来られないんですか」

八代は渋い顔でうなずいた。「李秀卿という女の希望でね。面会者はひとりずつとしか話をしないというんです。ま、立場ってものがわかっていない女の戯言《たわごと》ですがね。ただ、いちおう気分を損ねないようにしたほうが、あなたも話しやすいだろうと思いまして」

逆だろう。立場がわかっているからこそ李秀卿なる女は強気なのだ。美由紀はそう思った。正体不明だが、北朝鮮政府の要人と深く関わりのある人間。そう印象づけている以上、日本の公的機関の職員が自分に刃向かうわけがない。そのような打算があることは明確だった。

ひとの家にあがりこんで大きな顔をする。美由紀にとって北朝鮮政府の息がかかった人間は、そんな印象以外のなにものでもなかった。あのときの不審船や潜水艦とおなじだ。なぜ彼らはこうも無神経に国際法を無視しようとするのか。他国に対して暴力的破壊を行い事態の打開をはかろうとする、国家規模でのテロリズムやアナーキズムを積極的に実践しているという噂は本当なのか。

美由紀は歩きだした。そのとき、背後で外務省職員の声がした。「ちょっとお待ちを。面会はおひとりだけです」

振りかえると、職員は嵯峨をひきとめていた。

嵯峨は不満そうな顔をした。「なら、美由紀さんのあとで僕も面会する」

八代がとまどいがちにいった。「申し訳ありません。あなたは民間人でいらっしゃる。これは政府としても最高機密に属する問題で……」

「美由紀さんだっていまじゃ民間人だろ。それに僕は以前あの女に会ったと記憶している。そのときのことを確かめたい」

八代は驚いて美由紀をみた。「会った？　李秀卿と？」

東京に向かう車中で、美由紀は嵯峨が覚えているかぎりの一連の状況を聞かされていた。

美由紀はうなずいた。

嵯峨は八代が美由紀にたずねたのが気に障ったらしい。怒ったようにいった。「女と会ったのは、僕だよ」

美由紀は当惑した。こんなに苛立《いらだ》ちをあらわにする嵯峨をみたのは初めてだった。

八代はあわてたようにいった。「これは、失礼しました。ええと、嵯峨先生でしたな。詳しく話をうかがえませんか」

「こちらの頼みは拒否しておいて、そちらの知りたい情報はもらいたがる。虫がよすぎませんか」

「いいえ。そんなつもりじゃないんですよ。ただ、われわれとしては元自衛官として国家公務員でもあった岬先生にお願い申し上げるのが筋と判断して、そうしているだけのことです。なにしろこれは、国家として重大な機密に属する……」

「それはさっきも聞いた」嵯峨はいっそう声を荒らげた。「僕はひとつの事件に巻きこまれた被害者なんです。なのに、なにも教えてもらえない。加藤太郎という男についてだって……」

「加藤太郎!?」八代の甲高い声が嵯峨をさえぎった。「加藤太郎にも会ったというんですか」

そういいながら、八代の目はまた美由紀に向けられていた。

美由紀は困惑しながらうなずいた。クルマのなかで美由紀は何度も嵯峨にたずねられた。加藤太郎とは何者なのか。だが、美由紀は答えなかった。李秀卿に会って、彼女にきくほうがいいでしょう。そう答えた。ところが来てみると嵯峨は李秀卿に会わせてはもらえない。嵯峨が怒るのもむりはなかった。

嵯峨の冷たい視線が美由紀に注がれていた。嵯峨が美由紀に不信感を抱きつつあるのはたしかだった。

「嵯峨くん。どうかわかって。公務員にせよ民間人にせよ、国の方針にはいちおう従わねばならない義務があるのよ。政府側が機密事項と判断したのなら、守秘義務のある元国家公務員にしか内容を明かせないってこともあるでしょう。でも嵯峨くんが必要とする情報は、あとでわたしから教えるわ」

八代は美由紀のその提案にも難色を示した。「岬先生。それもちょっと……」

「嵯峨くんには知る権利があるんです」

「もういい」嵯峨はいった。「そんなふうに取り計らってもらう必要はない。李秀卿という女に会わせてもらえないのなら、でるところにでて訴えるだけだ」

美由紀は戸惑った。「嵯峨くん……」

「いいから、僕に配慮するなんてことはやめてくれ」嵯峨はそういって顔をそむけた。かすかに後悔の念はのぞかせているものの、意志を曲げようとする態度はみせなかった。

美由紀は嵯峨の反発に悲しみをおぼえた。嵯峨をただ蚊帳《かや》の外におこうとしているわけではない。嵯峨の身を案じているのだ。恒星天球教やメフィスト・コンサルティングの事件のように、嵯峨が秘密を知りすぎたせいで命を危険にさらしてしまう、そんな状態に陥ることがないよう注意をはらっているだけなのだ。

「嵯峨先生」八代はおずおずといった。「おっしゃることはごもっともです。では、こうしましょう。岬先生が李秀卿に会われているあいだに、私どもから嵯峨先生の疑問についてお答えします。ですから嵯峨先生も私たちに、なにがあったのかを教えてください」

嵯峨はむきになったようすでいった。「李秀卿には会えないんですか？」

いいえ。八代は首を振った。「私どもの話を聞いたあとでも会いたいというのなら、そうなされればいいでしょう」

美由紀は賛同できなかった。理由はどうあれ、嵯峨にとって加藤太郎の正体を知ることは北朝鮮側から危険人物とみなされることにつながる。嵯峨を巻きこみたくはなかった。

「嵯峨くん……」

だが、嵯峨は美由紀に見向きもしないでいった。「わかった。そうしていただけるとありがたい」

重い沈黙が辺りを包んだ。嵯峨の表情は硬かった。

美由紀は悲しみのなかに、わずかに腹立たしさを覚えていた。嵯峨の態度はあまりにも子供じみていないだろうか。こちらが知らないほうがいいといっているのだ、事情を察して受け入れるというのも恥ではないだろう。それなのに、だだをこねて八代から情報をひきだそうとしている。

いや。美由紀はその考えを打ち消そうとした。嵯峨は加藤太郎に会った事件のせいで文字どおり身も心も傷ついたのだ。真実を知りたいという欲求を理解してやらねばならないのは、美由紀のほうではないのか。

さ、行きましょう。八代が嵯峨をうながした。

八代はふりかえりながらいった。「岬先生。どうかよろしくお願いします。李秀卿から、できるだけ多くの情報を探りだしてください」

美由紀は八代の言葉を聞きながしていた。ただ嵯峨をみていた。

嵯峨は美由紀と視線をあわせようとせず、背を向けて立ち去っていく。

同僚の残していったわだかまりを感じながら美由紀は思った。なぜこんなに自分は苛立っているのだろう。なぜ嵯峨の意思を、当然のものとして受け入れられないのだろう。

心理戦

重い扉を開くと、その向こうにはがらんとした部屋があるだけだった。美由紀は部屋の中央に置かれた丸テーブルに歩を進めた。質素な部屋だ。厚いカーテンが窓を覆っているほかには、壁に一枚の絵画さえ掲げられていない。

丸テーブルも装飾のないシンプルなデザインだった。椅子が二脚、そのほかには家具も置かれていない。

李秀卿という女はどこだ。美由紀は室内を見まわした。

ふと、部屋の隅に置かれた物体が気になった。絨毯《じゅうたん》の上に、机上用の時計がある。歩み寄ってそれを拾い上げた。動いていない。電池を抜かれているようだ。とっさに視線を天井に走らせた。シャンデリアが唯一の照明。この部屋の最大電圧はどれくらいだろう……。

室内の広さを確認しようとして身体を振り向かせたとき、美由紀ははっと息を呑んだ。

目の前に女がいた。一見して、あの写真の女だとわかった。李秀卿。入国管理局が撮影したときとおなじスーツを着ている。写真の印象よりもメイクはけばけばしく、目つきも鋭かった。しかし、思ったよりも小柄だった。背は美由紀よりも若干低い。細くひきしまった身体つきをしているが、肩幅から察するに単に痩せているのではなく、相当鍛えているのだろう。

李秀卿はじっと黙って美由紀をみていた。美由紀も言葉を失っていた。

こんなにあっさりと背後をとられたのは初めてだ。李秀卿はおそらく扉の陰に隠れていたにちがいないが、そのことにさえ気づかず部屋のなかに歩を進めてしまった自分はなんと愚かだったのだろう。この女にその気があれば、胸もとのスカーフを紐《ひも》がわりにして美由紀の首を締めることも可能だったはずだ。美由紀はそう思い、不用意さを悔やんだ。

だが、李秀卿は不意を突くような構えはいっさいとらず、ただ両手を後ろにまわしてまっすぐ背すじを伸ばし、美由紀の顔をみつめつづけている。

やがて、明瞭な日本語で李秀卿が告げた。「訓練を受けているようだ。しかしまだ若い」

わずかに朝鮮語特有のイントネーションが残る、早口の物言いだった。無表情のままで、ぶっきらぼうな態度が冷たさをかもしだしている。美由紀を蔑《さげす》む態度に満ちた目つきで李秀卿はいった。「非常に理性的で理知的な思考力を持つが充分に活用しきれていない。主たる原因は、ほんらい内省的な性格でありながら外向的才覚を身につけようとして不相応な訓練を積んだことにより生じる無意味な内面の葛藤のせいだろう。両親の幼児期のしつけおよび、その後の家庭環境に問題があった。より具体的には、両親が分不相応な英才教育を押しつけたため勉学への習慣は生まれたものの、目的意識がはっきりせず迷いが生じた折、両親が子供に寄せる明確な期待感や可能性を示唆できなかったことにある。さらに近年、両親と死別もしくはなんらかの理由で離ればなれになり、自分の人生について永久に答えをだせないと感じる虚無感と不安に支配されている。しかしながら、それは自分の人生を親に委ねていた時期から精神的自立をはかれていないことを意味し、欧米的工業先進国の国民特有の甘えた意識の持ち主であることは明確だ」

まるで学術書を読み上げるように淡々と発せられるその言葉が、岬美由紀という人間の心理分析であることに、美由紀は気づきつつあった。

「わたしを」美由紀はきいた。「知ってるの」

「いや」李秀卿は無表情のままだった。「初めてみた。名前も知らない」

美由紀のなかにおぼろげにひとつの思考がかたちをとりはじめた。李秀卿の分析の基盤になっているのはイギリスの心理学者ジョセフ・K・ブラッサムのシンキング・オーソリティ観察法だ。この実験方法ではひとつの物体について被験者がどのように反応をしめすのかをみる。物体は、扱いに少なくとも人間的知性を要求されるもので、時計というのは同観察法ではきわめて汎用《はんよう》的な実験用具だった。時計の時刻を気にすればあるていど理性がそなわっているが、その文字盤の表示を現在の時刻とみなすのか、それともずれているかもしれないと考えるのか、その後者だった場合は現在の本当の時刻を確かめようとするのか、それとも時間のずれがどのように生じたか考えをめぐらせるか、あるいはそれ以上の興味をしめさないか。時刻以外には、時計の機能、性能、外観などに関心を寄せるかどうか。そうした個々のチェックがA、B、Cの三段階で判断され、最後には総合的に数値化されて性格分析がなされる。ベテランの精神科医はチャートを暗記しているが、李秀卿もそうらしかった。ただ、いくつかわからないことがある。

美由紀はいった。「両親に対するコンプレックスがあることは、時計に触るのをためらった部分で判定できた。見ず知らずのひとの持ち物に触れる、そのことに罪悪感の衝動が生じるかどうかで、幼少期の育てられ方もわかる。ただし、シンキング・オーソリティ観察法では両親と死別したことまでは推察できない。どこから、そういう分析を導きだしたの」

李秀卿の片方の眉《まゆ》がかすかに吊《つ》りあがった。美由紀のほうも心理学的知識を持ち合わせていたことに多少の興味をおぼえたようすだった。が、表情にそれ以上の変化はなかった。口調もあいかわらず淡々としたものだった。「時計が停止しているのを知った直後、裏面のつまみを回して針の動きをたしかめた。故障か否かを調べるためには理性的な判断だ。しかし、つまみを戻す方向に回して表情をかすかに和らげる習癖がある。ロシアのムルシンスク博士のティーファ理論を持ちだすまでもなく、これは下意識に時間を逆回しにして遡《さかのぼ》りたいという欲求が潜在しつづけていることだとわかる。コンプレックスの強さと結びつけて考えるに、自分の力ではいかんともしがたかった両親との運命的な別れがあったと推測するのが筋だろう。ちがうか？」

「正しいわね」そういいながらも美由紀は、自分の内面をやすやすと看破されたことに腹立たしさを感じていた。が、あくまで表面上は平静を保った。「フロイトではなくムルシンスク博士の定義をひきあいにだすあたり、いかにも社会主義国的な教育ね。海外に留学していたというわけではなさそうね。心理学は北朝鮮国内で学んだの？」

「心理学のみならず、偉大なる金正日総書記による社会主義教育に関するテーゼに基づき、自主性と創造性を持った共産主義的人材を育て上げるべく、きわめて高水準の教育体制がとられている」

「そういう教育を受けるのは一部の高級官僚や、軍の上層部に関わる人材だけだと聞いてるけど」

「偉大なる金正日総書記による人民軍幹部のエリート教育は、世界平和建設のために欠かせざるものだ」李秀卿の顔に敵愾心《てきがいしん》がやどったようにみえた。視線がテーブルの上に向き、ふたたび美由紀に戻った。「おまえも同種の教育を受けているのだろう。時計から乾電池が抜かれているのを知り、天井の照明と室内の配線を気にした。電池をコンデンサーがわりにしてショートさせ、停電で警報装置が切れたところを脱出する。その可能性を考えた。偉大なる金正日総書記による人民軍の精鋭部隊ならば初歩で教わる技術だ」

美由紀は直接的な回答を避けた。「ということは、あなたは人民軍の一員なのね」

「いや」李秀卿は平然と答えた。あわてたようすも、虚言特有の芝居がかった間もみあたらなかった。ごく自然な会話、そういう空気をまといながら、李秀卿はいった。「わたしは軍部の人間ではない」

「それでも、総書記に絶えず畏敬《いけい》の念をしめしているということは、党や政府側の人間なんでしょう」

「わが国の人民ならば偉大なる金正日総書記を尊敬し、崇拝し、愛することは当然だ。優れた国家ならばリーダーと人民は他者に侵されざる博愛の精神で結ばれている。堕落し腐敗した自称工業先進国とは大きく異なる」

美由紀はいらだちをおぼえた。李秀卿はそのモデルのような外見とは正反対の人格の持ち主のようだった。感情というものを持っていないのだろうか。李秀卿の口から発せられる言葉は、北朝鮮政府が国民に植え付けたプロパガンダそのものだった。

「なるほど」美由紀は相手の怒りの感情をひきだそうと、わざと嘲《あざけ》るような態度をとった。「あなたもチュチェ思想の信奉者なの」

「チュチェ思想はわが国の全人民が奉じている。世界的にも歴史的にも、これ以上のイデオロギーは存在しない」

「本気でそう思ってるの？　チュチェ思想というのは金日成が支配のためにつくりあげたイデオロギーで、北朝鮮国民をマインドコントロールし政府に従属させるためだけにでっちあげられたしろものだわ」

「ちがう」李秀卿は表情を硬くした。「知らないのか。チュチェとは〝主体〟の朝鮮語読みであり、チュチェ思想は人類主体の新しい思想哲学だ。人類があらゆるものの主人であり、世のすべてを決定し運命へと導く責務を持っている。すなわち人民主体の原則であり、自主性、創造性、意識性をあわせ持つ社会的存在こそが人民である。それがチュチェ思想だ」

「おかしな話だわ」

「なにがだ」

美由紀は、李秀卿の男のような話し方に敵意を感じながらも、あえて穏やかにいった。

「人間は本来、自主性も創造性も意識性も持っている。理性と本能がそなわっている以上、当然のことだわ。あらためて思想で定義される必要もない。むしろ社会のなかで共同生活をしていくためにはそれらを抑制し、あるていどの従属性や依存性を抱くことでルールに従い、創造に対する破壊の衝動を抱くことで既存の過ちを改善し、無意識的な範疇《はんちゆう》においてこそ生命の尊さを抱きつづける、人間はそんなふうに対極的な二面性のなかで折り合いをつけていくことで、たがいに高めあっていくのよ。それなのにチュチェ思想はことさらに自主性、創造性、意識性と声高に叫ぶ。なぜならその三つが国民に与えられていないから。だからそれらが不足していない、国民ひとりひとりの内面に存在するなどと哲学的ないいまわしに逃げているんだわ」

　李秀卿ははっきりと怒りのいろをみせた。「われわれに自主性と創造性と意識性が欠如しているとでもいうのか」

「ええ、そうよ。あなた自身がそうじゃない。喋《しゃべ》っていることは政府やどこかの学術理論の請け売り。自分でなにかをつくりだしたわけでもない。それに自分が正しいと勝手に信じこんでいる。意識や、理性の健全な状態とはいえないわ」

「己《おのれ》が正しいと信じこんでいるのはおまえのほうだろう。西欧の国家主義に隷属しておきながら、なにもわかっていない哀れな国の女にすぎない」

　美由紀は李秀卿の挑発には乗らないと心にきめていた。「だいたい、自主性と創造性と意識性が全国民の源にあるなら、その国民が国家権力者に無条件の忠誠を誓うってのはおかしな話だわ」

「いいや。人民は歴史をつくっていく存在であるが、正しい指導を受けなければその役割を果たしえない。ゆえに優れた指導者であるところの偉大なる金正日総書記を崇拝し、指導者と党に絶対的な忠実性を抱くことが、自主性獲得のための最善の方法なのだ」

「矛盾してるってことに気づかないの？　自主性のためになんでリーダーに無条件で従うのよ？　だいたい、そうまでして運命を預けられるリーダーかどうか、疑問は持たないの？　チュチェ思想自体が金日成によってつくりだされたんでしょう。それで全国民が国家主席に従わざるをえないことになっている、それが自主性を奪われていることにはならないの？」

「偉大なる金日成前国家主席は一九三〇年代からチュチェ思想を創始し、朝鮮人民を勝利と栄光にみちびいてきた」

「嘘だわ。一九六七年以前の北朝鮮の歴史文献には、チュチェ思想という言葉はでてこない。六〇年代後半から自主、自立、自衛の三大路線がムーヴメントとなり、それを基にチュチェ思想がつくられた」

「愚かしい」李秀卿はばっさりと切り捨てた。「なぜ偉大なる金日成前国家主席が、愛すべき人民にそのような嘘をつかねばならないというのだ」

「当時、中国の文化大革命で紅衛兵《こうえいへい》の金日成批判が高まり、北朝鮮国内では七か年計画の達成が難しいことがあきらかになっていた。国がぐらつき、党の支配体制が崩れるのを恐れ、金日成の事実上の独裁政治を強化した。チュチェ思想は一九三〇年代どころか、ずっと後の六七年朝鮮労働党中央委員会第四期第十五回大会でつくりだされたフィクション。そんなのは全世界が知っている常識よ。知らされていないのはチュチェ思想によって操られている、北朝鮮の国民だけだわ」

　李秀卿は口をつぐみ、美由紀をにらみつけた。

その眼光の鋭さに、美由紀は一瞬言葉を失った。いままで会ったどんな人間にも感じたことのない敵意と攻撃性が、そこにはあった。

「侮辱する気か」李秀卿は低くいった。「偉大なる金日成前国家主席に対する侮辱は、わが同朋およびわたしに唾《つば》を吐いたも同然だ」

美由紀はわずかにひるんだ自分を感じていた。目の前のこの女に恐怖したのではない、ただ、いままで知識としてしか知らされず、ある意味では半信半疑でいた事柄が事実だったことに、少なからぬ衝撃をおぼえていた。

李秀卿の信念にはいささかもぐらつきがない。発する言葉には虚偽も欺瞞《ぎまん》もない。視線と表情からもそれがうかがえる。だとするなら、少なくともこの北朝鮮から来た女は確実に北朝鮮政府の思惑どおりにマインドコントロールされているといえる。これほど無条件にみずからを指導者に捧げる心理状態の持ち主は、カルト教団の信者といえどもそう多くはいない。

美由紀はきいた。「ひょっとしてそう思ってるあなたは、北朝鮮国内でも孤独な立場だったんじゃないの?」

「いや」李秀卿はあっさりと否定した。「同朋はみな、偉大なる金正日総書記に捧げる慈愛と信念と愛国精神を持ち合わせている」

なんということだろう。美由紀はいらだちとともに、常識の通用しない容易ならざる相手がまだ数多く地球上に存在することを知り、愕然《がくぜん》とした。李秀卿の言葉に迷いはない。

はったりとは思えない。事実として、北朝鮮で志を同じくする人々に囲まれて育ったのだろう。

しかもこの女性からは、喜怒哀楽の感情がほとんど感じられない。人間の本質的な感情を欠いているかのようだ。たしかに、リーダーをただ妄信するだけの教えにしたがっているのだとしたら、個人としての感情は芽生えない。だが人間である以上、無感情の皮膜の下に、熱い血がながれる本当の顔を持っているのではないか。美由紀は、李秀卿の真実の心をひきださねばならないと考えた。

美由紀は挑発した。「北朝鮮の国民がみなチュチェ思想に従わされているのは、トップの集団洗脳によるものだわ。あなたもあの国にいたのなら、薄々は感じているでしょう。国民は財産も土地も持たず、ただ国に日々単調な労働を捧げることを強制されている。そのうえ食糧不足で飢えている。飢えかけた人間は食糧を求めて騒ぎを起こすけど、その段階を通り越して完全な飢餓に近づくと、人間はかえっておとなしくなる。意識が朦朧《もうろう》として判断力や思考力が低下し、抑圧に対して抵抗力も持たなくなる。暗示にも反応しやすく、食べるためにはどんなことでもするという強迫観念も起きる。労働による疲労がその作用をさらに強める。北朝鮮政府はそれを利用して人々を操っている。あなたも、その操られたひとりの人間にすぎないわ」

李秀卿はなおも表情を変えず、美由紀をみつめつづけた。「そんなことで、集団の統制がとれると思うのか」

「ええ、思うわよ。北朝鮮には中央人民委員会直属の、人民思想省という部署がある。人民思想省は、集団心理の掌握と煽動《せんどう》に長《た》けているそうね。この省の人間が、北朝鮮各地で国民を監視しつづけている。国民に集団責任を義務づけ、謀反《むほん》人がでた場合すぐさま当人を逮捕できないと、全体責任をとらせるか、誰かスケープゴートを選んで見せしめのために処刑する。そのような支配体制のため、集団のなかの人々は常に誰か裏切り者がでるのではという猜疑心《さいぎしん》に駆られ、隣人を信用しなくなる。そうして、個人が個人を監視しあい、思想に逆らった人間がいたら人民思想省に密告するという習慣が浸透する。だから、たとえ二、三人でも群れをなして政府に反発しようという動きさえでなくなる。残るのは、チュチェ思想の無条件受け入れ。うまく考えたものね。ラジニーシ瞑想《めいそう》センターや人民寺院などの破壊的カルト教団が用いた集団洗脳とおなじ。個人の意思も感情も失わせて支配者に従属させる、忌《い》むべき行為。北朝鮮では国家規模で堂々とそれが行われている。多くの人々の自由の権利を無視している」

「ちがう」李秀卿は首を振った。「わが同朋はみな喜んで偉大なる金正日総書記とチュチェ思想にすべてを捧げている。すべては朝鮮統一、わが民族の恒久平和のためだ」

美由紀は背筋に微弱な電流が走ったかのように感じた。李秀卿の言動に、わずかながら変化をみてとったせいだった。

北朝鮮に住み、チュチェ思想を妄信する一般市民に会ったことはないが、いまの李秀卿の反応はそういう市民とは異なっている気がしてならなかった。人民思想省による集団マインドコントロールを受けている人々ならば、その事実を美由紀が指摘したとき、否定してかかるか、侮蔑《ぶべつ》と感じて腹を立てるかどちらかだろう。だが李秀卿はどちらでもなく、まるでそういう事実は認めたうえで、すべては朝鮮半島の平和のためだと肯定論を展開しているようにも思える。

いったいなぜだ。美由紀は李秀卿をみつめた。

李秀卿は表情を変えぬまま、片手で自分の髪をなでていた。髪には潤いと艶《つや》があり、李秀卿の指先に触れるたび、風になびくようになめらかに揺らいだ。

瞬時に、美由紀のなかでひとつの事実が急速にかたちをとりはじめた。そうか。この女性は〝加藤太郎〟とともに日本にいた、嵯峨はそのように証言している。さらに、美由紀がカウンセラーを志して以来、死に物狂いで学んできた心理学の知識と、ほぼ同等の学力を有していると思われる。

そう、導きだされることはただひとつ。そしてそうであるならば、この女みずからは決して人民思想省の行為を否定するはずがない。

「李秀卿」美由紀はいった。「あなたは人民思想省の人間ね。北朝鮮の人々を集団マインドコントロールし、政府の意志に従うロボットにつくりあげている張本人のうちのひとり。

それが、あなたよ」

「人民思想省？」嵯峨はたずねかえした。

「ええ、おそらくは」八代政務官はソファに身をうずめ、じれったそうに葉巻の先でライターの火をゆすっていた。「まあそういう、北朝鮮政府の重要なセクションをとりしきる、重要人物だったわけです」

嵯峨はそのさきの言葉を待ったが、八代はなにもいわず、葉巻をふかすばかりだった。八畳ほどの洋間には、たちまち葉巻の匂いが充満し、扉のわきにかしこまって立っている職員までもが顔をしかめていた。

「それで」嵯峨はうながした。「〝加藤太郎〟というのは、北朝鮮の人間だったわけですか。やはり偽名だったわけですね。本名はなんというんですか。それに、その人民思想省ってのはなんです？　どういう役割の部署なんですか」

八代は煙に目をしばたたかせながらいった。「そのへんのことは、あなたには関係のないことです。嵯峨先生。国家機密でもありますしね」

嵯峨は反論しかけた。が、無駄だとさとり、口をつぐんだ。

八代政務官にかぎらず、ここの職員すべてが嵯峨を場違いな人間とみなしていることはあきらかだった。冷ややかな目、よそよそしい態度。そしてどこか、外交について無知であるがゆえに気楽でいられる一国民にすぎない人間を卑下し、鼻であしらうような横顔が見え隠れしている、そんなふうに思えてならなかった。

「八代さん」嵯峨は真剣に訴えた。「僕はあなたの要請にしたがって、聞かれたことすべてに答えたんですよ。なにがあったのか、一部始終を話しました。僕のほうの疑問にも、答えてくれてもいいでしょう？　なぜ僕はあんな目に遭ったんです。見ず知らずの、捕われの身の男の尋問を手伝わされたり、いきなり後ろから頭を殴られたりしたんです。僕にだって、知る権利があるでしょう」

八代はため息をつき、扉のわきの職員をみやった。その職員は肩をすくめ、嵯峨にいった。「四年前、〝加藤太郎〟が都内に潜伏してなにをしていたか、あなたが関わった事態にどんな意味があったのかはわかりません。それから、これは非常に申し上げにくいことなんですが……お気持ちはお察ししますが、これ以上真実を知ろうとなされても、無意味なことではないかと」

「どういうことです」嵯峨はきいた。

「つまりですな」八代は葉巻の煙を吐きだした。「事態は一個人の認識のレベルをはるかに超えているということです。これは国家規模の問題ですし、あなたは偶然その一部に巻きこまれてしまったが、いまもこうしてご無事でいらっしゃる。なら、もうそれは通りすぎていった災厄と同じだと思って、忘れてしまわれたほうが賢明ではないですかな」

嵯峨は怒りを覚えた。心臓も凍りつくような思いを経験したというのに、それを忘れろとは、なんという無神経さなのだろう。察するに、この外務省の職員たちにとっては、あのとき嵯峨が死のうが生きのびようがさして問題ではないのだろう。事態のなかにたまたま嵯峨がいた、そして偶然、生きている。だから話を聞いた。それだけでしかない。

「八代さん。頼むから話してください。〝加藤太郎〟なる人物に、人民思想省という部署。そして、そのあと公園で会った女。いったいなにがどうなっているんです」

「ですから」八代は葉巻をくわえなおした。「調査中です。細かいことは、なにもわかりません」

「わかっていることだけでいいんです。もし拒否されるおつもりなら、訴えますよ」

だが、八代は表情を変えなかった。「ばかなことはおやめなさい。あなたはご存知ないかもしれないが、司法、行政、立法はそれぞれ独立しているようでいて、深いところでつながっているんですよ。おなじ日本という国のシステムですからな。今回のように、国家規模の問題についてはそれらが垣根を越えて一致協力しあうこともありうる。あなたが騒いだところで、波風は立たない。それよりも、あなたが傷つくことになる可能性だってあるんです」

嵯峨は反感を抱くとともに、諦《あきら》めの気分に支配されつつあった。この八代という男の官僚くささは鼻につくが、事実、嵯峨ひとりの力でどうにかできる問題ではない。八代も、さっき美由紀の前では嵯峨の質問にあるていど応じるような構えをみせていたが、こうして美由紀の目の届かないところにくると、本心を表している。嵯峨のような素人《しろうと》を相手にするのは面倒としか思えないのだろう。

しかし、と嵯峨は思った。なにも知らされないまま、まるでただ誰かの決めた運命に翻《ほん》弄《ろう》され、忙殺されるような日々。そんな日常はご免だった。気づいたときには、いつの間にか世の中から抹殺されている、そういう人生は送りたくはない。やはり、なにが起きているか知りたい。自分も少なからず関わりを持った問題なのだ、事実を知らないままでいられるほうがふしぎというものだ。

それに、記憶の表層では忘れ去られていた四年前の事件が、ずっと自分の潜在下にあって、絶えず精神を蝕《むしば》んでいたような気がしてならない。嵯峨にはそう思えていた。あの事件によって、嵯峨はいいようのない無力感を抱かされた。自分の力ではどうすることもできない、想像を超えた事態。この世にはそういう抗いがたい存在があり、自分は決してそれには打ち勝つことができないのだ、そう心の奥でなにかが自分にささやきつづけてきたようにも思う。すべては、あのあまりにも理不尽かつ唐突な出来事のせいだった。この状態はＰＴＳＤ、心的外傷後ストレス障害に近いものかもしれなかった。

こうして、諦めの感情に流されそうになるのも、脳裏にきざみこまれた自分への無力感と敗北感のせいかもしれない。いや、きっとそうだ。嵯峨はそう思い直した。このさき、自分が自信を持って人生を歩んでいこうとするのなら、ここで引き下がるべきではない。

「八代さん。どうせ、あなたが教えてくれなくても後で美由紀さんにきけばわかることです。全部とはいいません、あなたたちにわかっていることだけでいいんです、教えてください」

八代は当惑ぎみにいった。「なぜそこまで……」

「僕自身の問題だからです。政治とか国家とか、そんなことに興味はありません。でも僕の身に起きたことの真相だけは知りたい。たとえその断片だけでも。僕にとってはいちどきりの人生なんです、知らないままでいることが多すぎるなんて、そんな状況には耐えられない。僕自身の、知る権利を尊重してください。お願いします」

嵯峨は頭をさげた。ふんぞりかえった役人に頭などさげたくはない。それでも、いまはしかたがない。

沈黙はしばらくのあいだつづいた。やがて、八代の声がおずおずといった。「まあ、頭をあげてください、嵯峨先生。そうですな、われわれというものがいながら、岬先生にご説明させたんじゃ、気がひけますな」

いちおう、話は通じた。だが喜びはなかった。逆に、嵯峨の心をより暗い雲が覆いつつあった。

美由紀の名を口にしたとたん、この外務省政務官は顔色を変え、譲歩する姿勢をとりはじめた。彼女も役職は嵯峨と同じ、東京カウンセリングセンターの催眠療法科長だ。それでも、八代は美由紀を嵯峨とは別格と位置づけている。自衛隊の元幹部候補生、いわゆるキャリアの国家公務員。役人としては、そういう経歴の人間と一般人を区別する習慣があるのかもしれない。

嵯峨は、自分の無力感が美由紀との対比によっていっそう強まりつつあることを感じていた。彼女なら、四年前のああした事態にどう対処しただろう。行動力も、政治的な知識も持ち合わせていた彼女。おそらく嵯峨のようにはならなかったにちがいない。人物の背後関係を見抜き、的確に行動し、窮地を脱していただろう。嵯峨には、それができなかった。なぜなら、たんなるカウンセラーだったからだ。

たんなるカウンセラー。自分の心のなかで発したその言葉が、妙に重く感じられた。

ここしばらく、精神障害と結びつきが強いとされる犯罪や異常事態が全国に多発している。嵯峨も、いくつもの事件に関わりを持ってきた。だが最終的に事件を解決に導いたのは、事実上岬美由紀ひとりの活躍によるものだった。そして彼女の活躍は、カウンセラーとしてではなく、元自衛官としての才覚を生かしたものでしかなかった。彼女が自衛隊の元キャリアとして、警察など各方面に積極的に働きかけてくれたおかげで、あらゆる事件が犯罪者の刑事処罰というかたちでいちおうの解決をみていった。

すなわち、現代のさまざまな社会的病巣の解決にふさわしいのは、経験を積んだカウンセラーよりも、日は浅いが過去にまったく別の畑でしっかりとした行動力と権力を身につけた人間ということになる。ストーカーに関する悩みですら、美由紀はたちどころに警察を動かし、犯人を取り押さえることで解決してしまう。嵯峨のほうはといえば、ストーカー行為に心を病んだ女性に気遣いの言葉を投げかけることしかできない。以前にも、なんとか警察に協力を要請しようとして被害者の女性とともに警察署に出向いていったが、刑事課は事件らしい事件は起きていないといって相手にせず、生活安全課にまわされた。そこでも、被害者の話をざっと聞いただけで、外出のさいは注意してください、そういうアドバイスだけで追い返された。女性はストーカーからのいたずら電話にも悩まされていたが、ナンバーディスプレイによってその発信者番号がわかっているにもかかわらず、警察は捜査をしてはくれなかった。事件が起きていなければなにもできない、電話番号から持ち主を調べるのは裁判所命令でしか行えない、その一点張りだった。

カウンセラーという立場では、事件のそうした側面ではなんら力を発揮することができない。ただし、たとえば検事や弁護士を経て現在はカウンセラーになっている人々もいて、そうした人々はやはり容易に警察を動かすことができる。所轄の警察は、耳を傾けるべき相手を常に選んでいる。

岬美由紀はそのうえに行動力や判断力までをも備えている、きわめて稀有《けう》な例だ。結局、世に必要なのは権力を持った者であり、相談を聞くだけのカウンセラーは無用の長物でしかないのだろうか。そのストーカー被害に遭っていた女性が最後に告げた。あなたたちは事件に遭ったひとを言葉でなぐさめるだけの役割なんですね。自分は、そのとおりの存在でしかないのだろうか。

だが、嵯峨が美由紀に対して苛立たしさを感じる理由は、どこかほかにある気がしてならなかった。彼女はいつも、危なっかしい橋をひとりで渡っていこうとする。いつも向こう見ずな性格にしたがって行動する。嵯峨にはいつも危険を避け、物陰に隠れるように指示する、そんなところがある。

相手がごくふつうの中年の男性だったら、こんなに苛立ちを感じないはずだ。そういう権力志向の人間には何人も出会ってきた。ただ美由紀に対してだけは、なぜかおちつかない気分になる。彼女が女性だからか。行動的な女性の前で、なにもできない自分を感じるのが嫌なのか。ただそれだけなのか。

「嵯峨先生」八代がいった。「嵯峨先生。どうかしましたかな」

はっとわれにかえった。八代は怪訝《けげん》そうな顔で嵯峨をみつめていた。

嵯峨はため息をつき、つぶやいた。「なんでもありません。それで?」

八代は嵯峨の顔をながめていた。聞く気がないなら帰ったらどうだ、そういいたげな表情をうかべていた。が、やがて投げやりな口調でいった。「人民思想省ってのは北朝鮮の国家主席によって組織されたセクションで、国民の思想、教育、集団心理をコントロールする役割を担っているといわれます。そのほかに、朝鮮労働党の対外政策における心理戦についてアドバイスしたり、人民軍強化のためのメンタルトレーニングも請け負っているとの噂《うわさ》もあります。兵士になんというか、催眠術のようなものをかけて、死をも恐れぬ精神状態にするとか。あるいは北朝鮮国内のマスメディアを操作するなどしてすべての国民を金正日総書記に絶対服従させるとか、とにかくそういう心理学方面の一切合財をとりしきる部署のようです」

「なるほど」と嵯峨はいった。実際には、催眠誘導による暗示だけでは死を恐れなくなるということはないが、薬物の併用や極端に偏った思想教育を施せば不可能ではないだろう。事実、北朝鮮という国に生まれた人々は、物心ついたときにはすでにマインドコントロールを施されているということもありうる。自我を捻《ね》じ曲げて従わせるのではなく、最初から従う人間だけをつくるのだ。

「で」八代は消えかけた葉巻の先にふたたび火をつけた。「その部署は高度な精神医学と心理学を学び、国家主席のために集団を操るすべを日夜研究しつづける連中の集まりなんだそうでしてな。ま、これは韓国に亡命した北朝鮮の元工作員の話なんで、どこまで本当かはわかりませんが」

研究分野そのものは、嵯峨が勤めている東京カウンセリングセンターと同じということになる。人民思想省にも各地に派遣するカウンセラーがいるのだろう。もっとも彼らの目的は、嵯峨たちとは正反対にちがいない。地方の住民たちに自主性のない思想を植えつけるために存在しているのだろう。

嵯峨はきいた。「〝加藤太郎〟を名乗る人物も、人民思想省で心理学を学んでいたわけですか」

「ええ。それも大物中の大物のようです。そもそも加藤太郎なる男が日本国内に出没したのは、昭和五十二、三年の拉致疑惑が起きたときで、そのときそういう名前を名乗ってホテルに宿泊したり、国内便を利用したのが記録に残っています。人民思想省の人間はいわゆる潜入工作員ではないが、たぶん拉致の手引きか、拉致した人間の心理状態を管理する役割かで、先んじて国内に潜伏していたんでしょうな」

嵯峨はつぶやいた。「僕が〝加藤太郎〟に会ったのは四年前……」

「そう」八代は脚を組み、葉巻の煙を吐きだした。「星野亜希子さんが拉致された、ちょうどそのころってわけですな」

「〝加藤太郎〟の本名はわかっているのですか」

八代は困惑した視線をちらと職員に投げかけてから、嵯峨に目を戻した。「機密なんでね。絶対に口外しないと約束してくれますか」

「はい」嵯峨はうなずいた。

八代はまだもったいをつけてから、天井を仰いでしかたなさそうにいった。「これも亡命した元工作員からの情報ですがね。加藤太郎なる人物の本名は雀鳳漢《チエンホンアン》。正確なポストはわからないが、大学の心理学部で教鞭《きょうべん》をとっていた知識を買われ人民思想省に加わったらしい」

嵯峨は世田谷の洋館で会った初老の男の顔を思い起こした。あの男は目の動きから思考を読む、カウンセリングの基礎技法について熟知していた。いま、その理由がわかった。嵯峨たちと同じ学問の道を歩んだ人間だったのだ。だが、みずからその知識を持ち合わせていながら、なぜあの洋館で嵯峨の力を借りようとしたのか、その理由はまだわからない。

「僕が洋館で会った、捕らわれの身の男は誰ですか。それに李秀卿、彼女は何者ですか」

八代は顔の前の煙を鬱陶《うっとう》しそうに手で払いながらいった。「お教えできることは以上です。それ以上のことはわれわれにもわからないし、あなたも知るべきでないことだ」

「しかし……」

「嵯峨先生」八代は片手をあげて嵯峨の反論を制した。「われわれにはなにもわからんといってるでしょう。あとは、岬先生がどれだけ李秀卿から情報をひきだせるかです」

会話は終わった。八代は顔をそむけ、葉巻の煙をくゆらせている。

質問の答えは返ってこなかった。だがそれよりも、八代の言いぐさが気に障った。あとは岬先生がどれだけ情報をひきだせるか。この官僚は早くも、自分の責任を放棄しかけているかのようにみえる。真相がわかるかわからないかは美由紀しだい。すべては彼女の責務。そういわんばかりの態度だった。

苛立ちとじれったさを覚えながら、嵯峨は混乱しつつある自分をさとった。自分は、美由紀が真相を探りだすことを望んでいるのだろうか。それとも、なにも探りだせずにいてほしい、そう思っているのだろうか。

李秀卿はなにもいわずにたたずんでいた。表情は険しくなるどころか、わずかに和らいだようにもみえる。しかし、笑みにまでは至らなかった。

それでも、その表情の微妙な変化は美由紀の指摘が正解であることを物語っていた。やはり李秀卿は人民思想省に属する人間なのだ。

美由紀は無意識のうちに額に指をあてた。汗がにじんでいる、そのことに気づいた。室内の温度はさほど高くはない。にもかかわらず、ひどく暑く感じられる。

この女が人民思想省で教育を受けているのだとすれば、美由紀に優位な点はほとんどない。なにしろ、国民をひとり残らずひとつの思想に傾倒させることを日ごろの業務としているのだ、心理学に根ざした観察眼と暗示の技術については並外れた経験値を持っているにちがいない。知識も豊富だろう。どのような駆け引きをしようにも、すべて手は見抜かれてしまう。

むろん条件面では、相手側もおなじだった。北朝鮮政府が国内の煽動のためにいかに人民思想省に高い研究費を与えていようが、心理学自体はまだまだ未知の部分の多い、それでいて絶対的にオカルトや超常現象とは無縁の学問だ。万能視できるほどの心理学的技能を北朝鮮側だけが身につけているとは考えにくい。事実、この部屋に入ってから李秀卿はずっと美由紀の顔を見つめつづけている。眼球の動きや表情筋の緩急の変化を読みとろうとしているのだろう。美由紀が無表情をつとめているため、李秀卿はその方法では決して美由紀の心の奥底までは見透かせていないはずだ。

もっとも、美由紀にとっても李秀卿の内面は霧のかかった景色のように不透明だった。ただ、防御のために無表情をつとめている美由紀とは、李秀卿の表情は意味合いが異なる気がしてならなかった。ごく涼しい顔。

やはり李秀卿はもともと感情を持ち合わせていないかのようにみえる。国民にマインドコントロールを施す立場でありながら、彼女自身も操られているかのように無感動な人間と化している。支配側が被支配側の人間と同じ顔を持つ、そんなことがありうるのか。

李秀卿はふいに、ぼそりといった。「よく似ている」

美由紀は意味がわからず、李秀卿をみてきいた。「なにが似ているというの?」

「わたしとおまえだ」

一瞬、美由紀は憎悪にも似た反感を覚えた。否定して撥《は》ねつけたい、そんな衝動に駆られた。

が、かろうじてそれが言葉になるのをこらえた。美由紀はため息をつき、自分のなかに生じた忌まわしい衝動を消去しようとした。

李秀卿はかすかに口元をゆがめた。「どうかしたのか」

美由紀は、平常心を失いかけた自分に腹を立てていた。それが相手に対する怒りに変わらぬよう、冷静さを保つべく慎重に自制心を働かせた。

李秀卿の言葉に即座に反発しそうになった理由。それはあきらかだ。李秀卿の男のような話し方、人を食ったような態度と無表情。すべて自衛官時代の自分に当てはまる。美由紀はそう感じていた。

それでも、この李秀卿という女と自分はちがう。美由紀は自分にそういいきかせた。李秀卿の無感動はおそらくは国家への妄信からくる自己意識の欠如だ。自分の場合はそうではなかった。むしろ国家に、権力に反発し、自分を心の深いところにある殻のなかに閉じこめていた。なにもかも、この女とはちがう。水と油のように異なっている。

「うりふたつだ」李秀卿は美由紀の神経を逆撫《さかな》でするように、執拗《しつよう》にいった。「おまえもこの国でわたしと同じ立場にあるのだろう。察するにこの国にも人民思想省に似た政府機関があり、おまえはそこから派遣された人間……」

「ばかをいわないで」美由紀は思わずぴしゃりといった。「日本に、人々を操って支配するための組織体系なんかないわ」

ほう。李秀卿はさして関心もなさそうにいった。「ずいぶん心理戦に長けているようだが、それでもただの一般市民だと?」

「ええ。そうよ。わたしは東京カウンセリングセンターの職員であり、臨床心理士でもある。心理学的知識は悩んでいるひとを助けるために用いる。それだけよ」

「東京カウンセリングセンター?」とっさに李秀卿の顔に、なんらかのいろがうかんだ。「あの機関に、軍事的知識を有する部署があるとは知らなかった」

妙だった。たしかに、同センターは海外の精神医学機関にも知られているが、それは交流のある学会に限定されていた。意見交換も共同研究もしていない北朝鮮の人民思想省が、日本の民間経営のカウンセリング機関を知っているのだろうか。あるいは、はったりだろうか。威圧感を与え、美由紀に隙《すき》をつくらせる腹づもりか。

美由紀はつとめて平然といった。「悪いけど、東京カウンセリングセンターに軍事教練を行っている部署なんかないわ。さっきこの部屋に入ったとき、わたしがあなたの脱出法を推測したことについてそう思っているのなら、見当ちがいね。たしかにわたしは米軍と同じテキストを用いた軍事的教育を受けたけど、それは元自衛隊員だったからよ。いまの職業とは、無関係だわ」

李秀卿はしばらく口をつぐんでいたが、やがてうなずきながらつぶやいた。「なるほど。やはり似たもの同士だな。おまえも日本の政府および天皇に忠誠を近い、祖国のために人民の心をひとつにしようと日夜研究をつづける人間……」

「あのね」美由紀は頭をかいた。内心、これほど苛立ちを覚えたことはここ最近なかった。「なんでわたしがそんな極右思想を持たなきゃいけないのよ。いつの時代の話をしてるの？　天皇陛下のために命を投げだすなんて、そんなのはもう国民のスタンダードじゃないわ」

李秀卿は急に、嫌悪感をあらわにした。おぞましいものをみるような目つきを美由紀に向けた。「嘆かわしい」

「なにが？」

「おまえは反乱分子か。いや、そうなのだろう。いやしくも民族の血が通っていながら、その国民の上に立つ人物に尊敬と崇拝の念を持たぬとは……」

「国民の上に立つ存在なんかないわ。政治のリーダーは国民の代表として選出されただけ。神や教祖じゃないわ」

「朝鮮半島を二国に分断させ、朝鮮統一を阻む悪意に満ちた政策を行ったうえ、国家のリーダーに崇拝の念さえ持たさぬ愚劣な教育。おまえはそんな哀れな国の人間の代表というわけだ」

「なんですって」美由紀はこみあげる怒りに逆らいきれなかった。「日本が朝鮮統一を阻んでるですって？　冗談もほどほどにしてほしいわ。たしかに日本の軍部が引き起こした太平洋戦争が朝鮮半島の二国化の原因になったけど、日本は侵略戦争に対し、なにも知らされていなかった数多くの罪もない国民の血がながされるという悲劇の審判を受けたわ。それゆえに、戦後のわたしたちは情報を重んじ、国のリーダーもひとりの人間であることを知り、間違いがあった場合はそれを指摘し改めさせる権利を持つに至った。以後は少なくとも、平和を重んじているわ。それがなによ、北朝鮮は国家主席のいいなりになって、日本敵国論にまんまと乗せられて、日本に工作員を密入国させ人をさらい、日本人を装った工作員育成のための教育係にして、その結果生み出された数多くの工作員が世界中で破壊的テロをはたらいてる。アンダマン海域で日本人旅客を装った工作員が自決覚悟で大韓航空機を爆破し、ラングーンのアウンサン廟《びょう》を爆破し、板門店《はんもんてん》で殺人事件を起こす。国家規模のテロで主に韓国を標的にし、同じ民族の血を流しておいて、なにが平和と祖国統一よ。自分たちの行為が犯罪だとわからないの？　笑わせないで！」

矢継ぎ早にしゃべったせいで息が切れそうになった。しんと静まった室内に、美由紀の荒い息づかいだけが響いていた。

怒りとともに、美由紀はどうしようもない悲しさを感じていた。自分に対する悲しみだった。憎しみに駆られ、敵意を抱く、そんな単純な感情を自分は少しずつでも駆逐できているると信じていた。が、それは間違いだとわかった。自分は、航空自衛隊のパイロットだったころとなんら変わってはいなかった。誰に対しても分け隔てなく、イデオロギーや偏見にとらわれず、ひとの悩みを解決するための手助けをする。カウンセラーという職業のなかに、美由紀は新たな自分の姿をみたつもりでいた。しかしすべては、幻だったのかもしれない。そう思えた。

宗教とは異なる、より現実的な博愛の精神。少しでも把握しつつあると思えていたその精神は、いまや砂のようにさらさらと音をたてて美由紀の両手からこぼれおちていった。残ったのは、殺戮《さつりく》兵器のスイッチに触れていた手。F15DJイーグル主力戦闘機の操縦《そうじゅう》桿《かん》を握りしめ、北朝鮮の潜水艦を一撃のもとに沈めようとしていた自衛官の手だけ。そんなふうに美由紀には感じられた。

わたしは変わっていない。失意とともにそう思った。

「ふん」李秀卿は無表情のまま鼻を鳴らした。「なら、おまえも日本政府のプロパガンダに踊らされている無知な国粋主義者にすぎない。わが偉大なる朝鮮民主主義人民共和国がテロを働いているだと。それこそ韓国や日本がでっちあげた作り話だろう」

後悔の念がよぎっているのに、怒りに歯止めがかからない。美由紀は語気を強めていいかえした。

「あなたは金正男とみられる人物の放免のために、北朝鮮にさらわれた日本人たちの存在をほのめかしたんでしょ？　星野亜希子さんの存在を。事実、いくつもの工作船が日本の領海内に出没してる。北朝鮮は新潟の海岸から、通りがかった人々を拉致しているじゃないの!」

「それ自体が作り話だというんだ。いっておくが、わたしは拉致された日本人をみかけたなどという話はしていない。同行した男性が、北朝鮮の港で、あるひとりの少女の姿をみた。おまえたちがそれを早合点し、なんらかの事件に結びつけて考えるのは勝手だが、それはわれわれの意図したことではない」

情報を小出しにして日本側の関心を引き、金正男らしき人物の放免がきまったらすべてを否定する。北朝鮮らしいやり方だった。美由紀はいっそう怒りをつのらせた。

「いまさら知らぬ存ぜぬなんて。卑怯《ひきょう》だわ」

「新潟では少女を拉致し、九年間監禁した事件があっただろう。すべては日本国内のそのような異常事態を、わが国のせいにする日本政府の悪質なデマにすぎん。日本では一家が惨殺《ざんさつ》されたり焼死させられたりといった残虐な事件が後を絶たないそうだな。国が乱れている証拠だ」

「あれらの事件は、最近あいついで密入国してきているアジア系外国人犯罪グループのしわざである可能性が高いのよ。そうでなければあそこまで残酷な犯行はありえない」

「それなら」李秀卿は平然といった。「なぜ密入国されないよう、しっかりと防衛しないのだ?　国を守る義務が、自分たちにあるとは思わないのか?」

美由紀は言葉を失った。李秀卿をじっとみつめた。

神経を逆撫でされる、そのていどのものではない。まさに吐き気をともなうほどの苦痛が押し寄せた。鋭い刃物で胸の奥を抉《えぐ》られる、そんなふうにも感じられた。

李秀卿は美由紀の抱えている矛盾や悩みを的確に攻めてくる。たしかに、この女の指摘は的を射ている。美由紀は自衛官として不審者の侵入を防ぐ義務があった。その義務さえも、充分に果たせなかった。ある意味では、いつも中途半端に生きてきた。なにごとも満足になしえたことはなかった。その曖昧《あいまい》さは自分だけのものではない、そんな言い訳を抱きながら、なんとか仕事をつづけてきたようにも思う。

しかしこの李秀卿という女は、そんな甘えの仮面を剝《は》ぎ取ってしまう。メッキがみるみるうちにはがれていく、そんな自分と向かい合わねばならなくなる。

それでも、この女から目をそらすわけにはいかない。人民思想省に籍をおいているであろう李秀卿に、自信を失いかけた自分をさらすわけにはいかない。隙を突いてどのような心理戦術をくりだしてくるかわかったものではない。

わたしはいま、カウンセラーなのだ。わたしの過去に、闘争の日々は存在しない。そう信じこむのだ。美由紀は自分にそういいきかせた。

「李秀卿」美由紀はいった。「あなたはひとを追いこむのがうまいのね。人民思想省の人間がいかに心理学に精通しているか、よくわかったわ。でもいずれにせよ、あなたは偽造旅券で日本に潜入しようとして、こうして身柄を拘束されている。いかなる工作も働こうとした覚えはない、そんな言い訳は通用しない。そうじゃない？」

李秀卿は美由紀を凝視していたが、やがて小さく首を振った。「さっきから思い違いをしているようだな。わたしは人民思想省の人間だなどとはひとこともいっていない」

「……否定もしていないはずだけど」

「いや。なら、いまこの場で否定する」李秀卿の視線が、部屋の天井に向けられてさまよった。「外務省や入国管理局の人間も、当然聞いてるだろうな？」

美由紀はなにもいわなかった。美由紀がうなずかなくとも、李秀卿が盗聴器の存在を察知しているのは明白だった。このような部屋での対話に、盗聴器を準備しないわけがない。むろん、録音も行われている。

李秀卿は咳《せき》ばらいした。「わたしの日本名は沙希成《さきなり》瞳《ひとみ》、二十九歳。四年前、東京カウンセリングセンター研修生として韓国から日本に来た。外務省による外国人の長期滞在許可と、暫定的な戸籍も、そのとき得ている」

美由紀は頭を殴られたような衝撃を受けた。なにも言葉にできず、黙りこんだ。

室内には沈黙がおりてきていた。だが、盗聴器を通じて李秀卿の発言を耳にした職員たちは、いまごろ大騒ぎになっているにちがいない。全員で名簿をひっくりかえして沙希成瞳という人名を、血眼になって探し始めたにちがいない。

李秀卿の口もとに不敵な笑みが浮かんでいた。ついに、この女が笑みをみせた。

美由紀は凍りつくような寒気を感じていた。李秀卿が韓国からの研修生。まったくありえない。悪い冗談としか思えない。韓国人が、憑《つ》かれたように北朝鮮政府に対する賛美を口にするとも考えられない。

「どういうつもりか知らないけど」美由紀はいった。「外務省と入国管理局の名簿は詳細にデータベース化されているうえに、指紋登録もされてるのよ。苦しまぎれのはったりは通用しないわ」

「はったり?」李秀卿の顔にはまだ笑みがとどまっていた。「きめつけるな。指紋登録があることも、当然知っている。わたしみずから経験したことだからな。そして、どうせこの入国管理局でわたしの身柄を拘束して以降、食事のさいにだされたグラスや食器から、わたしの指紋は採取しているだろう。朝鮮民主主義人民共和国の工作員リストとばかり照合していたから、わたしの身元がわからなかったのだ。外国人滞在者のリストのほうで調べれば、すぐにみつかる」

美由紀はふたたび怒りをおぼえた。「さっきあなたは、北朝鮮を〝わが国〟といっていたじゃないの。あれはすべて嘘だったとでもいうの？」

「この国には表現の自由があるだろう。韓国もそうだ。そして、おまえとの会話は公式の事情聴取ではなく、たんなる面会ということになっている。また、わたしは朝鮮民族としての憤りを北朝鮮的なイデオロギーにたとえて表現してみせただけであり、詩の朗読と変わりがない。いままでのわたしの発言を元に告訴に踏みきれると思うか？」

「たしかにさっきまでのイデオロギー論だけなら問題はないでしょうね。でも、偽名を名乗り経歴を偽ることは立派な犯罪だわ」

「偽ってはいないといっているだろう。すぐに答えはでる」

この女の余裕はどこからくるのだろう。美由紀は心拍が速まるのを感じた。まさか、本当に韓国国籍の研修生だろうか。いや、絶対にありえない。この女は金正男とみられる男とともに、偽造旅券で来日したのだ。

ところが、李秀卿は微笑を浮かべたままいった。「偽造旅券。おまえはいま、そう思っただろう。あいにく、連れの男はなんの因果か、そのようないかがわしい旅券を手にしていたようだが、わたしはちがう」

「それなら、入国管理局の調べですでに正当性があきらかになってるはずでしょう」

「いいや。入国管理局はわたしの連れの男が怪しいからといって、わたしのことはよくよく調べもしなかったようだ。北朝鮮の工作員名簿に神経をとがらせる前に、真っ当に外国人滞在者履歴を調べてくれてれば、わたしの名はすぐにみつかったはずだろうが」

李秀卿の顔には依然として揺るぎのない自信のいろがうかんでいた。まるで入国管理局がへまをすることもお見通しだった、そういいたげな口調だった。

連れの男。李秀卿は同行した金正男と思われる男についてそのように表現し、さも取るに足らない人間だと鼻であしらっている。だが、それは真意だろうか。

美由紀はきいた。「連れの男って、いったい誰?」

「機内で偶然知り合った。それだけだ」

「嘘よ」

「どうしてそう思う」李秀卿はわずかに表情を硬くした。「おまえのほうこそ虚勢はよせ。人間はみなひとりだ。言語という手段で意思を伝達し、無意識的に起きる表情の変化で内面を憶測する。それ以上の以心伝心などありえない。すなわち、ひとの本心などそう簡単に見透かせるはずもない」

真理だった。大脳生理学から心理学まで、いかに多くの学問を研究しようとも、その真理に変わりはない。百パーセント確実に嘘を見抜く方法はありえないのだ。そして、李秀卿はその気配さえもみせてはいない。

李秀卿はまた微笑をうかべた。敵対する関係になければ魅力的と思えなくもない、ごく自然な笑みだった。「教えようか。ここの職員はいまごろ外国人滞在者履歴のなかに、わたしの名前をみつけて仰天している。顔写真はたしかにわたしのものだし、指紋もそうだ。この国の権威ある入国管理局が責任を持って記録したデータである以上、それをみずから否定することはできない。仮に、それでも疑わしいと感じてわたしを拘束しつづけようとするのなら、わたしは即、大韓民国大使館への電話連絡を要求する。おまえたちはその要求を拒否できない。大使は、書面上なんら疑わしいところのないわたしの身柄をただちに放免するよう、申し入れてくるだろう。外務省はわたしの放免を決定する。より正確には、田中真紀子外相の判断を仰ぐより前に、国際問題に発展することを恐れる外務省政務官クラスの判断で、ただちにそうなるはずだ。待とう。じきに、ばつの悪そうな顔をした職員どもが、頭をかきながらこの部屋に現れるにちがいない」

李秀卿のしゃべる言葉が、すべて綿密に計算されたものであることに、美由紀は気づいていた。李秀卿は自分が北朝鮮の人間であることを明確にし、主張のすべてをつたえた。が、その直後にそれを否定し、あからさまに偽装とわかる身分を名乗り、さらには外務省や大使館のシステム的な欠陥のせいで、たとえば韓国国内の彼女の籍などが充分に調査されないまま、放免されることになると予言している。しかし、その物言いはすべて法的にみて偽証となる寸前の微妙な表現に終始していて、たとえ録音されていても、裁判で争われた場合に致命傷にはなりえないていどにとどまっている。

なぜそんな危険まで冒しながら、自分の手のうちをひけらかそうとするのか。理由は明白だった。これは李秀卿の挑戦だった。堂々と敵意を示し、攻撃性をあきらかにしたうえで、日本側にはなんら対抗手段を講じることはできないのだ、そう言い放って嘲笑《あざわら》う。北朝鮮の対外戦術はいつもそうだった。テポドン発射は人工衛星の打ち上げだったなどとみえすいた嘘をつき、実際にはテポドンは本州を飛び越えて太平洋側に着弾しているにもかかわらず、衛星は無事に軌道に乗ったとまで主張した。日本はこれに対し、ミサイルではなくロケットだったことを証明しろなどと強気な発言はかませない。そのためには、諸外国間でそのような相互監視の国際規約をつくり、日本の種子島宇宙センターから発射されるロケットについても、すべて北朝鮮側に軍事兵器でない証明を行う必要が生じるからだ。

だが、そのように相手を挑発し、神経を逆撫でしつづける戦法が長続きするはずがない。美由紀はそう思った。

「いい?」美由紀は李秀卿をみすえていった。「喧嘩《けんか》上等みたいな態度は、いつかはしっぺ返しをくらうわよ。それをお忘れなく」

李秀卿の冷ややかな視線がしばしの間、美由紀をみかえした。わずかにとぼけたような気配を漂わせながら、李秀卿はつぶやいた。「そう？」

そのとき、扉が開いた。うつむきかげんに入室してきたのは、入国管理局の職員だった。さも重たげな足どりだった。つづいて、外務省の職員、そして八代外務省政務官が、やはり上目づかいに、困惑のいろを漂わせながら部屋に入ってきた。

美由紀は黙って、彼らの報告を待った。

だが、三人はあまりにも予想外の事態に戸惑っているらしかった。三人がおずおずと顔をみあわせ、発言の義務を譲り合っている。

もはや、報告など聞く必要もなかった。李秀卿の予測どおりの反応。美由紀の目にも、それはあきらかだった。

美由紀は李秀卿をみた。李秀卿は、ふっと笑みをうかべた。その勝ち誇った満足げな笑みは、一瞬のちには消えていた。ふたたび無表情になった李秀卿は、なにもいわずに歩きだした。八代と、外務省の職員のあいだをつかつかと歩いて抜けていった。当惑するばかりの八代たちに、李秀卿は視線を合わせようともしなかった。

扉をでていく李秀卿に、誰も声をかけられなかった。ふしぎだった。彼女ひとりが、この部屋を、建物全体を自分のいろに染め、支配しているかのようだった。

美由紀は凍りついて立ちつくしていた。身体に震えを感じ、てのひらには汗をかいていた。

李秀卿に会い、正体と真意をたしかめ、できれば拉致された星野亜希子らの情報をききだすこと。そんな依頼内容は、跡形もなく消し飛んでいた。完敗だった。美由紀は李秀卿の心のなかをまったく覗《のぞ》き見ることができなかった。そればかりではない、いつしか相手の挑発にまんまと乗せられ、イデオロギーの論戦を展開し、美由紀の思想や過去についての断片をさらけだしてしまった。ミイラ取りがミイラ。まさにそんなていたらくだった。

人民思想省。李秀卿がその所属であることは間違いない。それがわかっていながら、手だしはできない。敵にまわしたら、なんと恐ろしい女なのだろう。心理学のみならず、あらゆる知識や経験において、李秀卿は美由紀を上回っている、そんな気がしてならなかった。

だが、と美由紀は思った。あの無表情、あの感情のなさ。あれはいったい、何によって生じたものなのだろう。訓練によって身につけたのか、それとも、生まれついてのものなのだろうか。

血族

嵯峨は、入国管理局の職員に案内され廊下にでた。とたんに、雷に打たれたような気がして立ちすくんだ。

廊下を足早に歩いてくる、スーツ姿の女。見覚えがある、瞬間的にそう思った。なぜか、美由紀に見せられた写真よりもずっと前の記憶のほうが嵯峨のなかで優先的に浮かびあがった。

李秀卿も嵯峨に気づき、足をとめた。無表情な顔つき。大きく見開かれた瞳は、冷ややかとも、涼しげともとれる。その口もとに、わずかに微笑がうかんだ。

「ひさしぶりだな」李秀卿は落ち着きはらった声でいった。「元気そうだ。嵯峨先生」

男のような言葉づかい。あのときのままだった。

嵯峨はふいに時間を遡《さかのぼ》ったような気がした。なにもかもが蘇《よみがえ》り、自分と李秀卿を囲む。午後の日差しが照りつける世田谷東公園の風景。子供たちのはしゃぐ声、頬をなでていくそよ風。当時のあらゆる記憶の断片が一体となって押し寄せてきた。あのときの感情までもが。

嵯峨は混乱と恐怖、それでもなぜかいちおう危機を脱したという安堵《あんど》を同時に感じていた。それは、あの〝加藤太郎〟の洋館での身の毛もよだつ出来事から解放された、公園での李秀卿との出会いにおける感情にほかならなかった。妙な安らぎがあった。

この女性と向かい合っている。すなわち、すべては夢や幻ではなかった。そして、いまその真実を知る糸口がつかめそうになっている。嵯峨はそのことに、喜びすら感じていた。怖《お》じ気《け》づくような感情はなかった。

「会えてよかった」嵯峨はいった。自分でも意外なほど、さらりとした言葉づかいだった。「お礼がまだだったから」

「礼？」李秀卿はきいてきた。

嵯峨はうなずいた。「なにがどうなってるか知らないけど、あなたのおかげで助かった。でも、ありがとうとさえいう暇がなかった」

李秀卿はぶっきらぼうにいった。「助けたおぼえはないが」

嵯峨はかすかに戸惑いを感じた。自分はまだ状況を把握できてはいない。たんに、この女性を味方であるように錯覚しているだけかもしれない。

それでも、嵯峨は自分の心に嘘はつけなかった。すなおに言葉に表した。「あのとき、公園で気がついて、あなたが濡らしたハンカチを貸してくれて……僕はようやくほっとできた。あなたが誰で、なにがあったかはさっぱりわからない。でも僕は、あなたのおかげで安らぎを得た。それ以前の恐ろしい経験はつい数日前まで忘れてたけど、あなたのことは、よく覚えてた。会って、せめてお礼をいいたい。そう思ってたんだ」

李秀卿の目に、かすかに変化があった。ふっと氷が溶けさったような、優しさが表出したようにみえた。だが一瞬のちには、それはふたたび無個性な顔のなかに埋没していった。

「礼は甘受する」李秀卿は淡々とした口調でいった。「しかし、おまえはなにもわかってはいない。ひとをむやみに信用しないことだ。命を落としかねない」

嵯峨は背筋に冷たいものが走る気がした。李秀卿の表情に冷淡さがうかびあがっていた。

李秀卿は視線を床に落とし、嵯峨のわきを抜けて歩き去ろうとした。

そのとき、嵯峨はふと自分の感じた恐怖が、決して子供じみた怯えでないことを悟った。

そう、これは職業上いつも感じる、〝有意義な恐怖〟とでもいえるしろものだ。

有意義な恐怖とは、たとえば〝加藤太郎〟こと雀鳳漢に脅しを受けたときに感じたような、理不尽で無慈悲におとずれる死の恐怖などとは異なる。理解しがたいもの、奇異に感じられるもの。そういったものに接したとき、それを自分が受け入れられるかどうかのハードル。それが嵯峨にとっての有意義な恐怖だった。すなわち、カウンセリングにおいて相談者《クライアント》を目の前にしたとき、彼らの言動に鳥肌が立つような気持ちにさせられることが、たびたびある。そんなとき、自分は何に対して怯えたのか、冷静に自己分析する。そして、こう気づくのだ。自分は、自分の常識外のものとの出会いを恐れている。なぜなら、ひとはこうあるべきだ、こういう人間こそ正常なのだという、偏見がまだ心の奥底に残っているから。それを駆逐するときに、相談者を理解する第一歩が踏みだせる。いつもそう思う。そしてそれは、いつも正しい。嵯峨が自分の恐怖を乗り越えるたびに、相談者は心を開く。ふたりのあいだに生じていた緊張は、信頼へと変わっていく。

この女性は相談者ではない。しかし、嵯峨は李秀卿に対してなぜか相談者がよくまとっている空気を感じとった。

李秀卿の立ち去っていく足音が聞こえる。振りかえることなく嵯峨はいった。「もし僕に打ち明けたい悩みがあるなら、いつでも声をかけてほしいな」

相談者に会ったときに、かならず口にする言葉だった。なんのためらいもなく、すんなりとそれが声になった。

背後で、李秀卿の足音がとまった。

「なんだと?」嘲《あざけ》りを含んだような声が聞こえた。「打ち明けたい悩み?」

嵯峨は振りかえった。李秀卿もこちらを振り向いていた。

「そう」嵯峨はつとめて明るくいった。「誰にだって悩みはあるだろ? いつでも相談に乗るよ」

李秀卿は戸惑ったような顔になったが、すぐに口もとをゆがめた。「ばかげている。わたしが内面をさらけだすと思うか? おまえの慰みの言葉をもらう、ただそれだけのために」

李秀卿の言葉を侮辱と受け取るのが正解かもしれない。だが嵯峨は、そうは思わなかった。李秀卿は日本語の言葉づかいや、日本人が礼儀と感じる習慣に精通していないだけだ。むしろ、彼女のいっていることは的確だとさえいえる。カウンセラーとは、相手の悩みをきき、慰めの言葉を発する、ただそれだけの存在でしかない。物理的に、あるいは政治的に相談者の頭痛の種を解消することはできない。そんなカウンセラーのために、なぜ隠している心のなかをみせなければならないのだ、李秀卿の言葉は、そういう一般の相談者の声を代弁しているようにさえ思えた。そして、それは嵯峨の自分に対する迷いそのものでもあった。

自分はなにもできない。さっき感じたばかりの無力感がふたたび押し寄せる。だが、いまはさっきとは異なる気持ちも沸き起こっている。

「そうだね」嵯峨はいった。「そうかもしれない。でも人間として、話し相手がいてくれたほうが助かる、そんなふうに思えるときもあるだろ？」

李秀卿は黙りこくった。しばし口をつぐんで嵯峨をみつめていたが、やがてゆっくりと首を振った。「無意味だ。人形に話しかけるのと同じだ。いやむしろ、たんにストレスを解消したいのなら、おまえより人形に話しかけるほうを選ぶ」

「なぜ？」

「否定の言葉を返してこないからだ。それはちがうとか、間違っているとか、そんな返答をしてはこないからだ」

「その代わり」嵯峨はいった。「人形は賛同する言葉も返してこない。そうじゃないか?」

李秀卿は、片方の眉を吊り上げた。ほとんど無表情にはちがいはないが、かすかに興味をしめしたようにみえた。

やはり、李秀卿は対話にまったく関心がないわけではない。嵯峨はそう思いながらいった。「誰であれ、人間が相手なら賛成か反対か、いずれかの意志を表してくる。だから話す価値がある。そうは思わない?」

李秀卿はなにもいわず、じっと嵯峨をみつめていた。嵯峨も、李秀卿をみつめかえした。

沈黙はしばらくつづいた。やがて李秀卿が口をひらいた。「おまえは変わってる」

「そうかもしれないな」嵯峨は同意した。

「なぜそこまで、わたしに関わろうとする? 事情はすべてわからずとも、面倒が多々あることぐらい察してるだろう」

「きみは少なくとも、あの公園で僕に安らぎを与えてくれた。だから僕もきみに安らぎを与えたい」妙に照れくさくなって、嵯峨は笑った。「気取りすぎかな。でもまあ、そんなふうに思ってる」

李秀卿はあきれたような顔をした。「わかってるのか？　わたしは日本、大韓民国、そして朝鮮民主主義人民共和国の三国に関わる重大事の渦中にあるんだぞ」

「ああ、わかってる」嵯峨はひるまなかった。「だけど、ひとの悩みなんて、誰もそんなに変わりゃしないさ」

李秀卿はまた口をつぐんだ。

嵯峨の背後で複数の足音がした。李秀卿の視線がかすかに躍り、嵯峨の肩越しに近づいてくる人々をみた。表情は変わらず、視線はまた嵯峨のほうに向いた。

「おそらく」李秀卿はいった。「おまえは両親が離婚しているか、父親を亡くすかしているのだろう。女をみるとき、母性と重ね合わせる傾向がある。すなわち、マザーコンプレックスが強すぎる。おまえは自分がまともだと思っているかもしれないが、正常ではない」

胸をちくりと刺された気がした。が、傷つくほどではなかった。自分にそんな傾向があることは承知のうえだった。

だが、李秀卿の言葉に喚起され、嵯峨のなかでひとつの考えが急速にうかびあがった。カウンセラーとしての直感に近いものだった。ためらわず、それを口にした。「きみも両親に育てられていない。そうだろ？」

李秀卿の目が大きく見開かれた。微妙だが、驚きのいろが表れていた。

友人をいっさい欲しがらず、むしろそうした人間関係の構築をかたくなに拒む態度。家族的交遊拒否症《アンチ・ファミリー・タイズ》。李秀卿にはそういう、家庭問題を抱えた学生のような態度が見え隠れしている。

　李秀卿は嵯峨がどう分析したかに気づいたらしく、すぐに無表情に戻った。悔やむような口調でいった。「コンプレックスは、最大の弱点だ」

「反対だよ」嵯峨はいった。「それは強さだ。両親に対する思いはね」

　李秀卿はまっすぐに嵯峨をみつめた。その瞳が、かすかに潤んだようにみえた。

背後から接近する足音とともに、美由紀の声がした。「嵯峨くん」

　李秀卿は肩をすくめた。かすかに冗談めかせたような微笑をただよわせ、李秀卿は嵯峨に背を向けた。足早に歩き去っていった。

　嵯峨は黙ってその背を見送った。公園で立ち去ったときの姿に重なってみえる。あのとき、彼女はいちども振りかえらなかった。いまも同じだった。声をかけられることを拒否する背中。嵯峨の目には、そんなふうにみえた。

「嵯峨くん」美由紀が近くに立ちどまっていった。「どうかしたの。だいじょうぶだった?」

　美由紀の背後には、八代政務官と職員たちが当惑ぎみにたたずんでいた。美由紀のいない部屋で嵯峨にみせていた態度とは異なっている。まるで姫に仕える使用人のように美由紀の後ろでかしこまっていた。

外務省の人間たちの、そんな態度の使い分けに気づいているのかいないのか、美由紀はただ心配そうな顔を嵯峨に向けていた。

嵯峨は苦笑してみせた。「だいじょうぶって、なにもなかったよ。ただ話しただけだ」

美由紀はほっとした顔をしたが、それでもまだ不安そうにいった。「なんの話をしたの?」

「べつに。ただ、悩みがあるなら相談に乗るって……」

ふいに、八代政務官が噴きだした。苦笑をうかべながらいった。「悩み相談? おやおや」

嵯峨は反感を抱いた。八代にたずねた。「なにかご不満でも?」

美由紀は八代にいさめるような目を向けてから、嵯峨をみていった。「嵯峨くん。李秀卿には、あまり関わらないほうがいいわ」

「どうして? ただ話すだけなら……」

「だめよ」美由紀は怒ったようにいった。「彼女もおそらくは人民思想省の人間なの。これは日朝政府間の問題よ。一般市民が関わることじゃないわ」

嵯峨は妙な気分になった。「美由紀さんもいまじゃ一般市民だろう?」

美由紀は戸惑ったようにつぶやいた。「わたしは……」

「嵯峨先生」八代がじれったそうに口をさしはさんだ。「岬先生は元自衛官ということもあって、こちらから相談を持ちかけたんです。いま岬先生がおっしゃったとおり、これは高度に政治的な問題ですよ。なにもご存知でないあなたが首をつっこむべきじゃない」

　嵯峨は美由紀をみた。

　美由紀は当惑のいろを浮かべながらも、八代の言葉を否定する気はないようだった。

「嵯峨くん、李秀卿がなにをいったか知らないけど、彼女はわたしたち以上に心理学的知識を有する策士なのよ。友好的に思えたとしても、それはあなたを安心させるための彼女の手かもしれない。警戒するに越したことはないわ」

　嵯峨は逆説を唱えるべく口をひらきかけたが、結局なにもいえなかった。美由紀のいっていることは間違いではない。嵯峨とて、李秀卿を全面的に信頼できるとは思っていない。だが、なにも話し合わないうちから信頼が芽生えるはずもない。

　不満が言葉になるのをかろうじて抑え、嵯峨は頭をさげた。「そうだね、わかったよ。美由紀さんのいうように、僕には事態の重大さが認識できていない。仰せのとおりにするよ」

　八代がいった。「それがいい。嵯峨先生も、本業で忙しいでしょうしな」

　まっすぐ職場に戻って自分の仕事をしていろ、そういいたげな口調だった。嵯峨は苛立ちを覚えたが、表情にはださないようにつとめた。「じゃ、帰ろうか」

美由紀はいった。「悪いけど、先に帰ってて。わたしはもう少し、八代さんたちと話すことがあるから……」

そう。嵯峨はつぶやいた。美由紀と、外務省の職員たちに会釈し、嵯峨は背を向けた。廊下を歩く自分の足音が、やけに甲高く反響した。

美由紀はかつて嵯峨にいった。どんなひとにも相談者だと思って接するべきね。悩みのないひとなんていないもの。勇気を持って話しかければ、相手の心も開くはずよ。たとえ相手がどんな境遇にあろうとも、友達になることを忘れずにいましょう。それが、わたしたちカウンセラーの務めだと思うの。

あの言葉はどこにいってしまったのだろう。それとも、ただ嵯峨の認識がたりないだけなのか。そんなカウンセラーとしての情熱は、しょせん国家規模の重大事の前では無意味でしかないというのか。

歩きながら、虚しさが漂いはじめる。それを理性で抑制しながら、嵯峨は廊下を歩きつづけた。

クラクション

美由紀は苛立ちながら霞が関のビルの谷間を足早に駆け抜けた。李秀卿との会見が終わるやいなや、あの窮屈なスーツは洗面室で脱ぎ捨て、ゆったりと大きめのTシャツとジーンズに着替えていた。足元はナイキのスニーカーだった。平日の午後、霞が関には似つかわしくない恰好《かっこう》だが、かまわなかった。あのような動きにくく暑苦しいだけの服装で外出するなどまっぴらだった。

この時刻、一方通行の比較的狭い路地はパーキングエリアも満車となり、わずかにクルマ一台が通行できる幅を残してびっしりと路上駐車の車両で埋め尽くされる。それでも、一見無造作に停めてあるようで、どのクルマもちゃんとベンツSクラスやセルシオ、フェラーリが通行できるぎりぎりの幅を残している。駐車しているクルマの前後の間隔も、何度かステアリングを切りかえせば抜けだせるくらいには空けてある。日本人らしい小器用さだった。以前、美由紀がフランスに旅行した際には、シャンゼリゼ通りに縦列駐車している車両の前後が、いずれもほんの数センチほどの隙間しかないのをみて驚いたものだった。いったいどうやって抜けだすのか、しばらく道に面したカフェテラスに陣どって見物していると、太った中年男性のドライバーがやってきた。その男はなにくわぬ顔で前後のバンパーの隙間に古びたタオルをはさむと、クルマに乗りこみ、ためらうようすもみせず前後にクルマを動かして障害となる車両を押しのけ、充分な隙間を確保してから、ゆるやかに公道にでていった。美由紀は呆気《あっけ》にとられたものだった。

国民性の違い、習慣の相違。そういうものは理解できる。いや、理解しようと努めてきた。だが、今度ばかりはむりだ。美由紀は、怒りで沸騰しそうになっている全身の血の熱さを感じながら思った。駐車の方法の違いぐらいならいくらでも許せる。しかし、本質的に異なる人生観を身につけた、異星人のような李秀卿に対して、いったい自分はどのようにでればいいというのだろう。対話を求めればはぐらかされ、対立せざるをえないと感じると、すすんで敵対関係を選ぶ相手。李秀卿はまさにそんな相手だった。これほど構築の困難な関係は、言葉の通じない動物とのあいだにも存在しえない。異星人のほうがまだ楽そうに思える。

考えれば考えるほど、不快指数が増すだけだった。パーキングエリアに停めたメルセデスE55のすぐ後ろに、ぴたりと寄せて停まっている黒いバンを見たとき、その苛立ちはさらにつのった。フランスでもないのに、なぜあんなに接近して停車しているのだろう。

さらに近づいていくと、今度は異様な気配を感じとった。バンから降りた三、四人の男たちが、美由紀のクルマを囲んでいる。男たちはいずれも二十歳前後の若者で、長い茶髪に浅黒い顔、ピアスにだらしなく着こんだチェックのシャツとぼろぼろのジーンズという、美由紀以上にこの界隈《かいわい》が場違いにみえる連中だった。

男のひとりがかがみこんだ。金属の音がきこえる。

またか。美由紀はうんざりして駆け寄った。

男たちは、ジャッキでクルマの片側を持ち上げようとしているようだった。

「なかなか上がんねえな」鼻にピアスをした男がいった。「でも上げてもどうしたらいいかわかんねえべ、これ」

「ばあか」派手な赤いシャツを着た男が吐き捨てた。「図面どおりやればいいべ」

「でもさあ」でっぷり太った男が低い声でいった。「セキュリティとか、付いてんじゃねえの」

男たちは静止し、沈黙した。どうやらクルマの窃盗には慣れていないらしい。おそらく、インターネットで窃盗の方法がまことしやかに解説されたサイトをみて、鵜呑《うの》みにして挑戦しているのだろう。

「ちぇっ」鼻ピアスが苦々しくいって、ロックされたドアを開けようと把《と》っ手《て》をがたがたと引っ張った。「うまくいかねえじゃねえか。このクルマほしいのによぉ」

「ベンツだしな」赤シャツがにやついた。「E55だし。すげえ走りするっていうし、ナメられねえしな」

鼻ピアスが腕組みした。「いっそのこと、ガラスぶち割って持ってくか」

たまりかねて、美由紀は声をかけた。「ねえ」

男たちは怪訝な顔でふりかえった。だが、犯行をみられたことに対する焦りは感じられなかった。美由紀のラフな服装に、危機感を抱かないばかりか、親近感すら持ったように思えた。

赤シャツがいった。「誰のマブだ？　いかすじゃん」

マブ。死語を口にするにもほどがある。おそらく田舎のヤンキーだろうと美由紀は思った。

「あいにく」美由紀はいった。「知り合いじゃないわ」

鼻ピアスが美由紀の身体をじろじろみながらきいた。「じゃ、なんの用だ」

脂ぎったデブが笑いながらつぶやいた。「遊んでほしいんじゃねえのか」

「お断り」美由紀は髪をかきあげた。「ただ、なにか苦労してるみたいだから、手伝ってあげようかと思って」

「手伝う？」赤シャツが眉をひそめた。

「ええ。あなたたち、ジャッキアップしてオイルドレンプラグをゆるめてフィルターを外せば、ドアロックも外れるっていう知識を読みかじったんでしょ。大昔のクルマ窃盗団が使ってた方法ね。いまどき通用するはずないじゃない。まして、メルセデスはリモコンキ

―なのよ。たとえ開けたとしても、エンジンはかけられないわよ」

　男たちは驚きと困惑の入り混じった顔を、互いに見合わせた。

　鼻ピアスが美由紀をみた。「じゃ、どうすりゃいいってんだ」

「簡単よ」美由紀はぶっきらぼうにいった。「こうするの」

　美由紀は、とりだしたリモコンキーをクルマに向けてボタンを押した。ハザードランプが点滅し、ドアロックが外れた。

　ようやく美由紀がクルマの持ち主と気づいたらしい。男たちの顔を驚愕のいろがよぎった。だがすぐに、相手が女ひとりにすぎないという計算がはたらいたようだった。

　鼻ピアスは詰め寄ってきた。「そのキー、こっちによこしな」

　美由紀は男の顔に手を伸ばし、鼻のピアスをぴんと指ではじいた。「ふざけないで」

　その行為が男たちの逆鱗《げきりん》に触れたらしい。なめんな、この女。男たちはそれぞれ安手のヤンキーにふさわしい罵声《ばせい》を口にしながら襲いかかってきた。

　美由紀はすかさず後方に身体をねじって左膝をあげ、旋風脚《せんぷうきゃく》で鼻ピアスの頭部を蹴り飛ばした。つづいて後ろから飛びかかってきた太った男に対し、右足を地面をこするように跳ね上げて後蹴腿《こうしゅうたい》で顎を蹴りあげた。赤シャツが前方から向かってきたとき、美由紀は右足をついて左足の分脚《ぶんきゃく》を繰りだした。まだ距離があったため、赤シャツはそのキックを両手で防ぐだけの余裕があった。が、それは美由紀も承知のうえだった。燕旋脚《えんせんきゃく》というフェイントからの攻撃、すかさず軸足を開き上部を狙う。美由紀の足が視界から消え、赤シャツは一瞬驚きのいろをうかべた。その表情がふたたび変わる暇《いとま》もあたえず、美由紀は廻脚《かいきゃく》で赤シャツの頬を打った。赤シャツは横っ飛びに地面に突っ伏した。

路地に静寂が戻った。スーツ姿のビジネスマンたちの往来はあったが、近寄ってくる人間はいなかった。遠巻きに美由紀の演舞を、目を丸くしながらながめているだけだった。

美由紀はさっさと退散したかった。こんな連中を相手にしてみたところで、たいした憂さ晴らしになるはずもない。

しかし、三人の男たちは路上に転がったまま、うめくばかりで立ちあがろうとしなかった。その光景の異様さに、しだいにひとが集まりつつあった。

美由紀はげんなりとした気分になった。急所ははずしてある、そんなに痛烈な打撃を浴びせたわけでもない。大袈裟に痛がってみせることで、周囲に味方してもらおうという、子供じみた思いつき以外のなにものでもなかった。

ふいに甲高いサイレンの音が鳴った。道路をゆっくりとパトカーが近づいてくる。この辺りはしょっちゅうパトカーが巡回している。路上に倒れた若者たちを見つけたら、近づいてくるのは当然だった。

鼻ピアスはそんな都心の常識を知ってか知らずか、大仰に苦しげな顔をうかべて地面を這《は》っていくと、停車したパトカーにすがった。

降車してきた制服警官に、鼻ピアスは困惑顔で告げた。「暴力を振るわれたんです」

「誰に」警官がきいた。

赤シャツも泣きそうな顔でいった。「その女のひと」

女のひと。マブじゃなかったのか。美由紀は内心毒づいた。ていねいな言葉づかいで被害者を装いたいのはわかるが、盗人《ぬすっと》たけだけしいとはまさにこのことだった。

制服警官がこちらをみた。が、すぐに驚きのいろがうかんだ。「あのう、首席精神衛生官だった岬さんでは？」

霞が関界隈では、行政関係の警備に駆りだされている警官も多い。美由紀の顔を覚えていない人間のほうが少ないだろう。美由紀にとっては、この界隈で働いていた過去は苦い思い出にほかならなかった。「まあ、前にそんな仕事はしてたけど」

呆然とする窃盗団の男たちを尻目に、制服警官はかしこまった。「なにかご面倒が？」

「路駐取り締まってくれるかしら。この黒いバンとか、どけてくれる？　あと、ひとのクルマを勝手にジャッキアップしてたこのひとたちも取り調べといて」

警官は敬礼し、パトカーから降りてきた仲間たちとともに窃盗団の身柄を拘束しにかかった。

鼻ピアスはわけがわからないといったようすで、抵抗のそぶりもみせず半泣きでわめいた。「助けてくれ！　ねえ、あんた。助けてくださいよ」

「悪いけど」美由紀は頭をかきながら、うんざりしていった。「カウンセリング、きょうは非番なの。後日申しこんで」

まだ情けない声でわめきながらパトカーに詰めこまれる男たちを横目に、美由紀はメルセデスの運転席に乗りこんだ。運転席側のサイドウィンドウを開け、右にステアリングをいっぱいに切って出ようとした。が、前との間隔が狭すぎる。黒いバンのせいで後方もふさがれている。

美由紀はため息をつき、短く一回クラクションを鳴らした。

とたんに、遠巻きに美由紀を見守っていた野次馬たちが、あわてたようすで路上に駆けだしてきた。それぞれ路上駐車していたクルマに乗りこむと、いっせいに走りだした。違法駐車の車両がたちまち姿を消し、路地は閑散とした。

美由紀はしばし呆然とした。傍観していた人々は、わたしをみていったい何者だと思ったのだろう。思わず苦笑が漏れる。エンジンをかけ、クルマを発進させた。こんなに走りやすい都心部の道路ははじめてだった。

首都高速にあがり、環状線を疾走した。やや混んでいたが、美由紀は追越し車線に乗りしきりにアクセルを踏みこんでいた。とはいえ、猛スピードというわけではない。首都高速の場合、どんなに急いでもだせる速度は限られている。レーダー探知機がオービスの取り締まり電波を感知して電子音を発しているが、このくらいの速さなら気にしなくてもいい。

FMラジオのスイッチをいれた。東京FMのDJを聴こうとしたが、感度が悪く入らない。チャンネルを変えてみたが、どの局も聞きづらかった。唯一、NHK‐FMだけが明瞭に受信できた。ちょうど渋滞情報が終わりを告げ、ニュースがはじまるところだった。

きょうはもうニュースは聴きたくない。CDチェンジャーでクラシックか宇多田ヒカルを選曲しようかと思っていると、キャスターが小泉総理の靖国神社参拝問題を報じはじめた。例によって、毎年アジア諸国の神経を逆撫でするこの問題。今年も、総理が参拝するかしないかで揺れている。

参拝などしなければいい、そういうのは簡単だ。総理の参拝に、さほど目くじらを立てる諸外国もヒステリックすぎる、そんな論評も成り立たないわけではない。しかしいずれにせよ、ことは思うほど簡単ではないのだろう。美由紀はそう感じた。李秀卿と会った直後のいまだからこそ、よけいにそう思える。自分が正しい道を歩んでいる、そう信じるのは案外たやすい。だが、他者との関係のなかでそれを証明することは困難きわまりない。

頭のなかにもやが渦巻く。霧が晴れない。気分はずっと灰色で、時間とともにその濃さを増しつつある。

どうにかしなければ。だが、どうすればいい。どうやって解決の糸口を見出せばいいのだろう。

ミラーのなかに、猛然と追いすがってくる白いセダンがみえた。フルスモークのセルシオだった。美由紀のE55の後ろにぴたりとつけ、クラクションを鳴らしている。

不愉快なクルマだった。美由紀は速度計に目を走らせた。百四十キロ。ミラーをちらとみて後方との車間距離をみてとると、いきなりブレーキを踏みこんだ。メルセデスは一気に減速した。セルシオがみるみる迫ってくるのがわかる。セルシオのドライバーもブレーキを踏んだ。大慌てで踏んだのだろうが、美由紀からみれば鈍い反応だった。しかし、それも計算のうちだった。セルシオが追突しそうになる寸前、美由紀はふたたびアクセルを踏みこんだ。ミラーのなかのセルシオはみるみる遠ざかっていった。

ひやりとしたにちがいない。少しはいい薬になっただろう。美由紀はそう思いながら加速した。セルシオは怯えて縮こまるように後方の彼方へと離れていった。開きすぎた車間距離に、入ってくるほかの車両は一台もなかった。

ふっと心が和らいだとき、ニュースの音声がふたたび美由紀の心をとらえた。会社更生法を申請した株式会社野村光学研究所に関しては……。

とっさに指が動き、ラジオの音量をあげた。キャスターの声が告げる。「アメリカ、マードック工業が野村光学研究所の施設、研究内容などすべてを買い上げ、不良債権の処理に充てることで一致をみました。この件に対するマードック工業の総支払い額は約二千億円にのぼると推察されます。今後は、マードック工業日本支社傘下の一部門として、ひきつづき主要研究分野であるところのレーザー、X線などの研究開発にあたるものとみられています。では、次のニュース……」

ルイ十四世の鏡にすべての資産をつぎこみ、その鏡を壊して無一文になった野村清吾の会社が、アメリカの企業に買い取られた。クリントン政権下でバブルの絶頂に達し、ブッシュ政権に替わってもなお強い経済力を持つアメリカの企業が買い取りに乗り出すことは、いまの世界経済をみれば当然の成り行きかもしれない。

が、美由紀はなにかが胸にひっかかる気がしてならなかった。

マードック工業といえば、世界有数の軍事兵器開発企業としても知られている。水陸両用艇、ミサイル発射装置、高精度弾とその発射システムなどの製造部門ではバージニア州アーリントンのユナイテッド・ディフェンス・インダストリーズに並ぶ業績を持ち、湾岸戦争以降はアメリカ、カナダ、イギリスなどの軍隊に兵器を供給する契約を交わしている。バイオ医療やITに関する産業にも手をだしてはいるが、事実上マードック工業の収益を支えているのは武器の製造と販売だった。

あまりにも理不尽な方法で会社を失った野村清吾、そして売りに出された野村光学研究所は、即座にアメリカの軍事企業に買われた。

なにか陰謀めいたものが蠢《うごめ》いている気がしてならない。長崎でふと感じた、何者かのシナリオに従って自分が行動を強いられているという、強迫観念にも似た感覚。それを美由紀はいまも忘れられずにいた。

このラジオニュースさえもひどく気になる。いつもなら受信できるはずのチャンネルの感度が悪く、唯一まともに聴ける局に合わせたら、たちまちこのニュースに出くわした。

偶然か。これを策謀と疑うのはあまりにも神経質になりすぎている証拠だろうか。いや、〝彼ら〟なら、これぐらいはやりかねない。

どうすればいい。〝彼ら〟のシナリオに巻きこまれているのなら、やすやすと逃れることはできない。逃れようとあがいた結果が、結局シナリオに描かれたとおりの運命ということもありうるのだ。

迷っていてもはじまらない。闘争心に胸がさわぐ。だが、いっぽうで自制の念も起きる。自分はもうカウンセラーだ。冒険に乗り出してばかりはいられない。

そう、明日の朝には東京カウンセリングセンターに戻って勤務につかねばならない。ふたたび長崎まで出張している暇はない。

心が揺れ動いた。高松ジャンクションが迫った。左にいけば都心に戻る。右にいけば羽田方面。

ぎりぎりまで迷ったが、最後は衝動にまかせた。美由紀はクルマを羽田方面に向かわせた。分岐した先は車両の数も少なかった。美由紀は速度をあげた。

自分は〝彼ら〟のシナリオを脱し反撃に転じた過去を持つ、おそらく唯一の人間にちがいない。だが、次はそう簡単にはいかないだろう。美由紀の心理を徹底徹尾、研究しつくしているにちがいない。〝彼ら〟から逃れることはまずむりだ。なら、自分から飛びこんでいってやる。

〝彼ら〟が動くとき、私利私欲のために、大勢の血が流される。いままでもそうだった。今度もそうにちがいない。それならば、阻止する以外にとるべき道はない。

一刻を争う。美由紀は全速力でレインボーブリッジにE55を向かわせた。アクセルを緩める気はなかった。レーダー探知機がピーピーと鳴り響いて注意を喚起している。聞こえてはいる。だが、心には響かなかった。

羽田に隣接する民間飛行場に着いたころには、空はすでに黄昏《たそがれ》に包まれていた。

外壁となる金網状のフェンスの一部が途切れ、クルマの出入りが可能になっている。門もなければ、警備員の姿もない。いささか無用心にも思えたが、年に数回の離着陸しかない民間専用の滑走路だ、それも当然かもしれない。

美由紀はそう思いながら、サングラスをはずしてステアリングを切った。メルセデスE55の車体を飛行場の敷地内に滑りこませる。辺りは静かだった。響いてくる爆音は羽田を飛び立つジャンボジェット機のものだった。ひっそりとしたこの敷地には、解体中のヘリやセスナ機が点在するほかには、あちこちから雑草が顔をだした無機質なコンクリートの大地が広がるばかりだった。

数台の軽トラックが停めてある駐車場へE55を向かわせようとしたとき、美由紀はふと、彼方にみえる格納庫の人影に気づいた。作業している整備士がいる。蜃気楼《しんきろう》のように一部の空間が揺らいでみえる。ジェットの排気熱によるものだ。

連絡は間に合ったらしい。美由紀は思わず顔をほころばせ、アクセルを踏んだ。車両乗り入れ禁止の標識を無視して、格納庫までまっすぐに走った。

滑走路への扉が開け放たれた格納庫には、白いつなぎを着た整備士がふたりいた。美由紀はそのすぐ近くにE55を乗りつけ、エンジンを切って降り立った。それでもまだ、辺りには轟々《ごうごう》と音が響きわたっている。格納庫内の飛行機からきこえてくるエンジン音だった。

「岬さん」顔なじみの整備士が駆け寄ってきた。「急にどうされたんですか。ずっと利用してなかったのに、いきなりフライトだってんで驚きましたよ」

「そうね、ごめんなさい」美由紀は熱風の吹きだす滑走路の入り口に向かっていった。

「すぐに飛べる?」

「いちおうチェックは終わりましたけど、しばらく眠ってたんで、飛んでから微調整が必要かも」

「だいじょうぶ。それはわたしがやるわ」

滑走路のなかには、白熱灯に照らされてぴかぴかの光沢を放つ個人所有の自家用ジェットが整然と並んでいた。カナダ・ボンバディア社のチャレンジャー、アメリカのグルフストリーム、ライセオンのホライゾンなど、一機二十億円前後のものが多い。そのなかで、美由紀所有のエンブラエル社製ジェット自家用機レガシーの白い双発のボディが扉近くに引きだされていた。エンジンの通低音を響かせ、排気口から煙と熱風を吐きだしながら、離陸準備の態勢をとっている。さしずめゲートインした競走馬のようだった。

ひさしぶりにみる愛機レガシーはなんだか大きくみえた。分類としては小型に入るが、そのわりにはキャビネットが四十立方メートルもあるのが特徴で、燃料タンクも大きい。航続距離は五千九百キロにおよぶ。それでも、周囲の自家用ジェットに比べてさほど大きいわけでもないこの機体が巨大に思えるのは、まだ自分のなかにF15のサイズを標準としてとらえる傾向が残っているからだろう。事実、こうして格納庫にいると、あのフライトジャケットを着こんでスクランブル発進に向かうときの緊張を思い起こしてしまう。てのひらに汗がにじむ。兵器を搭載しているわけでもない、出撃を意図しているわけでもないのに。

「ごくろうさま。急ぐから、もういくわね」美由紀はそういって、機体に横付けされたステップを駆けあがろうとした。

そのとき、整備士が声をかけた。「ああ、岬さん。待ってください。機長はここにサインを」

美由紀は振り返った。整備士がクリップボードをさしだしている。

思わず微笑し、それを受け取った。そうだった。自分はたんにこの自家用機のオーナーというだけではない。操縦士も兼ねている。

整備士が笑っていった。「めずらしいですよ。セスナじゃなくジェット機を自分で操縦していくひとってのは」

美由紀はサインしながらうなずいた。「運転手を務めていたら、クルマをもらえた。ただそれだけにすぎないわ」

この自家用ジェットはもともと友里佐知子の所有物だった。そのころから、美由紀は必要に応じて友里のパイロットを務めていた。あの忌まわしい数々の事件のあと、東京晴海医科大学付属病院の財産分与が特殊なかたちで実施され、美由紀は友里の財産の一部を引き継ぐことになった。それで、このジェット機を手にいれた。

自家用ジェットは海外の大富豪こそステイタス・シンボルとして所有しているが、日本の大金持ちが持っているという話はまずきかない、一般にはそう思われているふしがある。しかし、それは間違っている。日本でも自家用ジェットを所有する企業や個人は枚挙にいとまがない。にもかかわらず、さほど人々に知れ渡っていないのには理由がある。ジェット機は高級車などにくらべて価格がはるかに高いうえに、国内の移動手段として必要不可欠とはみなされないため、経費として認められず免税の対象外となる。そのため誰もが固定資産税の支払いが増えるのをいやがり、ジェット機所有の事実を自慢したり吹聴することがない。そのせいだった。

美由紀は税金の支払いを渋ったりはしなかったが、実際にジェット機を活用するとなると二の足を踏むことが多かった。ひさしぶりに空を飛びたいと思っても、自家用セスナほど気軽にフライトできるわけがない。この長崎への往復だけでも三百万円もの燃料費がかかる。もちろん、東京カウンセリングセンターの経費で落とせるものではなかった。

それでも、と美由紀は思った。いまは非常事態なのだ。表面上は平和でも、陰でどんな企みが進行しているかわからない事態。東京の李秀卿からも目が離せない、長崎の野村清吾に起きた奇妙な事件も追及せねばならない。

書類の数か所にサインを終え、クリップボードを整備士にかえした。整備士はそれを受け取ると、美由紀にたずねた。「あのクルマ、どうします？」

ああ、と美由紀はポケットからキーをだして整備士にわたした。「そこの駐車場にいれておいて。明日の朝には帰ってくるから」

はい。整備士がそういってキーを手にとった。その一瞬の表情筋の変化を、美由紀は見逃さなかった。

美由紀は微笑した。「サイドブレーキは足元。解除は右手のあたり。右ハンドルだけど

まで……」

　整備士が、やや慌てたようにいった。「駐車場にいれておくだけですから、なにもそこまで……」

「いいえ」美由紀はじっと整備士をみつめた。「キーを渡した瞬間のあなたの表情、自分でわからなかった？　目尻の弛緩は喜びを伴っている証拠。しかも視線が右上に向きかけた。あのクルマで遊びにいくつもりでしょ。彼女にいいカッコをみせたい？」

「あ、あの」整備士はおどおどして、キーを返そうとした。「ごめんなさい、つい……」

「いいのよ」美由紀はキーをいったん手にとって、整備士の胸ポケットに押しこんだ。「ひと晩楽しんできて。事故には気をつけてね。あと、クルマのなかでヘンな真似しちゃだめよ」

　整備士は驚きの表情を浮かべたが、すぐに満面の喜びのいろに変わった。「はい、それはもう。約束します」

「じゃ、お願いね」美由紀はそういって、ステップを昇っていった。

　機体に乗りこむ寸前にちらと振り返ると、整備士が仲間とはしゃいでいるのがみえた。

　美由紀の耳に、あの日の出撃寸前に自分が発した言葉が響いてくるようだった。平壌《ピョンヤン》のベンツをぜんぶ破壊して、トヨタのカタログを撒《ま》いてきてやるよ。威勢よくそういった自分はいまやベンツに乗り、張り合ってくるトヨタの高級車相手に急ブレーキを踏んでみせている。

ここを辞めたらトヨタの整備工場に勤めるしかない、そんなふうにいっていた小松基地の整備士。彼らはいまどうしているだろう。まだ元気に働いているだろうか。

苦笑と、感慨の念が入り混じった複雑な笑いが浮かんだ。自分でもどう分析していいかわからない笑みだった。まだはしゃぎつづけている整備士たちの声を背に、美由紀は自家用ジェットに乗りこんだ。

翌朝

朝の交通ラッシュのなか、嵯峨は虎ノ門《とらもん》近くの交差点で、古いカローラのステアリングを切るべく満身の力をこめた。パワーステアリングではないこのクルマのハンドルさばきには慣れていたが、それでも鋭角的に折れるには苦労する。カーブに入るさいに減速したが、そのせいでエンストぎみになった。あわててクラッチをつないでギアを入れ替える。ほんの数秒、交差点に立ち往生しただけだが、都内の交通は無慈悲だった。たちまちクラクションの渦が巻き起こった。

嵯峨はため息をつきながら、それでもゆっくりと発進させた。最近のオートマチック車に乗りなれている連中にはわからないだろうが、排気量の少ない旧カローラのエンジンに負担をあたえるわけにはいかない。見通しのいい直線道でも、徐行しなければならないこともある。

ようやく国道の流れに加わり、嵯峨は片手の指先で喉もとに触れた。ネクタイの結び目は緩んでいない。じきに職場につく。渋滞があったせいで遅刻ぎみだ。身だしなみを整え直している暇はない。

この昭和四十一年型カローラは、いまは亡き父の忘れ形見だった。いちどラジエーターが完全に破損してしまい、業者にも修復不可能とされたが、幸いにも浦安の中古車業者に交換用の部品が残っていることがわかり、ことなきをえた。走行距離二十万キロを超えるクルマだけに音はうるさく揺れも激しいが、嵯峨にとってはこれほど乗り心地のいいクルマはなかった。

この狭いシートに、身体の大きな父はうずくまるように座っていた。助手席には、嵯峨の母がいた。小学生だった嵯峨は、後部座席に乗って父母のあいだから顔をだし、しきりに両親の会話に加わろうと努力していた。そのことを思いだす。あの当時、まだチャイルドシートなど存在していなかった。幼少のころからそうやって後部座席から身を乗りだしていたように思う。両親がふたりとも、前方を向いているのがなんだか寂しかった。長距離のドライブでは、パーキングの標識があるたびに嵯峨は父に停まることを要求した。停車して、ベンチでくつろいでいるときには、嵯峨は両親と並んで話せる。それが嬉《うれ》しかった。嵯峨自身がいいだして実現した休日のドライブのはずなのに、出かけたのちにはいつも車内にいるのがいやになっていた。

あの当時でさえクルマのなかにオイルの臭いが漂い、地面の凹凸がそのまま縦揺れになってつたわってきたカローラ。子供ごころに、最低の乗り物だと思ったものだ。よく吐いた。そのたびに、父を恨んだ。路肩に寄せて停車し、道ばたでうずくまる嵯峨の背をさする母には、愛情を感じていた。

それでも嵯峨は、父親にクルマを買い換えるよう要求することはなかった。父は暇さえあれば、このオンボロ車にワックスをかけてホースで水を浴びせていた。エンジンは老朽化していても、車体には小さなキズひとつなかった。父の運転は慎重だった。安月給のローンの支払いでようやく手に入れたこのクルマを、どこまでもたいせつに扱っていた。

嵯峨がこのクルマのステアリングを握ったのは大学生のころ。父親の葬儀に向かうときだった。助手席で、母は泣いていた。そのときばかりは、耳鳴りのように響くエンジン音が母の泣き声をかき消してくれたことに感謝した。聞いているのがつらかった。

以来、嵯峨はずっとこのカローラに乗りつづけてきた。給料のほとんどは実家の母への仕送りに使い、嵯峨自身は質素な独り暮らしの日々を送ってきた。カローラは、そんな嵯峨の日常とともにあった。エアバッグはなく、ラジオもAMだけしか入らないが、嵯峨はこのクルマが好きだった。このクルマに乗ってこそ、自分がおとなになったのだ、そう実感できる気がしていた。

いま自分が握っているステアリング。父もこのステアリングを握っていたのだ。

白山ヒルズとテレビ東京の向かいにある東京カウンセリングセンターのビルがみえてきた。三十階建ての瀟洒《しょうしゃ》なつくりのインテリジェントビル。建設された当時、医療カウンセリングを行うためだけになぜこんな立派な建物が必要なのかと精神医学学会から苦言を呈されたと聞く。就職した当時の嵯峨は威厳ある職場に喜びを感じたが、いまでは学会の気持ちもわからないでもない。大病院はどこもかしこも経営ばかり重視して患者ひとりひとりの健康や安全に注意がまわらず、信じられないミスを頻発している。カウンセリングセンターもいずれ、そうなりかねない。

職員用駐車場の入り口から乗り入れた。やはり遅刻だ。駐車場はほぼ満車状態になっている。

同僚の馴染《なじ》みのクルマが整然と並ぶ。その前を徐行していった。嵯峨同様に控えめなクルマに乗っているのは倉石勝正《くらいしまさかつ》部長だけだった。部長のオースティン・ミニ・クーパーは列の端にちんまりと停車している。その隣りは管理科の鹿内明夫《しかないあきお》のBMWだった。嵯峨はクルマに詳しくないが、5シリーズの中古車らしい。ほかにも見栄っ張りな中古輸入車がずらりと並ぶ。そのなかで、いつも別格のごとく際立っている岬美由紀のメルセデス・ベンツEクラスの姿が、きょうは見当たらない。この時刻になっても、まだ出勤していないのだろうか。彼女が遅刻するとは、ひどくめずらしいことだった。

給料は嵯峨と同額のはずだが、美由紀には巨額のボーナスがあった。正確な金額はきいてみたことがないのでわからないが、本来カウンセラーが独自で関わることのできない刑事・民事事件への助力に対する謝礼、それに〝千里眼〟としてマスメディアによる取材を受けるさいのギャランティだけでもかなりの額にのぼるだろうと噂《うわさ》されていた。すべては、岬美由紀の持つ類い稀《まれ》なオプション品の数々によって生み出されていた。元国家公務員という特異な立場から事件や訴訟への発言権を得る一方、航空自衛官時代に培った動体視力が、特筆に価するほどの観察眼につながっている。いずれもカウンセラー本来の持つ技能や実行力を大幅に増幅させるオプション品だ。ベンツと同じく、美由紀には最初からそういうオプション品がセットになっていた。嵯峨のほうはといえば、なにもついていない大衆車。いまさらオプションをつけようにも、規格外でつけられないものばかり。そんなていたらくだった。

ふいに自己嫌悪を感じて、首を振った。自分はたんにひがんでいるだけなのだろうか。同じ歳《とし》、同じ役職の美由紀に対して、やっかむだけしか能のない男に成り下がりつつあるのだろうか。

いや。自分が感じている危惧《きぐ》は妥当なものだ。岡江粧子《おかえしょうこ》所長の最新型のシーマを見たとき、嵯峨はそう思った。所長は新しい最高級車が発売されるたびに買い換えている。むろん、経営者同士のステイタス合戦もあるだろう。嵯峨の常識でものを考えるべきレベルではないのかもしれない。

だが、やはりどこかおかしくないだろうか。東京カウンセリングセンターは決して、嵯峨が思い描いていたような職場ではなかった。では、自分はどんな職場を想像していたというのか。それは果たして、現実に見合ったものだっただろうか。

なかなか駐車スペースが見つからず、苛立ちながら徐行をつづけた。やがて、ようやく奥のほうに一台ぶんの空きがみつかった。赤いニュービートルの隣りだった。

嵯峨は慎重にクルマをそのスペースにバックさせていった。カローラのサイドミラーはドアではなくボンネットの先のほうについているため、車庫入れにはあまり役に立たない。が、車幅感覚はそなわっている。これまでキズをつけたことはいちどもない。

にもかかわらず、このスペースに停めるには労力が必要だった。二、三度前にでたり後ろに下がったりをくりかえし、やっとカローラは駐車スペースにおさまった。隣りのクルマとの隙間が狭く、ドアはごくわずかしか開かない。這いだすようにクルマから降りた。

でっけえな。嵯峨は隣りのクルマをながめてつぶやいた。

フォルクスワーゲン・ニュービートルの車体は異様に大きかった。路上では小さくみえるが、実際には美由紀のベンツといい勝負だった。が、丸みをおびた可愛げのあるボディは、いかにも催眠療法I科の朝比奈宏美《あさひなひろみ》が選びそうなクルマだった。彼女は嵯峨が療養中にII科からI科に移ったと聞いている。自分の部下になるということだ。

新車の光沢を放つニュービートルをながめた。やがて、嵯峨は嫌気がさして背を向けた。

やっぱり俺のひがみかな。古臭いカローラを一瞥《いちべつ》して、嵯峨はそうつぶやいた。つまらない考えを頭から追い払い、職場の玄関に向けて歩きだした。

美由紀は広々とした寝室の、草原のように柔らかいカーペットの上に立ち、異様な室内の光景を眺めつづけていた。

二十畳ほどの広さの洋間、窓はない。明かりは天井に埋めこまれた電球がいくつかあるだけで、薄暗い。中央に天蓋《てんがい》つきのベッドがあるが、なんとも悪趣味な金の縁取りに、天使の彫刻が四方についた、みるからにそぐわないデザインだった。室内の調度品はすべてそのようなアンバランスさのなかで設置されていて、天井画であるはずの聖ニコラスの絵巻が床に敷いてあったり、ヨーロピアン調の壁紙に純和風の掛け軸がかかっていたり、モダンなアメリカンスタイルのソファにアールデコ調のテーブルが組み合わされている。こうしてみていると、シュールレアリズムの世界に飛びこんだようなトリップ感覚に襲われる。そこにはどんな意味があったのか、美由紀は考えつづけていた。が、いまだ答えは判然としない。

外界から切り離された異質な空間。そんな雰囲気を醸し出している寝室で最も目をひくのは、やはり奥の壁の中央に据えられていた巨大な鏡だった。いまは金の額縁が残るのみで、ガラスは無残に砕け散っている。散乱した破片はカーペットの上で星々のごとく輝き、ここにも天地を逆転させたかのような、非現実性漂う演出がなされている。故意にか、はたまた偶然か。それを推し量るすべは、いまはない。

この野村清吾邸には洋室が十五、和室が三つある。その広大な二階建て鉄筋コンクリートの建物のなかで、この寝室はほぼ一階中央に位置している。野村に妻子はなく、使用人もいない。しかし外壁に面した扉や窓には、ありとあらゆるセキュリティシステムが施され、振動音ひとつでも即、警備会社に通報がいく仕組みだ。契約している警備会社も数社におよぶ。たったひとり、その城塞《じようさい》のような建造物の真ん中で、価値がわかっていたとも思えない美術品の数々に囲まれ、ひっそりと寝起きし暮らしていた野村の孤独。いったいどんな精神状態だったと推察されるだろう。

「あのう」背後で男の声がした。「岬さん。そろそろよろしいですかね」

美由紀はふりかえった。「はい？」

小太りぎみの長崎県警の所轄警察官が、申し訳なさそうに頭をさげながらいった。「そろそろ朝ですし、きょうも現場検証がありますんで……」

「ああ、そうですか。もうそんな時間でしたか」美由紀はそういって、腕時計に目を落とした。午前七時をまわっている。陽のささない部屋のなかにいると、時間の感覚を喪失しそうになる。

部屋の戸口には、まだ捜査中をしめす黄色いテープが張り巡らされている。警官はそれをくぐって近づいてきた。「それにしても、きのうの夜からずっとこちらにいらしたんですか？　うちのほうでもいちおう現場検証はつづけてますけど、あくまで報告書をまとめるためにすぎないんですけどね」

「おっしゃることはわかります。どうみても、侵入者に襲われたという野村清吾さんの証言はまるで事実に反するとしか思えない。あきらかに、誰も踏みこんだ形跡などない。あなたたちの関心も、拳銃の不法所持に関することのみでしょう。でもわたしは、精神科医の田辺さんから相談を受けたカウンセラーです。野村さんの精神状態を分析せねば……」

ふん、と警官は鼻を鳴らした。「田辺さんからのご紹介ということで、こうして特別に現場《げんじょう》もお見せしてるんですがね。少しは報告書の作成にも、協力していただけるとありがたいのですが」

その警官の態度には、長い時間つきあわされたことに対する苛立ちがこめられているように思えた。美由紀はいった。「もちろん協力します。ただし、よく警察の報告書にみられるような、加害者もしくは被害者の精神分析において適当なつじつま合わせをした作文をさっさとでっちあげろという意味なら、お断りです。野村清吾さんがこのような行動を引き起こした原因はなんなのか、そして今後、野村さんを救うにはどういう手立てがあるのか、それを見出すためでなければ、精神分析のプロが呼ばれる必要はありません」

警官は当惑ぎみに視線をそらした。「まあ、ね。あなたにとってはそれは仕事でしょうから、それでもかまいませんが」

美由紀は警官の表情に、なにか苛立ちと疲労以外の意味が隠れている気がしてならなかった。どこか不遜《ふそん》な自信が潜んでいるように思える。美由紀はきいた。「この事件について、なにか推理が成り立っているんですか?」

警官は、心の奥底を見透かされたときに誰もがみせる反応をしめした。手を顔に持っていき、爪の先で鼻の頭をかく。「どうして、そんなふうに思われるので?」

「すべてが五里霧中なら、わたしのような部外者に対してもなんらかの手がかりを求めて意見をきこうとするはずです。でもあなたは、最初からカウンセラーの意見など報告書のツマていどとみなしてますね。どうしてです?」

「それは、その」警官は困惑のいろをうかべて咳ばらいした。「あなたたち心理学の専門家という方々は、ちがったものの見方をされると思いますが、われわれはあくまで現実優先なので。まあ、現場をみて、物証から判断して、だいたいどんなことが起きたかを想定するわけです」

「それで、捜査本部の刑事さんたちはなにがどう起きたと想定してるんですか」

警官は口をひらきかけたが、美由紀をちらとみて、にやつきながらいった。「それは申し上げられませんよ。捜査上の秘密ですから」

美由紀は腹を立てなかった。警察官という職務についている以上、こうした態度は当然のごとくあるものだ。それに、この警官が自信たっぷりに語っている捜査本部の見解とやらも、ほぼ察しがついた。

「あの、おまわりさん」美由紀はため息まじりにいった。「そんなに自信満々におっしゃるのですから、まさかこのルイ十四世の鏡のなかに非常に価値ある書類かなにかが隠されていて、それを知った野村清吾さんが鏡を買いつけ、割って取りだそうとした……そんな陳腐な推理じゃないでしょうね」

警官の顔がこわばった。図星であることは、誰がみてもあきらかだった。驚きの表情をうかべて、警官がきいた。「どうして、それを?」

「野村清吾さんはこの鏡の価格である四千六百億円以上の価値がある、そのなんらかの書類を手にいれるために私財を投げ売ったけど、その後会社が潰《つぶ》れたことをみても目当ての書類は鏡のなかになかったことは明白。だからショックを受けて精神病になったのか、もしくは精神病のふりをして責任能力がないと主張する気なのかのどちらか。捜査本部の憶測はそんなとこでしょう」

警官は目を丸くしていた。「あの、なぜ、どうしてそんなふうに……」

「物証からの推理にこだわる警察捜査本部のマニュアル的な発想ね。多少の空想力を有するキャリアの刑事とかがいると、そんな類いの推理にみずから溺《おぼ》れて捜査に支障をきたす。よくない傾向だわ」美由紀はふうっと息を吐いた。「そんな可能性、最初からありえない」

「どうしてですか?」

美由紀は手ごろな大きさのかけらをひとつ拾って、警官に手渡した。「ほら。この鏡の断片をみてください。ガラスの部分と裏に貼《は》られた厚紙とのあいだにわずかな隙間があるでしょう?」

「ええ、あります。だからこの隙間に、一枚の紙かなにかが隠されてて……」

「だから、それがありえないんです。この鏡は十四世紀にダル・ガロ兄弟が発明した水銀を用いるガラス鏡で、ガラスの原料のアルカリ源にソーダ灰が使われるようになった産業革命よりずっと前のものです。手吹円筒法や蓄熱式加熱方法ではなく、まだローマ時代の吹きガラス技法と呼ばれる古色蒼然《こしょくそうぜん》とした製法が用いられていた時期です。したがって裏板にわずかな凹凸があったとしてもそれは表面に浮かびあがってしまいます。薄っぺらい紙一枚、なかに隠すことなどできません。長崎県警の捜査本部はおそらく、本庁の科捜研に破片を送って調べてもらってるんでしょう? 科捜研からも、おなじ返答がくるでしょうけど」

警官は絶句していた。ぽかんと口を開け、身を小刻みに震わせていた。なんとか声をひねりだそうとしたらしく、妙にうわずった声でいった。「あの、それは、知りませんで……。いえ、そんなことがあるとは、思ってもみなかったので……」

「歴史の本も、ときどき読んでみてください。思わぬところで役に立ちますよ」美由紀はそういいながら、鏡の破片にまじって床に散乱した物体に目を配った。

ドレッサーの上にあったと思われる花瓶がころがり、コーヒーカップが落ち、万年筆が放りだされている。おそらく、ドレッサーのなかに隠してあった拳銃を慌てて取りにいったときに床に落ちたのだろう。

ふと、ある物が目にとまった。サイドテーブルの下に潜りこむように落ちている、長さ五センチほどの黒い物体。かがみこんで、それをつまみあげた。プラスチック製だった。ソーラーパネルに、発光ダイオードの簡易な組み合わせのものが内蔵されている。乾電池が入っていないせいで、ずいぶん軽い。

「これ、なに?」美由紀はつぶやいた。

警官は近くに寄ってきてそれを見つめたが、すぐに軽い口調でいった。「ああ。それなら最近よく見ますよ。クルマの盗難防止のやつでしょう?」

「盗難防止って?」

「カー用品店で千円ていどで売ってるやつです。ご存知ない?」

「さあ」美由紀は部品をながめまわした。セキュリティに有効なほど複雑な装置とは、とても思えない。「わたしのクルマにもセキュリティは付いてるけど……」

「岬さんは高級車にお乗りなんでしょうな」警官は苦笑ぎみにいった。「本格的なカーセキュリティの場合、赤く点滅して作動中をしめすLEDランプがボンネットに設置してあるでしょう? この安物のカー用品は、その点滅だけをみせるためにあるんです。両面テープでボンネットの上に貼りつけておけば、昼間のうちにソーラーで充電して、暗くなってからはLEDランプが点滅する。そうすると一見、セキュリティが設置してあるようにみえて、窃盗犯を近寄らせない。まあそんな効果があるとされてますがね」

「なるほど。心理的にクルマを防御するわけね」

「ようするにハッタリです。ただ最近じゃ、どこのカー用品店でもコーナーができて置いてありますから、この部品そのものが知れ渡っちゃってますからね。プロの窃盗犯からみれば、偽のセキュリティだと一目瞭然でしょう。いっぽう、こういう部品を知らないようなレベルの低い車上荒らしの場合は、赤い点滅自体に気づかないことが多く、警戒心も抱かなかったりします。結局、ガラスを割られてしまいますよ」

美由紀の知らない知識を披露できたのがよほど嬉しいのか、警官の言葉はやや饒舌《じょうぜつ》ぎみだった。

霞が関の路地でE55を盗もうとしていた若者たちを、美由紀は思いだした。E55には本物のセキュリティが付いていたし、LEDランプも点滅していた。にもかかわらず、彼らはクルマを盗もうとした。警官のいうとおり、ランプの点滅をみて犯行を思いとどまるのは、あるていど経験値の高い者にかぎられてくるのだろう。

「それにしても」美由紀は部品をつまんだまま立ちあがった。「カー用品なら、なぜここにあるのかしら」

「クルマにかぎらず、家の窓に貼りつけるひともいますよ。泥棒よけのために」

「この部屋には窓はないわ。お屋敷そのものにも、セキュリティシステムが施されているわけだし」

美由紀は部品の裏側をみた。両面テープはいちど接着し、はがされた跡があった。だが、ボンネットに貼られていたわけではなさそうだった。

熟考には数秒を要した。すぐに、ひとつの考えがおぼろげにかたちをとりはじめた。

そうか。美由紀のなかに戦慄《せんりつ》が走った。まだ全体像はうかびあがってこないが、相手が相手である以上、それも当然のことだ。すべてを悟られてしまうような安易な策略を、彼らが実践するはずがない。

それでも、ほんの一部だけ、氷山の一角だけは見きった。それだけで充分だった。こんな芸当を可能にするのは、やはり〝彼ら〟しかいない。

美由紀は踵《きびす》をかえした。「もう東京に帰らないと。十時の出勤に間に合わないから」

そうですね、とつぶやいた警官が、ふいにうわずった声できいた。「十時？　いまから帰って、間に合うんですか？　国内便でも搭乗手続きには一時間以上……」

「ええ」美由紀はいった。「心配ないわ。自分で飛べるから」

警官は怪訝な顔をして立ちつくした。

どうもありがとう。美由紀は、狐につままれたような表情をうかべた警官に微笑みかけると、足早に扉へと向かっていった。

I科

エレベーターの扉が開いた瞬間、嵯峨は階を間違えたのではないかと思い表示板をみあげた。間違いない、十七階だ。いつもなら静寂に包まれている催眠療法I科のオフィスが、きょうは奇妙な喧騒《けんそう》のなかにある。

整然とデスクが並ぶ催眠療法科の一角で、ワイシャツ姿に袖《そで》まくりをした職員たちが引っ越しのような作業に従事していた。デスクの位置を変え、棚からだした書類を束ねて運び、パソコンの接続を直し、壁の額縁をはずしている。オフィス内は、模様替えに忙しく右往左往する職員らと、そのエリア外でデスクに座っていつもどおり相談者《クライアント》リストに目を通している職員にきれいに二分されていた。

甲高い女の声がした。「DVD-ROMは一か所にまとめといてよ。あとで整頓するのわたしなんだから」

朝比奈宏美は自分のデスクの上を片付けながら、同僚に文句をいっていた。あのニュービートルにおさまったら子供のようにみえるほど小柄で、ほっそりとした身体つき。髪はミディアムのストレートヘアにまとめ、スーツは動きやすそうな薄手のジャケットとスラックスだった。

しばらくみないうちに、ずいぶん活発になった。それが嵯峨の、朝比奈に対する第一印象だった。以前はお嬢さま育ちの女子大生のようなところが残っていたのだが、いまはきびきびとしたOLといった雰囲気をまとっている。むろん二十六歳という年齢を考えれば、そうなっていてもおかしくない。だが嵯峨は、どこか違和感を覚えていた。まるで自分が時代に取り残されているかのように感じていた。

嵯峨はしばし立ちつくしていたが、やがて自分のなかに戸惑いが沸き起こった。そういえば、自分のデスクは朝比奈の隣りになったと聞いていた。すなわち、この模様替えの対象になっている一角のなかにある。自分のデスクはどこだ。周囲に目を配ってみたがみつからない。

顔なじみの職員ばかりだったが、科長の嵯峨が職場に帰ってきてもあいさつひとつ発しなかった。誰もがさも忙しそうに嵯峨の周りを通りすぎていく。

嵯峨は立ち働いている人々の合間をすりぬけながら、朝比奈に近づいていった。朝比奈の近くに立った。が、朝比奈はファイルの整理に追われていてこちらに目もくれようとしない。

困惑しながら嵯峨は声をかけた。「朝比奈」

朝比奈の顔があがり、大きな瞳がこちらを向いた。驚きとともに微笑がうかんだ。「嵯峨科長。戻られたんですか？」

嵯峨はほっとしながらうなずいた。「あまり休暇を長引かせたんじゃ申し訳ないからね。なんだかきみも、すっかり……」

朝比奈はすばやくファイルの半分を嵯峨の胸におしつけた。「じゃこれ、頼みます」

「頼む、って？」嵯峨は当惑しながらファイルを受け取った。「なにを？」

「運ぶんですよ。デスクの移動。ったく、朝っぱらから勘弁してほしいわよね」

髪をかきあげて顔をしかめると、朝比奈はさっさと自分の仕事に従事しはじめた。

嵯峨は職員たちの動きに注視した。よくみると、連中は備品をオフィス内の対角へと運んでいる。ちょうど反対側の壁に、雑然と積み上げられたデスクがあった。

「僕のデスク、ひょっとしてあそこに？」

「ええ」朝比奈は顔もあげずに軽くいった。「これが新しい配置図」

嵯峨は朝比奈が差しだした紙を受け取った。いままで嵯峨や朝比奈たち六人ほどのデスクが並んでいた一角を空けて、代わりにひとつの大きなデスクをその真ん中に据える。嵯峨たちはオフィスの反対側に追いやられ、そのぶん、職員たちのデスクはたがいにスペースを削りあうことになっていた。

「なにこれ」嵯峨は思わず不満を口にした。「だれか偉いひとでも天下りしてくるとか？」

「いいえ。新入りの職員らしいですよ。歳もわたしたちとそんなにちがわないみたいだし。まったくどうなってるんだか」

「なんでそんな待遇受けるんだよ。所長の関係者かなにかか？」

「知らない」朝比奈はぶっきらぼうにいった。「なんでも、韓国からきた女のひとだって。名前はなんていったかな……」

奇妙な感触が嵯峨のなかを支配した。「ひょっとして、李秀卿？」

朝比奈は嵯峨をみると、さして驚いたようすもなくいった。「知ってたんですか。そう、そのひと」

「ふざけるなよな」嵯峨は愚痴をこぼした。「なんで何年か前に研修できただけの仮職員が、このフロアの主みたいに居座るんだよ」

そもそも、なぜ李秀卿が東京カウンセリングセンターの職員だったのか、なぜ嵯峨が採用試験を受けたさいに公園に姿を現し、以後は職場にいっさい姿をみせなかったのか。まるでわからなかった。

朝比奈は気にしていないかのように、手を休めることなくいった。「人事に文句いってもしょうがないでしょ。上のひとたちがきめることだから。三か月も休んでてリストラに遭わなかっただけ、運がいいと思うべきじゃない？」

嫌味のある口調ではなかったが、嵯峨は両肩にずしりと重いものがのしかかるような気がした。苦笑しながらいった。「きみ、変わったな」

「そう?」

「ああ。前はそんない い方しなかったけどな」

朝比奈の態度はあいかわらずさばさばしたものだった。「三か月も休みなく働くと、にこにこ笑ってばかりもいられなくなるもんですよ。笑顔は相談者《クライアント》相手に使い果たしてるから」

やはり朝比奈は変わった。いや、この職業ではごく自然な進化かもしれない。そう思いながら嵯峨はいった。「わかるよ」

「とにかく」朝比奈は仏頂面を嵯峨に向けた。「そのファイル運んでください。向こうに持っていってから、内容にひと通り目を通して確認してくださいね」

嵯峨はうんざりしていった。「そんなこと、管理科のやつらにまかせときゃいいじゃない」

「だめなんです。このところ予算削られてて、管理科のひとたちも営業を手伝ってるから」朝比奈は口ごもるようにいった。「ほんと、経費が落ちないってのは困るわよね」

嵯峨は思わず息を呑んだ。咳《せ》きこみながらたずねた。「いま、なんて?」

「経費が落ちない、っていったの。相談者を迎えにいったタクシー代とかの領収書まで認められなくなってんのよ。頭にきちゃう」

恐怖に近い感覚が嵯峨を襲った。びくつきながら、懐のポケットから財布をだした。膨れあがった財布、しかし中身のほとんどは紙幣ではなかった。大量の領収書の束を引きだして、朝比奈の鼻の前につきつけた。「これ、認められないっての?」

朝比奈はしばし嵯峨の手もとに目を落としていたが、やがてため息をつきファイルを置くと、領収書の束を受けとった。数枚に見入ってから、怪訝な顔をして嵯峨をみかえした。

「ファン・ファン・パズル、千九百八十円?」

「そのう」嵯峨は戸惑いがちにいった。「ハウステンボスに売ってたパズルで、穴のなかのレバーを操作するやつで……とにかく、冷静な思考訓練を必要とする相談者に最適なんだ。備品として職場に寄付するつもりで買ったものだし……」

「むりね。どれもこれも、長崎で遊んできたっていう証《あかし》でしかないじゃない」

「困るよ。有給休暇中の出費が自分持ちだなんて聞いてないよ。僕の給料は安いしさ。クルマみりゃわかるだろ?」

「そんなときだけ貧しさを強調したってだめですよ。嵯峨科長のほうがわたしより給料いいはずでしょ」

「冷たいな。あんなにでかいクルマに乗ってるのに……」

「でかいは関係ないでしょ。ニュービートル、あれはだまされたも同然ね。セールスが可愛い外見だけ強調して、大きさについてはまるで教えてくれなかったのよ。カタログにも人間と一緒に写ってる写真がいっさいないの。さも軽自動車みたいに小さく思わせて、女の子に買わせようって魂胆がみえみえ」

「で、まんまとだまされたと。ってことは、実物を見ずに買ったの？　試乗もせずに？」

「だって」朝比奈は困惑ぎみにいった。「かたちが可愛かったから」

「女だな」

そのいい方が気に障ったらしい、朝比奈は怒りのいろを漂わせていった。「さっさとそのファイル、持ってってください」

「まってくれ。三か月ぶりに科長職に復帰するんだ、最近の相談者の傾向とか、現在進行中のカウンセリングの内容とか、知りたいことがいっぱいあるんだけど」

「カウンセリングは実地に学ぶ。いつもそういってませんでした？」

「でも」嵯峨は朝比奈の冷たい態度にいっそう困惑をつのらせた。「現場に戻る前に、ちょっとぐらいおしえてくれたって」

「所長の方針、知ってるでしょ」朝比奈は嵯峨をじっとみつめた。「あれが強化されたの」

「ノルマ制ってこと？」

「そう。ノルマ制。いまじゃ競争の原則が職場の隅々まで浸透してんの。だから、科長さんに肩入れしてるとこみられたら、誰になにをいわれるか」

嵯峨は重い気分に支配されつつあった。岡江粧子所長の営利主義はいまに始まったことではなかったが、自分のいないあいだにさらにそれが増進されてしまっている。

カウンセラーは物売りとはちがう。長期にわたって相談者の面倒をみても、いっこうに症状が改善しないこともありうるし、その場合相談者側は支払いをためらうこともある。そういう状況も含みおいたうえで業務を行うべきではないのか。相談者の財布の紐《ひも》を緩めさせることがカウンセラーの鉄則になったら、それはすなわち宗教法人と変わりがない。

だが、哀しいことに一年ほど前からその傾向に拍車がかかっている。とりわけ、岬美由紀を指名してカウンセリングを受けにくる一連の〝ファン〟的な人々が、彼女と話すことができたというだけで多くの金を落としていくという現象が起き、職員たちの誰もが目のいろを変えて自分も同じ恩恵にあやかりたいと願いだしたことが、その発端にちがいなかった。カウンセラーは必死で相談者に気に入られようと媚《こび》を売るようになった。昨今の自動車教習所や予備校同様の過ちを地でいくかたちになりつつある、嵯峨にはそう思えた。

外科や内科の病院の場合は、収益を増やすことによっていっそうの設備の充実をはかるという大義名分が成り立つだろう。しかしカウンセリングセンターの場合、たとえ海外の精神医学学会の最新の論文を取り寄せようとも、さほど経費は必要ではない。原則的に、カウンセラーと相談者が向かい合って座ることができる部屋さえあれば、道具はなにもいらない。事実、嵯峨たちにはなんら新開発の設備などあたえられていない。そして給料も高くはない。それはつまり、経営者や役員連中の利潤の追求にほかならないのではないか。

嵯峨は歯ぎしりした。「岡江所長、なに考えてんだか」

「文句があるなら」朝比奈はあきれたような口調でいった。「直接いってきたら?」

「いや」嵯峨は怖じ気づいた自分を感じながらいった。「まず倉石部長に話を通してから……」

「部長なら、きょうは所長と話すから予定はキャンセルしてくれって言ってましたよ。なんだか知らないけど、その韓国からきた大物さんの件でもめてるみたいね。岬科長も呼ばれてるけど、まだ出勤してないみたい」

「美由紀さんが呼ばれてる? じゃ、僕も行かなきゃ」

「どうして?」

「どうしてって、僕も催眠療法I科の科長だし、李秀卿のデスクがここにあるってことは、彼女はI科に配属されたんだろ?」

「元国家公務員と誰かさんとじゃ、雲泥の差ってことじゃないですか?」朝比奈は冗談めかした口調でいったが、嵯峨の顔色をうかがいながらぼそりとつけくわえた。「ごめんなさい。あくまでもジョークってことで」

嵯峨はため息をつきながら、朝比奈に背を向けた。「とにかく、領収書の件もあるし、部長たちにはいいたいことが山ほどある」

立ち去ろうとしたとき、朝比奈が声をかけた。「ファイル、ちゃんと持っていってくださいね」

わかってるよ。嵯峨はそう口ごもりながら、ファイルを抱えて歩きだした。心理療法の現場とは思えないほどごったがえしたオフィスのなかを、対岸に向かっていった。

それにしても、と嵯峨は思った。以前の朝比奈なら、嵯峨が休んでいたあいだの出来事などをつぶさに報告してくれたはずだ。ひとは変わる。彼女ももう、嵯峨を含め周り全員をライバルとみなす日和見《ひよりみ》主義者に転じてしまったのだろうか。厳しいノルマ制のなかで、嵯峨に対するあるていどの尊敬や、友情を抱くことを忘れてしまったのだろうか。

寂しさを感じながらやっとのことでオフィスの反対側にたどりついた。そこには、書類やファイルが仕分けされて床に置かれていた。自分が手にしているのはどのカテゴリに属するファイルだろう。そう思って、表紙をひらいた。

と同時に、嵯峨は立ちすくんだ。表紙のなか、一枚目に手書きのメモが貼りつけてあった。

おかえりなさい、嵯峨先生。三か月間の催眠療法科の記録、とっておきました。お身体に気をつけて、むりしないでくださいね。　朝比奈嵯峨はファイルのページを繰った。どのページにも、一日ごとのカウンセリングルームの動向が記され、相談者および担当者のリスト、報告された症例の詳しい説明が記されていた。

顔をあげ、朝比奈のほうをみた。

朝比奈は喧騒のなかで働いていた。額に汗しながら、引き出しのなかを整頓しようと身をかがめている。こちらに視線が向くことはなかった。

クールになったもんだ。嵯峨は内心沸き上がる喜びとともにそう思った。あからさまに記録を渡したのでは、同僚にやっかまれると思ったのだろう。ノルマ制の弊害のなかで、彼女は逞《たくま》しく生きるすべを学んでいるようだった。

朝比奈の優しさは変わらなかった。その事実が、切なさとなって嵯峨の胸の奥にじわじわと広がっていった。そう、カウンセラーは変わるわけにはいかない。思いやりを捨て去るわけにはいかないのだ。

消えるインク

午前九時半に羽田に舞い戻った美由紀は、出勤の定刻に遅れることを承知で自宅のマンションに戻った。民間飛行場の整備士はE55を無事に戻しておいてくれたし、不眠の疲れを除けば、さしたるトラブルもないように思える。

が、美由紀はそれが感覚的なものにすぎないことを知っていた。トラブルがないと思えるのは、そう思わされているからだ、彼らに。

リビングルームに入った。いつもと変わらない間取り、インテリア。ひとり暮らしの部屋なのだ、当たり前だった。しかしそれも、本当は当たり前のことではない。誰かが、当たり前を装っているだけなのだ。

そう。彼らが、この部屋に足を踏み入れていないはずがない。なんの形跡も残っていないが、彼らが動く以上、美由紀の一挙手一投足はすべて監視できる態勢がとられているはずだ。

「聴いてるわね」美由紀はだしぬけに、ひとりきりの部屋のなかで声を張りあげた。「わたしは帰ってきたわよ。長崎にいってなにをしてきたか、当然知ってるでしょう?」

返ってくるのは沈黙ばかりだった。壁にかけた少女の肖像画が、妙に存在感を持ってみえる。こちらをじっと見つめるつぶらな瞳が、絶えず監視しつづける鋭い視線に思えてくる。

しばらく静寂のなかにいた。美由紀は思わず、ふっと笑った。「野村清吾さんに、夏目漱石のことを知ってるか聞いたわ。漱石って、いつも自分が監視されてるにちがいないって思いこんでいて、とりわけ隣りに住んでいるひとが自分を探るスパイだと信じていたそうね。だから機先を制すとばかりに、いつも隣りにまで聞こえる大声を張りあげて、自分は支配に屈しないと主張しつづけていたっていう。現代の文学者のあいだでは、漱石は強迫観念にとらわれていたにすぎないってことになってるけど、案外そうじゃなかったかもね。わたしと同じく、メフィスト・コンサルティングに目をつけられていたのかもね」

美由紀は言葉を切った。部屋は静まりかえっていた。肖像画の少女の顔も呆れているようにみえる。

だが、美由紀は確信を持っていた。「あなたたちは歴史のうえに、自分たちが動いた形跡を残さない。それがモットーだったわよね。物理的証拠を残さず、あらゆる心理学的手法のすべてを尽くして、人々を操り、意のままに社会現象を引き起こす。今度もそのモットーを遵守してるみたいね。さっき野村邸の電話の着信履歴をみたけど、ひどいものだったわ。発信者番号が非通知になった無言電話が何度もかかってきてる。察するに、野村清吾さんは本当にストーカー被害に遭ってたんでしょうね。人目につかない場所で野村さんを追いまわしていた男は、たぶんレーザーサイト・ガンの玩具《おもちゃ》を手にしてたんでしょうね。とにかく暗殺者に狙われているって恐怖心を抱かせるために、物量作戦を敢行したんでしょう。メフィストのお得意の方法ですもんね。外にでれば殺し屋が追ってくる、家に帰れば無言電話の連続で眠れない。警察に相談にいっても、巧みなことに殺し屋に襲われたのはいずれも目撃者のない野村さんがひとりきりの場所ばかりで、信じてもらえない。野村さんは苦しんで、本当に精神状態を悪化させはじめた。妄想型精神分裂病の症状がみられるようになった。こうなると現実と絵空事との判別がむずかしくなる。宗教的な救済をむやみに求めるようになるのもこの精神状態の特徴だけど、あなたたちはそこで、なんらかの方法で野村さんにフランス王朝の鏡を買えば救われると信じこませた。騎士の魂が宿る鏡があれば、いまの苦しみから逃れられるとね。たぶん方法としてはテレビか新聞記事など、マスコミでしょうね。わたしがカーラジオを聴くタイミングを推し量って妨害電波を発して、野村光学研究所買収のニュースを聴かせるぐらいだもの、それくらい造作もないわよね」

また言葉を切ってみた。やはり、静寂だけが辺りを支配していた。窓を閉めているのに、外を駆けていく子供のはしゃぎ声がかすかにきこえてくる。それくらい静かだった。

「ばかげてる？　そう、そう思えるでしょうね。わたしもこうして喋《しゃべ》っていて、自分がおかしくなったんじゃないかと思えないこともないわ。でもそれがあなたたちの手だもの。こんな事態のなかでいかに自我を保つか、それがあなたたちと争うための絶対的な必要条件よ。確証？　証拠？　そんなものあるわけないでしょ。あなたたちが、それらを残さないことに躍起になっている以上は」

美由紀はふと、思いうかんだ考えのままを言葉にした。「いいえ。正確には、あなたたちは物証を残さないわけじゃない、ちゃんと現場に残っている。でも、人々に無意味と思わせ、それ以上の推測を抱かせない。そこにあなたたちの手口のすばらしさがある。いつもうまく計算してあるわよね。中国のときもそうだった。まさか気功のテキスト本にあんな意味がこめられていたなんて、誰も想像がつかないでしょう。もし誰かがふと疑ったとしても、あまりに突飛な話なのでありえないと判断を下し、それ以上追及しなくなる。人々の常識、習慣、興味、哲学。あらゆることを知りつくしたあなたたちならではの策略よね。そうじゃない？」

沈黙は変わらなかったが、室内の空気がなぜか変わったかのように感じられた。目に見えない生物が美由紀の言葉に反応した、そんな感触があった。

美由紀は低くいった。「野村清吾さんはぎりぎりまで追い詰められた。不眠症、とりわけレム睡眠がとれなくなった野村さんはより重い強迫観念に憑かれるようになった。セキュリティシステムを何重にも取り付け、ネットの通販で拳銃も手にいれた。でもそれはすべて、あなたたちの計画どおり。ねえメフィストの社員さん。あなたたちは、思いもつかないような最小限の手間で計画の最終段階を仕上げる。日中開戦の危機はたった一冊の気功テキスト、そのなかのほんの一ページ。誰もなんの疑いも持たない、他愛もない富士山の写真だった。今回、野村さんを破滅に走らせたのは、チープなカー用品、LEDランプがソーラー電池で点滅するだけのしろもの。長崎からの帰りぎわに調べたけど、税込み九百六十円で東急ハンズにもイエローハットにも置いてある、誰でも買える商品」

室内に張り詰めた緊張。けっして気のせいではないと美由紀は感じていた。何者かが聴いている。耳をそばだてている。

「あの部品の裏側の両面テープにはカシミアが付着した跡があった。野村清吾さんがいつも寝室に向かうときに着るガウンがカシミア製だった。事件の前日、ガウンはクリーニングに出されてた。あなたたちは厳重なセキュリティシステムのせいで野村邸に忍びこむことはできなかったけど、半面、その必要もなかった。クリーニング店のほうに潜入し、洗い終わったガウンの肩のあたりにあの小さな防犯部品をくっつけておいた、たったそれだけであなたたちの計画は完了。野村さんは着慣れたガウンをまとうときにはさして注意も払わなかったでしょうから、LEDランプの部品がくっついていることに気づかなかった。そのまま、就寝のために寝室に向かい、明かりを消した。ふいに、闇のなかに赤い点滅を目にした。目をこらすと黒い人影がレーザーサイトを手にして自分を狙っている。じつは鏡に映った自分の姿にすぎないけれど、重度の強迫観念に駆られていた野村さんには、妄《もう》想《そう》も手伝ってそうみえた。侵入者がいる、自分を狙ってる、とね。あなたたちはそこまで野村さんを追いこんでいた。のちに、わたしのE55に野村さんがナイフを突きたてたり、わたしに襲いかかろうとしたのもそのせい。E55のセキュリティの赤い点滅に怯え、やられる前にやるという防衛本能が働いたせいだわ」

そう、まちがいない。美由紀は思った。あのときの野村清吾の恐怖に満ちた目は、まさに死に直面した人間のものにほかならなかった。彼はメルセデスE55のなかにレーザーサイト・ガンを手にした殺し屋がいると錯覚したのだ。そして、寝室において鏡のなかに映った自分の姿に対しても同様だった。

「野村さんは慌てて拳銃を取りだし、人影めがけて撃った。鏡は粉々に砕け散った。こうして資産のすべてを失った野村清吾さんは、所有する会社を手放さざるをえなくなり、みごとメフィスト・コンサルティングはクライアントであるマードック工業の依頼どおりに、野村光学研究所の研究内容および施設の買収を成功させました、ってことね。すべては野村清吾さんの乱心と凶行、没落に端を発し、自然のなりゆきでそうなった、歴史のうえではそう記録される。メフィストが関与したって事実は誰にも知られない」

喋っているうちに、美由紀のなかに怒りがこみあげてきた。吐き捨てるようにいった。

「ほんと、たいしたものね。たいしたぺてん師だわ。わたしもいちど関わってなければ、絶対気づかなかったでしょうね。もう二度と関わりたくないと思ってたけど、でも、ひとを犠牲にして利権を手に入れようとするあなたたちのやり方は絶対に許せないわ」

室内に反響する自分の声をきいた。美由紀はふうっとため息をつくと、ソファに腰を下ろした。

激しく動揺し、興奮している自分を感じていた。あの悪夢が脳裏によみがえる。赤坂のメフィスト日本支社に監禁され、全身に麻痺状態が起こるまで脳電気刺激を受けつづけた、あのいつ果てるとも知れない地獄のとき。十億を超える中国人民のすべてが自分を憎んでいると知ったときの衝撃。孤立無援で戦ったときの苦しみ、銃弾を受けた痛み、追い詰められた瞬間の恐怖と絶望、悲しみ。あらゆる思いが生々しく去来した。

頭を抱えてうつむいた。衝動的にそうしていた。額に汗がにじんでいるのを感じる。

いい知れない孤独感が自分を包む。あのときとおなじだった。誰も信用できない、誰も頼りにできない。

かなりの時間がすぎた。盗聴されていることはあきらかだ、だが、表面上にはなにも表れない。みえない相手。その関係を意識にとどめるのは想像以上に困難なことだった。

ひょっとして、強迫観念に駆られているのは自分のほうか。以前にメフィスト・コンサルティングの術中にはまった過去があるせいで、疑心暗鬼にとらわれがちになっているのだろうか。だとするのなら、心配すべきは自分の精神状態かもしれない。自分自身が、精神状態を悪化させはじめているのかもしれない。

いや、そんなことはない。そんなことはありえない。メフィストは潜んでいる。自分はまたも、鳥籠《とりかご》に捕らわれた小鳥の運命だ。どうすればいい。どうでれば彼らから逃れることができる。

ひどく汗をかいていた。時計に目をやった。もう十時をまわっている。

出勤しなきゃ。美由紀は立ちあがった。シャワーを浴びて着替えよう。そう思い、バスルームに向かった。

洗面室に入ったとき、ふと足がとまった。

棚に見覚えのないシャンプーが並んでいる。クリスチャン・ディオール製の、品のよいボトルにおさまったリンス、コンディショナーとのセットが、まるではじめからそこにあったかのように違和感なく置かれている。さらに、のど飴《あめ》の缶も添えてある。

妙に思って手にとった。すると、ボトルの下に折りたたまれたメモがあった。

それを開いた。ていねいに書かれた文字が並んでいる。美由紀は愕然《がくぜん》とした。

部屋のなかでひとりで演説ご苦労さん。のど飴をひとつどうかね。

さぞかし汗もかいたろう。このシャンプーを使いたまえ。弊社からの贈り物だ。

心配はいらんよ。浴室にカメラをしかけたりはしていない。弊社は紳士の集まりだ。

それに、盗聴器もしかけてはいない。きみが野村清吾氏の件を見破って挑発的な声を張り上げることはわかっていた。

遅刻が気になるのなら出勤を急いでもいいが、淑女たるきみのことだ、私のもとに立ち寄って挨拶ぐらいは交わしてくれるだろう?

ホテルニューオータニ本館のエグゼクティヴ・ラウンジで待っている。お会いできるのを楽しみにしている。

D

追伸　この文書は蛍光増白剤入り洗剤とエチルアルコール水溶液により製造したインクを使用している。

蛍光増白剤入り洗剤とエチルアルコール水溶液、すなわち〝消えるインク〟だった。美由紀がそのことを悟ったときには、すでに遅かった。文面はフェードアウトするように薄くなり、メモ用紙のなかに溶けこむように消えていった。

美由紀は呆然として、そのメモ用紙を見つめ立ち尽くした。

彼らは美由紀の行動を読んでいた。そればかりではない、洗面台の前に立ち、シャンプーを手にとるまでを、秒単位で正確に予測していたにちがいない。そうでなければ、メモの文面が消える前にコピーをとられる恐れがある。美由紀は、彼らのタイムテーブルのなかで行動しているにすぎなかったのだ。

心拍が速くなるのを感じた。こうしてはいられない。この〝D〟なる人物に、是が非でも会わねばならない。

美由紀は駆けだした。疲労で思考が鈍る。だが、いまこそ精神を集中させねばならない。人民思想省の李秀卿、加藤太郎。そして一方でメフィスト・コンサルティングの一員とおぼしき〝D〟なる人物。いわば集団心理学をテロに応用する専門組織と呼ぶべき二大集団が、いずれもなんらかの企てを持って美由紀の周辺に出没している。

なにかが起きようとしている。そう思えてならなかった。

イマジナリー・ボール

美由紀は緩やかなスロープを描くニューオータニの二階玄関につづく道にメルセデスを滑り込ませた。アクセルをめいっぱいに踏みつけ、全速力で駆けあがった。玄関前の縦列駐車の隙間に飛びこむと、今度はブレーキを踏みこんで減速とともにステアリングを切った。メルセデスの車体はロビー玄関前にぴたりとつけた。

キーをつけたままにしてドアを開け放った。降り立つと、ホテルの従業員が目を丸くしてたたずんでいた。これほど速いスピードで猛然と玄関前に乗りつける客はめずらしいにちがいない。さほど前後にゆとりのない間隔のなかに、一瞬で縦列駐車を完了させたことにも驚いているらしかった。美由紀にとっては造作もないことだが、ふつうの人々には刺激が強すぎたかもしれない。

「驚かせてごめんなさい。キーはクルマのなかだから」美由紀はそういうと、返事もきかずに玄関のなかに駆けこんだ。

ロビーのエレベーターに乗り、七階まで上昇した。同乗の客はいなかった。それでも、監視の目を感じる。エレベーターは安全のためメーカー側の監視カメラが仕掛けられているが、その映像を傍受することぐらい、彼らにとってはたやすいことだろう。もっとも、そこまで彼らが美由紀から一瞬たりとも目を離せないと感じているかどうかはわからなかった。美由紀がどう行動するか、すべてわかっていたからカメラや盗聴器は仕掛けてはいない、さっきの〝D〟の手紙はそう告げていた。ならばいまもそうかもしれない。現に、美由紀は彼らの誘いどおりにホテルニューオータニにやってきて、エクゼクティヴ・ラウンジを目指している。どちらにせよ美由紀が彼らの魔手から逃れられない事実には変わりがない。とすれば、いまこの場を監視されているかどうかはさほどの問題ではないかもしれない。

そう思うと、少しだけ気が楽になった。あがいても始まらない。いまは、来《きた》るべきときに向けてじっと体力を温存しておくべきだ。

エレベーターの扉が開いた。クラシックな風情の漂うロビーと異なり、このフロアは現代風のシンプルな様式美に溢《あふ》れている。透き通るような白い壁に囲まれた廊下を歩いた。突き当たりの観音開きの扉を押し開けると、美由紀はエクゼクティヴ・ラウンジに足を踏み入れた。

スイートクラスの部屋の宿泊客のみが利用できるエクゼクティヴ・ラウンジは、この時刻はひとけがなくがらんとしていた。グランドピアノとダンスホール、バーカウンター、ピンボール・マシン。夜の薄暗いなかでみれば幻想的な空間をかもしだすのだろうが、窓から陽の光が差しこむいまは、それらには一体感はなく、どことなくちぐはぐな物体の寄せ集めといった印象がぬぐえない。

静まりかえった室内にしばしたたずんだ。すぐに、奥から物音がきこえているのに気づいた。柱の陰に、誰かがいる。

歩を進めていくと、ビリヤード台の前に立つひとりの男の姿があった。こちらに背を向けている。質のいい黒のスーツに身を包んでいる。背が高く、やや小太りで、肩幅が広い。体型からすると日本人よりは西洋人っぽいように思える。髪は黒いが、後頭部が薄くなってきている。

男は玉突き棒《キュー》を手にして、先端にチョークをこすりつけていた。ビリヤード台の上には、色とりどりのボールが転がっていた。

振りかえりもせず、男は口をきいた。「白いボールを突いて、色のついたボールをポケットに落とす。かんたんなゲームだ」

日本人ではない、と美由紀は思った。イタリア語の訛《なま》りが感じられる。

「技術を磨けば」男は背を向けたままつづけた。「どのボールをどのポケットに落とすか、正確に狙えるようになる。しかしどうだろう。予測は百パーセント確実ではない。だからゲームはおもしろい。そうだろう」

男は前かがみになって、キューをかまえた。慣れた手つきだった。ハードショットで突くと、白いボールは色のボールに次々と当たって激しく台の上を動きまわった。が、どのボールもポケットにはおさまらなかった。

さして不満げなようすもなく、男は身体を起こし、振りかえった。

年齢は五十歳前後だろうか。イタリア系らしい浅黒い顔に濃い眉、厚い唇、ぎょろ目。ちぢれたようにパーマのかかった黒い髪は額の上部まで禿《は》げあがっている。けっしてハンサムと呼べる容姿ではない。むしろ性格の悪そうな、歪《ゆが》んだ根性の持ち主を絵に描いたとき、こんな顔になるのではという顔つきの男だった。

「きみの番だ」男はいった。

美由紀は黙って男をみつめた。口もとを歪ませているが、目もとに笑いはなかった。

この男が〝D〟だろうか。いままで会ったことのない、ふしぎな雰囲気をまとった男だった。瞬《まばた》きをせず、ただじっとこちらをみつめるさまは、実在の人間を目の前にしているというよりは、写真を眺めているように現実感がない。呼吸や代謝、そういう生物的な特性を持ち合わせていないようにさえ思える。すなわち、物体。人間としての気配を完全に殺した、不可解な物質。ただスーツを着てたたずんでいるだけなのに、男はそんな浮世離れした印象を漂わせている。

美由紀は油断なく歩みより、手を差しだした。キューを受け取る瞬間に緊張が走った。が、男は不意を突くような真似はしでかさなかった。美由紀の顔を、ただ眺めつづけていた。

男が数歩さがって、ビリヤード台を手で指し示した。美由紀はボールの位置を目で追った。

この男はあきらかにビリヤードに関して相当なテクニックを持っている。ハードショットの瞬間をみただけでも、それはわかる。ボールを一個もポケットに入れられなかったのは、わざと外したからに相違ない。

美由紀はきいた。「わたしが何番のボールをいれるか予測できる?」

「できるとも」男はいった。「というより、われわれはすでに、きみの次の行動を決めているんだよ、岬美由紀。きみはわれわれが決めた運命にしたがって動いている。われわれのイマジナリー・ボールのとおりにね」

イマジナリー・ボールとは、手球と的球が当たる瞬間をイメージし、動きを予測するための想像上の手球のことだ。いまの美由紀は、すべてメフィスト・コンサルティングがブレイクショットの前に計画したイマジナリー・ボールの軌跡に寸分たがわず行動している、そう主張したいのだろう。だが、美由紀はいまさら驚かなかった。ゲームを仕掛けてきたのは彼らだ。序盤はこちらにとって不利なのは当然のことだった。

美由紀は白い手球をみつめた。じつに難しい位置にある。隣り合う位置には7番と8番。的球の1番ははるか遠くのコーナー近くにある。が、クッションジャンプを使えば狙えなくもない。

美由紀は台の長クッションにまわりこむと、姿勢を低くしてキューをかまえた。バラブシュカ製のカスタム・キューのようだ。正確に打てば〝キューぶれ〟が起きる可能性はあるまい。

若干力を加減ぎみにハードショットで打った。美由紀の意図どおり、白い手球はクッションから低く飛んでかえり、8番を飛び越してまっすぐ1番に向かった。美由紀の思い浮かべたイマジナリー・ボールのとおりに1番に当たった。1番がコーナーポケットに沈むころには、手球は二回のクッションを経て4番をサイドポケットに叩き落とし、対角線上のコーナー近くにある9番のボールにまっすぐ進んでいった。

美由紀はそこで視線をあげた。もうボールをみつめている必要はなかった。ただ、イタリア系の男の顔に注視していた。

男はボールの動きを目で追っていた。4番のボールがポケットに沈んでから、顔がわずかにこわばったようにみえた。キスショットの手球が9番に当たる音、9番がポケットに沈む音。そのふたつの音が響くあいだ、男はビリヤード台をみつめつづけていた。

「みごとなキャノンショットだ」男は硬い顔のままそういってから、美由紀に視線を向けた。ややいたずらっぽく片眉を吊りあげ、厳かにいった。「イマジナリー・ボールどおりだ」

「当然、って顔してるわね」美由紀はキューをビリヤード台の上に置いた。「でもわたしは、そうは思わないわ」

「というと？」

「いま、わたしが9番を沈められるかどうかは、あなたたちの策略においてさほど重要ではない。だからどうなろうとかまわなかった。そこにさも意味があるかのように思わせることも、あなたたちの手口の重要なポイントだわ」

男は神妙にきいていたが、やがてにやついた笑いを浮かべた。「ま、それはそうかもしれんな。さすがは岬美由紀だ。日本支社の中国プロジェクトをぶっ潰した、史上稀にみる人物なだけのことはある。ぜひいちど、会ってみたいと思ってた」

イタリア人らしい大仰な物言い。だが、けっして本心を語っているわけでないことはあきらかだ。

美由紀はため息をついた。「わたしは会いたくなかったわ」

「そういうな。私が誰だか知りもしないくせに」男は無邪気に目を輝かせながらいった。

「私の名はダビデだ」

「ダビデ？」美由紀は腕組みをした。「英語名でデイヴィッドってこと？」

「いいや。たんにダビデだ。そう呼ぶといい」

美由紀は鼻で笑ってみせた。「それが、メフィスト・コンサルティング社内でのあなたの源氏名ってわけ？」

「源氏名か」ダビデと名乗る男は眉をひそめた。「おもしろい発想をするな。まあ、そういえなくもない」

「なんに由来してダビデって名前がついたのかしら。ミケランジェロのダビデ像には似ても似つかない顔つきだけど」

「ダビデ像？　よせ。私にフリチンでジャガイモをかじれというのか」

美由紀は思わず押し黙った。ダビデの口にしたことを理解するまでは数秒を要した。ミケランジェロのダビデ像は、全裸の立像であり、見ようによっては手にしたジャガイモのような物体をかじっているように見えなくもない。だが、多少の知識があればダビデ像が持っているのは狩猟の道具だとわかるはずだ。こんな冗談とも本気ともつかない、学生のような比喩《ひゆ》をメフィスト・コンサルティングの人間が口にするとは思わなかった。

ダビデは美由紀を見つめると、にやりと笑いをこぼした。「疑っているな。私が本当にエリート中のエリートの集まり、神に代わって歴史を創《つく》りだすメフィスト・コンサルティングのメンバーかどうか、信じられなくなっているのだろう。案ずるな。あれがジャガイモじゃなく投石戦士の武器ってことぐらい知っている。ダビデ。旧約聖書時代のイスラエル第二代の王。少年期にペリシテ軍の巨人ゴリアテを倒し祖国イスラエルの危機を救った英雄。私にふさわしいコードネームだ」

美由紀の思考を理路整然と推理し、看破した。やはり只者《ただもの》ではない。だが、そんなことは百も承知だった。

「ようするに」美由紀はいった。「本名をあかす気はない、そういうことね」

「そういうことだな。だが」ダビデは上機嫌にいった。「肩書ぐらいは教えてやってもいいぞ。メフィスト・コンサルティング本社事業部、特別顧問。ひらたくいえばコンサルタント、そしてカウンセラーだ」

　にやついたダビデに、美由紀はぶっきらぼうに言い放った。「詐欺師でしょ」

「神に限りなく近い存在だ」ダビデは有頂天といったようすで、身振り手振りをまじえて大声で語りだした。「メフィスト・コンサルティングは表の社会でも老舗《しにせ》のコンサルティング・グループとして知られているが、裏社会での特殊事業においては、まさに歴史をつくってきたといえるんだ。第二次大戦、冷戦、雪解け、湾岸戦争。いずれも社会心理学と煽動のエキスパートたちが、クライアントの依頼に対し巨額の報酬と引き換えに実現してきた事業の片鱗《へんりん》にすぎない」

「ひとをだまし、操って、破滅に向かわせる。規模は大きいけどしょせん犯罪者の集まり」

「物事を小さな尺度で測るな。われわれがいつ犯罪を犯した？　世界じゅうの警察の記録をみても、メフィスト・コンサルティングが犯罪者を輩出したというデータはないはずだぞ」

「それはあなたたちが、証拠を残さず歴史に関わった痕跡を残さないように行動するからでしょう。すべてが自発的に起きた社会現象のように思わせる。当事者にもね。でもそれによって、運命を変えられ悲劇に陥った人々のことなど考えようともしない」

「人を悪魔みたいにいうな」ダビデは顔をしかめたが、その口調にはどこか楽しんでいるような響きがこもっていた。「破滅する人間はそれまでの運命だったのさ」

「ダビデが聞いてあきれるわ」美由紀は怒りを覚えた。「メフィスト・コンサルティングの日本支社は、日本と中国間の関係を悪化させ、戦争に突入させようとした。ごていねいに、元自衛官のわたしのせいだというおまけつきでね。あなたたちは巧妙にも、中国国内にも潜入せず、詐術を働いた痕跡をまったく残さず中国の人々に反日感情が沸き上がるよう仕向けた」

「歴史のうえでは岬美由紀元二等空尉が、中国人を怒らせたことになってるのさ」

「わたしを捕らえて全身麻痺《まひ》の状態にして、混乱のなかで殺されるよう段取りをつけた」

美由紀は怒りを抑制しようと息を吐きだし、低くつぶやくようにいった。「わたしが怒ってることぐらい、容易に想像がつきそうなものだけど」

「もちろんわかってるさ」ダビデはおどけた顔で両手をひろげた。「そう、まさしくそれだ。日本支社の連中の読みは甘かった。きみを怒らせたらどうなるか、そこんとこを深く考えてなかったんだな。おかげでどうだ。きみにプロジェクトの全貌を見破られた。わが社の社史のうえで、誰かに作戦を看破されるなどということはこれまでなかったし、それだけでもまさに言語道断だよ。ところがだ、日本支社はそのうえ手痛いしっぺ返しを受けることになった。きみに開戦を阻止されたうえに、あろうことか世間の非難の矛先がメフィスト・コンサルティング・グループに向き始めた。みずから動いた痕跡を歴史に残さないことがモットーの弊社が、新聞六紙どころかスポーツ紙の一面記事に名前が載る始末だぜ？　テレビ朝日の『やじうまワイド』で名前があがったときには頭がくらくらしたぞ。本社は火消しに大忙し、日本支社は表社会からの依頼さえ激減してあやうく倒産しかけた。弊社グループがこの失態でこうむった損失は一兆六千億円にのぼる。いっぽう、きみは中国でも英雄ともてはやされ人気急上昇。どうかね。きみのほうも、われわれの怒りというのを理解できそうなもんじゃないか？」

「勝手ないいぐさね」美由紀はビリヤード台に片手をついた。「あなたたちが歴史をつくる神様なら、自分たちの悪意がもたらした失敗を人のせいにするかしら」

「いや。きみのせいになんかしないよ。愚かだったのは日本支社の連中さ」

「じゃあ、ここにわたしを呼びつけたのはなぜ？　天罰を下すつもりじゃないの？」

「天罰だなんて。そんなこと思いもつかなかったよ」ダビデはビリヤード・ボールを手で弄《もてあそ》びながらいった。「もっと感激したらどうだ？　神が降臨してきみにお会いくださる。

いまがその瞬間なんだぞ」

　高慢で、人を見下した態度をとり、侮蔑をもって嘲笑う。このダビデなる男は、かつて美由紀が出会ったメフィスト日本支社の人間と共通の人格の持ち主だった。だが、どこかちがう。飄々《ひょうひょう》としたその態度には、日本支社になかった余裕が感じられる。美由紀を目の前にしても、なんの危機感も抱いていないようすだった。

　美由紀はいった。「感謝してひれ伏せといわれても無理な相談ね。さっさと、なんのために現れたのか白状したらどう」

「不良娘か。うちの子はそんなふうに育てた覚えはありません！」ダビデはいきなり冗談めかせた口調で叫ぶと、げらげらと笑った。「そんなに突っ張るな。私がこの場に現れたのは、きみに干渉していないことをあきらかにするためだよ」

　メフィスト・コンサルティングは無表情な人間ばかりと美由紀は思っていたが、ダビデは例外のようだった。こんなに喜怒哀楽を明確に表すタイプの社員が存在するとは考えてもみなかった。とはいえ、それで心のなかが読みやすくなったわけではない。むしろ、大仰な感情表現のせいで本当の感情が隠蔽《いんぺい》されてしまっている。美由紀の目にも、ダビデの真の目的がどこにあるのか、判然としなかった。

「ひとの家に忍び入って手紙を置いておきながら、干渉してないっていうの？」

「だから」ダビデは顔をしかめた。「それはあくまできみに連絡する手段だろうが。とにかく、われわれが野村清吾の件で動いていたところに、偶然きみが訪れた。聡明なきみのことだ、たいして予算もかけていない今回の計画を見破るのは時間の問題だった。それを知って、きみに伝えておこうと思ったんだ。われわれはきみをどうこうするつもりはない。きみのほうも、われわれに干渉しないでもらいたい」

「野村清吾さんをあそこまで追いこんでおいて、よくいうわね」美由紀はダビデの顔をじっとみつめた。「ほんとに、偶然かしら」

ダビデの表情にはなにも表れなかった。「さてね」

「野村光学研究所を買収したマードック工業は、なにを企んでいるの」

「おいおい、岬美由紀さん。いまいったばかりじゃないか。相互不可侵。われわれがきみに関わらないのだから、きみもそれを守ってくれ」

「お断りね。メフィスト・コンサルティングの人間が信用できるわけないわ」

「身も蓋《ふた》もない言い方だな」

「利益のためならなんでもする企業だからよ。日中開戦を企んだのも、アメリカ本土から遠いところで戦争を起こし、莫大な軍事的利益を得ようとする上院のタカ派議員の依頼でしょう」美由紀はそういいながら、はっとして口をつぐんだ。

「どうかしたか」ダビデがにやつきながら美由紀をみている。

まさか。だがひょっとしたら、そういうことがありうるのだろうか。美由紀はダビデをにらみつけてきいた。「今度は、日本と北朝鮮のバランスを崩そうとしてるんじゃないの?」

ダビデの表情が一瞬凍りついた。が、すぐに弾けるように笑い声をあげた。「岬美由紀さん。よほど李秀卿って女が苦手なんだな。心配するな、人民思想省がなにをしでかすつもりかしらんが、われわれはノーマークだ」

「わたしに干渉していないって主張してたわりには、よくご存知だこと」

「まあ、きみには興味があったからな。岬美由紀」ダビデは凄《すご》みのある笑いをうかべた。「日本支社から本社に送られてきたビデオを見て以来、ずっときみに会いたいと思ってた」

「ビデオって、なに?」

「きみが映ってるビデオだよ。鎖に吊るされ、脳電気刺激を受けているきみのようすが、延々録画されたビデオだ。いや、メフィスト本社の社内でも爆発的人気でね。重役連中はみな、ダビングして持ち帰っているよ。苦悶《くもん》の表情が可愛い。そのうち、インターネットで通販して小遣い稼ぎをしてみようかなとも思ってるが……」

たちまち怒りがこみあげた。美由紀はダビデの胸ぐらをつかもうと挑みかかった。「この……」

ところが、ダビデはその巨体から想像もできない素早さで体をかわした。美由紀の腕をつかんだその手の握力は、まるで万力《まんりき》のようだった。ダビデは平然といった。「ほら。約束を破ってるのはきみのほうだろ。われわれに干渉するなといってるだろうが」

美由紀の全身を寒気が襲った。ダビデの冷ややかな目つき。まるで脳の奥まで見透かしているかのようだった。

ダビデは手を放した。まだ激痛が残る腕をかばいながら、美由紀はあとずさった。

「そろそろ」ダビデは腕時計をちらと見やった。「東京カウンセリングセンターに出勤したほうがいいだろう？　李秀卿についての問題を、上司と話し合ったらどうだ？」

「いわれなくてもそうするわ」美由紀は鈍い痛みを放つ腕をもみながらいった。「わたしに指図しないで。干渉しないつもりならね」

「干渉はしないが、見物はするかもよ」ダビデは笑った。「わがメフィスト・コンサルティングにあれほど辛酸《しんさん》をなめさせた岬美由紀さん。そのきみがなぜ、人民思想省の人間ごときに四苦八苦する？　その理由は案外、きみのなかにあるんじゃないのかね」

「どういう意味？」

「よく考えてみることだな」ダビデは胸ポケットからハンカチをだし、手をふきながらいった。「じゃ、失礼」

ゆっくりと遠ざかっていくダビデの丸まった背中を、美由紀は油断なく見守っていた。飛びかかってどうにかなる問題ではない。ダビデ自身、強靭《きょうじん》な肉体を有しているようだが、メフィストがこの場で美由紀に好き勝手な行動を許すとはとても思えなかった。どこかに、飛び道具がしかけられていると考えるべきだろう。不用意な行動を起こすべきではない。

扉を出る寸前、ダビデは振りかえった。立場を無視すれば魅力的にさえみえる、そんな笑顔をうかべていた。「カルティエのブレスレット、似合ってるぜ」

ダビデは扉の向こうに消えていった。

美由紀は呆然として立ち尽くした。

心拍が速くなる。あまりにもいろいろなことが起きすぎた。気持ちを整理するには時間がかかる。

だがなぜか、頭のなかに残る衝撃は一点にしぼられていた。メフィスト・コンサルティングの人間と再会したことよりも、その人間に攻撃をかわされたことよりも、ずっと衝撃的な事実。

いままで、誰も美由紀のブレスレットに注目しなかった。誉《ほ》めなかった。メフィスト・コンサルティングのダビデが、あの醜悪な顔をしたイタリア人が、その初めての男だった。その事実がなぜか、じんわりと心のなかに広がっていくように思えた。

美由紀は首を振り、判然としない感情を追い払った。なにを考えている。自分はどうかしている。

時計をみた。午前十一時。こうしてはいられない。出勤せねば。

駆け出しながら、美由紀は動揺する心を抑えようとした。まとわりつく不快な時間の記憶を振り払おうとした。だが、自分をみつめるダビデの目つきが視界に焼きついて離れない。

もう耐えられない、美由紀は思った。はっきりしないことは、もうたくさんだ。すぐにでも、李秀卿の正体を暴いてやる。所長の岡江の協力を得て、李秀卿の嘘を証明し、北朝鮮に強制送還してやる。叫びたい衝動を抑えて、美由紀はそう決意した。

執務室

美由紀は広々とした執務室のすわり心地のよいソファに身をうずめながらも、ひどくおちつかない気分を味わっていた。

古風なヨーロピアン・スタイルの内装と、モダンな調度品が適度に織り交ざった室内は、ホテルのロビーのように豪華な印象を漂わせている。無味乾燥なカウンセリングルーム・フロアからこの所長専用の三十階に足を踏み入れると、まるで別世界に迷いこんだかのような錯覚に陥る。平静になれないのはそのせいもあるかもしれない。けばけばしいインテリアが目に痛い。むろん、いままでこの部屋に来てもこれほど緊張することはなかった。いまは心が不安定になる、れっきとした理由がある。そしてこの部屋の内装はそれを和らげてくれるどころか、悪いほうへと助長する。その相乗効果が、めまいをもたらすほどの気分の悪さにつながっている。

しんと静まった室内の中央に据え置かれたデスクでは、しわひとつないグレーのスーツに身を包んだ小柄な老婦が、金縁の眼鏡をかけて書面にみいっていた。ふだんから硬い表情ばかりみせているその顔が、いまはいっそう険しくなっている。やがて小さくため息を漏らすと、書類をデスクの上に放りだした。

東京カウンセリングセンター所長、岡江粧子は革張りの椅子に身をあずけ、視線をデスク上に落としたままいった。「入国管理局や外務省の手続きに問題がない以上、拒否するわけにはいかないわね」

「でも」美由紀は異議を申し立てた。「この東京カウンセリングセンターでの雇用には問題がないといえるんですか。韓国当局にろくに確かめもせず、身元のはっきりしない人物を職員として仮採用するなんて……」

「岬」窓ぎわにたたずむ、五十代半ばの男が白髪のまじった頭に手をやり、厳かにいった。「入国審査をパスしたということは、すなわち国がその人物について問題ないと保証したということになる。われわれが異議申し立てをすることじゃないだろ」

「部長」美由紀は不毛な議論を承知でいいかえした。「李秀卿が北朝鮮の人民思想省から派遣された人間であることは明白です。裁判所命令でもなければ外務省の判断が再調査されることはないでしょうが、それなら……」

倉石勝正部長はうんざりした顔で首を振った。「われわれに訴えて裁判を起こせというのか？　実害もないのに？」

「嵯峨科長は、東京カウンセリングセンターの採用試験当時に李秀卿と出会い、それに前後して不可解な事件に巻きこまれています。詳細は不明ですが、彼の生命が脅かされたのはあきらかです」
倉石は困惑のいろをうかべて口ごもった。信頼を置いている部下が、かつて危険な目に遭っていた。きのうになって初めてつたえられたその事実に、倉石はひどく戸惑いをおぼえているにちがいない。美由紀はそう思っていた。トラブルらしいトラブルもなく、職員の不祥事もなく、安全かつ信頼がおけるカウンセリング機関として世間に広く名を知られたこの職場に、魔が潜んでいた。できることなら、目をそむけてやりすごしたい事実にちがいなかった。

東京カウンセリングセンターの研修生受け入れ制度は、一九九二年度に国連で採択された〝国際間における心のケア問題に関する規範〟に基づいて行われていた。精神医学の発展のため、各国において精神科医や臨床心理士の資格を有する人間、あるいはその公的機関に学んでいる人間は、交流と研究のため海外への優先的な留学が認められ、同時に長期滞在許可と暫定的な戸籍を取得できることになっていた。国連に認可された各国機関の許諾書さえあれば、身元もほとんどチェックされることなく入国が認められる。こうした制度は宇宙開発事業のエンジニアやエイズの研究機関のサイエンティストにも適用されていたが、カウンセラーの場合は目にみえない〝心〟を扱う分野の専門家ということもあってか、ほかの分野とはちがってチェックが甘かったといえる。

李秀卿は四年前に日本に潜入する際、まんまとその制度を利用したにちがいない。そして、官僚のハイヤー代の水増し請求すら見逃すほど内部調査に無頓着《むとんちゃく》だった外務省のことだから、いまだに自分の利用した偽の身元や日本国内用の戸籍はそのままになっている可能性が高い、そう李秀卿は踏んだのだろう。彼女の憶測は正しかった。その場しのぎのはったりとわかっていながら、外務省は手も足もだせなかった。

北朝鮮の工作員にほぼ間違いないとみられながら、証拠がつかめずに逮捕にいたらず、日本の街なかを肩で風を切って闊歩《かっぽ》している人物が千人以上いる。美由紀は自衛官時代にそのように聞かされたことがあった。李秀卿もそのひとりに加わった。そんな状況にありながら、後手にまわってばかりで何もできない日本政府。無責任にもほどがある、美由紀はそう思った。

「岬」倉石が腕組みしていった。「裁判所命令がなくても、そこまであやしいとわかっているのなら外務省がなんらかの手を打つんじゃないのか?」

これだ。美由紀は内心悪態をついた。誰かが、なんらかの手を打つ。どうにかしてくれるだろう。日本ではそういう責任のたらい回しが常識となっている。息を潜めて楽観主義に徹していれば救われるにちがいないと信じている。

美由紀は首を振った。「法に基づいた強制執行がなされないことには、李秀卿の身柄を拘束して取り調べることはできません。国際法上、韓国の警察に対しても、公式な捜査を依頼することさえできないんです。残る方法は、韓国の日本大使館から韓国政府に申し入れて事情を説明し、李秀卿なる研修生の身元を調べてもらう、それしかありません。その場合、回答までには一週間はかかるでしょうし、それだけの間があれば、李秀卿が北朝鮮政府に与えられた使命を遂行し、日本を脱出して祖国に帰るには充分です」

倉石がため息まじりにいった。「要は、四年前にちゃっかりだまされて李秀卿の身元を保証してしまった、外務省の落ち度というわけか。と同時に、なんの疑問も持たなかったわれわれの落ち度でもある」

「いいえ」岡江が間をおかずにいった。「外務省の認可があるんだもの、疑問なんか持てるもんですか。うちは外務省が認めた研修生を受け入れただけ。わたしたちからむしりとった血税を横領着服して、馬を買ってたろくでなしがいた役所でしょう。田中真紀子もなんだかあてにならないし、外務省ってところはほんと、トラブルメーカーの集まりね。伏魔殿とはよくいったものだわ」

小言を吐き捨てるような辛辣《しんらつ》な口調。そこには、面倒はすべてお上が起こしたことであり、東京カウンセリングセンターにはいっさい責任がないのだ、そういう主張が見え隠れしていた。それはすなわち、所長を務める岡江粧子自身にも責任がないという主張にほかならなかった。

「でも」美由紀は岡江にいった。「李秀卿をただいわれるままに迎え入れて、風向きが変わるまではほうっておくというのは、得策ではないと思いますが」

方針を事細かに指摘されたのが不快だったらしい。岡江は顔をしかめた。「なぜそう思うの？」

「嵯峨科長は東京カウンセリングセンターの職員採用試験で、奇妙な事件を経験しています。李秀卿はその直後に姿を現した。彼女が当センターに研修生として来訪していた時期と重なります。すなわち、彼女がなんらかの事件を起こし、嵯峨科長はその巻き添えをくうところだった。経緯の詳細はあきらかではありませんが、その可能性がある以上、ふたたび嵯峨科長もしくはほかの職員に危害がおよばないともかぎりません」

岡江は平然といった。「嵯峨科長からは、なんの不服申し立てもないけれど」

「わたしと嵯峨科長が入国管理局で李秀卿に会ったのはついきのうのことです。きのうのきょうで、まだ嵯峨科長は事情を把握していないと思います」

「所長」倉石が口をさしはさんだ。「嵯峨科長の身に起きたことについては、われわれとしても考慮する必要があると思います」

「どうして？」岡江の表情は変わらなかった。「当時、嵯峨科長はまだ採用試験を受けにきたというだけで、うちの職員じゃなかったのよ。事件らしきものに巻きこまれそうになったからって、うちが面倒をみるべきことではないんじゃなくて？」

倉石は険しい表情で首を振った。「そんなわけにはいかないでしょう。妙な事件は、うちの実地採用試験中に起きたことなんですよ。嵯峨はそのとき、東京カウンセリングセンターから指定された住所に向かった。ところがそこは、戸籍上存在しない加藤太郎なる人物の住む家だった。誤った試験内容をつたえたという点で、われわれにも責任があります」

岡江はため息をつき、じれったそうにボールペンを手で弄んだ。「試験の管理は人事部の仕事でしょ？　そっちのほうに記録は残ってないの？」

「あるにはあるんですが」倉石は禿げあがった額を指先でかいた。「記録では、嵯峨に割り当てられた実地試験の相談者《クライアント》はまったく別の場所に住む別の人間で、試験当日には嵯峨はその場所に姿を現さなかった。ところがコンピュータのデータバンクによると、誰が判定したのか嵯峨は合格の判を押され、職員として採用が決定していたとのことです」

美由紀は口をひらいた。「何者かが、というよりも李秀卿が人事部のデータを改竄《かいざん》し、嵯峨科長の実地試験の訪問先を変更したうえで、合格者リストに加えたにちがいありません」

岡江はしばし黙ってボールペンを机の上にかちかちと打ちつけていたが、やがて嫌気がさしたようにそれを放りだした。「なぜ李秀卿がうちに潜りこんだうえで、そんなことをする必要があったっていうの？」

「謎です」美由紀はいった。「ただおそらく、加藤太郎こと雀鳳漢と、李秀卿が日本国内でなんらかの策謀をめぐらすにあたり、嵯峨科長を利用しようとした。それで訪問先を変えて嵯峨科長を迎え、その後は波風が立たないように嵯峨科長を合格者リストに加えておいた。そうしておけば、たとえ嵯峨科長の記憶が戻っても本人から不服申し立てはしないだろうという判断です」

「岬、まて」倉石は片手をあげた。「さっきのきみの説明では、嵯峨は加藤太郎なる人物の屋敷で捕らわれの身の男の真意を見抜くように指示されたが、嵯峨はおいそれとその指示には従わなかった。それで怒った加藤太郎に追いだされ、気がつくと公園に倒れていた。そうだったな?」

「ええ、嵯峨科長にはそう聞きました」

「すると嵯峨は、加藤太郎なる人物からの依頼を充分に果たしていないことになる。それでも解放された。いったい北朝鮮から来た連中の目的はどこにあったんだろう?」

美由紀は戸惑いがちにいった。「それは、わかりません。人民思想省の人間なら心理学にも長《た》けていますし、嵯峨科長の助力を必要とすることもなかったはずです。どうして嵯峨科長を現場に立ち会わせたのか、見当もつきません」

岡江はうんざりしたようにいった。「もういいわ。岬科長、元防衛庁勤めのあなたにしてみればそうじゃないかもしれないけど、わたしたち一般人にとっちゃ北朝鮮とか工作員とか、まるで絵空事だわ。絵空事ということは、なにもなかったことと同じ。嵯峨科長の証言にしても、四年も経ったいまになっていきなり聞かされてもね。常識の範疇《はんちゅう》で考え

れば、嵯峨科長は採用試験時に指示された住所に向かわなかった。それなのに合格してい
た。そこだけが確固たる事実ね。むしろ試験にパスしていなかった人間を職員に採用し、
科長職にまで就かせていた人事部の管理責任能力が問われるわね」
「まってください」美由紀はあわてていった。「所長は嵯峨科長の証言を信頼できないと
お思いですか?」
倉石が同調して、岡江にいった。「状況から判断して、嵯峨が嘘をついていたり、記憶
違いをしていることはないと思います。彼はまぎれもなく不可抗力によって危険な目に遭
わされたのであり、試験の合否も、彼の意思にかかわらず何者かが細工したことです」
「だから」岡江は椅子の背に身をあずけたままだった。「それはわたしたちも同じよ。試
験を受けにくるカウンセラー志望者は毎年数千人にのぼるし、その一件一件を把握できて
いるはずもないわ。よって、いままで問題があったことに気づかなかった。奇妙な事態が
起きた痕跡は残っているけど、その全貌はわからない。じゃどうするかって。いままでど
おりよ。嵯峨科長は職員として採用され、その後実績を積んでいる。ならそれでいいじゃ
ない。李秀卿も少なくとも現時点では研修生として認可されている。これも、拒む理由は
ないじゃない。あえて波風を立てる必要もないわ。問題が起きるまでは」
美由紀はつぶやいた。「しかし……」
岡江は椅子をまわして美由紀の反論を制した。「岬科長、あなたが元国家公務員であっ

たがゆえにいくつかの相談者の法的措置について、便宜をはかってくれたことには感謝してます。でもあなたはいままではうちのカウンセラーです。北朝鮮とか、そんなことに首をつっこむのは許しません。あくまでわたしたちの常識の範囲内での判断および行動を望みます」

「所長」倉石はいっそう困惑を深めたようすできいた。「問題が起きるまでは波風を立てる必要はないとおっしゃいましたが、もし問題が起きたらどうします。李秀卿が、嵯峨と同じ職場にやってくる。そこでなんらかの事態が起きた場合は？」

「そのときは」岡江はきっぱりといった。「あらためて、嵯峨科長の採用試験に落ち度がなかったかどうかを吟味しなおします」

美由紀はぞっとするような寒気と、目の前の老婦に対する怒りを同時に感じていた。

トラブルに巻きこまれることがないよう、いっさいの問題を黙殺する。ただし、なにか事が起きた場合は、ただちに嵯峨の採用試験の真相を取り沙汰《ざた》して、解雇する。岡江はそういっているのだ。なんという冷たい経営者だろう。責任の所在はともかく、問題の発生源になった職員は容赦なくクビを切る。たしかに、岡江のそういう官僚的経営体質はいまに始まったことではない。だが、今回の問題はあまりに大きく根が深い。無視できる範囲ではない。美由紀はそう思っていた。

倉石も、岡江の判断には反感を抱いたらしかった。「所長。嵯峨は当センターに就職して以来、数多くの実績を挙げてきました。それらについて、たいしたことではないとお考えなのですか」

「そんなことはいってないでしょう。嵯峨科長の貢献度はおおいに評価してるわ。だからこそなにも問題にしない、わたしはそういってるの。ただし、なにか問題が起きれば話は別。北朝鮮のこととか事情はよくわからないけど、外務省や入国管理局のひとたちがうちを訪れてあれこれ事情聴取を始めるとか、そんな面倒なことになるぐらいなら……」

倉石は岡江をさえぎった。「嵯峨のクビを切ったほうが早い。そうおっしゃるんですか」

しばしの沈黙があった。岡江は口をつぐんで倉石と美由紀をかわるがわる見たが、やがて厳かにいった。「ええ、そうよ。彼が優秀な職員なら、この職場のためにも喜んで身をひくはずよ。もし問題が起きれば、ですけどね」

美由紀は怒りを燃えあがらせた。「岡江所長。もし嵯峨くんを解雇するようなことがあれば、そのときはわたしも……」

「よしなさいよ」岡江の声は低く、意外なほど冷静だった。「彼が辞めるなら自分も辞める。優等生のセリフね。でも、あなたもわかってるでしょう、岬科長？ あなたは元キャリアの国家公務員だった身。マスメディアの注目度も高く、相談者からの指名も多い。嵯峨科長は成績はよくても、あくまでふつうのカウンセラーにすぎない。つまり、代わりがいないというわけじゃない。わたしのいいたいことは、わかるわね？　いずれにしても、雇い主がわたしだということは忘れないでほしいわね」

美由紀はそれ以上の抗議を発することはできなかった。身体が震えた。

岡江の冷淡な経営者としての横顔は日を追うごとに浮かび上がってきていたが、ここにきてその全容をさらけだした、そんなふうに思えた。美由紀には特殊な利用価値があるから解雇するつもりはないが、嵯峨はその対象ではない。しかし美由紀も嵯峨の肩を持つ気なら、どうなるかわからないぞという脅し。美由紀がいかに政府筋に多くの人脈を持とうとも、しょせんは公務員を辞職した立場であり、いまは岡江に雇われている身なのだ。日本の精神医学界において東京カウンセリングセンター所長の影響力は絶大なものがある。彼女の鶴の一声で、美由紀をこの分野から実質的に永久追放してしまうことも不可能ではないだろう。すなわち、すべては岡江の手中にある。異議申し立ては許されない。岡江はそのことを再確認させたのだ。

美由紀は岡江に対する怒りとともに、自分自身に対する情けなさを感じていた。わたしは保身をはかっている。クビを切られることを恐れている。だから岡江に逆らえない。その事実に気づいたからだった。

正義という概念が、みずからの内から生じるものであるならば、自分はどこまでも岡江に反発し、嵯峨の身を案ずるべきではないのか。たとえ自分が解雇されようとも、二度とカウンセラーという職に就くことが不可能になっても。ところが、実際にそんな二者択一を迫られたとき、自分のなかにあるのは戸惑いと恐れだけだった。

いつでも辞職を申し出る覚悟。自衛官のころには絶えず自分のなかにあった覚悟が、いまはない。そういう自分に気づいた。長年の疑問を振り払うべく、新天地を目指した船出、幾多の困難の果てにようやくめぐり合ったカウンセラーという職業に、別れを告げられない自分がいた。情けない話だった。同僚の危機を知りながら、まだ自分の職の維持に固執している。将来を捨てきれないでいる。自己犠牲の精神はどこにいったのだろう。そもそも、そんなものは自分のなかにはなかったというのか。

美由紀は目を閉じ、深くため息をついた。カウンセラーを志して以来、経験してきた数多くの苦悩と喜び。ようやく自分の道がみつかった、そう確信していた。いまでもその確信は揺らぎようがない。やはり、自分の道は捨てられない。ひとりでも多くのひとを救うカウンセラー、自分が目指す未来はそこにしかない。

強さだと思っていた自分のその思いは、じつは弱さかもしれなかった。それがあるがゆえに、岡江には逆らえない。異議を口にできない。

そのとき、ノックの音が数回聞こえた。どうぞ、と岡江がいうと、背後で扉が開く音がした。

美由紀が振りかえると、嵯峨が入室してきた。

気まずい空気を肌に感じ、美由紀は倉石をみた。倉石も同様らしかった。視線をそらし、固く口もとを結んでいる。

岡江だけが、気楽に声をかけた。「ああ、嵯峨科長。ちょうどよかったわ。韓国からの研修生のことで報告したいことがあるの」

嵯峨の視線が躍り、美由紀、そして倉石をみた。当惑の気配を感じとったのか、嵯峨の顔はわずかに緊張のいろを漂わせた。が、それは一瞬のことで、すぐに穏やかな視線が岡江に向いた。「李秀卿、沙希成瞳のことですか」

「そうよ」岡江は入国管理局からの報告書を裏返し、その上で両手を組み合わせた。「国としても李秀卿の身元はいまのところ問題なし。書類にも不備はないし、うちとしてもそれに従うことにしたから。いまは外務省から警視庁への依頼によって、李秀卿は警察の身辺警護を受けているの」

身辺警護、表向きはたしかにそうなっている。美由紀は心のなかで冷ややかに思った。実際には政府は李秀卿が日本国内で非合法活動をしないかどうか、目を光らせるために警察を動かしている。ただそれを公にできないだけの話だ。李秀卿がらみの書類になんの落ち度も認められない以上、警察は彼女を取調室に招くことさえできない。警察官僚も岡江と同じく、国際問題に発展しそうな事態に関わりを持つことを避けようとするだろう。警察の手で真実があきらかになるのを期待するのは、無駄といえるかもしれない。

に？」

嵯峨はぼそりとつぶやいた。「身辺警護、ですか。すると彼女はまだこれからも、日本に？」

ええ。岡江はうなずいた。「李秀卿は四年前の研修でカウンセラーの認定証を得ていて、今回はふたたび日本国内で働くために戻ってきたというの。こちらへ到着するのは昼すぎになりそうね」

「その件ですけど」嵯峨は硬い表情のままいった。「催眠療法Ⅰ科に彼女のデスクが据え置かれているんですが、それはいったいなぜ？」

岡江は答えた。「彼女がそう希望したから。いちおう韓国からの訪問者でもあることだし、狭いデスクに押しこむのは彼女にとっても窮屈でしょう。お客に対するもてなしだと思って、しばらく我慢して」

「しばらくというと、どれくらいですか」

「そうね」岡江がちらと美由紀をみた。「せいぜい一週間ってところじゃないかしら」

やはり岡江はすべて計算ずくで、あらゆる問題を無視しようとしている。美由紀はそう確信した。岡江が李秀卿に配慮して職場にデスクを与えたのは、韓国から来訪したという主張を信じているからではない、北朝鮮から来た謎の女だとわかっていて、刺激しないよう懐柔策につとめていたのだ。そして美由紀がいったように、一週間もあれば外務省が彼女の正体を暴く可能性がある。そうなる前に李秀卿は行方をくらましてくれるだろう、そう予測しているにちがいない。

その予測はたぶん当たっている。東京カウンセリングセンターとしても、世間体を損なうことはいっさいない。しかしそれは、李秀卿という女の正体を薄々知りながら野放しにすることを意味している。それによって日本国内にさらなる被害者が生まれるかもしれないというのに。

複雑な思いが美由紀のなかで渦巻いていた。職員数があまりに増大し、システムが巨大化しすぎた東京カウンセリングセンター。その経営者としては、これはマニュアルどおりの問題の対処法なのかもしれない。しかし、個人に目を向けないその経営姿勢は本当に正しいのか。そもそもカウンセリングの本質は、個人の心を理解することにあるはずなのだが。

嵯峨はしばし考えるそぶりをしてから、なおも緊張感を漂わせつつ岡江にきいた。「李秀卿の役職は？」

「心配しないで」岡江はかすかに笑った。「あくまでヒラの職員よ。科長はあなた。彼女は、あなたの部下になるってことね。デスクの配置を変えたからって気にしないで。あなたほどの実績を持つ職員を、科長職からはずすなんて考えられないわ」

岡江のきらきら光る目をみるにつけ、美由紀は鳥肌が立つ思いにとらわれた。岡江の表情筋の抑制ぶりはたいしたものだった。カウンセラーが読みとろうとするあらゆる観察法に対し、まず真意を見抜かれないように細心の注意を払って築きあげられた微笑。心を読むことに長けた職員たちを束ねる所長としては当然身につけておかねばならない特技かもしれなかった。

研修を受けて間もない新人のカウンセラーなら、いまの岡江の表情にあっさりだまされていたかもしれない。しかし、嵯峨は疑念のいろをうかべた。その目が倉石のほうに向いた。

嵯峨が唯一信頼し、尊敬を寄せている上司。その倉石の表情には憂いがあった。倉石は、そんな心境を隠そうともしていなかった。それによって嵯峨に真実を知らしめたい、そんな思いが潜んでいるように美由紀には思えた。

「まあ」岡江はため息をつきながらいった。「万が一問題が起きても、うちには岬科長がいるから。元国家公務員としてのコネで、うちの職場に火の粉がかかるようなことは回避してくれるでしょう。だから嵯峨科長、あなたはなにも気に病むことはないわ。ただひたすら、カウンセラーという職業に従事してくれればいいの」

嵯峨が美由紀をみた。困惑と、どことなくあきらめの気配が漂っていた。また岬美由紀を頼りにせねばならないのか。嵯峨の顔にはそんなふうに書いてあるように思えた。

「所長」嵯峨はふたたび岡江をみやった。「あの、四年前の採用試験で起きたことですが……」

「いいから」岡江はぴしゃりといった。「一職員のあなたがタブーに触れる必要はないの。奇妙なことがあったようだし、すべてを忘れろといっても無理な相談かもしれないけど、とりあえずいまは目の前の職務を片付けることに集中して。東京カウンセリングセンターとしては、問題の解決に最善を尽くすわ」

タブーとはどういう意味か。日本国民として北朝鮮問題に関わることをタブー視しているのか、それとも四年前、あきらかに経営者側のミスによって生じた李秀卿の潜伏事件について、一介の職員にすぎない嵯峨が所長に異議を申し立てるのは非常識だという意味なのか。おそらくその両方だろうと美由紀は思った。むろん「問題の解決に最善を尽くす」というのは、中身のない空虚な物言いにすぎない。岡江の主張は首尾一貫している。波風を立てるな、うちの経営を邪魔するな。職員は割り当てられた仕事をしていればいい。ただそれだけだった。

室内の四人に沈黙がおりてきた。

嵯峨は不満のいろをうかべながらしきりに考えこんでいたが、やがて倉石をみてたずねた。「部長も、所長と同意見ですか」

倉石はわずかに驚きを漂わせた。なにかをいいかけたが、すぐには言葉にならないようすだった。

所長である岡江の指示を受けたのだ、直属の上司といえども倉石の指示を仰ぐ必要はない。しかし嵯峨は、岡江の目前であえてそうしてみせた。それが岡江に対する嵯峨の精一杯の抵抗であることは間違いなかった。

倉石はためらいがちにうなずいた。「所長のおっしゃるとおりだと思う」

嵯峨の表情に、諦めのいろの度合いが増した。同時に、倉石をみる目つきに敵愾心《てきがいしん》のようなものがこめられている、そんなふうに感じられた。その視線は美由紀にも向けられた。

だが、嵯峨はそれ以上抗議しなかった。岡江に一礼すると、失礼します、そういって歩き去った。廊下に出ると、静かに扉を閉めた。

美由紀の困惑は深まった。悲しみもあった。嵯峨は、美由紀も倉石も岡江側の人間、すなわち現場の職員ではなく、しょせん一段上の経営者側の存在にすぎないとみなすようになってきている。嵯峨とは別人種だと感じはじめている。そして、美由紀もその事実に気づきつつあった。自分の立場はあらゆる面で保護されている。経営側にとって有益だからだ。しかし嵯峨には、それがない。

あらゆる問題を無視しろと岡江は指示した。倉石も、渋々ながらそれに同意した。自分はどうすべきだろう。

戸惑いながら美由紀は岡江にいった。「所長。わたしは星野昌宏というひとから、娘さんが北朝鮮に拉致されているとの話を聞き、外務省政務官の依頼を受けて李秀卿と会ったわけで……」

「あなたは催眠療法II科長でしょう」岡江は表情を険しくした。「うちの職員として給料を受け取っている。ちがうの？　あなたが相談を受けるのは、うちを訪ねてきた相談者だけ。そうしてもらわなきゃ困るわ」

やはり、岡江には北朝鮮に連れ去られた人々のことなど眼中にない。それはそうだ。嵯峨の身ですら案ずることがないのだ、関心は経営のみ。それ以外にはありえない。

わかりました。美由紀はつぶやいた。妙に居心地の悪さを感じた。岡江と向かい合っているだけで、理性を失いそうになる自分に気づいていた。焦燥感に駆られながら、美由紀は踵をかえした。「失礼します」

扉に向かって歩きだした美由紀の背に、岡江の声が呼びかけた。「岬科長」

美由紀は足をとめた。が、振りかえる勇気はなぜか沸き起こらなかった。

岡江がいやにあっさりとした口調で告げた。「午後になってI科に配属されてくる韓国人女性はあなたの同僚よ。職場仲間。そのことを肝に銘じて、仲良くしてあげなさい」

怒りの炎が一気に燃えあがり、美由紀は思わず振りかえろうとした。が、理性がかろうじてそれをおしとどめた。いま敵意に満ちた目を所長に向けてなんになる。反発してなんになる。

疑問が頭のなかに渦巻きだした。それを振り払おうと、美由紀は足早に歩きだした。岡江を振りかえることもなく、扉を開け放って廊下にでると、後ろ手に閉めた。力は抜いたつもりだったが、扉の閉じる音は荒々しかった。

誰もいない廊下。エレベーターに向かおうとして、足がとまった。壁にもたれかかり、混乱した自分の気持ちを鎮めようとした。すると、どうしようもない悲しみがこみあげてきた。視界が揺らぎ、目頭が潤みだした。

ダビデのいったとおりだ。かつてのように闘えない自分、弾圧に徹底的に抗《あらが》うことのできない自分。それが、この問題を解決できない理由だった。

自衛官時代を忘れたい、闘争の日々と別れを告げたい。願わくは、平和と友情、愛情だけを信条とする職業に就き、永遠に武器を手にすることを放棄したい。すべての人々が自分に好感を持つことはまずないだろうが、自分は、誰も嫌いにはなりたくない。地球上の誰をも好きでありたい。

その信条と自分の本能が矛盾する。そこに息詰まるような苦しみが生じている。カウンセラー。わたしはその職業にしがみついている。それゆえ、抵抗力を失っている。自主性を失っている。わたしはいったい、なんのために働いているのだろう。そして、いったいこれからどうすればいいのだろう。

宗教者

　岬美由紀が退室したあと、倉石は所長執務室の温度が二、三度さがったかのように感じた。いまにかぎったことではなかった。いままでも、岡江粧子とふたりきりになると寒気に包まれることはたびたびあった。これからもたぶん、そうにちがいない。三十年以上にもわたるつきあいだというのに、岡江という人物は倉石にとって慣れ親しむことのできない人柄の持ち主だった。いや、自分だけにかぎるまい。倉石はそう思った。これほど愛想のない女性が、カウンセリングセンターの所長を務めていること自体、世間では異例中の異例ととらえているだろう。

　岡江は机上から老眼鏡を手にとり、そのレンズを通して入国管理局からの報告書をしばしみつめていたが、やがてまた苛立ちを露にして紙を投げだした。

「まったく」岡江は遠慮なく、吐き捨てるような口調で倉石の顔をにらんだ。「カウンセラーをまとめる役割のあなたが、こんなことを見逃すなんて」

　責任の所在を、中間管理職の倉石に押しつける構えをみせはじめた。動揺はなかったが、倉石は静かに弁明した。「人事部からは成績表と、規定の合格条件を満たした者のリストが送られてきただけでした。私のほうでは、新入りをどの部署に就かせるかを検討したにすぎません」

「あなたは嵯峨科長を高く買ってたわね」岡江はほっそりとした外国製の女性向けタバコをとりだすと、ライターで火をつけた。「科長に採用したのも、あなたの強力な推薦があってのことだったし」

今度は嵯峨の就職後の扱いについて、責任は倉石にあるという主張だ。いったい、この老婦はどこまで職員ひとりひとりを軽視すれば気がすむのか。そうでなくては経営ができないというのだろうか。興味は収益だけ、そういう信念だろうか。それでカウンセリングが最高の生業《なりわい》だという判断に行き着いたとでもいうのか。

ありうる。倉石はそう思わざるをえなかった。いまの時代、自分の悩みを打ち明け、相談に乗ってくれるカウンセラーの需要はきわめて高い。そして大勢のカウンセラーさえ抱えていれば、その職場には設備投資はほとんど必要ない。物販のように在庫を抱えることもない。すなわち、非常に大きな利潤を得ることができる商売だった。岡江はその商人に徹しきっている。なんの迷いも、後ろめたさも感じていないようすだった。

「所長」倉石はいった。「ひとつおたずねしたいことが」

岡江はうんざりしたように、ため息とともに煙を吐きだした。「持ってまわったようないい方はやめて。なんなの」

「小さな経費で、大きな利潤。それ以外に、この職場に対する思いはおありですか」

あからさまな抗議を受けても、岡江の表情は変わらなかった。「ほかになにがあるのか、聞かせてくれるかしら」

このていどの嫌味や苦言では岡江が気分を害することがないとわかっていたが、返ってきた言葉は倉石にとってやや意外だった。倉石は真剣に答えた。「東京カウンセリングセンターの世間への影響力、これをどうみますか。日本という宗教のない国では、われわれ精神医学に関わっている機関の人間が国民の精神文化に大きな影響を与えていると思います。ある意味で世間は、東京カウンセリングセンターには正しい行いと正常な心というものを知るカウンセラーたちがいて、カウンセリングにおいては正しい方向へと自分を導いてくれる、そう信じる向きが多いと思います。そうしたなかで、利潤の追求に走り、相談されたことではないのだからといって深刻な社会問題に目を向けずにいるというのはいかがなものでしょう。それが国際問題につながるようなおおごとであれば、なおさらです」

「答えははっきりしてるわ」岡江は視線を指先につまんだタバコの先に向けていた。「うちは宗教法人ではないの。カウンセリングってのも宗教ではない。駆けこみ寺みたいに救済を求められても迷惑だし、世間の問題にこちらから首をつっこんで、人々を救おうってのも不必要な考えね。悩みの相談に訪れる人々が、どれだけの満足を得て帰っていくか。それだけが重要な課題。いってみれば、巷《ちまた》にあふれる顧客商売のうちのひとつでしかな

テキストにも……」

「しかし、正義を行う信念がなければカウンセラーは務まらないと、岡江卓造《おかえたくぞう》氏の残した

い」

「まって」岡江は硬い表情で片手をあげ、倉石を制した。「夫の話なら、いっそう結論ははっきりしてるわよ。夫はわたしより商売人だったから」

倉石は不満を覚えた。岡江の言葉が、倉石を黙らせるための詭弁《きべん》でしかないように思えたからだった。

岡江は倉石をじっとみつめていった。「不満なの？　じゃあ聞くけど、あなたは夫に会ったことが何度あるの？　せいぜい四、五回でしょう？」

倉石はしばし黙っていたが、やがて思いつくままにいった。「岡江卓造氏がお亡くなりになる前は、たしかにそのていどしか会っていません」

岡江の目が光った。「どういう意味？」

「岡江卓造氏が存命中、私はまだ新入りにすぎませんでした。それも、すでに第一線を退いておられました。氏がこの東京カウンセリングセンターを創立したときのことも知りませんし、私がお会いしたときには、氏のおっしゃる意味もよくわかりませんでした。しかしのちに、カウンセラーとしての経験を積み、科長になったころ、岡江卓造氏が頻繁に口にしていたことがあるていど理解できるようになりました。私は氏の文献をひもとくこと

で、以後何度となく氏の主張していた正しいカウンセリングのあり方について復習し、氏の心に触れました。ただ四度か五度会っただけではないというのは、そういう意味です」

「泣けるわね」岡江は目をしばたたかせたが、それはタバコの煙のせいにすぎないようだった。平然とした口調は依然として変わらなかった。「さすがカウンセラーを長く務めただけのことはあるわね。ドラマティックないいまわし、相手の心をとらえるおちついた話し方。でもあなたは思い違いをしてるわ。わたしの問いかけからも、論点がずれている」

「そうですか?」

「ええ。あなたが心で触れたとするわたしの夫の姿は、結局あなたの夢想にすぎないじゃない。これだけ立派な標語を掲げていたひとなのだから、立派な人物にちがいない。そう思っていたのね。あいにく、そんなものはすべてフィクションにすぎないわ」

「フィクションですって?」倉石は驚いてたずねた。岡江粧子の口から、いまは亡き東京カウンセリングセンターの創始者、岡江卓造の実像めいたものがつたえられたのは、これが初めてだった。しかし倉石は、日本の精神医学の父として広く名が知られている人物に対し、その仕事を引き継いだ未亡人が否定的意見を持つことに合点がいかなかった。いったいどういう真意なのか。

「そう、フィクション」岡江はさばさばした口調でいった。「ユダヤ人の救世主みたいにもてはやされてるシンドラーと同じよ。夫は戦後の焼け野原となった東京で、精神医療の必要性にいちはやく気づいたってことになってるけど、実際にはほかにできることがなかったってだけなの。外科や内科の病院をつくるには設備投資がかかるし、だいいち病院となると許可を得るのがたいへんだったからよ。だからカウンセリングセンターにした。人々の悩みを聞き、精神を正常な状態に近づける。そういうと聞こえはいいけど、ようするに責任のない相談役みたいなものよ。相手の抱えているもめごとが解決しようがしまいが関係ない、ただ対話でストレスを軽減してくれればいい。それだけの商売。気楽なものね」

倉石は怒りを覚えつつあった。「現在、この職場にいるカウンセラーもおなじだというんですか」

「さあ、ね。当時の付け焼刃で見よう見まねの職員たちよりは、あなたたちが勉強家なのは承知してるわよ。でも、部長。わたしがいいたいのはね。カウンセリングの本質ってのはそんなものでしかない、それをカウンセラーの側が肝に銘じておかねばならないってことよ。相談者《クライアント》相手にそんな態度をみせることは慎まなきゃならないけど、この職場全体が利益をだし、そこから給料という分配にあずかっているという現実を忘れて、なにかこう崇高な職業に就いているかのような錯覚は厳に慎むべきだわ」

倉石は岡江の主張もわからなくはなかったが、それでも反発の欲求を抑えられなかった。

「カウンセラーにも仕事に対する誇りがあります。それを捨てろと？」

「そうはいってないわ。ただ現実を直視しろといってるだけ」岡江はデスクの上に目を落とした。「カウンセラーは、泣いた子をあやすのが仕事。その子に勉学の機会を与えたり、しつけたり、将来の世話をするのは仕事の範疇《はんちゅう》ではないのよ」

相談者の悩みは聞くが、それは相談者の心のケアのためであって、悩みの理由になっている事柄が解決するかどうかについてはカウンセラーの責任ではない。岡江は遠まわしに、その主張を何度もくりかえしている。すなわち、相談者の話を聞くだけで仕事を果たしていることになるのだから、非常に効率のいい商売だということになる。岡江粧子が五十年かかって行き着いた経営方針は、その一言に集約されている。効率のいい商売。

倉石はきいた。「そうすると、カウンセラーは相談者にいっさいの責任を負う必要がないということになりますが」

「そのとおりだっていってるでしょう」岡江は口ごもりながらいった。「それはカウンセラーという職業の力の及ぶ範囲を超えているわ。まったく、岬科長の就任以来、勇み足をいいことのように思う人間が内外に増えて、困ったものだわ」

「岬のおかげで当センターが社会的に注目を浴びることが多くなったのに、ですか。現に相談者の数も増え、業績もうなぎのぼりだというのに」

「適度な範囲にとどめておいてもらいたいものね。まあ、薬の副作用とおなじで、よいものを手に入れようとすると、きまって悪いことも付随してくるものだから、しょうがないわね。岬科長のせいで、世間が東京カウンセリングセンターの職員に対しある種の事件解決請負い人的な期待感を抱くようになった。その弊害は大きいわね」

業績があがったらあがったで、気に入らない部分について小言をまくしたててばかりいる。倉石はさらに怒りをつのらせた。「部下に、カウンセリングは稼ぎのためだなどと割りきっている人間はひとりもいません。みな信念を持ち、相談者の悩みを解決しようと本気なんです。カウンセラーという職種の定義がまだ明確でないために、ある意味では所長からみると、必要以上のことをしでかす人間もいるかもしれない。しかし、仕事内容が限定されていないからこそ、自由度が高いからこそ、あらゆる手を使って相手の悩みを解決しようと試行錯誤できる。カウンセリングというものがこれからも発展していくためには、そのような試みが大事なはずです。決して、相談者の話を聞けばそれで終わりとか、短絡的なものにおちついてはいけないはずです」

岡江は倉石をにらみ、怒ったように甲高い声を張りあげた。「だからといって北朝鮮問題に首を突っこむ必要がどこにあるの」

「私も詳しくは知りませんが、岬のいうように何人かの日本人が北朝鮮に連れ去られたという事件が現に起きているわけでしょう。残された家族は日々、身内の安否を気づかい苦しんでいます。そういう人々が存在するというだけでも、われわれがなにかをすべきであるということにつながる。そうは思いませんか」

「思わないわね」岡江の態度は頑なだった。「そういうひとたちが相談者になってここに来れば話は聞くけど、それだけのこと。よけいなことはしなくていいの」

「所長」

「くどいわね、あなたも。いい？　わたしにはこの職場を守る義務があるの。八百人を超す職員を抱えている東京カウンセリングセンターの経営を維持していかなきゃならないのよ。ボランティアやサークル活動じゃないの。タブーになってるような社会問題に参画して、屋台骨を揺るがすようなことになったらどうするの。もっと現実的になりなさい」

岡江がそれだけいって口をつぐむと、室内に静寂がおとずれた。

倉石は、自分のなかにひそかに燃えつづける怒りの炎が、決して一定以上に大きくならないことをさとった。怒りが消えることはないが、あくまで微弱にくすぶりつづけているだけ、そんなふうに感じられる。最初は自分でも意外だったが、こうして室内の沈黙のなかに身を委ねるうちに、理由がおぼろげにわかってきた。

自分も経営側の考えに近づいているのだ。部長職をつづけてきた経緯が、倉石のなかに変化をもたらしていた。所長がいうほど悪魔的に割りきることはできないが、カウンセラーとは責任を持つ必要のない相談役、そんな調子のよさを秘めた職業にすぎないと、一方で感じはじめている自分がいた。そして、カウンセラーが相談者《クライアント》に対して与えるある種の〝まやかし〟の存在を認め、それこそがカウンセラーにとって最大の売り物だと気づきはじめていた。

倉石は、自分の過去にあったはずの血気さかんな行動への意欲が、失われつつあることを知った。自分もかつては、嵯峨や岬のように恐れを知らなかった。いまでは自分の心は、むしろ岡江粧子のそれに近づきつつある。無難に効率のいい商売をこなし、経営を維持する。そんなルーティンから踏みだすような危険を、なぜあえて冒す必要があるというのだろう。

結局、ひとはまず自分の暮らしを守らねばならない。そのために働き、給料を得つづけねばならない。それは決して突き崩すことのできない大原則だ。情けないとは知りながら、そこから脱することはできない。

奇妙なことに、倉石は岡江に対し、怒りと敗北感を同時に感じ始めていた。いや、こんな自分にしたのは所長である岡江だ、そういう子供じみた敵愾心も沸き起こってくる。

だが、すべては自分の弱さのせいかもしれない。

それでも倉石は精一杯の皮肉をこめていった。「相談者が救われるかどうかは相談者自身の問題。そして、こちらにあるのは利潤の追求のみ。そんな所長のお考えのほうが、よほど宗教団体めいていると思いますが。いっそのこと、宗教法人として登記してみては?」

岡江はあっさりと答えた。「そっちのほうが儲かるなら、そうするわ」

倉石は突如燃えあがった怒りが罵声《ばせい》になるのを、かろうじてこらえた。背を向け、足早に扉に向かった。開け放って廊下にでると、エレベーターに向かって突き進んだ。

倉石のなかに生じた苛立ちは、岡江に向けられたものではなかった。ほかならぬ倉石自身に対する苛立ちだった。

自分はいまや、岡江の言葉を理解できる。同情心も抱ける。以前は、あんなに理解できなかったのに。それが悔しかった。冷血漢呼ばわりしていた経営者の心に近づいた自分が、とてつもなく悲しかった。

ローン

美由紀は照りつける日差しのなかを、東京カウンセリングセンターのロビーから駐車場に向かって歩いていた。四年前ならタバコを吹かしていたところだろう。さすがにいまはそんな気にはならないものの、どこかやりきれない気分に陥っている自分がいた。こんなときは、空き時間を利用して首都高速を一巡してくるにかぎる。本当はバイクのほうがいいのだが、つい先日ノーヘルメットで走っているところを白バイに捕まって以来自粛していた。道路交通法は承知していたが、リッターバイクをはじめて乗りまわしたのがアメリカのテキサス州だったせいで、ヘルメットをかぶらず疾走する楽しみにすっかり魅了されてしまっていた。この猛暑のなか、ヘルメットのなかで汗をかいて化粧くずれを起こすよりは、顔に風圧をじかに受けて乾燥肌になるほうがまだましにも思えた。そんなふうに、悪いとは知りながら義務を怠る日々がつづいた結果、人生で最初の交通違反切符を切られることになった。

ノーヘルメットで走っても転倒事故を起こすようなへまはしないという、慢心が自分のなかにあったことは否定できない。このところ四輪に乗っているせいで、二輪がいかに危険な乗り物にみえるかあらためて認識した。運転技術のうまい下手にかかわらず、一見して無謀な走り屋にみえるノーヘルメットのバイクが接近してきただけで、クルマのドライバーは緊張感に包まれるものだ。

　心の問題の専門家でありながら、そんな十代の若者ですら常識ととらえているマナーやモラルに欠けている。そういう自分を再認識した。この職業に就いたとき、人生の目標としたマザー・テレサという人物と自分との差は、縮まるどころか日々広がっていくように思えてならなかった。

　美由紀はふと、駐車場のゲート付近に停まっている一台のトラックに気づいた。荷台に幌《ほろ》をつけたグレーの二トントラック。それが妙に気になった。車体には業者名も書かれておらず、作業着らしき服を着た運転手は、帽子を深々とかぶっている。日野自動車のデュトロ・4WDロングに似通ったかたちをしているが、美由紀の知らないメーカーのようだった。国産車ではないのかもしれない。

　運転手の帽子がわずかに動いた。美由紀の視線に気づいたらしい。トラックはエンジンをかけ、発進した。さして急いでいるようすもみせていないが、いまから美由紀が駆け寄ろうにも、ぎりぎり間に合わないタイミングであることは間違いなかった。

　故意にか。それとも、なんの意味も持たない偶然だろうか。

　やめろ。美由紀はトラックを見送りながら自分を叱《しか》りつけた。つまらない考えにとらわれるのはよせ。もしメフィスト・コンサルティングか人民思想省が暗躍しているのだとしても、たんに気を張っているだけではその動向を見破ることはできない。いまの自分はまるで怯えた小動物のようだ。獰猛《どうもう》な狼《おおかみ》にいちど噛《か》みつかれたことがある、そのせいで咆哮《ほうこう》ひとつ、足音ひとつきこえるたびに臆病《おくびょう》になって身をちぢこませている。こんなことでは仕事にならない。

そうは思いながらも、走り去るトラックのナンバーだけは、いちおう記憶にとどめておいた。2262。それを頭にインプットすることで、走りがちな義務感を満たそうとした。なにかあれば、この記憶だけでも役に立つにちがいない。そう思うことにした。

暑さに苛立ちがつのる。駐車場に整然と並ぶクルマのボディやウィンドウに、陽の光が反射して、まばゆいばかりのきらめきをつくりだしている。光のなかを歩いた。遠くにみえる環状線は蜃気楼《しんきろう》に揺らいでいる。めまいを起こしそうだった。体力にさえ衰えを感じる。ストレスがたまっているせいだろうか。

それにしても、と美由紀は思った。さっきのカウンセリングは最悪だった。相談者《クライアント》は中学生の少年、ひきこもりを気にした両親の勧めでここに来たという。このところ、親というのはかならずといっていいほど、子供の不登校の理由をあらかじめ心に決めてカウンセリングセンターにやってくる。思春期の気の迷い。もともと内気な性格ですから。そのあたりの台詞《せりふ》が聞きたくてうずうずしている。そこに、お子さまには神経症の気がある、あるいは場合によっては、精神分裂病の症状に近いと推察されますなどと少しでも口にしようものなら、反発は火をみるよりあきらかだ。まして、子供のそうした症状は家庭環境にその一端があるかもしれないなどと述べたりすれば、反発は一気に敵愾心に変化し、二度と埋まることのない溝を両者のあいだにつくりだすことになる。

むろん、反発や敵愾心といっても、それは目にみえたかたちでは表れない。だが、カウンセラーの側からすればあきらかにわかることだ。あなたのお子さんが抱えている問題はたいしたことではありませんよ、そういう言葉をかえしてくれないカウンセラーは両親にとって敵でしかない。そもそも、カウンセリングを受けにきた時点から、親というものは責任転嫁に忙しい。私たちは気にすることもないと思ったんですが、学校の担任の先生が受けにいったほうがいいとおっしゃったんで。それで、高名な岬美由紀先生であればという条件で、こちらにおうかがいした次第で。そして、症例を告げられたあとの態度もまた親ならではだ。先生のご意見はうかがいました、でも私は親として、うちの子がそんな病気にかかってるとはとても思えません。岬先生は深読みしすぎてらっしゃいます、うちは借金もなければ家庭問題もない。教育はきちんと行ってきましたし、あの子もそれに応えてすくすくと成長してきました。それを、そんなふうに病気みたいにおっしゃるなんて、あの子がかわいそうじゃないですか。

その言いぐさは、あたかもこちらが悪者であり、責任のすべてがこちらにあるかのように決めつけている心情がうかがいとれる。が、そこまで親が子のためを思っているかといえば、そうではない。

学校の担任も、カウンセラーも頼りにならないと親が考えている以上、いずれ子供が次なる施設に送りこまれる日も近いだろう。両親は子供のためを思っているというより、自分たちの子育てと教育がどこかで間違っていたという事実を、断じて認めようとしたがらない、ただそれだけなのだ。だから両親は家庭内では子供自身に責任があると決めつけ、なんらかの矯正施設に送りこもうとするが、その先で親に責任があると指摘されると、今度はその指摘をした人間を悪と決めつけ、自分たちは子供をかばっているのだと自己満足する。堂々めぐりだった。親はそれでいいだろう。だが、子供はそんな不毛なたらい回しのあいだにも日々成長しているのだ。そしてそれは、決して正常な成育ではない。

ああいう親というのは、いったいなんなのだろう。きょう、去りぎわに父親が捨て台詞を吐いていった。岬先生。あなたも、いつでも正しい判断ばかりしているわけじゃありますまい。

違反切符をきられたことがさかんに頭にうかぶのは、あの父親の捨て台詞のせいだろうか。そう、たしかに自分は正しいことばかり行っているわけではない。それどころか、四年前までの自分はまさにやりたい放題だった。自分の心が荒れているのを、親のせいばかりにしていた。親を失ってはじめて、そのことに気づいた。自分の心の奥底にあるものは甘えでしかない、その事実に。

きょうカウンセリングを受けた少年の親は、そろってなんらかの邪悪な思想にとらわれているかのようだった。表面上はそんな気配はない、むしろ穏やかな人々だ。しかし美由紀にとっては、カウンセリングを受けるべきは子供ではなく親のほうとしか思えなかった。どんな状況でも保身をはかる。自分を否定するいかなるものも敵対視する。子供の問題が自己否定につながるのなら、子供を否定する。もともと世の中は信用ならない、信じられるのは自分だけという歪んだ信念を抱いているせいで、それらの考え方に拍車がかかる。そんな自己中心的思考にとり憑《つ》かれているとしか思えないのだ。

そう、あの親は反社会的人格障害の兆候をみせている。法的には犯罪ではないが、罪があることは明白だ。わが子の人権を無視し、人格を否定しているのだから。

子供を親から引き離して、自分がその教育を一手に引き受けたい衝動に駆られる。しかしそれは、無意味な妄想でしかなかった。ふたたびカウンセラーを訪ねるかどうかは相談者側の任意だ。あの少年の母親は、二度と来ないといった。少年にも同意を求めた。親に反抗できない少年は、黙って首を縦に振った。そしてカウンセリングは、永久に終わりを告げた。

乾いた風が駐車場を駆けぬけたが、暑さは和らがなかった。美由紀は愛車のメルセデスに近づいていったが、ふと足がとまった。美由紀のクルマの前に黒のクラウンが停車している。これでは発進させられない。

苛立ちも手伝って、美由紀は迷わずクラウンにつかつかと歩み寄った。側面のウインドウをノックした。窓が開くのを待たず、美由紀は車内にも届く大声で怒鳴った。「ここは職員専用の駐車場ですよ」

ガラスに紫外線防止の加工がしてあるのだろう、運転席はよくみえなかった。が、倒したシートに寝ていたスーツ姿の男が起きあがったのが、かろうじてわかった。ウインドウが下りると、四十代半ばぐらいのいかつい顔つきが現れた。馴染みの顔だった。もっとも、雀の巣のようにくしゃくしゃになった頭と、ねぼけたまなざしには、いつものような精悍《せいかん》さは微塵《みじん》もなかった。

「蒲生《がもう》さん」美由紀はため息まじりにいった。「なんでここに？」

警視庁捜査一課の蒲生誠《まこと》は、悪びれたようすもなくかえしてきた。「きのうまで大手町の強盗事件追ってたんだが、上の命令で捜査本部をはずされた。で、けさはここで待機って指示受けてるんでな」

「ここで待機？」美由紀は辺りを見まわした。駐車場には誰もいなかった。

「ああ」蒲生はタバコを灰皿からとると、口にくわえてひと息吸いこんだ。「もうすぐ重要人物さんがパトカーでこちらに到着されるんでな。まったく、通常ならありえないことだが、捜査一課の刑事を身辺警護に駆りだすなんて、どなたかと思いきや、韓国からきたカウンセラーの女っていうじゃねえか」

「李秀卿ですか」美由紀は身体に電気が走ったような気がした。「彼女は実際にはカウンセラーなどではなく、北朝鮮の……」

「おっと」蒲生はタバコを指先につまみとり、それを突きだして美由紀の言葉をさえぎった。「そいつは安易に口にしちゃいけねえな。特に俺も、立場ってもんがあるんでな」

美由紀は不満を覚えた。「どうしてですか」

「あれを見な」蒲生は駐車場の外に顎をしゃくった。地下への入り口にぞろぞろと吸いこまれていく人々の群れがあった。営団地下鉄の神谷町《かみやちょう》駅だった。「あの連中だって、東京がいつ大地震にみまわれるかわからないって危険は知っている。関東大震災クラスの地震が起きたら、あのなかは危ないってことも承知してる。だが、とりあえずはそんなことは無視して行動してる。なぜだかわかるか。地震の可能性があるから地下は危険だってのは正論だが、そんなことといってちゃ仕事もできねえ。だから、頭から追っ払う。誰も口にしない。で、ただ粛々と自分の職務に従事する。それが日本のサラリーマンってやつだ。俺《おれ》らみたいに、親方日の丸の公務員となりゃなおさらだ」

「李秀卿の正体は周知の事実でも、刑事は黙って命令に従うしかない。そういうことですか」

「日本人ってのはな、運命に従順なんだよ。このひとが総理大臣ですっていわれれば、受け入れるしかないし、税金をこれに使いますっていわれればぶつぶつ文句いいながらも従うし、片道ぶんしか燃料のない飛行機に乗って特攻しろといわれりゃそうする。きのうまで鬼畜米英だったのが、きょうからはアメリカと仲良くしましょうといわれりゃみんなでそうしちまう。真珠湾攻撃の映画がヒットしてるのって日本だけらしいぜ。どうなってやがるんだろな、この国は」

「話題を挿《す》げ替えないでください」美由紀は苛立っていった。「特令としてわざわざ捜査一課が駆りだされたってことは、名目上は身辺警護でも、実際には監視が目的でしょう？李秀卿の行動に目を光らせるっていう」

「だからな。そうはっきりいっちゃいけねえんだよ。警視庁勤めと元防衛庁勤めが、そんなこと口にしてたって上に知られてみろ。大問題だぞ」

「蒲生さんはそうでしょうけど、わたしはもう民間人だから」

「民間人ねえ」蒲生はタバコを口に運んだ。「都合のいいときだけ民間人になって、必要があれば元キャリアの立場を持ち出せる。転職ってのはいいもんだな」

美由紀のなかに、どんよりとした黒い雲が広がった。蒲生の言葉は重く感じられた。

蒲生は美由紀の顔をちらとみると、気まずそうにいった。「ま、乗れよ。車内は涼しいぞ」

「アイドリングは都の条例で禁止されてるはずですけど」

「ばかいうな。四十度近い暑さなのに、クーラーつけずにいられるかよ。とにかく、そこに立ってちゃ熱中症になっちまうぞ。なかに入りな」

美由紀は迷った。本当は自分のクルマに乗って出掛けたかった。だが、蒲生が李秀卿がらみの件で駆りだされていることを聞いたのでは、ここを立ち去ることもできなかった。

車体を迂回《うかい》し、助手席側のドアを開けた。シートの上には書類や菓子の包装紙が散乱していた。蒲生はそれをひとつかみにして後部座席に乱暴に放りなげると、手招きした。まあ座れ。

美由紀はため息をついて助手席におさまった。タバコの煙が霧のように白く漂っている。しばらくドアは閉めずにおこう、そう思った。それでも、ひんやりとした冷房の空気に接するには充分だった。ダッシュボードはあちこち傷んでいて、年式も古そうだった。無線などの装備品が見当たらないことから、警察車両ではないことがわかる。蒲生の自家用車だろうか。中古で購入したのだろうか。

「蒲生さん。ローンで買ったジャガーSタイプは?」

「ああ、あれか」蒲生は美由紀にドアを閉めるよううながすこともなく、ただタバコの煙を噴き上げた。「あれはな、売っ払った」

「売った?　買ったばかりの新車をですか」

蒲生はうなずいた。「あのクルマは見てくれはいいんだが、性能は最低でな。ボディがでかい割りに居住空間は狭いし、ハンドルはがたつくし、エンジンもたびたび不調になるし。で、点検やら修理やらに出すたびに、長いこと待たされたあげく高い金とられてよ」

「外車は代理店も少ないから、しょうがないですね」

「きみのベンツはそんなことねえだろうが。ヤナセの看板はあちこちでみかけるぜ？　やっぱ、英国車なんてもんは故障して当たり前って噂は本当だったんだな。クルマ買うなら日本車かドイツ車にかぎるぜ」

美由紀は思わず笑った。「細かいところに神経がゆきとどくってことに関しては、どうやら日本人とゲルマン人が秀でてるみたいですからね。海外旅行しても、日本のホテルみたいに塵《ちり》ひとつ落ちていないのはドイツ、スイスぐらいのものですよ」

「まったくだ」蒲生も同意した。「ぶっとい指のアメ公どもとちがって、日本人とドイツ人は手先が器用で、壊れにくい精密機械もつくる」

そのとき、開いたドアの外から冷ややかな女の声がした。「その代わり、戦争を起こして大量虐殺もする。そして、負ける」

美由紀は身体をこわばらせた。わずかに朝鮮語のイントネーションが感じられる女の声。いちど耳にしたら、忘れられるはずもないあの女の声だった。

ドアの外に、李秀卿がたたずんでいた。光沢感のあるサブリナのスーツが身体にぴったりと合っている。

美由紀はまたしても怒りをおぼえながらクルマの外にでた。クラウンの後ろに、いつの間にか一台のクルマが停まっていた。おそらく公安のものだろう。

警察が露骨に監視の姿勢をとっていても、いささかも憔悴《しょうすい》したようすをみせない。いったいこの女の狙いはなんだろう。人民思想省からどのような密命を受けているのか。気温の高さをまるで感じないかのように、涼しげな顔をして立つ李秀卿を見つめながら、美由紀は思った。

美由紀は李秀卿にいった。「いっとくけど、国家を侮辱すればわたしが傷つくと思ったら大間違いよ。あなたの偉大なる祖国観とはちがうんだから」

李秀卿の口もとに、また不敵な笑みがうかんだ。「その割りには、ずいぶん腹を立てているようだが」

「なんですって」

そのとき、クラウンの運転席から蒲生が降り立った。あきらかに作り笑いとわかる表情で、美由紀たちをなだめにかかってきた。「まあまあ、おふたりとも。仲良くしたほうがいいぜ。もめごとを起こしたんじゃおたがいのためにならないだろうが」

李秀卿はじろりと蒲生をにらむと、頭から足もとまでをながめまわし、軽蔑のこもった声でいった。

「公務中にありながら服装が乱れている。警察組織および上司に対し不平不満を持ち、反抗的態度をしめすことが多々あると推察される。ところがいまは、日本人特有の事勿《ことなか》れ主義にみずからを埋没させようとしている。察するに、いまは上司に逆らえない理由があるのだろう。強欲な日本人においてそれは減俸を恐れる心理に根ざしている。すなわち、借金もしくはローンを抱えこんでいるにちがいない。身分不相応な買い物でもしたのか?」

身も蓋《ふた》もない言われように、蒲生は怒るどころか目を大きく見開き、言葉を失っているようすだった。李秀卿の指摘が図星だったことは、蒲生の青ざめた表情が物語っていた。蒲生はまるで落ちこんだ学生のようにうなだれて、すごすごとクルマのなかに戻っていった。

手放したジャガーのローン払いは、蒲生にとって相当な痛手らしかった。美由紀は腹を立てて李秀卿にいった。「あなた、どういうつもりなの」

「本当のことをいったまでだ」

「礼儀ってものがわからない人間が、どうやってカウンセリング業を務めるつもりなの。ひとを傷つけて楽しいの?」

だが、李秀卿の表情は変わらなかった。かすかに目を光らせながらいった。「興味深い」

「なにがよ」あきらかに喧嘩ごしになっている自分に気づきながら、美由紀はきいた。

「おまえはなにに対して怒っている? 友人を侮辱されたからというより、自分に腹を立てるんじゃないのか？」

「どういう意味よ」

「わたしは一見して、そこにいる刑事が借金もしくはローンに苦しんでいることを悟った。だがおまえはそれがわからなかったのだろう。わからないまま、相手が気にしていることを口にしてしまった。それが口惜《くや》しいのだろう」

美由紀は胸の奥を揺さぶられているような気分の悪さを感じていた。たしかに自分は蒲生に対して、なにも気づかないままジャガーのことをたずねてしまった。蒲生はいやな顔ひとつみせなかったが、じつは気に障っていたのかもしれない。

礼儀を失しているはずの李秀卿に、逆に礼儀のなさを指摘された。もうそれ以上、なにも考えたくなかった。思いが自責の念に変わっていくのが耐えられなかった。美由紀は怒りにまかせていった。「あなたこそ、蒲生さんがローンに苦しんでいることを知ったのなら、言葉に配慮するべきでしょう」

「借金ではなくローンなのだな。なるほど。だが、ローン払いを抱えこんだのは自分の責任だろう。一括払いで買えないものを分割で買う、その時点で無理が生じていることに気づかないのか」

「そんなこといってたら、日本じゃ家ひとつ買えないわ。蒲生さんだって家のローンだけだったらまだそれほど痛い思いしなかったわよ。ただ、それに加えて高級車を買ったせいで……」

「社会主義国であれば土地も家も支給される。生涯、住むところに困る必要はない。ローンに苦しむこともない」

「豪邸や高級マンションに住めるのは一部の人間だけで、大部分はわらぶき屋根のいつ壊れるかわからないような家を与えられている。ローンの苦しみがない代わりに自由もないわ」

「おまえたちは、自由なるものと引き換えにローンの苦しみを抱えこむのか」

「そうよ。ローンがあったって幸せな家庭があれば……」

「美由紀」クルマのなかから、蒲生の弱々しい声がした。「ローンローンって、もうやめてくれ。ほかの話題にしてくれ」

李秀卿は冷ややかな目で美由紀をみた。「滑稽《こっけい》だな。友人の傷を癒《いや》すどころか、むしろ傷口に塩をすりこんでいる。おまえの行動は矛盾だらけだ。いっそのことニックネームも千里眼ではなく矛盾女とでもしたらどうだ」

挑発であることはわかっていたが、美由紀は怒りをつのらさずにはいられなかった。

「わたしのどこに矛盾があるっていうの?」

「おまえはわかっていない」李秀卿は前髪をかきあげながらいった。「きのう、おまえはいったな。日本で起きている残虐な事件は外国人犯罪者のせいだと。それなら、何か月か前に起きた小学校の事件はどう説明する。犯人は日本人、それも大人の男だ。刃物を握って校舎に乱入し、ためらうことなく子供たち相手に凶行を……」

「あれは犯人が……反社会的人格障害と推察されていて……」

「反社会的人格障害？」李秀卿は笑った。まるでおかしな冗談でも聞いたかのような反応だった。「そんな症例は聞いたことがないぞ。どうせ欧米で最近になってでっちあげられた症例なんだろうが……」

美由紀は負けじとまくしたてた。「反社会的人格障害、アメリカ精神医学界制定のDSMというマニュアルにより規定。他者の基本的人権または年齢相応の重要な社会的規範または規則をくりかえし持続的に侵害する行動パターンを示す人格障害。北朝鮮じゃどうせ教えられないでしょう。規範や規則の侵害はむしろ国のリーダーが率先して諸外国に対し行っているんだから」

李秀卿のほうは冷静だった。「規範や規則の侵害？　それがあった人間を、反社会的人格障害と呼ぶのか？　それは精神医学における症例判断ではなく、たんなる善悪判断だろう。なるほどな、反社会的人格障害か。よくいったものだ。悪というものに、障害のレッテルを貼ることであたかも神の審判のごとく、絶対的な悪であり理解不能にして危険な存在と決めつけるわけだ。それが間違っているとわからないのか？　ルールやモラルに違反する、理解や同情が不可能な人間の悪しき行為について、あいつは反社会的人格障害だと決めつけることが。文明社会においていかに危ういことか、わからないのか？」

美由紀は李秀卿に反感を抱いていた。そのはずだった。ところがいま、なんの反論も思いうかばなかった。いや、いいかえそうとすればできただろう。だが、美由紀のなかにそれを阻むなにかがあった。

反社会的人格障害。そう、その症名には魔が潜んでいる。薄々は気づいていたが、李秀卿の言葉によってそれが明確になった。美由紀はそう思った。反社会的人格障害とは、つまるところ平気で嘘をついたり、他者を混乱に陥れたり、自己中心的で悪意のある行動を平然と行う人々について、すべて当てはまる症名だ。精神医学界では、長いことそういう〝理解不能な悪意ある人間〟の存在を知りながら、どう区分したらいいものかと頭を悩ませてきた。そして、アメリカにおいて新しいカテゴリとして〝反社会的人格障害〟なる症名がつくりだされたとき、うまいぐあいにすべてがそこに収まった。理解不能な殺人、窃盗、暴力、虚言、すべてが。

さっきカウンセリングを担当した少年の両親のことを、美由紀は思い起こした。あの両親は反社会的人格障害にちがいない。美由紀はそう感じていた。だが、反社会的人格障害とはなんなのだろう。自分はいつの間に、ひとにそんなレッテルを貼るようになっていたのだろう。

結局、わたしはあの両親を悪人と決めつけたがっていたのではないか。誰かを悪人と決めつけたいとき、反社会的人格障害というレッテルを貼る。名称が変わっても意味はおなじ。反社会的人格障害、イコール悪人。ただ、悪人であることをもっともらしく定義づけたいだけなのだ。自分を、そして人々を納得させたいだけなのだ。このひとは反社会的人格障害、すなわち悪人だ、と。

しばし時間がとまっていたように感じられた。美由紀の視界がふたたび、氷が溶けだすようにゆっくりと動きはじめた。

李秀卿は黙って美由紀をみつめていたが、やがて微笑した。夏の日差しのなかで、前髪が風に吹かれて泳ぐ。褐色に染めた髪のいろが複雑に変化した。立場さえ考慮しなければ、爽《さわ》やかといってもいい、そんなすがすがしさを漂わせた顔だった。

「警官」李秀卿はふたりの制服警官にいった。「送迎、大儀であった。ここからはひとりで行く」

呆気《あっけ》にとられたようすの警官たちを残し、李秀卿は背を向けた。振りかえることなく、センターの玄関に向かってすたすたと歩き去っていった。

蒲生がクルマから這《は》い出すように顔をのぞかせた。「なんだありゃ。姫か?」

美由紀はため息まじりにいった。「北朝鮮では潜入工作員に日本の映画やドラマをみせて、日本語教育してるっていいますからね。言葉の節々がおかしくても、べつに意外じゃないわ」

そういいながら、美由紀は小さくなっていく李秀卿の背から目を離せずにいた。

虚勢とフェイク。それらが、李秀卿がまとっているものすべてだと美由紀は思っていた。

だが、ひとかけらの真実があった。真理があった。それを否定できなかった。

李秀卿。いったいなにが目的なのだろう。蜃気楼のような視界のなかを建物へと消えていくその姿を見つめながら、美由紀は思った。

デスク

朝比奈宏美はようやく片付きつつあるオフィスのなかを見渡して、深くため息をついた。

上司から突きつけられた配置図をみたときには不満を覚えたが、こうしてデスクがまとまりあるかたちに並べられると、それなりに美観と新鮮味を感じられるようになる。気分が変わっていいかもしれない。もっとも、いままでよりも窮屈で不便なことは否めないのだが。

思いがそのあたりに及んで、朝比奈はふたたび気分を害しつつあった。わたしはまだまされている。給料に見合わない、それも本業ではない雑務を押しつけられては、不平を口にする自由さえあたえられず、黙々と職務を遂行するうちに、最後にはあるていどの達成感と満足感すら抱くようになり、上司に抗議することなしにすべてが丸くおさまってしまう。そんなことのくりかえしだった。この部署だけではない、センターの職員全員、いや日本のサラリーマン全員がそのように無為な労働を強いられている。ちかごろ、そんなふうに思う。

朝比奈はミディアムにまとめた髪をかきあげ、デスクによりかかった。カウンセラーを志してこの職場に来たはいいが、朝比奈が担当するのはたいてい勘違いの相談者《クライアント》ばかりだ。勘違いの相談者とは、夫婦喧嘩の調停を求めてきたり、離婚にあたっての法律相談に来たり、あるいは〝催眠術〟で記憶力を高めてくれと泣きついてくる受験生といった、初回の面接で話が嚙《か》み合わずにお帰り願う人々のことだった。こうした人々も客であることに変わりはなく、したがって叱ったり露骨に追い返したりすることはできない。そして、ごくまれにまともな相談者が来ると、それは症例によって専門家の諸先輩方に担当を譲らねばならない。すなわち朝比奈は、カウンセリングセンターを訪れる相談者をふるいにかけ、療法を受けるためにセンターをくりかえし訪れ、そのたびに金を落としてくれる組と、そうではない組とに区別する役割を負っているだけのことだった。就職して以来、ずっとこの仕事だ。いつまでこんなことがつづくのか。なんのために働いているのか。

思わずつぶやきが漏れた。「こっちがカウンセリングを受けたくなるわ」

「ふうん」嵯峨の声がした。「僕が担当してやろうか」

朝比奈が振りかえると、嵯峨はまだ片付いていないデスクの上を整頓しようともせずに、椅子におさまってなにか手にした物に見入っている。

「嵯峨科長」朝比奈はむっとしていった。「午前中にぜんぶ片付けないと、きょうは残業になっちゃいますよ」

ああ、そうだね。嵯峨はぼんやりとした口調で応じた。視線はあいかわらず、手もとに落ちている。

朝比奈はいらいらしながら嵯峨のデスクに歩み寄った。腕組みをして見下ろすと、嵯峨の手にあったのは写真の束だった。時計塔、跳ね橋、石畳の道。一見するとヨーロッパの風景のようだが、そうではなかった。長崎ハウステンボスの写真だった。

朝比奈はきいた。「現像、あがってきたんですか」

嵯峨はうなずき、つぶやくようにいった。「きれいなところだった。食べ物もおいしかった」

「科長。それは心理学的にいうと逃避ってやつですね」

嵯峨はとぼけたまなざしを朝比奈に向けた。「そうかな」

「そうです」朝比奈は嵯峨の手から写真をひったくり、デスクの上に置いた。「仕事に戻ってください。いっとくけど、午後からカウンセリングが入ってるからって、嵯峨科長のデスクをわたしが片付ける羽目になるのはご免ですからね」

「ひどいな。病人はいたわらないといけないよ」

「どこが病人なのよ。さ、早く整頓して」

わかったよ。ぶつぶついいながら作業に戻った嵯峨をみて、朝比奈は落ち着かない気持ちになった。

ひさしぶりに嵯峨が帰ってきたのだ、本当はこの部署の全員でお祝いするべきだろう。

いや、本音でいえばふたりきりでお祝いがしたい。一緒に食事でも、朝比奈はそういいたくて仕方なかったが、なぜかいいだせなかった。妙に照れくさくもあり、また妙に自分の気持ちに素直になれなかった。

朝比奈にしてみれば、このところ嵯峨はもうひとりの催眠療法科長である岬美由紀に振りまわされてばかりいるように思えた。美由紀は実質上、このカウンセリングセンターの上層部に籍を置いているのも同然であり、朝比奈や嵯峨とはちがって経営に口出しできる役員待遇のような立場にさえあった。その美由紀のせいで急増した相談者を必死でさばかねばならないのが、現場にいきる嵯峨であり、朝比奈だった。職員は骨身を削って働き、しかもいざというときには責任をとらされクビを切られてしまう。半面、上層部はなにがあろうと安泰の身だ。こんな不公平があっていいものだろうか。

「嵯峨科長」朝比奈はきいた。「所長のところへいって、ずばっと言ってくれた?」

「ずばっとって、なにを?」

「もう。経費のこととか、抗議するっていってたじゃないの」

嵯峨は呆然としていたが、やがて額を手で打った。「そうだったね。忘れてた」

「だらしないなあ。いっそのこと書面にして提出すれば……」

朝比奈は口をつぐんだ。室内がふいに水をうったように静まりかえった、その緊張した気配を感じとったからだった。

オフィスの職員たちの視線は一か所に向けられていた。後方の扉から、ひとりのスーツ姿の女が姿を現した。

朝比奈は息を呑《の》んだ。このひとが、韓国からきたカウンセラーだろうか。思った以上に若い。それに美人だった。思わず嵯峨のほうに目をやった。岬美由紀ばかりでなく、またこの職場に美形の女が現れた。嵯峨も単純な性格だ、ルックスのいい女にはあっさりと魅せられてしまうにちがいない。

案の定、嵯峨は李秀卿にじっと見入っていた。

朝比奈は不満を覚えながらささやいた。「なにぼうっとしてんのよ、嵯峨科長」

嵯峨ははっとわれにかえったようすで、あわてたように朝比奈をみた。「ぼうっとしてなんか、いないよ」

朝比奈はため息をついた。やれやれ、男はすぐこれだ。

以前に、韓国人女性やフィリピン人女性の勧めるパブに足繁く通っているという中年男性の相談者と会ったことがある。男性は、そのことが妻にばれて離婚の危機にある、青ざめてそう訴えてきた。朝比奈は男性にきいた。そんなところへいって、いったいなにが楽しいんですか。

男はいった。日本人の女より可愛いんだよ、しゃべり方とか、すなおだし。

おそらくは日本語に不慣れなたどたどしさを、可愛らしいと解釈しているのだろう。だが、そういうところに勤める女は役割演技を身につけているものだ。男性が望むような可愛げがある振るまいを精一杯こなそうと日々勤《いそ》しんでいる。同性からみると赤面ものの言葉づかいやしぐさを平気でこなす。こんな女にだまされるような男がそういるものか、以前の朝比奈はそう思っていたが、それは間違いだった。そういう女に、男は簡単にひっかかる。あんなものは演技だと告げ口すると、たいてい、へらへらしながらこういう。いいじゃないか、可愛いから。

李秀卿という女は、新しく置かれた彼女専用のデスクに近づいていくと、戸惑ったようすで辺りを見まわした。あのさも困ったような態度。朝比奈は嫌悪感を抱かずにはいられなかった。じきに舌足らずな言葉づかいで、周りに助けを求めようとするだろう。真っ先に進みでる男性職員は誰か。嵯峨が動こうとしたら、足を踏んでやらねば。朝比奈は半ば本気に、そう思っていた。

ところが、李秀卿の物言いは朝比奈の予測とはまるで異なっていた。一転して険しい表情をうかべながら、李秀卿はいった。「なんだ、この奇妙な机の並びようは」

男のような言葉づかいだった。訛《なま》りはあるが、男性に媚《こ》びたような感じはいっさい見うけられない。かといって、たんに乱暴なだけの女とは違う。どことなく威厳がある。ふしぎな女だった。

李秀卿がのぞかせた内面に、職員たちが尻ごみする気配があった。そんななかで、ひとりの男性職員が笑顔で歩み寄っていった。よほど女の扱いに自信があるのか、それとも鈍いのか。男性職員は愛想よく李秀卿にいった。「催眠療法I科にようこそ。歓迎するよ」

李秀卿は眉間にしわを寄せて男性職員をみつめていたが、やがてぶっきらぼうに返した。「女を外見で判断する癖があるらしい。性的な妄想癖もある。よからぬ想像をうかべながら女をみるのはやめたほうがいい」

男性職員の顔にはまだ笑みがとどまっていたが、身体は凍りついていた。やがて、表情も硬いものへと変わっていった。男性職員は後ずさりし、すごすごと群れのなかに帰っていった。

朝比奈はめんくらった。いま李秀卿が口にしたことが、一般的な男性に対する不信感に根ざしたことばなのか、それともあの男性職員の心理状態を読みとったうえでの指摘なのかさだかではなかった。ただ、性的妄想を抱きやすい男性というのは、言動からその性格を読み取ることも不可能ではない。男性は性的興味を視覚に求めがちなので、視覚的妄想がとりわけ強く働く。女の身体に目を向けては、ときおり視線が右上に移行したり、表情筋に弛緩《しかん》が見うけられたりするのはその表れだ。しかし、李秀卿は瞬時にそれを見切ったのだろうか。だとするなら、岬美由紀と同等か、それ以上の観察眼の持ち主だといえる。

そのとき、嵯峨が口をひらいた。「李秀卿さん、あのう……」

「沙希成でいい」李秀卿はいった。「沙希成瞳が、日本の戸籍上の名前だ。東京カウンセリングセンターの研修生名簿でもそうなっているはずだ」

朝比奈が感じている驚きにくらべると、嵯峨は李秀卿の言動に慣れたようすをみせていた。嵯峨はいった。「オーケー、沙希成さん。ここにいる職員はみな、きみの同僚となる人間だよ。だからあまり緊張をもたらすような物言いは慎んだほうがいいんじゃないかな」

李秀卿はしばし嵯峨をみつめていたが、やがてあっさりと応じた。「そうか。それはすまなかった」

敵愾心を露にしていた李秀卿が、嵯峨の言葉にはしたがった。いや、嵯峨はきわめて公平な立場で対話したのだ。朝比奈はそのふたりのあいだに漂う空気を察しつつあった。ふつう、日本人は、外国人がたどたどしい日本語でしゃべるというだけで、まるで知性が同等でないかのような錯覚を抱きやすい、と社会心理学のテキストにも書いてある。ヨーロッパのように隣国と接しているわけでもない、島国ならではの風土のなせるわざだという。ましで、李秀卿のようにルックスとはまったくそぐわないしゃべり方をする女ならなおさらだろう。しかし嵯峨は、それを奇異に感じているそぶりをまったくみせない。コミュニケーションの違和感など障壁にはならないのだという態度を、ごく自然な振るまいのなかで表している。

カウンセラーとして最も難しいわざは、表情筋から心理状態を読み取る技術でも催眠誘導法でもなく、この誰にでも対等に接するという自然な物腰なのだ。朝比奈も理屈ではそれをわかっていたが、なかなか実践できずにいた。カウンセリングではさまざまな相談者と接する。小声でしかしゃべれないひと、顔を真っ赤にしているひと、たえず身体を震わせているひと。いかなる相談者にもふだんと変わらぬ会話ができるカウンセラー。ドイツの心理学者カール・マイヤーによるとそれは〝心の緊張緩和《デタント》〟を持つことができる才能だというが、嵯峨がその才能に秀でていることは間違いない。

「それで」李秀卿はきいた。「わたしの机は？」

嵯峨は指差した。「それだよ」

李秀卿はデスクに目を落とし、ふたたび顔をあげて嵯峨をみた。「どうしてわたしの机だけ広い面積を占有している？」

「上の命令でね。わざわざ外国から来られたんだから、僕らのように窮屈な思いをさせちゃいけないってことで……」

「ばかげている」李秀卿はぴしゃりといった。「わたしを韓国の元研修生と信じてのことか？　そうではあるまい。この職場の経営陣がどんな思惑かは知らないが、わたしはほかの皆と一緒に座る。この特別扱いされた机は、科長のおまえが使えばいい」

李秀卿はそういうと、つかつかと嵯峨のほうに向かってきた。ハンドバッグを嵯峨のデスクの上に置くと、嵯峨を追い立てるようにして椅子に座った。

周囲の職員は唖然《あぜん》としてそれをみていた。朝比奈も同様だった。

まったく奇妙な女だった。朝比奈は、いままで経験したことのない思いにとらわれていた。腹が立つようで、それでいて妙に親近感がある。李秀卿はたんにわがままをいっているだけのお高くとまった女ではない。むしろ上下関係のない対等なつきあいを、強引なまでに周囲に要求しているように思える。

違和感はそればかりではない、と朝比奈は感じた。部屋に入ってきてから、李秀卿はいちども頭をさげていない。ずっと背すじを伸ばしたままだ。日本の風習に疎いのだろうか。以前研修生として来日しているのに、生活習慣には馴染《なじ》まなかったのだろうか。

朝比奈は、李秀卿の目がじっと自分のほうに向けられているのに気づいた。朝比奈はあわてていった。「あの、朝比奈宏美です。よろしくお願いします」

「こちらこそ」にこりともせずにそういうと、李秀卿の目はふたたび嵯峨をとらえた。

「きょうの業務日程は?」

嵯峨が戸惑いがちにいった。「ええと、カウンセリングを担当する職員はすべて手配ずみなので……きみにはまだいまのところ、予定はないんだ。その、急な話だったし、こちらとしてもどうしたらいいのか……」

朝比奈は助け船をだした。「沙希成さん、東京カウンセリングセンターでは部署に配属されてから、半年は助手を務めなきゃならない規則になってます。センター内のさまざまな設備や、運営の方法にも慣れていただかねばなりませんし……」

嵯峨が朝比奈を責めるような目でみた。助手扱いして機嫌を損ねたらどうする。朝比奈は不満だった。そんなこといったって、この韓国から来た女をいますぐカウンセリングの担当にするわけにはいかないでしょ。相談者《クライアント》がびびって逃げだしちゃうじゃないの。朝比奈は嵯峨にそう目で訴えた。

李秀卿は気分を害したようすもなく淡々といった。「それなら、この近辺を案内してほしい。職場よりもまず、この国の習慣に慣れたい」

嵯峨はじっと李秀卿をみつめていった。「四年前に世田谷の住宅街をひとりで散策できたほどなのに、まだ日本の習慣を知らないってこと?」

李秀卿は嫌な顔をした。「ふだんの生活ていどなら、ある程度慣れ親しんでいる。ただ、カウンセリングには相談者に対し深い洞察が必要になるだろう。だからより深く生活習慣を知りたい。それだけだ」

「そうか」嵯峨は納得がいかないようすだったが、李秀卿に笑顔をみせていった。「じゃ、午後の仕事が終わったら、この辺りを案内するよ。社会見学ってことで」

「頼む」李秀卿はそういうと、デスクの上をみつめた。嵯峨がハウステンボスで撮った写真を手にとり、じっと見入った。

嵯峨が説明するそぶりをみせた。「ああ、それは……」

　ところが、李秀卿は写真に目を落としたまま、片手をあげて嵯峨を制した。しばし写真をみつめたのち、一か所を指差してたずねた。「ここに写っているのは、おまえだな？」

　嵯峨はうなずいた。「ハウステンボスっていう、オランダの街並みを再現した長崎の施設で……」

　李秀卿はなぜか満足そうににやりと笑みをうかべた。「おまえはここに、どれくらい滞在した？」

「三か月だよ。東京カウンセリングセンターの勧めで……」

　李秀卿はそのさきを聞こうとしなかった。「なるほど。そうか。やっぱり日本にもそういう施設があったか。それにこの職場。どうやらわたしとおまえは、やはりうりふたつの職種に就いているようだな」

　嵯峨はわけがわからないという顔をして李秀卿をみかえしていた。朝比奈にも、李秀卿のいっている意味がわからなかった。

だが李秀卿は、勝手になんらかの解釈を抱いているらしかった。「懐かしいな。わたしも日本の街のかたちをした同様の施設で訓練を受けた。おまえはオランダに潜入するのか」

「潜入？」嵯峨は目を丸くしてたずねかえした。

　李秀卿は先輩風を吹かせるような態度で嵯峨にいった。「充分に気をつけることだ。この写真によると、施設の看板は漢字で書いてあるようだが、本物のオランダはそうではない。いかなるときも、祖国の天皇のために命を投げ出す覚悟で臨むことだ。わからないことがあったら、いつでも聞いてくれ」

嬉々《きき》として写真を眺める李秀卿をみながら、嵯峨は呆然と立ち尽くしていた。

朝比奈は嵯峨に小声でささやいた。「嵯峨科長、どういうこと？　潜入ってなに？　このひと、テーマパーク知らないの？」

「しっ」嵯峨はひきつった笑いをうかべたまま、朝比奈にささやきかえした。「理解できなくても、とりあえず友好関係が生じたことに感謝すべきだ。いつもいってるだろ？　まず大事なのは〝心の緊張緩和〟だよ……」

「なあ美由紀」六本木交差点近くに路上駐車したクラウンの運転席で、蒲生がつぶやいた。「なんだか顔いろが悪くないか」

「べつに」助手席におさまった美由紀は即答した。蒲生にこうして連れ出されてみても、いっこうに気分転換にはならない。ここは都心だ。フロントグラスから差しこむまぶしい日差しにすがすがしさはなく、公害と埃《ほこり》のいりまじった都会の毒々しい空気成分を照らしだしている。それが、いっそう気分を滅入らせる。

蒲生はコンビニで買ったハンバーガーをかじっていた。「それにしても、あの李秀卿ってのは妙な女だよな」

「なにが？」美由紀はぼんやりと応じた。

「なにがって」蒲生はコーラをストローですすった。「変な言いまわしはあるものの、けっこう流暢《りゅうちょう》に日本語話すじゃねえか。映画で言葉覚えたにしろ、あそこまで喋れるんなら、日本文化にももっと馴染んでそうなものじゃねえか」

「どうしてですか」

「言葉ってのは文化と密接な関わりがあるだろ？　俺たち日本人が受験勉強で付け焼刃みたいに習う英語とちがって、李秀卿の日本語は聞き取りのほうも表現力もかなりの線をいってるじゃねえか。ってことは、あんがい日本での生活とかも長いんじゃねえのか」

さあ。美由紀はそうつぶやいたが、内心は蒲生の意見に反対だった。美由紀はいままで数々の外国語を学んできていたが、どの言語を学ぶにせよヒアリングと表現を身につけるための基礎は、つまるところ自分のイマジネーションと連想力にあった。いくつかの基本的な会話と単語を学習するだけでも、その言語体系のなかにある規則や約束事を本能的につかむことができ、すぐにあるていどの会話は可能になる。そこに、さらにいくつかの単語を覚えていけば表現に幅は生まれる。その繰り返しだけでひとつの言語はまちがいなく体得できる。貿易における商談や、研究交流のための特殊な専門用語が必要な場合を除いて、相手国の文化にさほど詳しくなる必要はない。

まして、北朝鮮は拉致した日本人を工作員の教育係にしているといわれているのだ。日本文化にいっさい感化させることなく、日本語を学ばせることは可能なはずだ。

蒲生は美由紀の意見をきくつもりは最初からなかったらしく、ただ愚痴っぽく喋りつづけた。「あの女、そこいらにいる日本人の若者よりずっとむずかしい言葉を知ってるぜ？　送迎、大儀であった、か。あそこにいるホストくずれの男にきいてみなよ。ぜったい意味わかんないだろうぜ」

美由紀は交差点に目をやった。スーツをきた茶髪の男が、おなじく派手なファッションに身を包んだ若い女のふたり組にしきりに声をかけている。キャッチセールスだろう。

そのとき、美由紀はふいに注意力を喚起された。視界のどこかに注視すべき物体が現れた、本能がそう告げた。目を凝らし、すぐにその標的を理性でとらえた。

交差点を東京タワー方面に向けて抜けていく一台のトラック。色はグレー、日野のデュトロに似ているが車種は不明。その見覚えのあるトラックが通過していく瞬間、荷台の幌がわずかにめくれてなかがみえた。

一秒もなかっただろう、だが美由紀の目は幌の中身をはっきりととらえた。ひとりの男がいた。グレーのスーツに赤のラインが入った、北朝鮮の人民軍の制服。たしかにそうみえた。機関銃を携えていたようにも思えるが、さだかではない。兵士らしき男はひとりしか乗っていなかったようだが、大量の木箱もしくはダンボール箱が積まれていたようにみえた。北朝鮮軍が武器弾薬運搬に用いる木製のケースに思えなくもないが、それもたしかなことはわからない。テールのナンバーを見た。品川ナンバーだった。３３９８。

さっき東京カウンセリングセンターの駐車場で見かけたものとはちがう。が、まったく同じ車種であることは疑いの余地はない。

美由紀のなかに緊張が走った。すでに二台のトラックをみかけた。都内には、もっと多くの同様の車両が駆け巡っているかもしれない。もしそうだとしたら、なにか重大なことが起きようとしているにちがいない。

トラックは混雑した六本木通りの隙間を縫うようにして走り去っていく。あと数秒で視界から消える。

躊躇している場合ではなかった。美由紀はドアを開け放ち、外にでた。

「美由紀？」蒲生の声がきこえた。「どうした？　ドアぐらい閉めてけよ、おい美由紀！」

気づいたときには、駆け足になっていた。蒲生の声は背後に消えていった。列をなすクルマの向こうにわずかにみえるトラックの荷台から目を離さず、懸命に走った。

だめだ、このままでは追いつけない。そう思ったとき、美由紀の前に一台のバイクが滑りこんできた。バイク便だった。ライダーはバイクから降り立つと、荷台から封筒をとりだし、ヘルメットをかぶったままバイクを離れていった。キーはつけたままだった。

ライダーはちらと美由紀をみた。自分をみつめている女がいることに、ライダーは悪い気はしなかったらしい。ヘルメットのなかの目もとが緩んでいるのがわかる。

美由紀も微笑をかえしていった。「借りるわね」

え、というライダーの返事がきこえたときには、美由紀はすでにバイクにまたがっていた。ホンダのＢＲＯＳ４００だった。ライダーの抗議が飛んでくるより早く、美由紀はバイクを発進させた。

走りだしてすぐ、ブレーキの効きの悪さを感じた。音からすると故障ではない、たぶんブレーキ鳴き止め剤の噴き方をまちがったせいで、パッドとローターが滑りがちになっているのだろう。バイク便のライダーとしては新人にちがいなかった。整備不良のせいでスピードは上げられないが、かといってのんびり走るわけにもいかない。

信号は赤に変わったが、美由紀は右折車のわずかな隙間に飛びこんだ。タクシーがあわてて急ブレーキを踏んだ。けたたましいクラクションが鳴り響く。美由紀はまたしても、自分がヘルメットをかぶっていないことに気づいた。今度の場合は緊急を要する事態とはいえ、バイク便にノーヘルメットでまたがっているのだ、目立ちすぎる。パトカーに遭遇したら血相を変えて追ってくるにちがいない。

流れているクルマと駐停車車両の谷間、ぎりぎりの幅を全速力で駆け抜けた。二重駐車のライトバンをかわして対向車線に飛びだし、向かってくるクルマを間一髪かわしてふたたびもとの流れに戻った。やっとこのバイクの癖を身体が覚えはじめた。早めのブレーキ、それさえ覚えておけば、走行に支障はない。

トラックが六本木通りを左折し、狭い路地に入っていくのをみた。工事中の柵に囲まれた角だった。アンダーステアになりがちなバイクをむりに傾けて角を折れた。

路地に入った。起伏の多い道だった。急な坂を下ったかと思うと、また勾配《こうばい》を駆けあがる。一見、未舗装の道路に思えるほど泥や土が堆積《たいせき》していた。石やブロックも散乱している。そのなかを駆け抜けた。通行人がいないのはさいわいだった。いや、むしろ警戒心をつのらせるべきかもしれない。工事現場脇の道路とはいえ六本木近辺なのだ、ひとけがないというのはおかしい。なにかが潜んでいる気がしてならない。

トラックが左折し、工事現場のゲートのなかに入っていくのがみえる。やはりおかしい、と美由紀は思った。建設業者なら現場の出入りに車両の徐行を義務づけているはずだ。それがいまは砂煙を巻きあげながら急カーブしていく。トラックを誘導する作業員の姿もみえない。工事現場にしては、静かすぎる。

トラックの消えていったゲートをめざしてバイクを走らせた。だが、ゲートは迅速に閉じられた。美由紀がたどりついたころには、完全に密閉されていた。

美由紀はゲートの前でバイクを停め、扉を押してみた。びくともしない。耳をすませたが、自分のバイクのエンジン音以外、なにもきこえない。ふつう、ゲートには現場の作業内容が記された看板があるはずだが、それも見当たらない。

緊張感が美由紀を包んだ。トラックが、追ってくる自分の姿に気づかなかったはずがない。なにがあるかはわからない、だがいますぐこの工事現場のなかをたしかめねば、証拠を隠滅される恐れがある。

辺りをみまわした。路地にはなにもない。行く手を遮る分厚いゲートを破ることに役立ちそうなものは、なにひとつなかった。このバイクでは、体当たりしたところでゲートに凹《へこ》みをつけるのが精一杯だろう。

風に乗って、サイレンの音がきこえてきた。パトカーだ。どこかで美由紀に目をとめたか、誰かが通報したのかもしれない。

この場で拘束されるわけにはいかなかった。蒲生の助けを借りたにしても、放免されるのは夕方すぎになる。そのころには、このなかに隠された人民思想省の秘密はすべて撤収されてしまうにちがいない。

思考をめぐらせた。役立ちそうな唯一のものはすぐに思いうかんだ。この路地の勾配だ。さっきは効きにくいブレーキに配慮して一定以上には速度をあげずに来たが、もしブレーキに気をまわさずに済むのなら、どうだろう。ブレーキで停まるつもりはない、その前提で疾走したら。

結果を考えるより早く、美由紀はバイクをUターンさせて路地を逆走した。勾配を下り、またのぼる。そこでふたたびバイクを減速させ方向転換した。

工事用の柵は高さ二メートル半。さっき開いたゲートから垣間見たかぎりでは、敷地のなかは砂利か土が広がっている。土の上に落ちればなんとかなるだろう。ただ、なにが待っているかは正確には予測できない。

モトクロスの訓練は幹部候補生学校時代に受けた。本来モトクロスとは、あらゆる自然の地形をバイクで駆け抜けることを意味している。坂や谷、溝、急なカーブ、森林、砂利道や河川。スキーのノルディック競技に似ている。そのなかに、ジャンプセクションでの教習もある。モトクロスのジャンプセクションは土を盛ってつくられている。この路地と、条件は近いものがある。

美由紀はアクセルを全開にして傾斜を下っていった。加速が充分でない、そう思った。モトクロス用のバイクは軽量で操作性が高いが、このＢＲＯＳ４００はそれにくらべてあきらかに鈍重だった。Ｖツインとはいえ、最近のスーパーバイクとは比べものにならない。それにしても加速が悪すぎる。瞬時に、後ろの荷台のせいだと気づいた。これはバイク便のバイクなのだ。美由紀は姿勢を低くして前に体重をかけるようにした。速度があがった。勾配の谷間では充分な速度に達した、そう感じられた。

昇り坂に入る寸前に美由紀はもういちどアクセルをふかした。もうブレーキは無用の長物だ、アクセルを戻してもいけない。そんなことをすればバイクの後部があがってしまう。傾斜の頂点まで加速しつづけるしかない。

視界に最悪なものが入った。対向車だ。白いワゴンが勾配を下ってこちらに向かってくる。あわてて左に寄ったのがわかる。減速してはいけない。美由紀は身体を硬くしてワゴンの脇をすり抜けた。ハンドルを動かしてはならない、そういいきかせた。

頂点が迫った。美由紀は重心を後ろにずらし前輪を跳ね上げウィリーの体勢に入った。勾配の頂点に達した瞬間、身体を縦に一直線にして伸び上がった。バイクは浮きあがり柵の上に飛んだ。身を切るような強風が耳をかすめていく。柵を越えた。眼下に工事現場の敷地がひろがった。後輪が柵の上部をかすめたらしく鈍い音がした。が、バランスを崩すほどではなかった。ハンドルを押しだしながら膝を曲げ、着地に備えた。そのとき、前方に障害物を感知した。着地地点のすぐさきに、コンテナ状の物体がある。だが空中ではバイクの進路を変えることはできない。迷わずバイクの側面を蹴って横方向に飛んだ。バイクが障害物に衝突し激しい音が響く瞬間に、美由紀は地面に叩きつけられた。

土は硬かった。美由紀の身体は地面に投げだされ、転がった。とっさに受け身の姿勢をとったものの、肩を激しく打ちつけ激痛が走った。首の骨を折らないよう、身体を丸めたまま転がるにまかせた。

嘔吐《おうと》しそうになるぐらい回転がつづき、ようやく自分の身体が土の上に静止したことをさとった。うつ伏せだった。全身の感覚が激痛で麻痺《まひ》していた。はじめに動いたのは右手だった。それを地面にあてた。ひんやりとした土の感覚。触覚は正常らしい、そう思った。

右手の助けを借りて顔を起こした。ひろびろとした工事現場には、クレーンや資材が点在していたが、ひとの気配はなかった。前方にそびえ立つコンクリートの建物が目に入る。十階ほどの高さのビルだった。ずいぶん古いものだ。建設ではなく、改築のための工事だろうか。いや、工事はただの偽装にすぎないのかもしれない。

バイクは少し離れたところに横転していた。その脇に、コンテナにみえた立方体の箱があった。木製の板張りの箱だった。バイクが衝突したため、歪んだうえに一面が砕けている。中身が露出していた。黒光りする、同一の形状の物体が無数に、整然とおさめられているのがわかる。

吐き気をもよおすほどの嫌悪感が美由紀を襲った。箱の中身が何であるか、正確にはわからない。しかし、その眺めは自衛隊で何度も目にしていた。六十四式ライフルがずらりと並んだ武器庫の棚。この箱の中身は、その眺めに酷似していた。

美由紀は呆然としていた。しばし時間がすぎた。ふいに、耳をつんざく銃撃音が響いた。

美由紀の顔の前の土が、はじけるように飛び散った。

ようやく感覚が戻りつつあった身体に鞭《むち》打って、美由紀は跳ねあがるように立ちあがった。

銃声はさらに数発続いた。建物のほうからの銃撃だ、そう思った。美由紀は駆けだした。足首に電気のような激痛が走った。一瞬弾がかすめたかと思ったが、ちがっていた。着地のときにわずかにひねったのだろう。足はしっかりと地面を踏みしめていた。美由紀は歪んだ木箱に向かって走り、その陰に飛びこんだ。

銃撃音が響き、木箱に弾丸がめりこむ音がした。バリケードに使えるていどの強度はあるらしい。そう感じたとき、朝鮮語で男の声がした。

「そこで何してる！《トデチエ・ムオー・ハルラ・クレヨ》」

声から察するに、男との距離は三十メートル前後といったところか。銃声がきこえた方角と同一であることから、相手はひとりだけのようにも思える。もちろん、油断はできない。

美由紀は木箱のなかに目を向けた。すぐにそれが、旧ソ連製ＡＫ47半自動ライフルだとわかった。すかさず、そのうちのひとつを引き抜いた。

真新しいライフルだった。旧ソ連だけでなく共産圏すべての国の軍隊に支給された武器。前に目にしたのは中国雲南《ユンナン》省にある光陰会昆明《クンミン》支部のなかだった。あのときのＡＫ47はストックが斜め下に向かっている旧式のものだったが、ここにある銃はいずれも現行式だった。

美由紀は銃の弾倉《マガジン》を引き抜いた。鮮やかに光る薬莢《やっきょう》がぎっしり詰まっている。それを見てとると、弾倉を戻して銃を構えた。

木箱の陰から、ゆっくりと顔をだして向こうのようすをうかがった。クレーンの近く、ひとりの男がいる。ずんぐりした体型、グレーの制服は人民軍のものだった。みえたのはそこまでだった。男がふたたび銃撃した。美由紀の顔のすぐ近くに着弾し、木片が飛び散った。美由紀はすばやく木箱に隠れた。

この距離では、銃撃は思うようにいかない。ＡＫ47はただでさえ照星《しょうせい》と照門の照準線が短いため遠方の狙い撃ちに向かない。もっとも、不利なのは相手も同じはずだった。こうして身を潜めていれば、業を煮やして乱れ撃ちにでる可能性が高い。そのときに反撃のチャンスはある。

しばらく銃撃はつづいた。が、いつかは途絶えると美由紀は確信していた。相手は苛立ち、掃射《そうしゃ》のためにセミオートからフルオートに切り替えようとするにちがいない。ＡＫ47のセレクターはひどく固いので、切り替え時にかなり大きな音がする。その切り替えの瞬間、銃口はおそらくこちらを向いてはいないだろう。

さらに銃撃があった。一発、二発。銃把《じゅうは》を握りしめる美由紀の手に汗がにじんだ。耳を澄《す》ませた。その瞬間まで、静寂が続いてくれることをひたすら祈った。

わずかな間があった。銃声とも足音ともちがう、わずかな金属音を美由紀の耳が拾った。

美由紀は木箱から転がりでると、敵に狙いをさだめた。予想どおり、男は銃口を上にしてセレクターを操作している最中だった。あわてたようすの男がふたたび銃を構えるよりはやく、美由紀の指が反応した。

六十四式ライフルよりわずかに低い銃声が一発、耳もとで響いた。アメリカ製Ｍ16より若干軽い反動が、全身を揺さぶった。

男の左胸を撃ち抜いた。鮮血が飛び散り、男は仰向けに倒れた。美由紀が狙いすましたとおりの位置に命中した。が、そのようすはまるで映像のように絵空事にみえた。

一瞬で終わった。辺りには静寂が戻った。

工事現場と、コンクリートの建造物が、まるで戦場の廃墟にみえた。その廃墟を風が吹き抜けた。

仰向けに倒れた人民軍兵士は、ただ眠っているように、地面の上で大の字になっていた。倒れたときに脱げた帽子が風に吹かれ、転がった。

美由紀は銃を構えたまま静止していた。

時間がとまっていた。美由紀はいま、自分が引き起こしたことの意味を考えようとした。だが、なにも思い浮かばなかった。

意味なんかない。そう、いまさら意味などない。

F15に乗って、何度も命のやりとりをした。それがかたちを変えたにすぎない。鉄の塊どうしの衝突、その乗組員が地面に降り立ち、あいもかわらず殺し合いをする。それだけのことだった。

悲しみはなかった。銃を投げだす気もなかった。むしろ、いっそう研ぎ澄まされた警戒心を持って辺りに目を向け、建物と自分との位置関係を把握しようとする自分がいた。

やはりね。自分のなかに感想があるとすれば、そのひとことに集約される。美由紀はそう思った。やはり、呪縛《じゅばく》からは逃れられない。運命の暗示を自分は何度も感じた。それが現実だった、自分はそういう人間だった。ただそれだけにすぎない。

建物の近くに四台のトラックが停まっていた。2262のナンバーもある。東京カウンセリングセンターの近くで見かけた車両だった。

北朝鮮、人民軍の兵士が都内に潜み、なんらかの活動を行っていた。人民思想省がどう関わっているかはわからない。が、これだけの数の武器を運びこんでいるのだ、大規模なテロ、もしくはそれに類する計画があるとみてまちがいない。静まりかえっているビルも無人ではあるまい。

いつかはこういうときが来ると思っていた。美由紀はそう感じながら立ちあがった。応援を呼ぶより、ビルのなかを探るほうがさきだ。こういうときにお上が役に立たないことなど、百も承知なのだから。

美由紀はAK47を構えて、ゆっくりと建物に向かった。自分が殺した兵士の脇を通りすぎた。そのことに対して、特に緊張はなかった。たんなる死体だ。自分が相手にするのは、まだ生きている敵だけだ。

建物の玄関に迫った。美由紀はなかを覗《のぞ》きこんだ。ガラスは割れ、ロビーも埃《ほこり》に包まれている。家具や調度品の類いは見当たらない。コンクリート製の柱や梁《はり》の造りは古く、高度経済成長期に建てられたものとみてまちがいないだろう。

見張りがいるかもしれないと感じ、辺りのようすをうかがったが、敵の気配はなかった。そうだろう、と美由紀は思った。都内の工事現場を装っているのだ、不法侵入の可能性はさほど高くはない。一方で、近隣の高層ビルから見下ろされても兵士の姿は目につかないよう配置せねばならない。見張りの数はけっして多くはない。

美由紀はロビーに踏みこんだ。すぐに柱の陰に身を潜め、暗闇《くらやみ》に目が慣れるのをじっと待った。やがて、床の模様がうっすらと見て取れるようになった。繊細な模様を描いているタイルだった。焼け落ちたホテルかなにかだろう。部屋数も無数にあるにちがいない。工作員の隠れ蓑《みの》にはうってつけだった。

ロビーの奥に階段がみえる。念のために、足元のタイルの破片を拾い、放り投げた。タイルが落下する音。なんの反応もなかった。このフロアは無人と考えていいだろう。美由紀は走りだした。

エレベーターの扉がみえたが、むろん電源はおちていた。わき目もふらず階段めがけて突進した。少しでもなんらかの気配を感じたら、床に伏せて発砲するつもりだった。

階段に達した。今度は手すりの陰に身を潜めた。

しんと静まりかえった建物のなかに、自分の呼吸音だけがせわしなく響く。

いや、それだけではない。美由紀は息を殺し、聴覚に意識を集中した。足音だ。固い靴底、駆け足ぎみ。三人、もしくは四人だった。金属の触れ合うかちかちという音もきこえる。軍服につけた装備品だろう。男の声で短くなにかが発せられたが、よくきこえなかった。ドアが開き、複数の人間たちが入っていく足音が響き、閉じる音がした。ふたたび、静寂が辺りを包んだ。

美由紀は頭上をみあげた。階段は螺旋《らせんじょう》状に上へ上へと延びている。いまの足音は四、五階上から発せられたようだ。

ＡＫ47の銃口を行く手に向け、慎重に階段を昇っていった。割れたガラスの小窓から差しこむ陽の光が、踊り場の床を照らしだしている。光線のなかを埃が舞いあがっているのがわかる。やはり、誰かがここを歩いたらしい。

四階に着いた。廊下をのぞきこむと、等間隔に扉がある。部屋番号がふってあるところをみると、やはりホテルのようだった。絨毯《じゅうたん》ははがされたらしく、硬い床が露出していた。さっきの足音はこのフロアだろうか。いまのところ人影はみえない。明かりが灯っているようすもない。美由紀は廊下を、足をしのばせて歩いた。

ふいに、話し声がした。やはり男の声だった。美由紀は立ち止まって姿勢を低くした。数メートル先のドアのなかからきこえてくる。朝鮮語の会話だった。

「予想どおり、状況は厳しさを増すばかりじゃないか《ネガ・マーレットウシ・サーンファンイ・オリヨウオジヨッチャナ》」

男だが、若い声だった。それに対し、もう少し年上と思われる野太い声の男が応じた。

「当然だ。いまが試練のときだ。われわれは孤立無援」

もうひとり、しわがれた声があとをひきとった。「明日にはもう、生きてはおれんだろうよ」

沈黙があった。若い男が不服を感じている、そんな雰囲気の漂う間があった。だが、若い男は美由紀の予想ほどには反発の姿勢をみせなかった。「覚悟はできている」鋭い金属音がした。さっき美由紀がAK47の弾倉を装着したときに耳にした音と同一に思えた。

「焦るな」野太い声がいった。「俺たちが死ぬのは、大勢の日本人を殺したあとだ」

しわがれ声がきいた。「爆薬は？」

若い声が応じた。「人民思想省から指示のあった三か所には、すでに仕掛けてある」

紙の音がした。会話の流れから察するに、地図をひらく音のようだった。

美由紀は息が詰まりそうな暗闇のなかに、ひたすら身を潜めつづけていた。後ろを振りかえってみた。廊下にはまだ、別働隊の気配はない。部屋のなかの連中は具体的な作戦会議に入ろうとしている。できるだけ長く会話を聴き、情報を得ねばならない。

「ここと」野太い声がつぶやいた。地図をながめているらしい。「ここは、わかる。だが、三つめのここは、なんだ」

「そう」と若い男の声。「俺も疑問だった。何なんだ、この東京カウンセリングセンターってのは？　なぜこんなものを標的にする？」

美由紀は自分の心拍音が耳のなかに響いてくるのを感じていた。爆薬を仕掛けた。東京カウンセリングセンターに。さっき見かけた、あのトラックに工作員が隠れていたにちがいない。

なぜだ。美由紀も、若い人民軍兵士と同じ疑問を抱いた。なぜ東京カウンセリングセンターを標的にするのだ。

その答えは、しわがれ声が発した。「李秀卿の情報によると、その建物は日本側の秘密活動の拠点らしい」

「秘密活動？」と野太い声。

そうだ、としわがれ声。「公的機関を装っているようだが、実態はわが国家の人民思想省とよく似た働きを請け負っているらしい。李秀卿の取り調べにもこの機関から職員が派遣された。女の職員だったそうだ。李秀卿が連絡してきたことによれば、その女は人民思想省の人材に等しい技能を持ち、なおかつ実戦面での知識も持ち合わせているらしいとのことだ」

野太い声が納得したようすでいった。「日本人の傲慢《ごうまん》さ、軍国主義を維持するための心理機関がどこかにあると思ってたが、これか。すると、潜入工作員の教育もここで？」

「だろうな」しわがれ声が苦笑ぎみにいった。「日本も諸外国に工作員を潜入させているのは疑いの余地はない。そのような訓練施設もあるようだと、李秀卿からの情報にはある」

美由紀は気が遠くなりそうになっていた。

人民思想省と同一の機関、潜入工作員の教育をおこなう機関。彼らは東京カウンセリングセンターをそうみなしている。そんなばかな認識があるわけがない。が、なぜ彼らがそう信じこんでいるのか、その過程はあきらかだった。

美由紀が李秀卿に会ったせいだった。李秀卿は美由紀を自分に酷似した、特殊な訓練と教育を受けた人間と感じた。東京カウンセリングセンターに関しても、人民思想省とうりふたつの組織と信じた。すべては李秀卿の誤解だ。だがその誤解は、もとはといえば美由紀が彼女の前に現れたことに端を発している。

偶然とすれば、まさに悪夢だ。だが美由紀は、これを偶然とは思わなかった。断じて偶然などではない。故意に引き起こされた事態にちがいない。

メフィスト・コンサルティングだ。彼らのしわざだ。美由紀はまたしても彼らのターゲットにされた。いや、これは復讐《ふくしゅう》だ。中国プロジェクトを壊滅に追いこんだ岬美由紀に対する、彼らの執拗《しつよう》な復讐だった。

メフィスト・コンサルティングは、日本と北朝鮮のあいだに不穏な空気をつくりだそうとしている。中国プロジェクトのリベンジとばかりに、実際に日朝開戦にまで至らしめる計画かもしれない。彼らならやりかねない。だがその過程で、巧妙に美由紀を抹殺しようとしている。それも、このうえない地獄の苦しみを背負わせながらだ。

「では」しわがれ声がいった。「諸君。くるべきときがきた」

ええ。野太い声がささやくようにいった。「日本の当局がわれわれのこのアジトに気づいていないはずがない。内偵ぐらいは進めていただろう。……主要機関三か所の爆破テロをおこなえば、警察はこの場に乗りこんでくるにちがいない」

若い男が立ち上がる気配があった。「じゃあ、爆破前に脱出の手筈《てはず》を」

「いや」しわがれ声がいった。「われわれはここに残る。残って、抗戦する」

野太い声がつぶやく。「やはり、死ぬだろうな」

またしばらく沈黙が流れた。やがて、決意のこもった若い男の声が静かに響いた。「わが偉大なる朝鮮民主主義人民共和国、偉大なる金正日国家主席に栄光の勝利を」

この三人が何者なのか知る由もない。おそらくは長期間、東京に潜入しつづけた工作員なのだろう。李秀卿からの情報のみならず、彼らも現状を正確に把握しているとはいいがたい。彼らの追い詰められた情念から考えるに、少なくともこの三人は日本と北朝鮮の戦争が間近とでも感じているようだった。祖国のために、ただちに命を投げ出さねばならない、そう覚悟をきめている。

中国のときとおなじだ。いまはどうすればいい。彼らを説得できるだろうか。いや、美由紀は彼らの同朋を射殺しているのだ。そして李秀卿と同じく、この三人も生まれたときから北朝鮮政府への絶対服従を刷りこまれている。美由紀の言葉に耳を傾けるとは思えない。

部屋に飛びこんでいって襲撃するか。孤立無援、と彼らのひとりはいった。この建物にはほかに仲間はいないのかもしれない。いたとしても、ほんの数人かもしれない。それなら、先制攻撃に打ってでるべきではないのか。

いいや。彼らが仕掛けた爆薬の起爆装置が、時限式かリモート操作式なのかもわかっていない。東京カウンセリングセンター以外の二か所のターゲットもわからない。襲撃をかけたら、たちまち爆破されてしまうことだってありうる。

額からしたたりおちた汗が目に入った。美由紀はそれをぬぐってため息をついた。べっとりとした汗。血のような感触があった。じきに、それも現実となるかもしれない。血にまみれる自分。そこまであとどれくらいだろう。数分か、あるいは数秒か。

野太い声がいった。「では、最初の爆破を」

なんということだ。美由紀は言葉を失った。もう時間がない。いま、自分はどうすればいい。どうすればいいというのだ。

しばらく間があった。しわがれた声が告げた。「ここだ」

どこだ。最初の爆破はいったいどこだ。美由紀はいらだちながら心のなかでつぶやいた。場所を話せ。言葉にしろ。

「ふうん」若い男がいった。「李秀卿に、脱出の指示を与えないと」

しわがれ声が応じた。「心配いらん。彼女には、もうつたえてある」

美由紀は愕然《がくぜん》とした。計り知れない恐怖と孤独感が全身を貫いた。

東京カウンセリングセンターだ。こいつら、東京カウンセリングセンターをまっさきに爆破しようとしている。起爆装置に手をかけている。

もう迷わなかった。ためらいなど微塵《みじん》もない。美由紀は跳ね起きた。声のするドアに駆け寄った。鉄製のドアだった。いつでも発砲できるよう身構えながら、ノブを回そうとした。

美由紀は失態に気づいた。鍵がかかっている。だが、室内の連中は足音を耳にしたはずだ。

「丁《チョン》か?」若い声がドアごしにたずねてきた。「どうした。交代の時間にはまだ早いぞ」

外にいた警備だと思いこんでいるようだった。だが、勘違いも長くはつづかない。美由紀はそう悟っていた。足音がちがいすぎる。若い男は気づかなくても、あとのふたりはそうではあるまい。

しわがれ声がいった。「まて。ようすが変だ」

張り詰めた緊迫が一瞬漂った。ドアの向こうで金属の音がこだました。銃を手にした。

臨戦態勢をとったのだ。

「爆破を！」野太い声が叫んでいる。「すぐに爆破だ。急げ！」

美由紀はドアノブをひねりまわした。鍵《かぎ》がかかっているといっても、ホテルの場合はかならず蹴破れるていどの強度に抑えてあるはずだ。美由紀は蹴った。ドアを何度も蹴りつづけた。

美由紀は過去を捨てた。そして新しい人生を有意義にしようと全力を費やしてきた。いまそのすべてを失おうとしている。同僚、仲間。皆があの建物のなかにいる。断じて爆破などさせない。

もうなにも失いたくない。

満身の力をこめて蹴った。ドアは大きくしなった。もういちど、壁ぎわから短く助走してドアノブのすぐ下にキックを浴びせた。ドアははずれ、半開きになった。

すぐさま横に飛んだ。AK47の掃射音が響き、コンクリートの壁に銃弾がめりこむ音が廊下に反響した。美由紀は転がり、ドアの脇にかくれた。戸口から煙が噴き出している。発煙筒で煙幕を張ったらしい。その煙がオレンジいろに浮かびあがっている。開いたドアの隙間から漏れる明かりだった。室内には照明がある。ということは、向こうからこちらは見えにくくなっているはずだ。

美由紀は素早く立ちあがり、戸口の前に躍りでた。室内は煙で満たされている。霧の向こうにいくつかの照明、人影がちらとその前をよぎった。戸口に立ち、部屋のなかに向かって敵の掃射音がした。だが、美由紀は避けなかった。

ＡＫ47を乱射した。

煙で視界が遮られている。その室内に、まんべんなく銃弾を掃射した。

美由紀は叫んでいた。叫び声をあげながら、フルオートで銃撃をつづけた。霧のなかに潜む生命を、一体残らず死滅させる。ただそのためだけに掃射した。

いくつかの照明が壊れ、薄暗くなった。男の悲鳴もきこえた。三人のうち誰の声なのかはわからない。暗闇のなかで誰かが倒れた。その気配も感じた。それでも、銃撃をやめなかった。

どれくらい撃ちつづけただろう。美由紀は引き金をひく指を緩めた。

ずっときこえていた自分の叫び声もやんだ。静かになった。

煙はまだたちこめている。ひとの気配はもう、感じられない。

と思ったそのとき、しわがれた声が弱々しく告げた。「爆破を」

かすかにみえた人影に向かって美由紀は発砲した。煙のなかに飛び散る鮮血が、銃火に一瞬だけ照らし出された。

が、遅かった。パソコンのキーを叩く音がした。ピッという電子音もきこえた。

鳥肌が立った。起爆装置。絶命する前に、起爆装置のスイッチを入れたのか。

美由紀はＡＫ47を乱射した。装置ごと破壊するつもりで霧のなかに乱射した。だが、今度の掃射はさほど長くつづかなかった。弾倉は空になり、銃声はやんだ。

また自分の叫び声だけが響いていた。それも数秒のことだった。

突き上げる振動。ずしりという衝撃が美由紀の身体を揺さぶった。地震のように思えたが、一瞬のことだった。美由紀は息を呑《の》んだ。
二、三秒遅れて、遠雷のような轟音《ごうおん》が響いてきた。
爆破したのだ。

東京カウンセリングセンターが爆破された。

あの電子音とともに、爆破はおこなわれた。まず大地を伝わる衝撃波が、つづいて建物の崩壊する音が空気中を伝わってきた。

美由紀はただ、呆然として立ちつくしていた。膝が震え、やがて力が抜けた。その場にへたりこんだ。

すべてを失った。過去も、現在も、未来も。

視界が揺らぎ、涙がこぼれおちた。次の瞬間には、声をあげて泣いていた。

終わった。なにもかもが。そう思ったとき、胸を引き裂くような悲しみのなかに、異質な感情が混入してきた。どういう気分か自分でもわからない。ただ、まったく異なる思考とともに自分のなかにひろがってくる別の感情。美由紀はそれを感じていた。

気づいたときには、美由紀はひきつった笑い声をあげていた。甲高い声。泣きながら笑っていた。涙を流し、身を震わせ、それでも笑っていた。

霧が濃くなっていく。ひとけのない、薄暗い廊下のなかに、美由紀の笑い声だけがこだましていた。

「千里眼／岬美由紀」に続く

この物語はフィクションであり、実在する個人、国家、企業などの団体とはいっさい関係がありません。

本書のプロフィール

二〇〇一年一二月、「千里眼の瞳」として徳間書店より刊行したものに、原稿用紙（四〇〇字詰め）約三〇〇枚を大幅加筆し、訂正したものの上巻です。

千里眼《せんりがん》 メフィストの逆襲《ぎゃくしゅう》

著者 松岡圭祐《まつおかけいすけ》

二〇〇二年七月一日　初版第一刷発行

編集人——高橋信雄
発行人——山本　章
発行所——株式会社　小学館
〒一〇一-八〇〇一
東京都千代田区一ツ橋二-三-一
電話　編集〇三-三二三〇-五七二〇
　　　制作〇三-三二三〇-五三三三
　　　販売〇三-三二三〇-五七三九
振替　〇〇一八〇-一-二〇〇

小学館文庫

印刷所——図書印刷株式会社
デザイン——奥村靫正

Printed in Japan　ISBN4-09-403257-6